Knaur®

Deutsche Erstausgabe 1989

Titel der Originalausgabe »The Sapiens System – The Illuminati Conspiracy«

Umschlaggestaltung Manfred Waller
Umschlagfoto Zefa/Pressfoto
Satz Ludwig Auer, Donauwörth
Druck und Bindung Ebner Ulm
Printed in Germany 5 4 3 2 1
ISBN 3-426-02906-5

Donald Holmes:
System Sapiens

Die Verschwörung der Illuminaten

Aus dem Amerikanischen von Pociao und Jean Paul Ziller

Knaur

Dem Andenken Lincoln Steffens' gewidmet

Inhaltsverzeichnis

Einleitung

»Wer hat hier das Sagen?«

von Robert Anton Wilson

Die Spaghetti-Theorie der Verschwörung

Achte nicht auf den Mann hinter dem Vorhang!
Oz der Allmächtige

Es ist typisch für den primitiven Zustand unseres unterentwickelten Planeten, daß buchstäblich kein Mensch weiß, wie die menschliche Gattung tatsächlich kontrolliert wird. Betrachten wir folgende Beispiele:

1. Regierungen sind nicht halb so wichtig, wie man gemeinhin glaubt. Wir leben in einer Gesellschaft, die den Tauschhandel hinter sich hat, einer Geldwirtschaft. Mit anderen Worten: Wer den Geldnachschub kontrolliert, beherrscht in Wirklichkeit den Planeten. Schon im 19. Jahrhundert haben Regierungen alle Versuche aufgegeben, Geld zu prägen oder zu kontrollieren, hauptsächlich, weil sie einander mißtrauten. Keine Nation glaubte, daß das Münzsystem oder die Währung einer anderen Nation tatsächlich das wert war, was sie wert zu sein vorgab. Die großen internationalen Banken füllten dieses Vakuum und entwickelten sich zu den Geldmachern der Moderne, indem sie größere Steuerstrenge an den Tag legten als die Regierungen zuvor. Als die Banken die Kontrolle übernommen hatten, waren sie imstande, das Ganze wieder ein bißchen lockerer zu sehen. Niemand konnte ihnen ihre Position streitig machen.

Das bedeutet, daß Regierungen nichts unternehmen können – weder Gutes noch Schlechtes, weder Kluges noch Dummes –, solange die Banken ihnen kein Geld für ihre Projekte leihen. Die Macht liegt bei den Banken. Regierungen halten sich nur mit Zustimmung der Banken. Wenn die Banken ihre Geldhähne zudrehen, sind Regierungen am Ende. Jede Regierung, die sich dagegen auflehnt, muß auf Kredite verzichten und kann einpakken.
Buckminster Fuller hat in seinen Werken immer wieder betont (vgl. besonders *Critical Path* und *Grunch. Raubzug der Giganten*), dies bedeute nichts anderes, als daß in der modernen Welt Banken agieren, während Regierungen nur auf Situationen reagieren, die Banken vorgeben. Vor Fuller schrieb schon der Historiker Brooks Adams in *The Law of Civilization and Decay* über den britischen Finanzier Samuel Loyd:

> »Er verstand, daß mit der Ausweitung des Handels eine starke Währung im Wert steigen muß; er sah, daß mit genügend Mitteln im Hintergrund seine Klasse in der Lage sein könnte, eine solche Steigerung beinahe beliebig herbeizuführen; er war sicher, daß sie diesen Aufschwung manipulieren könnte, wenn er einträfe, indem sie den Fremdwährungswechsel für sich nutzte.«

Anders ausgedrückt: Sobald die großen multinationalen Banken Kontrolle über den Geldnachschub ausübten, begriffen sie, daß sie den Geldverkehr manipulieren konnten, um ihre Profite zu maximieren. Sie wären ziemlich blöd gewesen, wenn sie das nicht kapiert hätten. Während aber solche Finanzexperten auf ganz vernünftige und legale Art ihre Profite steigern, sind wir übrigen ihnen auf Gedeih und Verderb ausgeliefert. Dabei haben wir sie weder in diese Machtpositionen gewählt, noch wissen wir im allgemeinen, wer sie sind.

2. Im gegenwärtigen Jahrzehnt kostet es fünfzig Millionen Dollar, in den Vereinigten Staaten eine Präsidentschaftskandidatur zu finanzieren; zehn Millionen reichen für einen Senatorenposten und fünf Millionen für einen Sitz im Abgeordnetenhaus. (Diese Zahlen werden in Buckminster Fullers *Grunch: Raubzug der Giganten* erläutert). Das heißt, daß die Vereinigten Staaten – die stärkste Macht der westlichen Welt – sich nicht nur in Trillionen-Dollar-Höhe an die Banken verkauft haben, sondern auch von Personen beherrscht werden, die entweder a) Millionäre oder b) Leute sind, die bei Millionären tief in der Kreide stehen. Um mit Ex-Senator Pettigrew zu sprechen: Wir haben es heutzutage mit »Regierungen aus Konzernen, von Konzernen, für Konzerne« zu tun.

3. Seit dem Zweiten Weltkrieg erfolgten mehr Regierungswechsel mit Hilfe eines *coup d'Etat* als mit irgendeiner anderen Methode, so Edward Luttwak in seinem machiavellistisch-fröhlichen Büchlein *The Coup d'Etat*. Es sind mehr Regierungen über einen solchen Coup gestolpert als über alle demokratischen Wahlen und Revolutionen zusammen. Da jeder Coup *per definitionem* eine Verschwörung ist, bedeutet dies, daß Verschwörungen in den vergangenen vierzig Jahren Weltgeschichte eine größere Wirkung hatten als die Summe aller auf freien Wahlen basierenden politischen Strategien und sämtlicher Volksaufstände. Das ist etwas unheimlich in einer Zeit, in der man als gebildeter Mensch davon ausgeht, schon die Idee einer Verschwörung sei ein Zeichen für Niedertracht, Schwachsinn, Exaltiertheit bis hin zu echter Paranoia. Es ist im wahrsten Sinne des Wortes verboten, darüber nachzudenken, wie dieser Planet in Wirklichkeit regiert wird.

4. Wenn Regierungen ohne Erlaubnis der Banken – ohne

von Banken gewährte Darlehen oder »Überziehungskredite« – nicht handlungsfähig sind, wenn die Regierung der Vereinigten Staaten einer Multimillionen (oder -billionen) Dollar schweren Banken- und Konzernelite »gehört« und wenn jede Menge andere Regierungen Verschwörungs-*Coups* zum Opfer fallen, dann wird der größte Teil der Menschheit ökonomisch und politisch von Personen kontrolliert, die der Öffentlichkeit im allgemeinen nicht bekannt sind und/oder nie in ihre Ämter gewählt wurden. Demokratische Theorien sind wunderbar und sehr inspirierend, haben aber nichts mit der aktuellen Situation domestizierter Primaten auf unserem unterentwickelten Planeten zu tun.

5. Während die Massen einerseits, politisch und ökonomisch gesehen, zwielichtigen Finanzleuten und verschwörerischen Abenteurern auf den Leim gehen, werden die gleichen Massen intellektuell von Personen kontrolliert, die zwar sichtbarer, einer rationalistischen Auffassung von Geschichte jedoch ebenso widerwärtig sind. Um es mal salopp zu sagen: Fast dreihundert Jahre, nachdem man allzu verfrüht das Zeitalter der Vernunft ausrief, befinden sich die meisten Leute in den meisten Ländern der Welt geistig gesehen meistenteils in totaler Abhängigkeit von religiösen Führern, die einfach nur bluffen, d. h. auf der Basis von Behauptungen operieren, die sich nicht beweisen lassen und jedem, der nicht in ihrem System aufgewachsen ist, völlig abstrus erscheinen.

Der Methodist sieht, wie absurd die Überzeugungen eines Katholiken sind. Der Katholik erkennt die offensichtliche Beschränktheit von militanten Sikhs, die Flugzeuge explodieren lassen, nur weil ein paar Hindus an Bord sind. Der Sikh wiederum versteht zweifellos, wie unlogisch die Scientology-Kirche argumentiert. Doch keiner derjenigen, den eine dieser Sekten durch die Mühlen ihrer Gehirnwäsche gedreht hat, kann erkennen, wie schwachsinnig seine eigene Theorie ist. Für einen rationalen Beobachter ist es gar nicht so leicht, zu entscheiden, ob die Führer dieser Sekten nur Zyniker sind, die ihren Anhängern das Geld aus der Tasche ziehen, oder genauso bescheuert wie ihre verwirrten Schäfchen.

Es kann schnell passieren, daß einem nachgesagt wird, man sei ein Satiriker, Nestbeschmutzer oder Zyniker, nur weil man Fakten zitiert. Aus dem bisher Gesagten wird klar, daß der überwiegende Teil der menschlichen Gattung politisch und wirtschaftlich von namenlosen Finanzcliquen und skrupellosen Verbrechern, intellektuell dagegen von Psychopathen und Scharlatanen regiert wird. Doch wir alle sind so konditioniert und indoktriniert, daß einer, der die Dinge beim Namen nennt, den Anschein erweckt, als wollte er unbedingt sarkastisch oder *shocking* sein.

Sehen wir uns doch die Situation auf dem Planeten mal etwas genauer an.

Trügerische Soziobiologie

Alle Menschen sind geborene Lügner.
Liam O'Flaherty, *Autobiography* (erster Satz)

Verschwörung ist die erste Manifestation intelligenten Lebens.

Die ursprünglich organischen Moleküle bildeten verwandte Gruppen und taten sich zusammen, um die Ressourcen des Planeten auszubeuten. Obwohl sie anfangs in kleinen Zellen operierten, entwickelten sich die DNS-Konquistadoren schnell zu hochkomplexen Organisationen und überzogen die einstmals tote Erde mit einem Netzwerk aus hungrigem, räuberischem Leben. In weniger als 3.500.000.000 Jahren breitete es sich vom Grund des Ozeans bis zu den Gipfeln des Himalajas aus, und

heute gibt es keinen Quadratzentimeter Erde, der nicht vom Virus des Lebens befallen wäre.
Die Minierspinnen gründeten Geheimgesellschaften und gingen in den Untergrund. Sie lauerten im stillen, verborgen unter einer harmlosen Tarnung aus Zweigen und Erde, nur um urplötzlich herauszuschießen und jeden Käfer oder anderen schmackhaften Leckerbissen zu verschlingen, der zufällig vorbeikam.
Die Zeit des Geheimagenten war angebrochen.
Rasch entpuppte sich die Technik des Sichbedeckthaltens und der Verstellung als evolutionärer Erfolg, die überall kopiert wurde. Heute noch verbergen sich Tausende von verschwörerischen Insektenspezies hinter ausgeklügelten Fassaden, die wir fälschlicherweise für Äste, Blattwerk oder Steine halten.
Andere Spezies brachten es noch schneller noch weiter. Der Polarbär legte sich einen weißen Pelz zu, um mit der Schneelandschaft zu verschmelzen. Die Flecken des Leoparden erinnern an sonnengesprenkeltes Laub und erschweren es dem Beobachter, ihn auszumachen. Die Norwegische Ratte *(mus rattus Norwegius)* lernte, sich tagsüber zu verstecken und erst im Schutz der Dunkelheit auf Jagd zu gehen.
Die ersten Menschen sahen sich um und kamen zu der verständlichen Einsicht: »Ein wahrer Dschungel!«
Die Psychologie des Menschen ist in Wirklichkeit noch immer die des Dschungels. Schon der Historiker Carl Oglesby sagt in *The Yankee and Cowboy War:*

> »... Unmengen von Verschwörungen wetteifern in der Nacht ... Verschwörung ist die gewöhnliche Fortsetzung gewöhnlicher Politik mit gewöhnlichen Mitteln ... und wo die Macht keine Grenzen erfährt, gibt es auch für die Verschwörung keine.«

Kaum finden sich die ersten Spuren menschlichen Lebens auf dem Planeten, da tauchen auch Zeugnisse für Geheimgesellschaften auf. Paläolithische Malereien beweisen, daß diese sich bezeichnenderweise in den tiefsten und finstersten Höhlen trafen, um dort böse Zauber und andere Machenschaften gegen rivalisierende Spezies auszubrüten.

In jedem der Anthropologie bekannten Stamm stößt man heute noch auf Geheimgesellschaften. Die meisten Stämme bilden rein männliche Geheimgesellschaften, viele aber nehmen auch nur weibliche Mitglieder auf. Eine ganze Reihe von Lesern werden sich wahrscheinlich daran erinnern, daß sie in ihrer Jugend eigene Geheimgesellschaften mit Losungen und freimaurerähnlichen Griffen gründeten, die sie ums Verrecken keinem Erwachsenen verraten hätten.

Von dieser evolutionären Warte aus hat jeder Paranoiker teilweise recht. Der Hauptfehler des Paranoikers scheint der typische Glaube an eine einzige riesige Mega-Verschwörung zu sein, die alles erklärt. Das aber ist schlicht unmöglich, denn es widerspricht den grundlegenden Gesetzmäßigkeiten der Primatenpsychologie. Domestizierte Primaten sind ebenso wie wilde Primaten boshaft und verschlagen, und sie besitzen einen ausgeprägten Sinn für Humor: Betrug ist ihre symptomatische Erfindung.

George Washington, der an die Macht kam, indem er sich gegen seinen König verschwor, sagte mit entwaffnender Ehrlichkeit: »Nationen haben keine permanenten Verbündeten, nur permanente Interessen.« Das ist der Grund, warum Regierungen, Konzerne und großangelegte Verschwörungen wie auch andere Lebenssysteme durchweg eine begrenzte Lebensdauer haben. Es gibt keine Regierung auf diesem Planeten, die in ihrer ursprünglichen Form mehr als zweihundert Jahre überdauert hat. Mit Ausnahme der holländischen East India

Company verfielen die meisten nach (durchschnittlich) hundert Jahren. Abgesehen von paranoiden Phantasien und romantischer Fiktion geht die Mehrzahl der Verschwörungen innerhalb von Monaten oder Jahren an ihren eigenen »inneren Widersprüchen« zugrunde. (Wenn es also trotzdem eine allumfassende Verschwörung gibt, die den Planeten beherrscht, muß diese, wie Donald Holmes im folgenden belegt, nicht-menschlichen Ursprungs sein.)

Das Studium der Verschwörung als eines Zweiges der Primatenpsychologie ist für sich genommen äußerst interessant – das wußte schon Machiavelli; wirkliche Verschwörungen aber sind längst nicht so wohldurchdacht und langlebig wie die in den Köpfen von Paranoikern und Ideologen – sie sind nur schmutziger.

Es ist eine Ironie unserer Zeit, daß Verschwörungen und Geheimgesellschaften üppiger wuchern als je zuvor, während es andererseits als unhöflich und unanständig gilt, darüber zu reden. In diesem Sinne besiegten die Nazis im Zweiten Weltkrieg die liberalen Demokratien, denn sie errichteten eine Art Denkkontrolle über den liberalen Geist. Liberale fürchten den Gedanken an Verschwörung, weil er in die einzige riesige Mega-Verschwörung, d. h. »einem Denken wie Hitler«, münden kann. Ein von Tabus beherrschter Geist jedoch ist ein unfreier Geist. Ich meine, es ist an der Zeit, Hitlers Macht über unser Denken zu brechen und anzufangen, sich Gedanken über die Fakten zu machen, statt sich von Tabus beherrschen zu lassen.

Verstellung, Täuschung und Handeln in der Gruppe haben eine lange Entwicklungsgeschichte, und Primaten verfügen über all jene traditionellen evolutionären Gewohnheiten, die im politischen Jargon »verschwörerisch« genannt werden. Auch wenn es ein Tabu ist, darüber nachzudenken: Das scheint der Stand der Dinge auf unserem Planeten zu sein.

Aufrichtige Bekenntnisse

Wo vier sich zu einer Verschwörung versammeln, sind drei Dummköpfe und der vierte ein Agent der Regierung.
Duncan Lunan, *Interstellar Communication*

Ehrlich gesagt habe ich selbst nie gewagt, gegen das liberale Gebot »Du sollst nicht an Verschwörung denken!« zu verstoßen – bis ich im wahrsten Sinne des Wortes mit der Nase draufgestoßen wurde.

Während der 60er Jahre lebte ich in Chicago und engagierte mich in der Anti-Vietnam-Bewegung. Spätere Untersuchungen im Kongreß brachten an den Tag, daß allein in Chicago über fünftausend Regierungsagenten in die Friedensgruppen eingeschleust worden waren – einige davon im Auftrag des Federal Bureau of Investigation (FBI), andere im Auftrag der Central Intelligence Agency (CIA), wieder andere im Auftrag der Army Intelligence. Ab 1968 führte das FBI ein Projekt unter dem Decknamen COINTELPRO durch. Es sollte sicherstellen, daß die Friedensbewegung Kenntnis von der Infiltration erhielt, um Verdacht, Mißtrauen und Paranoia unter den Individuen und Gruppen zu säen, die ansonsten harmonisch miteinander kooperiert hätten. Folglich bedeutete die Mitarbeit in der Friedensbewegung damals so etwas Ähnliches, wie in einem Eric-Ambler-Roman zu leben. Mindestens dreimal pro Woche wollte mir jemand schonend beibringen, daß einer meiner Freunde in Wirklichkeit ein Regierungsagent sei, und natürlich bezichtigte der, der gerade als Spitzel bezeichnet worden war, am nächsten Tag einen anderen desselben Verbrechens. Nach über zwanzig Jahren weiß ich heute noch nicht, wer damals ein Agent der Regierung war und wer nicht. Allerdings machte mir das alles eher Spaß als Angst, weil ich im Grunde wie Helen Keller der Meinung bin, daß »das Leben entweder ein großes Abenteuer oder nichts ist«.

Derselbe Hauch von Agentenroman begegnete mir Anfang der 70er Jahre wieder, als ich eine Kampagne mit dem Ziel unterstützte, den umstrittenen Wissenschaftler Dr. Timothy Leary aus der Haft zu entlassen. Jeder im Leary Defense Committee beschuldigte von Zeit zu Zeit den einen oder anderen Kollegen, mit der Regierung zusammenzuarbeiten. (Ich glaube, der Poet Ginsberg hatte mich über ein Jahr lang im Visier.) Schließlich brachte die Presse das Gerücht in Umlauf, »undichte Stellen« im Regierungsapparat hätten bestätigt, daß Dr. Leary selbst zum Informanten geworden sei. Diese klassische Le-Carré-Note gefällt mir immer noch, vor allem, weil manche Leute das Gerücht tatsächlich glaubten.

Schließlich kam heraus, daß die Regierung Learys Schwiegersohn, Dennis Martino, als Agent angeworben hatte. Dennis starb später in Spanien; drei verschiedenen Presseberichten innerhalb von zwei Tagen zufolge war es entweder Mord, Selbstmord oder ein Unfall. Das Rätsel um Martinos mysteriösen Tod blieb ungelöst, zumindest in den Vereinigten Staaten. Die spanischen Behörden sollen schließlich eine gerichtliche Untersuchung des Falles angeordnet haben, doch bis dahin hatten die amerikanischen Medien das Interesse verloren. Wenn man amerikanischen Quellen Glauben schenken will, hat Dennis Martino unbeabsichtigt eine Überdosis Rauschgift erwischt, sich das Leben genommen und ist gleichzeitig einem Killer zum Opfer gefallen, alles am selben Tag. Offensichtlich hatte kein Pressemensch in den Vereinigten Staaten ein Interesse daran, rauszukriegen, was zum Teufel passiert war.

Doch in der machiavellistischen Welt greift ein Rädchen ins andere.

Während meines letzten Jahres als Redakteur beim *PLAYBOY* kam einer meiner Bosse in mein Büro und schloß die Tür hinter sich. Dann eröffnete er mir, daß

mein Telephon abgehört und ich selbst vom Red Squad der Chicagoer Polizei überwacht würde.
Ich war verblüfft und fragte ihn, woher er das wüßte.
Er sagte, gewisse Leute beim *PLAYBOY* hätten ein Übereinkommen mit einem Polizeibeamten von Chicago getroffen. Dieser erhalte regelmäßig Zuwendungen über komplizierte Kanäle, die er mir nicht weiter erläuterte; als Gegenleistung informiere er seinen Kontaktmann beim *PLAYBOY*, sobald die Polizei sich hinter einen Mitarbeiter der Zeitschrift klemmte.
Bei dieser Gelegenheit begriff ich, wie häufig Spitzel bespitzelt werden.
Als nächstes verriet mir mein Informant, *warum* ich von der Polizei überwacht wurde. Ein Polizeispitzel bei den Black Panthers, sagte er, habe der Polizei gesteckt, ich unterhielte Verbindungen zu weißen Radikalen, die Waffen für die Panthers kauften.
Trotz meines Zynismus gegenüber Bullen war ich schokkiert. Erregt erklärte ich, daß nichts an der Geschichte wahr sei. »Das wissen wir, das wissen wir«, beruhigte mich der Kollege, der enge Beziehungen zu Hefner hatte. »Wir vertrauen dir.«
Und sie vertrauten mir. Sie versuchten weder, mich durch die Hintertür loszuwerden, noch das Bunny-Imperium meinem Einfluß zu entziehen. Im Gegenteil, sie boten mir sogar an, die Gerichtskosten zu übernehmen, falls die Polizei mich wegen dieser absurden Geschichte verknacken wollte.
Es vergingen Jahre, bis ich mich fragte, warum die Bosse des Imperiums in einer derart heißen Sache zu mir hielten. Heute vermute ich, daß sie mich selbst überwacht hatten, genau wie andere Kollegen, aber das ist nur eine Vermutung. Vielleicht lag es daran, daß ich ein vertrauenswürdiges Gesicht habe. Das wäre mir lieber.
Natürlich hatte ich nie Waffen für die Black Panthers

gekauft. Ich war einigen Panthers bei Friedensversammlungen begegnet, und der Informant hatte mich wohl da gesehen. Wahrscheinlich hatte er – oder sie – die Sache aufgebauscht, um beim Red Squad Eindruck zu schinden. Ein Redakteur des *PLAYBOY*, der sich mit den Black Panthers unterhält, ist keineswegs eine Sensation; ein Redakteur des *PLAYBOY* aber, der den Panthers Waffen besorgt – das wäre eine Story, mit der ein Spitzel möglicherweise einer riesigen Verschwörung auf der Spur war.

Ich könnte Ihnen noch mehr Geschichten dieser Art erzählen, aber auch dann müßte ich die Namen meiner Informanten schützen, und Sie würden mir nicht glauben. Die Wahrheit ist sehr viel merkwürdiger als die Sensation.

Statt dessen werde ich mich der Neuro-Ökonomie der Verschwörung zuwenden und von einigen bemerkenswerten Verschwörungen berichten, die ans Licht der Öffentlichkeit gelangten. Wir werden sehen, daß die von Dr. Holmes vertretenen Theorien, so schockierend sie auch sein mögen, nicht merkwürdiger sind als die Welt, in der wir leben.

Kapital und Geld

Ein Bankier ist ein Mann, der einem Geld leiht, wenn man beweisen kann, daß man es gar nicht braucht.
Mark Twain zugeschrieben

So wie die meisten Menschen nicht wissen, von wem unser Planet in diesem barbarischen Stadium der Evolution regiert wird, haben die meisten auch keinen blassen Schimmer, wo sein »Reichtum« herkommt. Das liegt

daran, daß sie nicht gelernt haben, zwischen »Reichtum« und »Geld« zu unterscheiden.
Ursprünglich ging das Geld vom Staat aus, wie ich anfangs erwähnte; deshalb behauptet König Lear, daß seine Verfolger ihn nicht der Geldfälschung bezichtigen könnten. In jenen Tagen war der Staat der einzige rechtmäßige Produzent von Münzen: Eine legale Münze war *per definitionem* eine staatliche Münze.
Als die Staaten dahinterkamen, welche Vorteile es brachte, minderwertige Münzen zu prägen – ein Thema, das Jonathan Swift überaus scharfsinnig in seinem wenig bekannten, aber brillanten Werk *Drapier Letters* behandelt –, wurde jeder Staat und jedes Individuum zum potentiellen Opfer von Münzen, die nicht genau die Menge Gold enthielten, die ihnen aufgeprägt war. Schließlich traute kein Staat auf diesem Gebiet einem anderen mehr über den Weg, bis immer mehr Papiergeld großer Bankfirmen die Rolle der Münzen übernahm und zum einzigen sicheren Medium des Tauschhandels wurde.
Amüsanterweise gesteht die Verfassung der Vereinigten Staaten dem Kongreß die Macht zu, Geld zu prägen und seinen Wert zu kontrollieren, der Kongreß aber hat dieses Privileg seit mindestens hundert Jahren nicht mehr wahrgenommen. Das offizielle Zahlungsmittel der Vereinigten Staaten wird von einer Privatbank ausgegeben, so wie in allen anderen Staaten auch (abgesehen von Albanien, einem einsamen Ketzer). Da nun aber auf allen amerikanischen Dollarscheinen der Begriff »Federal Reserve Note« (Bundesreservenote) steht, glauben die meisten Amerikaner, das Geld werde von der Bundesregierung der Vereinigten Staaten ausgegeben. In Wirklichkeit stammt es aus der Federal Reserve Bank* (Bundesreser-

* Federal Reserve: der Name der zentralisierten U.S.-Bank. Entspricht der Deutschen Bundesbank. Die Federal Reserve setzt die Zins- und

vebank), einer Privatbank, die zum Teil den Rockefellers und Morgans gehört. Wir »schulden die Staatsschulden nicht uns selbst«, wie Franklin D. Roosevelt einmal sagte, wir schulden sie den Rockefellers und Morgans.

Auf irischen Geldscheinen steht »Bank of Ireland«, auf englischen »Bank of England« und so weiter; in ganz Europa wissen die meisten Menschen, daß Banken, nicht Regierungen die Geldproduktion kontrollieren. Nur in den Vereinigten Staaten – einerseits, weil auf den Dollarnoten »*Bundes*reservebank« steht und man meint, Bund stehe für die Regierung, andererseits, weil die Verfassung dem Kongreß die Produktion von Geld gestattet – hält sich die Meinung, die Regierung sei eine souveräne Größe und nicht Eigentum der Banken, an die sie sich verkauft hat.

Nichts davon hat mit Realkapital im Sinne der klassischen Volkswirtschaft zu tun.

Realkapital im ökonomischen Sinne besteht aus greifbaren Aktiva. Es umfaßt nicht nur Fabriken, die individuellen oder gesellschaftlich gebundenen Kapitalisten gehören, sondern auch bekannte Rohstoffe, Erfindungen, Brücken, Straßen und wissenschaftliche Daten – kurz, alle Erzeugnisse menschlicher Intelligenz, die konkret dazu beitragen können, die Umwelt für einen oder alle angenehmer zu gestalten.

Wenn das gesamte Realkapital über Nacht verschwände, sähe die Welt daher beträchtlich anders aus. Wir wären buchstäblich in die Steinzeit zurückversetzt, und kein Bündel von Bundesreservenoten oder anderen Papieren könnte uns da je wieder herausholen. Wahrscheinlich bliebe uns nichts anderes übrig, als die gesamte Wissenschaft und Technik der vergangenen dreißigtausend Jahre Schritt für Schritt neu zu erfinden.

Diskontsätze fest und bestimmt, wieviel Geld im Umlauf ist. Alle anderen Banken haben sich nach ihr zu richten.

Andererseits könnte alles Geld der Welt – alle Bundesreservenoten, alle Geldnoten der Bank of England und anderer Institute, sowie alle Aktien und Schuldscheine – über Nacht verschwinden, und die Welt wäre, physikalisch gesehen, dieselbe wie zuvor. Mag sein, daß man sich darüber streiten würde, wem was gehörte, aber das Realkapital bliebe immerhin erhalten.

Um es für alle verständlich auszudrücken: Realkapital besteht aus »Dingen«, die nicht in Banken oder Computern deponiert werden können; Geld dagegen besteht aus »Vollmachten« oder Symbolen, die in Banken oder Computern gespeichert werden.

Natürlich ist Realkapital mehr als ein Haufen von soliden »Dingen«. Über dreißig Jahre predigte ich in zahllosen Publikationen, daß Realkapital im wesentlichen aus reiner Information besteht. Schließlich mußte ich einsehen, daß das niemand begreift, außer ein paar Mathematikern und Computerfreaks. Deshalb sage ich jetzt, um es zu vereinfachen, daß ich unter Realkapital Ideen verstehe, die *funktionieren*. Die Terminologie der allgemeinen Semantik definiert Reichtum als Ideen, die in ihrem Aufbau den Energiesystemen von Raum-Zeit ähnlich (isomorph) sind.

Reichtum ist eine Folge von Analyse, etwa, wenn man höhergeordnete Strukturen aus den von den Sinnen empfangenen groben Signalen herausfiltert. Man kann mitten in einem Weizenfeld verhungern, wenn man das Energiesystem von Raum-Zeit nicht wenigstens so weit analysiert hat, um zu wissen, daß Weizen eßbar und nahrhaft ist.

In diesem Fall sind Banknoten also nicht Realkapital, sondern Vollmacht für den Austausch von Realkapital. Derartige Vollmachten sind in einer fortschrittlichen, technologisch-ökonomischen Gesellschaft notwendig, denn der Tauschhandel selbst wird immer mühsamer und umständlicher.

Das meiste Geld existiert ohnehin in greifbarer Form, nicht einmal als Papier. In der heutigen fortschrittlichen und technisierten Gesellschaft existiert Geld entweder als Computerwerk oder, in weniger entwickelten Außenposten, als Eintragung in Kassenbüchern. Banken sind berechtigt, bis zum Achtfachen der Geldmenge zu verleihen, die sie tatsächlich besitzen. Penny Lernoux aber beweist in ihrem unschätzbaren Werk *In Banks We Trust*, daß sie oft weit darüber hinausgehen, in der Hoffnung, die Spuren zu verwischen, bevor der Bankprüfer ihnen auf die Schliche kommt.

Michele Sindona, eine der Hauptfiguren der Vatikan-Mafia-P2-Clique und Begründer der berüchtigten Franklin National Bank, wurde in Italien des Mordes an einem Untersuchungsrichter überführt, nachdem er in den Vereinigten Staaten bereits wegen Unterschlagung und Veruntreuung von Bankgeldern in fünfundsechzig Fällen angeklagt worden war. Sein Hauptfehler scheint darin gelegen zu haben, daß er leichtsinniger war als ältere und weisere Kollegen, die die Welt länger und diskreter regiert hatten als er. (Auf den Fall Sindona-P2 werden wir noch zurückkommen.)

Wenn Banken bis zum Achtfachen dessen verleihen, was sie in Reserve haben, spekulieren sie damit, daß nicht alle Kunden am selben Tag aufkreuzen und ihre Guthaben einlösen wollen. Da kann im Grunde nicht viel schiefgehen. Dieses Spiel ist jedoch auch ein Beleg dafür, daß der Reichtum auf dem Papier noch metaphysischer und unheimlicher ist als die minderwertigsten Münzen der korruptesten Tudor- oder Stuart-Monarchen. Wie durch Magie läßt sich das Realkapital des Planeten manipulieren, ganz einfach indem geisterhafte Zahlen von einem Computer zum anderen verschoben werden. Und es beweist, daß die tollkühnen Abenteurer und Helden von heute imstande sind, gespenstische Summen auf unwirklichem Papier alchimistisch in den Besitz von Rohstoffen, Industrieanlagen, Straßen, Brücken und gelegentlich ganzen Staaten umzuwandeln, indem sie Samuel Loyd folgen und »... einen Aufschwung nach Belieben« – oder eine ebensolche Baisse – herbeiführen.

Der Leser sollte einige Bücher zu Rate ziehen, die ich im folgenden anführe. Besonders lehrreich ist Richard Hammers *The Vatican Connection*, eine Dokumentation darüber, wie Johnny Roselli und seine Freunde in der amerikanischen Mafia gefälschte Aktien im Wert von einer Milliarde Dollar in den Verkehr brachten, die so in das Schwundsystem der Vatikanbank/Banco Ambrosiano geschleust wurden, daß die New Yorker Staatsanwaltschaft, obwohl sie Tonbandaufzeichnungen von Telephongesprächen der meisten Beteiligten besaß, nicht rauskriegen konnte, wo 900.000.000 der 1.000.000.000 Dollar geblieben waren.

Buckminster Fuller beschreibt, wie die moderne Welt von Machiavelli, Mafia, Atom und Öl (*Grunch. Raubzug der Giganten*) beherrscht wird. Die Mafia ist allseits bekannt. Atom und Öl stehen für multinationale Konzerne. Machiavelli ist das Vorbild der Papierzauberer oder internationalen Banken, die das ganze System erst ermöglichen. Kurz: ein Buch, das Sie unbedingt lesen sollten.

Neuro-Geographie der Verschwörung

Geh nach Westen, junger Mann.
Horace Greeley

Wie ich schon in meinem Buch *Der Neue Prometheus* (Sphinx 1985) belegte, hat sich das Realkapital der Welt einmal pro Generation verdoppelt, seit die empirischen

Wirtschaftswissenschaftler im 18. Jahrhundert anfingen, Daten zu sammeln. Das ist eine Nebenerscheinung der beschleunigten Verdoppelung von Wissen, die in den letzten zwei Jahrtausenden stattgefunden hat. (Informationen oder Ideen, die funktionieren, sind der Ursprung des Realkapitals – alles klar?) Der französische Statistiker George Anderla stellte fest, daß, wenn wir von dem gesamten Wissen des Jahres 1 nach Christus ausgehen, es sich folgendermaßen verdoppelt hat:

1 n.Chr.	1 Einheit
1500 n.Chr.	2 Einheiten
1750 n.Chr.	4 Einheiten
1900 n.Chr.	8 Einheiten
1950 n.Chr.	16 Einheiten
1960 n.Chr.	32 Einheiten
1967 n.Chr.	64 Einheiten
1973 n.Chr.	128 Einheiten

Ein Blick auf weltgeschichtliche Gleichungen zeigt, daß diese Verdoppelung von Wissen einem nach Westen (und leicht nach Norden) zeigenden Vektor folgte, so unter anderem Brooks Adams in *Law of Civilization and Decay*, Timothy Leary in seinen *Intelligenzagenten* und Buckminster Fuller in *Critical Path*.

Die Werkzeuge der Bronzezeit tauchten zuerst im südöstlichen Asien auf, gefolgt von Landwirtschaft in großem Stil, Sklaverei und Krieg. Im Jahre 1 n.Chr. lief die gesamte bis dahin entwickelte Technologie über die Schulen und Bankniederlassungen von Rom. Als dieser Wissensstand sich um 1500 verdoppelt hatte, lag das Zentrum der Macht in den Universitäten Norditaliens und bei großen florentinischen Bank-Dynastien wie den Medici. Um 1750 erfolgte die nächste Verdoppelung, diesmal in England, dem ersten Reich, »in dem die Sonne nicht untergeht«.

Um 1900 bekamen die Engländer Konkurrenz aus den Vereinigten Staaten; 1950 löste das amerikanische Imperium das englische endgültig ab. Die letzten vierzig Jahre haben den von Prof. Oglesby propagierten *Yankee and Cowboy War* bewiesen: Im Osten klammern sich Banker wie die Rockefellers an die Macht, doch wird ihre Vormachtstellung im Westen mittlerweile von Aufsteigern wie Howard Hughes in Frage gestellt.
Innovative Außenseiter und Abenteurer, deren Nervensysteme von mutierten Genen und/oder bizarren Prägungen und Konditionierungen beeinflußt sind, bewegen sich seit fünftausend Jahren ständig in Richtung Westen. Sie streben weg von der zentralisierten Gewalt und hin zu Peripherien und Grenzbereichen, denn dort können Einzelgänger und Genies sich am besten entfalten.
Clausewitz beschreibt den Krieg als eine Fortsetzung der Politik mit anderen Mitteln; Oglesby bezeichnet Verschwörungen als »gewöhnliche Fortsetzung gewöhnlicher Politik mit gewöhnlichen Mitteln«. Verschwörung, dieser düstere Bereich zwischen Politik und Krieg, ist ein Teil unseres glorreichen Primatenerbes, und deshalb definierte Ambrose Bierce den Frieden als »eine Periode der Verstellung zwischen zwei Perioden des Kampfes«.
Ich schlage vor, die Rolle der Verschwörung in der Menschheitsgeschichte als eine Periode der Verstellung aufzufassen, in der zwei Machtzentren kämpfen; das eine im Osten – es repräsentiert etablierte Ideen und alten Reichtum; das andere im Westen – es steht für innovative Ideen und neuen Reichtum. Enklaven von »Gesetzlosen« fristen in zwielichtigen Territorien zwischen den beiden Machtpolen ihr Dasein, inszenieren ihre eigenen Spielchen und ziehen, wo immer sie können, Nutzen aus der Paranoia auf beiden Seiten.
Der Anthropologe William Irwin Thompson hat vor kurzem in einer Aussprache in Oslo die Ansicht geäußert, die

Strategic Defence Initiative – das sogenannte SDI oder Star-Wars-Programm – sei radikaler und weniger reaktionär, als es auf den ersten Blick den Anschein habe. Thompson behauptete, in Wirklichkeit bedeute es unter dem Deckmantel politischen Säbelrasselns eine vollkommene Reorganisation der amerikanischen Gesellschaft in ein wissenschaftlich-technologisches Paradigma. Nur mit patriotischer Rhetorik, so fuhr er fort, könne man den Amerikanern ein solches Programm aufschwatzen, eins der teuersten und risikoreichsten Forschungsprojekte, das die Menschheit je in Angriff genommen hat. In diesem Konzept repräsentiert Reagan die »Cowboy-Elite«, von der Oglesby behauptet, sie sei dabei, das Yankee-Imperium mit den Rockefellers an der Spitze zu stürzen. Die Cowboys als elektronisch versierte Himmelsstürmer.

Wenn wir diese Faktoren in unsere Tabelle zur Verdoppelung des Wissens (Realkapitals) einbeziehen, ergibt sich folgendes:

Datum	*Wissensfaktor*	*Machtzentrum*	*Hauptfeinde*
1 n. Chr.	1	Rom	Griech./Ägypten
1500 n. Chr.	2	Florenz	Türkei
1750 n. Chr.	4	England	Frankr./Spanien
1900 n. Chr.	8	England	Deutschland
1950 n. Chr.	16	New York	Rußland
1960 n. Chr.	32	Kalifornien	Rußland
1967 n. Chr.	64	Kalifornien	Rußland
1973 n. Chr.	128	Kalifornien	New York
????		Japan	Kalifornien

Die aufkommende Macht scheint immer im Westen oder

Nordwesten der untergehenden Macht zu liegen, sie ist stets reicher und mächtiger als alle vorangegangenen Reiche, und sie erscheint dem alten Machtzentrum (und seinen eingesperrten Intellektuellen) als genau das, was Kalifornien heute zu sein scheint – eine Art soziologisches Granola, das zu gleichen Teilen aus Früchten, Nüssen und in Honig gerösteten Haferflocken besteht.

CIA & Mafia

Patriotismus, Sir, ist die letzte Zuflucht des Schurken.
Dr. Samuel Johnson

In den 60er Jahren tat sich der CIA mit zwei Anführern der Mafia, Sam Giancana und Johnny Roselli, zusammen. Mr. Giancana und Mr. Roselli lieferten professionelle Mafia-Killer, der CIA bildete sie aus und schickte sie nach Kuba, um Fidel Castro zu ermorden. Wie die meisten echten Verschwörungen blieb auch diese erfolglos; Señor Castro erfreut sich heute noch bester Gesundheit. Schließlich wurde die Verschwörung in einem Kongreßausschuß aufgedeckt, und die Medien berichteten weltweit darüber, so daß es nicht als exzentrisch gilt, darüber zu sprechen.
Allmählich wird deutlich, was ich unter der Spaghetti-Theorie der Verschwörung verstehe, besonders, wenn ich daran erinnere, daß Roselli am Druck von Aktien im Wert von einer Milliarde Dollar ($1.000.000.000) beteiligt war, die für die Vatikanbank bestimmt waren. Genaueres finden Sie in *The Vatican Connection* des *New-York-Times*-Reporters Richard Hammer, das ich jedem interessierten Leser ausdrücklich ans Herz lege.
Vieles spricht dafür, so Anthony Summers in *Conspi-*

racy, daß Johnny Roselli seine Hände auch bei der Ermordung von John und Bobby Kennedy im Spiel hatte, und zwar als Partner von Sam Giancana – dem Typ, der mit Roselli zusammen Killer für den CIA rekrutierte. Summers Beweise haben zwar keine rechtliche Beweiskraft, sind aber doch so plausibel, daß einem die Haare zu Berge stehen.

Der Kongreßausschuß zu den Kennedy-Morden kam aufgrund von wissenschaftlich ausgewerteten Ton- und Bildzeugnissen zu der Auffassung, daß es zwei Schützen am Dealy Plaza von Dallas gab – einen vorne und einen hinten. Auf der Basis weniger eindeutiger, doch überzeugender Beweise folgerte der Untersuchungsausschuß weiter, daß eine Verschwörung von mehr als zwei Personen wahrscheinlich, und eine mögliche Verstrickung der Mafia eine eingehendere Untersuchung wert sei.

Der Vorsitzende des Untersuchungsausschusses, Prof. Howard Blakey, wurde auf einer Pressekonferenz noch deutlicher. »Ich bin vollkommen überzeugt, daß die Mafia dahintersteckt«, erklärte er. »Es ist eine historische Tatsache.« (Zitiert in Summers *Conspiracy.*)

Sam Giancana wurde im Juni 1975 erschossen, nachdem er einmal vor dem Untersuchungsausschuß ausgesagt hatte und über eine weitere Befragung verhandelte, die nach dem Willen ihres Vorsitzenden unter Eid erfolgen sollte. Giancana wurde in den Mund geschossen – eine klassische Tötungsart der sizilianischen Mafia für vermeintliche Verräter, die mit dem Ausdruck *sasso in bocca* bezeichnet wird.

Johnny Roselli starb ein Jahr später, nachdem auch er vom Untersuchungsausschuß vorgeladen worden war. Der Journalist Jack Anderson sagte später aus, Roselli habe ihm erklärt, er selbst sei nicht an der Ermordung der Kennedys beteiligt gewesen, wohl aber ein anderer Mafia-Clan.

Die Mafia hat ihr internationales Imperium nur deshalb aufbauen können, weil die populärsten Drogen unserer Zeit illegal sind. In den letzten vierzig Jahren sind die Mafiabosse von Multimillionären zu Multimilliardären avanciert, nur weil völlig absurde Drogengesetze auch heute noch gültig sind.
In »liberalen« oder »gebildeten« Kreisen ist es durchaus legitim zu behaupten, sie hätten sich aufgrund von Dummheit, konservativen Einstellungen oder Aberglauben halten können. Deutet man aber an, daß sie nur deshalb noch wirksam sind, weil bestimmte Leute daran verdienen, gilt man entweder als Sonderling oder als übergeschnappt.
Wie auch immer, schon die alten Römer stellten, wenn es um Sozialpolitik ging, die alles entscheidende Frage: *cui bono?* (Wem nützt es?)

Interludium & Koan

Im CIA-Jargon ist ein »nützlicher Idiot« einer, der für ihn arbeitet, ohne es zu wissen.
Mein Engagement für radikale Politik hat mir ein bleibendes Vermächtnis beschert. Immer wenn ich den Verdacht habe, daß ich mich oder meine Theorien zu ernst nehme, halte ich inne und frage mich: »Kann es sein, daß ich ein nützlicher Idiot bin?«

Staat als Verschwörung

Ohne Gesetzmäßigkeit keine Gesetzlichkeit.
Laotse, *Tao Tê-King*

Wahrscheinlich ist der Staat, so wie wir ihn kennen, im Innersten ein verschwörerischer Organismus. Es gebe weder einen anthropologischen noch einen historischen Beleg dafür, daß so etwas wie Rousseaus »Gesellschaftsvertrag« in der Vorgeschichte bekannt war, behauptet der Soziologe Franz Oppenheimer in seinem Werk *The State* – im Gegenteil, der Staat als solcher tauche in der Geschichte erst nach Eroberungen durch bewaffnete Kräfte auf. Eine Elite der Eroberer schaffe bestimmte Institutionen wie Polizei, Armee, Besteuerung, also das Skelett des Staates, so wie wir ihn aus der Geschichte kennen, um ihre Macht über die Eroberten zu behaupten. Es ließen sich keinerlei Hinweise auf Stämme beobachten, die einen solchen Vertrag friedlich eingegangen wären und sich damit selbst einer Maschinerie der Unterdrückung ausgeliefert hätten. Es seien stets die Eroberer gewesen, die sie ihnen aufgezwungen hätten.
Bakunin argumentiert in *Gott und der Staat* dahingehend, daß kein Mensch »Gott« oder den »Staat« je gesehen hat. Das ist zwar verblüffend, aber wahr. Menschen, die sich Priester nennen, behaupten »Gott« zu vertreten; andere Menschen, die sich Beamte nennen, behaupten den »Staat« zu verkörpern, und dieser metaphysische Kunstgriff dient dazu, Taten zu rechtfertigen, die nicht nur als kriminell, sondern auch als barbarisch eingestuft würden, wenn man sich vor Augen hielte, daß es nur Menschen sind, die sie verüben. Eine ähnliche verbale Magie – sinnlose Begriffe wie »Ketzerei« und »Verrat« – soll die Opfer überzeugen, daß Widerstand schändlich ist,

Flucht oder Kampf verwerflich, und die Meinung, man sei ein Opfer, geradezu frevlerisch.
Mit anderen Worten, jeder, der einen anderen beraubt, ist ein Dieb – es sei denn, er tritt im Namen des Staates auf, dann ist er kein Dieb, sondern lediglich ein Steuereintreiber. Jeder, der Millionen von Menschen umbringt, ist ein Verrückter – es sei denn, er behauptet, ein »Diener des Herrn« zu sein, dann ist er kein Mörder, sondern ein Kreuzritter. Gegen einen Banditen darf ich mich mit Fug und Recht wehren, leiste ich jedoch Widerstand gegen einen Mann der Kirche oder des Staates, muß ich ein schlechtes Gewissen haben, denn dies ist gleichbedeutend mit »Ketzerei« oder »Verrat«.
Da der Staat aus einer Eroberung hervorging und durch Metaphysik (oder im Jargon der Logischen Positivisten, durch »Mißbrauch von Sprache«) aufrechterhalten wird, folgt er Oglesbys Gesetz: »Wo die Macht keine Grenzen erfährt, gibt es auch für die Verschwörung keine.«
Wir haben bereits Anthony Summers *Conspiracy* zitiert, um zu zeigen, daß begründete Hinweise für die Behauptung sprechen, die Mafia sei am Mord der beiden Kennedy-Brüder beteiligt, wenn nicht gar ihr Urheber gewesen. Das ist alles andere als Paranoia. Nach Summers neuestem Werk *(Goddess)* sprechen zahlreiche Indizien dafür, daß Sam Giancana und Johnny Roselli für die Wanzen im Schlafzimmer eines Hauses verantwortlich waren, das Peter Lawford gehörte, und wo sich Marilyn Monroe und Bobby Kennedy zu angeblich heimlichen Schäferstündchen trafen. Auch Jimmy Hoffa von der Teamster's Union, den Bobby Kennedys auf eine neue harte Linie eingeschworenes Justizministerium eingebuchtet hatte, soll an der Verschwörung beteiligt gewesen sein. Sie hatte das Ziel, Material zu sammeln, um Bobby zu erpressen. Eine BBC-Dokumentation, die sich auf Summers Buch stützte – »Say Goodnight to the President« (BBC-TV 1985) –, erhärtet seine Behauptungen.

Giancana und Roselli wurden Mitte der 70er Jahre erschossen. Jimmy Hoffa verschwand einfach von der Bildfläche und tauchte weder tot noch lebendig wieder auf. Man munkelt, er liege in Illinois unter einem Highway begraben.
Norman Mailer gewann während der Recherchen für seine Marylin-Monroe-Biographie den Eindruck, daß an ihrem Tod etwas vertuscht werden sollte. Mailer schloß sogar die Möglichkeit eines Mordes nicht aus.
Laut Summers *Goddess* und der zuvor erwähnten BBC-Dokumentation gab es in der Tat eine Verschwörung. Marylins Tod wurde drei Stunden lang geheimgehalten, während unbekannte Personen alle Beweise für die Affäre mit John und Bobby Kennedy aus ihrem Haus entfernten. Die Last der Indizien legt nahe, daß diese Verschwörung von Peter Lawford initiiert wurde, einem Schwager der Kennedys, der Marylin gelegentlich sein Haus zur Verfügung gestellt hatte. Es ist nicht bewiesen, daß Lawford je daran dachte, oder daran denken wollte, daß er auch die Spuren eines Mordes verwischte. Wahrscheinlich dachte er, oder wollte er denken, daß er nur die Spuren einer peinlichen Affäre beseitigte. Die Möglichkeit eines Mordes bleibt nach wie vor Spekulation, wenngleich Hank Messick, früherer Berater des New Yorker Komitees zur Verbrechensbekämpfung, noch heute daran festhält. Messick behauptet, ungenannte, doch gut unterrichtete Kreise hätten ihm gegenüber erklärt, daß Marylin ermordet wurde, um Bobby Kennedy in die Falle zu locken. Man habe Kennedy unter Druck setzen wollen, damit er seinen Feldzug gegen die Mafia einstellte.
Möglich, daß an dieser Theorie was dran ist.
Eine andere Geliebte von John F. Kennedy – die er nicht an Bobby weiterreichte – war eine gewisse Judith Exner. Miss Exner war, wie der Untersuchungsausschuß später herausfand, vor, während und nach der Affäre mit dem

Präsidenten auch die Freundin des Mafioso Sam Giancana. Der Untersuchungsausschuß kam zu der Ansicht, daß Mr. Giancana Miss Exner wahrscheinlich mehr oder weniger überredet hatte, mit dem Präsidenten ins Bett zu gehen, um ihn später erpressen zu können. Mr. Giancana wurde, wie man sich erinnern wird, vom Untersuchungsausschuß auch verdächtigt, an der Ermordung John F. Kennedys beteiligt gewesen zu sein, und er wurde erschossen, kurz bevor er vor dem Ausschuß aussagen sollte.

Eine weitere Affäre hatte John F. Kennedy mit Mary Pinchot Meyer, einer höchst interessanten Frau. Verheiratet war sie mit Cord Meyer, einem ranghohen CIA-Beamten, dem einzigen, der dreimal mit der Ehrenmedaille dieser Organisation ausgezeichnet wurde. Außerdem war Mary Pinchot Meyer eine Intimfreundin von Dr. Timothy Leary, der in seiner Biographie *Denn sie wußten, was sie tun* beschreibt, wie Mary ihm 1962 verriet, daß der CIA ihn und andere Wissenschaftler hindern wollte, die Ergebnisse ihrer Experimente mit LSD zu veröffentlichen, um die bewußtseinsverändernden Eigenschaften der Droge für sich zu behalten.

1964, etwa ein Jahr nach dem Mord an John F. Kennedy (oder zwei Jahre nach dem mysteriösen Tod von Marilyn Monroe), wurde Mary Pinchot Meyer in Washington auf offener Straße erschossen.

Anschließend ist Dr. Leary wiederholt verhaftet worden. Obwohl jede Anschuldigung gegen ihn bis auf eine fallengelassen werden mußte, wurde er schließlich wegen Besitz eines halben Joints zu siebenunddreißig Jahren verknackt und erst nach Verbüßung von fünf Jahren entlassen. Normalerweise hätte die Strafe für dieses Vergehen im Staat Kalifornien sechs Monate betragen. Leary behauptete, er sei von dem Beamten, der ihn festnahm, reingelegt worden, und er behauptete auch, daß der Mord

an Mary Pinchot Meyer ein Komplott war. Doch niemand interessierte sich für die Behauptungen Learys, denn schon über ein Jahr vor seiner Entlassung waren gezielt Gerüchte in der Presse verbreitet worden, wonach die Behörden es geschafft haben sollten, Leary »umzudrehen«. Komischerweise gibt es keinerlei Beweise dafür, daß irgend jemand aufgrund seiner Aussage verurteilt wurde; trotzdem »weiß« heute jeder, daß Leary ein Informant der Bullen ist.
Wie der Franzose sagt: Das alles gibt einem gewaltig zu denken.

Propaganda Due (P2)

Mach ihm ein Angebot, das er nicht ablehnen kann.
Don Corleone

Es ist mittlerweile allgemein bekannt, daß die Initiation zum Freimaurer ersten Grades eine deutliche Warnung enthält. Sollte der Kandidat je auf die Idee kommen, einen seiner Brüder zu verraten, wird er gejagt und dort gehenkt, wo die Flut seine Leiche bedeckt. Aber das vergessen wir am besten schnell wieder. Es ist nur ein »Ritual«, das man nicht allzu wörtlich nehmen sollte. Außerdem hatte schon Hitler nichts für die Freimaurer übrig, und wenn wir nicht aufpassen und weiter darüber nachgrübeln, warum Freimaurer andere Freimaurer aufhängen, verwandeln wir uns womöglich selbst in Monster vom Schlage eines Hitler.
Am Morgen des 18. Juni 1982 fand man die Leiche des Freimaurers Roberto Calvi. Sie hing unter der Blackfriars Bridge in London – wo die Flut seine Leiche bedeckte.
Ein liberales oder auch »aufgeklärtes« Bewußtsein verbie-

tet uns einen Gedanken, der an dieser Stelle ziemlich einleuchtend wäre.
Trotzdem erscheint es möglich, daß Signor Calvi von Freimaurern ermordet wurde, oder von Personen, die sich große Mühe geben, uns glauben zu machen, es seien Freimaurer gewesen.
Zur Zeit seiner Ermordung befand sich Calvi auf der Flucht aus Italien, wo er wegen massiven Aktienschwindels und Veruntreuung vor Gericht stand. Als Präsident des Banco Ambrosiano gehörte Calvi zu den wenigen Auserwählten, die mit der Regelung der finanziellen Angelegenheiten im Vatikan betraut waren. Aufgrund der engen Verflechtung zwischen dem Banco Ambrosiano und dem IOR (Istituto per le Opere Religiose = Vatikanbank), sowie seiner finanziellen Eskapaden, hatte er dem Vatikan Schulden in Höhe von Hunderten Millionen Dollar hinterlassen. Seine Witwe Clara Calvi behauptet, »hohe Persönlichkeiten im Vatikan« hätten die Ermordung ihres Gatten inszeniert.
Stephen Knight, ein englischer Journalist, will sich der Auffassung Signora Calvis nicht anschließen. In seinem Buch *The Brotherhood* vertritt er die These, Calvi sei von seinen Brüdern in der berüchtigten Freimaurerloge P2 (Propaganda Due) hingerichtet worden. Zwei andere Journalisten, Foote und della Torre, bieten eine dritte Variante an. In *Unsolved: The Mysterious Death of God's Banker* bemühen sie sich nachzuweisen, daß Calvi, der, wie alle Welt weiß, im Banco Ambrosiano und der Vatikanbank Geldwäscherei im großen Stil mit Erlösen aus Rauschgiftgeschäften betrieb, der Mafia zum Opfer fiel, weil er sie bei einem Heroindeal reingelegt hatte.
Im Verlauf ihrer ersten Sitzung erklärte die zuständige Untersuchungskommission – zugegebenermaßen auf der Grundlage von unzureichenden Indizien –, der Bankier habe Selbstmord begangen. Nach massiver Kritik seitens

der Presse trat eine zweite Kommission zusammen und erklärte, nicht entscheiden zu können, auf welche Weise der Mann zu Tode gekommen sei. Das wichtigste Argument, das gegen die Theorie eines Selbstmords sprach und in allen Untersuchungen des Falles Calvi erwähnt wurde, lautet, daß Calvi an einem Träger der Brücke baumelte, der selbst für einen geübten Akrobaten schwer zugänglich gewesen wäre. Calvi war zweiundsechzig, übergewichtig und schien sich aus Sport oder anderen Fitneßübungen nie etwas gemacht zu haben.

Ist es dann paranoid oder an den Haaren herbeigezogen, wenn man hinter Calvis Tod eine Verschwörung vermutet?

Als die Leiche gefunden wurde, entdeckte man, daß Calvis Hose mit Ziegelsteinen gefüllt war – rational schwer zu erklären, doch deutet dieser Symbolismus eindeutig in Richtung Freimaurerei.

Am selben Tag, an dem Calvi unter der Blackfriars Bridge baumelte, starb in Mailand seine Sekretärin Graziella Corocher unter nie geklärten Umständen: Sie stürzte oder sprang aus einem Fenster von Calvis Banco Ambrosiano – oder sie wurde gestoßen.

P2, die quasi-freimaurerische Geheimgesellschaft, der Calvi angehörte, wird von der italienischen Staatsanwaltschaft zahlloser Fälle von Betrug, Geldwäscherei im Zusammenhang mit Drogengeschäften der Mafia, Einschleusung von mehr als neunhundertfünfzig Agenten in die italienische Regierung, terroristischer Bombenanschläge und der Verschwörung beschuldigt, mit dem Ziel, mittels eines *coup d'Etat* eine faschistische Regierung in Italien zu etablieren. Die Wirtschaftsjournalistin Penny Lernoux fügt in ihrem Buch *In Banks We Trust* noch hinzu, zahlreiche Indizien sprächen dafür, daß die P2 die wichtigste Einnahmequelle für faschistische Regime in Lateinamerika sei, und sie zahlreichen nationalsozialistischen Kriegsverbrechern geholfen habe, eine neue Identität aufzubauen und einen Job bei den vom CIA unterstützten Todesschwadronen, Hauptstützen faschistischer Regime, zu finden. Lernoux belegt, daß die P2 für die Rückkehr des faschistischen Peron-Regimes an die Macht verantwortlich war und Peron sich anschließend persönlich bei Licio Gelli, dem Großmeister der P2, persönlich bedankte.

1978, vier Jahre vor Calvis Tod in London, schickte Mino Pecorelli Papst Johannes Paul I. ein Exemplar der von ihm herausgegebenen römischen Zeitschrift *L'Osservatore Politico*, in der er über hundert P2-Mitglieder und/oder Mitglieder anderer Freimaurerlogen namentlich aufzählte. Alle bekleideten Ämter im Vatikan (vor allem in der Vatikanbank, die enge Geschäftsverbindungen mit Calvis Banco Ambrosiano unterhielt). Kurz darauf starb der Papst unter mysteriösen Umständen. Es wurde keine Autopsie angeordnet, und der Vatikan weigerte sich, Journalisten den Totenschein zu zeigen.

In seinem umstrittenen Werk *Im Namen Gottes? Der mysteriöse Tod des 33-Tage-Papstes Johannes Paul I. Tatsachen und Hintergründe* versucht David Yallop nachzuweisen, daß der Papst von Vatikanbeamten vergiftet wurde, die entweder Mitglieder der P2 waren oder aber mit ihr in Verbindung standen. Mr. Yallop kann zwar seine Anschuldigungen, streng juristisch gesehen, nicht beweisen, doch ist seine Argumentation durchaus schlüssig.

Was immer hinter dem Tod von Papst Johannes Paul I. stecken mag, über den Tod Signor Pecorellis, der dem Papst die Liste mit den P2-Mitgliedern im Vatikan zuspielte, gibt es keinerlei Zweifel. Pecorelli wurde in seinem Wagen erschossen. Sein Mörder hatte ihm den Lauf einer Pistole in den Mund gesteckt und dann zweimal abgedrückt – derselbe *sasso in bocca* wie bei Sam Giancana. Es scheint unbestreitbar, daß Pecorelli der Mafia zum Opfer fiel – oder Personen, die sich große Mühe gaben, uns glauben zu machen, es könnte sich um die Mafia handeln.

Kokain, CIA und der Papst

Kokain ist nur die Art der Natur, einem beizubringen, daß man zuviel Geld hat.
Richard Pryor

An der zweifellos provokantesten Stelle der berühmten »Watergate Tapes« willigt Präsident Nixon ein, E. Howard Hunt eine Million Dollar zu zahlen, damit dieser die »Sache mit der Schweinebucht« für sich behält. Es fällt schwer, sich vorzustellen, welche »Sache« bis 1973, als dieses Gespräch stattfand, noch nicht herausgekommen war, oder warum Nixon bereit war, eine derartig hohe Summe zu zahlen, um sie geheimzuhalten.
Teilweise liegt die Antwort wahrscheinlich in der merkwürdigen Symbiose zwischen CIA und Mafia begründet, die wir bereits erwähnten. Mr. Hunt arbeitete für den CIA, als dieser mit Unterstützung von Mr. Roselli und Mr. Giancana Mordpläne gegen Fidel Castro schmiedete und die Invasion der Schweinebucht Gestalt annahm. Ein anderer Teil der Antwort findet sich möglicherweise in der Geschichte der World Finance Corporation, einer Bank in Miami, Florida, die Pleite machte, nachdem ihr Vorstand 1981 wegen wissentlicher Geldwäscherei im Zusammenhang mit den Kokaingeschäften diverser lateinamerikanischer Diktatoren verurteilt worden war. Präsident der World Finance Corporation war ein gewisser Hernandez Cataya, der ebenfalls mit Mr. Hunt im Dienst

des CIA gestanden hatte, als die Invasion der Schweinebucht geplant wurde.
Zwei weitere Geschäftsführer der World Finance Corporation entpuppten sich als ehemalige Angestellte des CIA. »Ehemalige Angestellte des CIA« kann zweierlei bedeuten: entweder, daß die Betreffenden die Organisation verlassen haben und keine Verbindung mehr zu ihr unterhalten, oder daß sie weiter für sie arbeiten und Zuwendungen über Schweizer Nummernkonten erhalten, obwohl ihre Namen nicht länger in den Unterlagen des Geheimdienstes erscheinen. Nur Gott und der Chef des CIA wissen, was der Begriff »ehemalige Angestellte« im Fall der World Finance Corporation und ihrer lukrativen Kokaingeschäfte zu bedeuten hat, die unter anderem der Unterstützung einiger Lieblingsdiktatoren der Organisation dienten.
Die Wirtschaftsjournalistin Penny Lernoux, die in ihrem Buch *In Banks We Trust* auch diese kuriose Bank unter die Lupe nimmt, zitiert Mitglieder der Staatsanwaltschaft von Dade County sowie eines Kongreßausschusses. Ohne Umschweife räumen diese ein, daß sämtliche Versuche, die Rolle, die der CIA im Fall der World Finance Corporation spielte, zu durchleuchten, an einer Mauer des Schweigens abprallten.
Trotzdem kam folgendes heraus: Das Kokaingeld wurde gewaschen, indem es in ein merkwürdiges System eingeschleust wurde, dessen Ursprünge bei einer noch zwielichtigeren Bank namens Cisalpine auf den Bahamas lagen. Die Haupteigentümer der Cisalpine Bank waren Roberto Calvi (Sie erinnern sich?) und Erzbischof Paul Marcinkus von der Vatikanbank. Miss Lernoux glaubt, daß das Drogengeld durch Calvis Banco Ambrosiano und die Vatikanbank wanderte, bevor es in irgendeinem fahndungssicheren Schwarzen Loch verschwand.
Lernoux behauptet – wie auch Yallop in dem bereits

zitierten Werk *Im Namen Gottes?* –, die profitable Verschwörung sei von Licio Gelli, dem Großmeister der P2, angeführt worden. Gelli, der in Italien (unter anderem) wegen Verschwörung, Mord, Betrug und der Planung eines Staatsstreichs angeklagt wurde, tauchte in Uruguay unter, nachdem er in der Schweiz verhaftet worden und in weniger als einer Woche aus einem angeblich ausbruchsicheren Gefängnis entkommen war.

Es *sieht* zwar so aus, als habe Signor Gelli von Anfang an hinter der Geheimgesellschaft P2 gesteckt, doch ist diese These von mehreren Journalisten in Zweifel gezogen worden. Stephen Knight behauptet in *The Brotherhood*, Gelli habe für den KGB gearbeitet, und versucht zu beweisen, daß die P2 ein sowjetisches Experiment war, um eine westliche Regierung zu destabilisieren. Knight gründet seine Theorie auf die Aussage eines britischen Geheimdienstlers, aus der wir folgern können, daß Gelli entweder für den KGB tätig war oder daß die Jungs beim MI5 ein eigenes Interesse daran hatten, uns glauben zu machen, daß er für den KGB arbeitete.

Sowohl Lernoux wie Yallop sind der Ansicht, es gebe zwar Hinweise darauf, daß Gelli vom KGB angeworben worden sei, noch gewichtigere Indizien aber sprächen dafür, daß er vorher für den CIA gearbeitet habe – in den fünfziger Jahren organisierte er Anschläge auf mehrere italienische Gewerkschaftsführer, deren Politik Washington nicht paßte. Die Vermutung liegt nahe, daß Gelli aus dem »Krieg der Geheimdienste« seinen eigenen Nutzen zog.

Viele italienische Journalisten haben nachzuweisen versucht, daß Gelli und die P2 als »Tarnung« für eine andere, ältere Freimaurergruppe dienten. Larry Gurwin vom *Institutional Investor* (London) zitiert in seinem Buch *The Calvi Affair* ein früheres P2-Mitglied mit der Behauptung, die mysteriöse Loge habe ihren Sitz in Monte Carlo.

Gurwin weist aber auch darauf hin, daß Gelli Mitglied der

Großloge der Hohen Ägyptischen Freimaurerei war, bevor die P2 gegründet wurde. Die Großloge ist Kennern der Verschwörungsliteratur natürlich ein Begriff. Sie wurde 1771 vom Herzog von Orleans und dem geheimnisvollen Grafen Cagliostro gegründet, und viele glauben, daß sie bestimmte Ereignisse während der Französischen Revolution manipulierte, um Orleans auf den Thron zu heben. Wenn das stimmt, so war ihr, wie den meisten derartigen Komplotten, kein Erfolg beschieden: Orleans endete unter dem Fallbeil und nicht auf dem Thron. Trotzdem spielte die Großloge eine so bedeutende Rolle bei vielen politischen Abenteuern und Verbrechen großen Stils, daß britische Freimaurer sich weigerten, sie als »echte« Freimaurerloge anzuerkennen.

Die Flucht des Großmeisters Licio Gelli aus einem angeblich ausbruchsicheren Schweizer Gefängnis hat Spekulationen Auftrieb gegeben, wonach die Macht der P2 nach wie vor ungebrochen ist, trotz der Verfolgung Hunderter ihrer Mitglieder in Italien. Yallop und Lernoux kommen unabhängig voneinander zu dem Schluß, daß die P2 in ganz Lateinamerika äußerst aktiv ist; Yallop behauptet außerdem, daß auch in den Vereinigten Staaten noch eine mächtige P2-Loge operiere.

Vielleicht darf ich an dieser Stelle auf einige Ansichten von Roberto Calvi, einem Kenner dieser Materie, hinweisen. Sowohl bei Yallop wie auch bei Gurwin finden sich Hinweise, daß Calvi Mario Puzos Roman über die Mafia, *Der Pate*, bei mehreren Gelegenheiten empfahl und behauptete, es sei das einzige Buch, das erzähle, »wie es auf der Welt tatsächlich zugeht«. Calvi glaubte an das, was die Italiener *potere occulto* nennen – eine verborgene Macht, die hinter den Kulissen operiert. Sein Sohn Carlo behauptet, Roberto sei »von Geheimgesellschaften« fasziniert gewesen, und Calvis Anwalt erklärte Gurwin gegenüber, Roberto Calvi sei fest davon überzeugt gewesen, daß die Welt von Verschwörungen regiert werde.

Der Plural ist von großer Bedeutung. Amateure auf diesem Gebiet scheinen immer wieder den Fehler zu machen, von einer einzigen Riesenverschwörung auszugehen. Das rührt daher, daß Verschwörungen – wie ein Teller Spaghetti – von unzähligen Verwicklungen und Überlappungen gekennzeichnet sind. Die Spaghetti jedoch mit einem kohärenten oder intelligenten Organismus zu verwechseln ist dasselbe, wie Treibgut auf dem Meer für die Umrisse einer feindlichen Armee zu halten.
Es ist bemerkenswert, daß Gurwin, obgleich er für den konservativen *Institutional Investor* arbeitet, nach Verfolgung der verschlungenen Wege des Vatikans, der Mafia, des CIA und der Freimaurerei durch den Dschungel der Irreführung und Verschleierung zu dem Schluß gelangt, Roberto Calvis Weltsicht sei möglicherweise weit zutreffender, als irgend jemand sich vorzustellen vermag.

Verquere Songs und muntere Weisen

Das Schachbrett ist die Welt . . .
der Spieler auf der anderen Seite unsichtbar.
Thomas Henry Huxley, *Collected Essays*

Sämtliche Geheimgesellschaften haben ihre eigenen Mythen – so die Freimaurer die Allegorie vom Sohn der Witwe –, doch scheint überhaupt allen menschlichen Gruppen das Bedürfnis nach symbolischer oder transzendentaler »Wahrheit«, also nach Mythos und Allegorie, gemeinsam zu sein.
Manche Geheimgesellschaften haben natürlich echte Geheimnisse, denn konventionelle »Geschichte« und »Wahrheit« entpuppen sich, wie Marx deutlich machte, in jedem Stamm, bei jeder Nation als Mythen der herr-

schenden Klasse. Die Wahrheit ist immer »mit sieben Siegeln verschlossen«, weil niemand so paranoid ist wie professionelle Verschwörer und die herrschenden Eliten ausnahmslos Angst haben, daß irgendein wirkliches Wissen zum Allgemeingut werden könnte.
Diejenigen, die Geld horten, Titel vergeben und so weiter, speichern auch Informationen; das ist ein natürlicher Reflex von Säugetieren und zugleich, wie von Neumann und Morgenstern in *Spieltheorie und Wirtschaftswissenschaft* mathematisch beweisen, der Schlüssel aller Strategie. Informationen zurückzuhalten und falsche Informationen zu verbreiten sind erfolgreiche Strategien beim Pokern, beim Wettbewerb und bei heißen oder kalten Kriegen. Alle Stempel mit der Anweisung VERTRAULICH! oder STRENG GEHEIM! sind Beispiele für diese Angewohnheit von Primaten, Information zu horten.
Werfen wir in diesem Zusammenhang einen Blick auf Pater Juan Krohn, der 1982 in Fatima versuchte, Papst Johannes Paul II. zu ermorden. Während der Gerichtsverhandlung erklärte Pater Krohn, der Vatikan sei in den letzten Jahrzehnten von »Freimaurern und Satanisten« übernommen worden. Dies war auch die Theorie des abtrünnigen Erzbischofs Lefebvre in Frankreich, der Pater Krohn zum Priester weihte und in dessen intellektueller Entwicklung eine entscheidende Rolle spielte. Viele Gläubige haben sich gefragt, warum Lefebvre, dessen Anschuldigungen gegen den Vatikan Legion sind, nie exkommuniziert wurde. Die Autoren Lincoln, Leigh und Baigent zitieren in ihrem umstrittenen und äußerst spekulativen Werk *Holy Blood, Holy Grail* die Ansicht eines Anhängers Lefebvres in England, wonach der aufsässige Prälat über eine Waffe gegen den Vatikan verfügen soll, die angeblich »die Welt erschüttern« wird.
Worum es sich bei dieser Waffe auch handeln mag, es sind wahrscheinlich nicht intime Details über die Unter-

wanderung der Vatikanbank durch Freimaurer oder die P2; die sind zur Genüge veröffentlicht worden, und der Vatikan hat sie behandelt wie alle unwillkommenen Nachrichten. Am 23. Juni 1983 veröffentlichte die *Irish Press* folgende wohlformulierte Stellungnahme des Papstes zu einer Untersuchung über vermeintliche Betrügereien und Drogengeschäfte, in welche die Vatikanbank verwickelt war:

> »In den Zeitungen stehen alle möglichen unglaublichen Meldungen, die jeder Grundlage entbehren. Sie sollten nicht zulassen, daß Ihr Glaube durch Dinge erschüttert wird, die Sie in der Zeitung lesen.«

W. C. Fields hätte es nicht besser ausdrücken können.
Was die gefährliche Waffe angeht, die der abtrünnige Lefebvre möglicherweise gegen den Vatikan in der Hand hat, tappen wir also weiter im dunkeln. Pater Malachi Martin S. J. berichtet in seinem Buch *The Decline and Fall of the Roman Church,* Lefebvre habe zuerst Papst Johannes Paul I. eine Mappe mit Dokumenten zugespielt, die freimaurerische Verbindungen hoher Vatikanbeamter belegten, zusammen mit Photos von Kardinälen in Gesellschaft ihrer Lustknaben oder ähnlichen Geschmacklosigkeiten. Doch der Papst verschied, ehe er in irgendeiner Form Stellung nehmen konnte. Nach seinem plötzlichen Ableben erklärte Abbé Ducaud-Bourget, Lefebvres rechte Hand, vor der Presse: »Es ist kaum anzunehmen, daß er eines natürlichen Todes starb«, was einen neuen Höhe- oder Tiefpunkt im Propagandakrieg zwischen Lefebvre-Anhängern und dem Vatikan darstellte. Irgendwie hat man das Gefühl, daß vieles im dunkeln blieb.
Sowohl der Erzbischof Lefebvre als auch der Abbé Ducaud-Bourget, so Jean Delaude in *Le Cercle d'Ulysse,* sind Mitglieder der Priorei von Zion. Delaude bezeichnet diese

als alten katholischen Orden, streng konservativ, der Lefebvre zum nächsten Papst machen will. Weiterhin behauptet er, Abbé Ducaud-Bourget sei der gegenwärtige Großmeister der Priorei, der 1963 die Nachfolge Jean Cocteaus angetreten habe.

Eine ganz andere Sicht vertritt Gerard de Sede in *La race fabuleuse*. Er erklärt, daß die Priorei aus den Nachfahren der Merowinger und einigen ihrer Verbündeten hervorging, die sich der Sache der Merowinger verschrieben hätten. Eine andere, von de Sede nicht benannte Gruppe, die jedoch verdächtige Ähnlichkeit mit dem Vatikan besitzt, verfolgt und ermordet die Merowinger seit über tausend Jahren; sie tötete den letzten König der Merowinger, Dagobert II., am 23. Dezember 689 und (möglicherweise aus Gründen der Symmetrie) am 23. Dezember 1971 de Sedes Hauptinformanten, einen gewissen »Marquis de B.«. Am Ende dieser seltsamen und unbewiesenen Theorie offenbart de Sede das Geheimnis der Merowinger und der Priorei von Zion: Übermenschliche Wesen seien es, Abkömmlinge einer Verbindung zwischen dem Stamm Benjamin im alten Israel und Außerirdischen vom Sirius.

De Sede verliert kein Wort über Erzbischof Lefebvre, doch ist das auch nicht nötig – die Außerirdischen sind aufregend genug.

Der Schweizer Journalist Mathieu Paoli sah die Sache noch anders, wie er in seinem Buch *Les Dessous d'une Ambition Politique* darlegte. Auch Paoli erwähnt den abtrünnigen Erzbischof nicht. Er berichtet, daß die Propaganda der Priorei von Zion innerhalb der Schweiz über die Großloge Alpina verbreitet wird, der größten Freimaurerloge des Landes und derjenigen, die angeblich die Kontrolle über das Schweizer Banksystem ausübt. (Eigenartigerweise deutet Yallop in seinem Buch *Im Namen Gottes?* an, daß sich unter den Freimaurern in der Vatikanbank neben Mitgliedern der P2 auch solche der Großloge Alpina befanden.) Paoli fand heraus, daß *Circuit*, das Nachrichtenmagazin der Priorei von Zion, durch die Großloge Alpina vertrieben wurde, hauptsächlich obskure Artikel über Astrologie und Okkultismus enthielt und laut Titelseite von einem »Komitee zur Sicherung der Rechte und Privilegien preiswerten Wohnens« herausgegeben wurde, was von einem gewissen hermetischen Humor seitens der Priorei zeugt. Tatsächlich stammte *Circuit*, wie Paoli herausfand, aus dem Büro einer Verwaltungsabteilung namens »Komitee für Öffentliche Sicherheit« in Paris.

Direktoren des »Komitees für Öffentliche Sicherheit« waren damals Andre Malraux, der bekannte Kritiker und Romancier, und Pierre Plantard de Saint Claire, von dem wir bald mehr erfahren und weniger verstehen werden. Sowohl Malraux wie auch Plantard dienten während des Zweiten Weltkriegs unter de Gaulle in der französischen Befreiungsarmee und blieben nach dem Krieg befreundet.

Natürlich wurde Paoli bei seinen Nachforschungen bezüglich der Priorei von Zion behindert, trotzdem gipfelt sein Buch in der Schlußfolgerung, daß der Einfluß der Priorei bis weit in die französische Regierung und das Bankensystem der Schweiz hineinreicht.

De Sedes Buch über die hebräisch-außerirdischen Ursprünge der Priorei war noch nicht erschienen, als Paoli *Les Dessous* veröffentlichte; es ist daher amüsant, daß er darin ohne Kommentar das Titelblatt einer *Circuit*-Ausgabe abdruckte. Es zeigt eine Karte von Frankreich mit einem Davidstern, und darüber ein Ding, das aussieht wie ein Raumschiff ... noch ein Beispiel für hermetischen Humor, vermute ich. Das Titelblatt scheint bewußt mit der Paranoia nicht nur der Antisemiten, sondern auch der Anhänger teuflischerer UFO-Theorien zu spielen.

Es ist (hoffentlich) nur ein Zufall; Paoli jedoch wurde

kurz nach der Veröffentlichung seines Buches in Israel als Spion hingerichtet.

Die Literatur über die Priorei von Zion dagegen wächst und gedeiht.

Glaubt man Lincoln, Baigent und Leigh *(Holy Blood, Holy Grail)*, so besteht das Geheimnis der Priorei von Zion darin, daß ihre Anführer, wie auch de Sede behauptet, von den Merowingern abstammen. Die Merowinger ihrerseits hätten jedoch nichts mit Außerirdischen zu tun, sondern gingen zurück auf Jesus Christus und Maria Magdalena. Weiter heißt es (wie bei de Sede nur vage angedeutet), der Vatikan habe Dagobert II. ermorden lassen, was jedoch nicht unbedingt bedeuten müsse, daß der Vatikan auch den Nachfahren Dagoberts – oder Jesu – nach dem Leben trachte. Die Autoren bezeichnen Pierre Plantard de Saint Claire, nicht den Abbé Ducaud-Bourget, als Großmeister der Priorei von Zion und versuchen nachzuweisen, daß Plantard ein direkter Nachkomme von Jesus Christus und Maria Magdalena war.

Monsieur Plantard gab den Autoren tatsächlich ein Interview, in dem er sich von einer ausgesucht okkulten und nebulösen Seite zeigte. Er gab keinerlei Auskünfte über seine Abstammung, räumte jedoch ein, daß sich die Priorei von Zion im Besitz eines Schatzes befinde, der Israel gehöre, daß dieser Schatz nicht materieller, sondern spiritueller Natur sei und daß er Israel »zu gegebener Zeit« zurückgegeben werde. Dies könnte ein nützlicher Hinweis, ebensogut aber ein geschicktes Ablenkungsmanöver sein.

Folgt man Michael Lamys Werk *Jules Verne: Initiate et Initiateur*, so war Verne Mitglied der Priorei von Zion, welche ursprünglich als Fassade für die Verschwörung der Illuminaten in der Freimaurerei des 18. Jahrhunderts gedacht war. Selbstverständlich waren die Illuminaten und die Großloge der hohen Ägyptischen Freimaurerei, aus der die P2 hervorging, identisch. Das große innere Geheimnis der Priorei besteht in ihrem Wissen um einen Tempel in Rennes-le-Château, von dem aus ein Schacht zum Zentrum der Erde führt, und weiter zu einer Rasse von unsterblichen Übermenschen. Verne hat, wie jedermann weiß, in mehreren Romanen auf dieses Geheimnis angespielt.

Wie de Sedes Märchen über eine Verbindung zwischen Außerirdischen und Hebräern ist auch diese These, daß Teile von Jules Vernes Science-fiction in Wirklichkeit wissenschaftliche Fakten seien, nicht hinreichend belegt. Doch gibt es tatsächlich einen Tempel in Rennes-le-Château, der auch in den meisten anderen Werken über die Priorei erwähnt wird. Ein exzentrischer Priester namens Sauniere erbaute ihn um 1890, weihte ihn Maria Magdalena und ließ über dem Eingang eine rätselhafte Inschrift anbringen: DIESER ORT IST VOLLER SCHRECKEN. (Klar, daß die Vorstellung, Jesus habe mit Maria Magdalena ein Kind gezeugt, dessen Nachkommen heute unter uns weilen, für einen strenggläubigen Christen ihre Schrecken haben muß.)

Eon Begg erklärt in *The Cult of the Black Virgin,* daß die geheimnisvollen Schwarzen Jungfrauen in europäischen Kirchen – über vierhundert davon soll es geben, die den meisten Historikern unerklärlich und dem Vatikan äußerst peinlich sind – im 13. Jahrhundert durch die Priorei von Zion aufgestellt wurden. Begg, der eher esoterische Anspielungen als deutliche Erklärungen abgibt, geht sogar noch einen Schritt weiter und behauptet, die Priorei habe gleichzeitig die Tarotkarten in Europa eingeführt und all dies habe mit Maria Magdalena und dem islamischen Sufi-Orden zu tun.

Doch werfen wir noch einen Blick auf *Holy Blood, Holy Grail.* Die Autoren weisen darauf hin, daß sich in Pater Saunieres Tempel in Rennes-le-Château einige höchst unorthodoxe Kreuzwegstationen fänden. Eine davon stelle dar, wie der Leichnam Jesu während der Nacht von Verschwörern aus dem Grab getragen werde, so als sollte eine Auferstehung vorgetäuscht werden. Eine andere, weniger blasphemische als unheimliche, wenn man es recht bedenke, zeige unter den Zuschauern bei der Kreuzigung einen Schotten im Kilt.

Pater Sauniere war, darüber sind sich alle Quellen einig, ein Anhänger, vielleicht sogar ein Mitglied der Hermetischen Bruderschaft des Lichts, einer Pariser Geheimgesellschaft, der unter anderem auch Claude Debussy, Gérard Encause und Aleister Crowley angehörten. Mehrere unserer Quellen bezeugen, daß Debussy Großmeister der Priorei von Zion war. Encause, besser bekannt unter seinem Pseudonym »Papus«, verfaßte eines der bedeutendsten Werke über das Tarot, war später in Rußland eng mit Rasputin liiert und soll in undurchsichtige Machenschaften vor der Russischen Revolution verstrickt gewesen sein. Auch Crowley schrieb ein einflußreiches Buch über das Tarot und wurde Outer Head des Ordo Templi Orientis (eines Geheimbundes, der angeblich vom Sufi-Orden und den Tempelrittern abstammt). Während des Ersten Weltkrieges war Crowley für den deutschen Geheimdienst tätig, blieb jedoch seltsamerweise eng mit dem damaligen Geheimdienstchef der britischen Marine befreundet, was manch einen zu der Vermutung veranlaßte, er sei zumindest ein Doppelagent gewesen.

Francis King behauptet in *Satanism and Swastika*, der Outer Head des Ordo Templi Orientis vor Crowley, Dr. Theodore Reuss, habe ebenfalls für den deutschen Geheimdienst gearbeitet und sei speziell auf Karl Marx angesetzt gewesen.

Es ist vollkommen sinnlos, all das auf eine einigermaßen rationale Art erklären zu wollen. Erinnern wir uns an die Spaghetti-Metapher und vergessen wir nicht, daß Verschwörungen ebenso wie Nationen keine permanenten Verbündeten, nur permanente Interessen haben. Es lohnt sich jedoch, darauf hinzuweisen, daß Pater Sauniere, der Maria Magdalena einen Tempel baute, den er als Ort voller Schrecken bezeichnete, und Beziehungen zur Hermetischen Bruderschaft des Lichts und zur Priorei von Zion unterhielt, aus ungeklärten Gründen später zu großem Reichtum gelangte. Lincoln, Baigent und Leigh behaupten, der Erzherzog Johann von Habsburg habe dabei seine Hände im Spiel gehabt.

Maynard Solomon erklärt in seiner Biographie *Beethoven*, die »Kantate auf den Tod von Kaiser Josef II.«, Beethovens erstes größeres Werk, sei von den Illuminaten in Auftrag gegeben worden. Die Kantate preist Kaiser Josef als Lichtbringer und Feind von Finsternis und Aberglauben. Die Erleuchtung des Kaisers scheint sich vor allem darin auszudrücken, daß er die Freimaurerei in Österreich (einschließlich der Illuminaten-Logen) legalisierte und die katholischen Schulen schloß, um sie durch eine öffentliche, säkularisierte Erziehung zu ersetzen.

Welch grandiose Schlüsse ließen sich aus der Tatsache ziehen, daß ein Habsburger des 18. Jahrhunderts ein Freund der Freimaurerei und ein Held der Illuminaten war, und ein anderer Habsburger, diesmal des 19. Jahrhunderts, einem fremden Priester mit guten Beziehungen zur Priorei von Zion zu Reichtum verhalf!

Und welch seltsame, romantische Vorstellungen brächen auf, wenn wir diese Tatsache mit der Genealogie der Merowinger in Verbindung brächten, die sich in der Bibliotheque Nationale befindet und Leo Shidlof zugeschrieben wird! Dieser Genealogie zufolge stammen die Habsburger geradewegs von den Merowingern ab und sind daher Nachkommen Jesu Christi und Maria Magdalenas, wenn sie *Holy Blood, Holy Grail* zuneigen, bzw. Abkömmlinge außerirdischer Wesen vom Sirius, sollten sie *La Race Fabuleuse* vorziehen.

Der gegenwärtige Sproß der Familie, Dr. Otto von Habsburg, hat Verschwörungsfreaks auf sich aufmerksam gemacht, weil er eines der führenden Mitglieder der Bilderberger ist – eines verschwiegenen Kreises von Finanzmännern, die sich einmal im Jahr (stets an einem anderen Ort) versammeln, ohne der Presse zu verraten, worüber sie verhandeln oder welche Ziele sie verfolgen. Neben Dr. Otto von Habsburg sind die bekanntesten Mitglieder der Bilderberger David Rockefeller, der das Bankensystem der Vereinigten Staaten kontrolliert, sowie Prinz Bernhard von den Niederlanden.
Auch Prinz Bernhard hat Shidlofs Genealogie zufolge merowingische Vorfahren. Das heißt, er ist entweder ein direkter Nachkomme Jesu Christi oder außerirdischer Besucher, oder irgendwelche Geheimbündler machen sich einen Spaß daraus, falsche Fährten zu legen, um Nichteingeweihte in die Irre zu führen.

Trilaterale Spaghetti

Jede Diskontbank bedeutet offene Korruption, Raub an der Öffentlichkeit zugunsten individueller Bereicherung; und wenn ich dies in meinem Letzten Willen ausspräche, würden die Amerikaner mich posthum für wahnsinnig erklären.
John Adams, Brief an Benjamin Rush, *Works*, Bd. IX, Seite 638

David Rockefeller ist natürlich nicht nur der wichtigste Geldgeber der mysteriösen Trilateral Commission, sondern darüber hinaus auch Besitzer der Chase Manhattan Bank und Mitglied des exklusiven Bilderberger-Clubs. Lyndon Larouche, der exzentrische ehemalige Trotzkist und heutige Konservative, sieht in der Trilateral Commission Rockefellers Versuch, die Weltherrschaft an sich

zu reißen, aber Larouche glaubt auch, die eigentliche Drahtzieherin des internationalen Drogenhandels sei Königin Elizabeth II. Doch auch andere, weniger sonderbare Zeitgenossen als er haben ihre Bedenken bezüglich der Trilateral Commission. Zum Beispiel Sean McBride, Träger der amerikanischen Medal of Justice, des Lenin-Friedenspreises, der Dag-Hammarskjöld-Tapferkeitsmedaille der UNO und des Friedensnobelpreises. Er behauptet ebenfalls, daß die Trilateral Commission im Grunde nichts anderes als eine Fassade für Rockefellers Finanzinteressen sei. McBride findet es eigenartig, daß ein kleiner Staat wie das neutrale Irland einen Premierminister und zwei Kabinettsmitglieder hat, die der Trilateral Commission angehören. In der ganzen westlichen Welt sind Trilateralisten in hohem Maß in Regierungen vertreten, die der NATO angehören.
Penny Lernoux bezeichnet die Trilateral Commission als David Rockefellers größten Fehler. Sollte sie tatsächlich der Versuch gewesen sein, Rockefellers Finanzinteressen zu fördern, müsse man sie als absoluten Fehlschlag einstufen, da ihre Mitglieder größtenteils damit beschäftigt seien, sich zu streiten.
Kehren wir also zur Spaghetti-Theorie zurück und erinnern uns, daß der überwiegende Teil aller Verschwörungen nicht halb so gut funktioniert, wie ihre Macher es gern hätten. Noch regieren die Trilateristen die Welt nicht, aber sie sind wie Spaghetti in jeder verwandten Gruppierung auf der Welt enthalten, vorausgesetzt, diese verfügt über ein gewisses Machtpotential. Durch Prinz Bernhard besitzen sie einen direkten Draht zumindest zu den Bilderbergern, wahrscheinlich aber auch zu den Hintermännern der Priorei von Zion, die trotz ihres offensichtlichen Mystizismus von einem Büro der de-Gaulle-Regierung aus operierte und heute noch Beziehungen zur Großloge Alpina und den »Gnomen von Zürich« unter-

hält (Harold Wilsons Bezeichnung für das Schweizer Bankkartell). Über die Chase Manhattan Bank war Rokkefeller finanziell in die Machenschaften der World Finance Corporation mit ihren seltsamen Beziehungen zum CIA und zur Mafia verstrickt; durch die Chase Manhattan Bank unterhält er weiterhin finanzielle Verbindungen zur Vatikanbank.

Übrigens war Licio Gelli nicht nur Großmeister der P2 und vorübergehender Mitarbeiter des CIA und KGB, sondern gehörte auch den Malteserrittern an, einem der geheimsten Orden des Vatikans, der bis ins 12. Jahrhundert zurückreicht. Seine Mitgliedschaft verschaffte Gelli gute Beziehungen zu William Casey, dem Kopf des CIA, und General Alexander Haig, der Präsident Nixon als Berater diente und in der Reagan-Administration Außenminister war. Beide sind Mitglieder des Malteserordens. Vielleicht erklärt dies, warum Michele Sindona, Gellis Partner in Sachen Kokainhandel und Bankbetrug, zum Antrittsball der Nixons geladen war und Gelli selbst auf dem der Reagans erschien.

David Rockefeller ist einer der bedeutendsten Geldgeber der Republikanischen Partei; zwei seiner Brüder wurden Gouverneure von New York und Arkansas. Auch hier muß die Spaghetti-Metapher herhalten, um zu erklären, warum Nixon, der Rockefeller, wie alle republikanischen Präsidenten, eine Menge verdankte, auch ein guter Freund von dessen Erzfeind Howard Hughes war.

Der Krieg zwischen Rockefeller und Hughes ist wichtigstes Thema von David Tinnings *Just About Everybody Vs Howard Hughes*, ein Buch, das für jemand, der den modernen Kapitalismus verstehen will, mindestens so wichtig ist wie Machiavellis *Fürst* für den Politologiestudenten. In groben Zügen geht es um folgendes: David Rockefeller versuchte, Hughes die Kontrolle über die Trans World Airlines streitig zu machen. Der wiederum drohte,

die Anlagen lieber dem Erdboden gleichzumachen, als sie Rockefeller zu überlassen. Der Machtkampf zog sich in die Länge, über Jahrzehnte hinweg, und verwandelte Hughes in einen klinischen Paranoiker, der schließlich überzeugt war, Rockefeller sei Herr über die gesamte US-Regierung. Nur: Glaubte Hughes das, weil er schon immer zu Paranoia neigte, oder entwickelte sich die Krankheit erst im Verlauf seiner diversen gerichtlichen Auseinandersetzungen mit Rockefeller?
Zu den noch ungeklärten Details im Watergate-Prozeß gehört auch die Frage, warum Präsident Nixon die sogenannten »Klempner« – seine private kleine Spionage-Gang, die mit ausgesprochen schmutzigen Tricks arbeitete – an Howard Hughes auslieh, für den sie auf der Suche nach weiß Gott was in das Büro einer Zeitung einbrachen. Hughes hatte zuvor Nixons Bruder Donald eine Million Dollar übergeben, so Carl Oglesby in *The Yankee and Cowboy War*. Ähnlich spendabel zeigte er sich, wenn es darum ging, die Unterstützung von buchstäblich Hunderten westlicher Politiker zu erkaufen, um Rockefellers Würgegriff nach Politikern und Richtern an der Ostküste zu verhindern. Am Ende litt Hughes an chronischem Verfolgungswahn, sperrte sich in sein Zimmer ein und mied jeden körperlichen Kontakt zu anderen Menschen, während die Mafia, die er bekämpft hatte, um Kontrolle über die Spielcasinos von Las Vegas zu erhalten, nach und nach sein ganzes Imperium unterwanderte (vgl. Oglesby).
Der Malteserorden, dem unter anderen Licio Gelli, William Casey vom CIA und General Haig angehören, ist auch Thema von Gordon Thomas' Buch *The Year of Armageddon*. Thomas behauptet, Papst Johannes Paul II. treffe sich einmal pro Woche in Rom mit Beamten des CIA und setze Malteserritter als Kuriere für Geheiminformationen ans CIA-Hauptquartier in Alexandria, Vir-

ginia ein. All das erinnert mich an eine Äußerung des Philosophen Alan Watts: »Der entscheidende Irrtum der akademischen Historiker ist ihr Glaube, das Römische Reich sei ›untergegangen‹. Es ist niemals ›untergegangen‹. Noch immer kontrolliert es die Welt mit Hilfe des Vatikans und der Mafia.« Unsere Indizien jedoch legen die Vermutung nahe, daß die Vatikan-Mafia-Verschwörung in Wirklichkeit nicht einmal den Westen kontrolliert, obwohl sie es versucht, und daß im großen Spaghetti territorialer Primatenpolitik alle ähnlichen Gruppen auf ein ähnliches Ziel hinarbeiten. Wenn es sein muß, kooperieren sie; sobald es ihnen aber von Nutzen ist, betrügen sie sich.

Die Franklin National Bank, die den größten Zusammenbruch der 70er Jahre erlebte, war Kunde von David Rokkefellers Chase Manhattan Bank. P2-Mitglied Michele Sindona hatte sie gegründet, nachdem er mit den Finanzangelegenheiten des Vatikans in den Vereinigten Staaten betraut worden war. Sindona, der seine Karriere als Anwalt begonnen und mehrere sizilianische Mafiafamilien vertreten hatte, kaufte im Namen des Vatikans große Anteile an Paramount Films, Procter & Gamble sowie am World Trade Center. Angeblich soll er direkt vor Rockefellers Nase – die Chase Manhattan war Hauptbürge für Franklins Anleihen – fünfundfünfzig Millionen Dollar aus der Franklin National Bank unterschlagen haben. Später wurde er in New York des Aktienschwindels und Währungsbetruges in fünfundsechzig Fällen und in Rom des Mordes an einem Bankprüfer angeklagt. Sindona starb im Gefängnis, während er auf eine Gerichtsverhandlung wartete, die ihm, Roberto Calvi, Licio Gelli (Großmeister der P2) und General Musemicci, Chef der italienischen Geheimpolizei, eine Verschwörung im Zusammenhang mit dem Bombenanschlag in Bologna (1980) vorwarf. Bis heute ist die Todesursache ungeklärt – Sindona könnte sich selbst umgebracht haben, ebensogut aber von seinen ehemaligen Komplizen vergiftet worden sein. Welcher Theorie man zuneigt, hängt davon ab, ob man die P2 als Werkzeug des CIA oder KGB betrachtet oder in ihr eine Bande von Abenteurern sehen will, die beide Seiten im Kalten Krieg zu ihrem Nutzen ausbeutet. Fest steht nur, daß Lord Acton recht hatte, als er sagte, alle Macht neige zur Verderbtheit, absolute Macht aber zu absoluter Verderbtheit.

Hinweis des Autors

»Ein wahrer Dschungel!«
»Fressen und gefressen werden!«
Oder nicht?
Das, was die Geschichte der Menschheit ausmacht, was seit Jahrhunderten überliefert wird, scheint mir nichts anderes als die erbärmliche, furchterregende und immer wieder gleiche Parabel von Hunger, Krieg und Pest. Sie erweckt den Eindruck einer unlogischen Folge größtenteils tragischer Ereignisse, die gelegentlich von kurzen Momenten wirklicher Größe – in Gestalt von Herrschern, Musikern und Philosophen – durchbrochen wird, doch unablässig lauern menschliche Niedertracht und menschliches Leiden, ungezügelte Gier und brutaler territorialer Machtkampf im Hintergrund.
Es ist die Lehre von der *Zufälligkeit* der Ereignisse in der Menschheitsgeschichte, der sich fast alle Akademien der Welt verschrieben haben. Es ist eine Geschichte, die von ehrlichen und gewissenhaften Gelehrten gedeutet und vertreten, wahrheitsgetreu von einer Generation an die nächste weitergegeben wird. Es ist die Geschichte, an die Sie glauben und auch ich glaubte, bis . . .
Im Interesse des Fair play werde ich mir an dieser Stelle eine kurze autobiographische Anmerkung erlauben. Sie haben das Recht, etwas über die Quelle meiner Informationen und die Entstehung dieses Buches zu erfahren. Gewisse Vorkenntnisse sind für das Verständnis notwendig, denn das, was folgt, könnte sich als größte Überraschung Ihres Lebens erweisen.

Seit nun etwa fünfunddreißig Jahren praktiziere ich als allopathischer Arzt, der sich auf Psychiatrie spezialisiert hat. Ich hatte das Glück, verständnisvolle Eltern zu haben, und verlebte eine angenehme und insgesamt unauffällige Kindheit, nach der ich wahrscheinlich weniger emotionale Ressentiments als andere gegen meine frühesten Prägungen hegte. Ich beendete meinen Ausflug in den Zweiten Weltkrieg im Marine Corps der Vereinigten Staaten (damals eine schreckliche Zeitverschwendung, die sich jedoch später als zutiefst bedeutende Erfahrung entpuppte) und verbrachte dann ein paar magere, aber glückliche Jahre an der Medizinischen Fakultät der University of Michigan, dem »Berkeley des Mittelwestens«.
In dieser Zeit bedeutender sozialer Umwälzungen, während eines großen Teils der 50er und fast die ganzen 60er Jahre hindurch, ging ich voll in meiner Rolle als Salonradikaler auf, diskutierte und verfaßte Artikel über Bürgerrechte, Minderheitenschutz, Weltfrieden, militanten Feminismus und die meisten anderen Themen, die damals das Bewußtsein der Öffentlichkeit beschäftigten.
1970 zog ich mit meiner Familie nach Arizona, wo ich die »wirkliche Welt« der Gemeindepsychiatrie kennenlernte und mich unter anderem mit der Psychologie des Geldes auseinandersetzte. Mein fahles Pferd hatte ich behalten und zog auch weiterhin für die gerechte Sache ins Feld, bis ich eines trüben Nachmittags Ende Januar 1976 durch eine gänzlich unerwartete, sehr persönliche und für mich völlig unbegreifliche Erfahrung in meinen Grundanschauungen erschüttert wurde.
Ich lag auf dem Boden meines Arbeitszimmers, umgeben von Stapeln von Büchern und Artikeln, und schrieb im Auftrag eines großen amerikanischen Verlags an einem Werk über die Psychologie des amerikanischen Kindmannes (wie ich ihn damals nannte). Zwei- oder dreihundert Seiten des Rohmanuskriptes hatte ich bereits fertig, aber

an diesem Nachmittag war ich mit meinen Gedanken nicht bei der Sache und auch kaum inspiriert. Ich träumte vor mich hin; mein Bewußtsein war angenehm leicht, leer, ohne Plan, ohne Ziel. Und da geschah es.

Während einer Zeit von kaum mehr als zwei oder drei Minuten wurde ich plötzlich und vollkommen unerwartet von einer für die damalige Zeit typisch extremen, absolut fremdartigen Informationswelle überflutet. Es war keine akustische Halluzination, wie diejenige, die Richard Bach zu seinem berühmt gewordenen *Die Möwe Jonathan* verhalf, und auch kein Diktat, wie im Fall des bekannten Country-Musikers Mel Tillis (»Wir komponieren unsere Musik nicht wirklich – sie kommt von irgendwo anders her, wir schreiben sie nur auf.«)

Damals, wahrscheinlich als Reaktion auf ein egoistisches inneres Bedürfnis, erklärte ich mir dieses überraschende Erlebnis als willkürliche Reaktion auf eine jahrelange, intensive Beschäftigung mit sämtlichen für das Verständnis der menschlichen Erfahrung relevanten Bereichen. Das Dumme an dieser Theorie war nur, daß ich eigentlich nicht *so* wahnsinnig viel gelesen hatte, und zwar einigermaßen intelligent, aber bestimmt kein Genie war.

Im Rückblick tendierte ich dann doch zu einer beträchtlich bescheideneren und für mich faßbareren Erklärung. Subjektiv kam es mir vor, als hätte eine unsichtbare Hand mir verstohlen eine ätherische Diskette zwischen die Großhirnhemisphären geschoben und dann den Drucker angestellt.

Wäre ich auf rein rationale Weise zu den erstaunlichen Folgerungen in diesem Buch gelangt, hätte ich wahrscheinlich nie den Mut gehabt, sie aufzuschreiben, denn ich besitze eigentlich nicht allzu viel Vertrauen in die Macht des menschlichen Verstandes oder in meine eigenen geistigen Fähigkeiten. Da mich die Information aber nun mal erreicht hatte, konnte ich nur annehmen, daß sie

aus einem bestimmten Grund in mein neurales Schaltkreissystem eingelesen worden war.
Wahrscheinlich gab es kaum jemanden, der skeptischer war als ich – bis es passierte. Die erstaunliche Erleuchtung war so überwältigend, so vollkommen klar, daß ich überzeugt war, ein paar hundert anderer Berufsschreiber rasten schon an ihre Schreibmaschinen, um mir zuvorzukommen – und gar nicht merkte, daß ich eine Exklusivstory hatte.
Der Text, der daraus entstand, war *Skinnerball!!!*, nach dem für seine operante Konditionierung berühmt gewordenen Verhaltensforscher B. F. Skinner und dem Planeten Erde. Eine nur leicht redigierte Fassung, denn ich finde, daß man einen aus frischer Inspiration geborenen Text kaum noch verbessern kann, ist im folgenden enthalten. Von der Form her zwar Fiktion, macht der ursprüngliche Klappentext jedoch deutlich, daß das eigentliche Thema sich solch eindeutigen Zuordnungen verweigert:
Präsident Kennedy bezeichnete sie als »die kleinen Gnome von Zürich«, und auch die John Birch Society warnte immer wieder vor den berüchtigten Illuminaten, jenen reichen und mächtigen Finanzmanipulatoren, deren einziges Ziel darin besteht, weltweite Kontrolle über Währungssysteme und damit über nationale Regierungen zu gewinnen.
Der Mann auf der Straße weiß nicht, ob die jahrhundertealten Gerüchte über eine derartige internationale Verschwörung paranoide Wahnvorstellungen sind oder unheimliche Realität.
Von IHRER Existenz und finsteren Absichten überzeugt, umgibt sich der erfolgreiche Psychiater Adam Trasy Solon mit einem Kader hochqualifizierter und opferbereiter Verbündeter, um die Verschwörung bis in ihren innersten Kern zu verfolgen und zu entlarven.

Nach Feldforschung, aufreibenden wissenschaftlichen Recherchen und einer verzweifelten Beweisführung, die ihn an den Rand des Wahnsinns treibt, offenbaren sich ihm schließlich die Geheimnisse der unergründlichen Illuminaten: ihre Strategien, ihre Ziele, ihre Identität.
Die Entdeckung ist ebenso verblüffend wie unglaublich. Aber wie unglaublich? Fakten oder Fiktion? – Soll der Leser selbst entscheiden.
Denn es ist die Entdeckung einer neuen Form der Spezies Homo sapiens – des *Sapiens excelsior interstellus.*

Kapitel 1

Die Wurzeln der Illumination

Wie halten wir die menschliche Herde davon ab, wieder auszubrechen?
Plato, Dialoge

Adam stand am Rand des Granitfelsens und sah auf das klare kalte Wasser des Sees hinunter, dann hinauf in den leuchtendblauen Morgenhimmel über der Wüste. Er fühlte sich wie Howard Roark in Bestform.
Candy beobachtete ihn von der Terrasse des Hauses auf der anderen Seite der Schlucht. »Du siehst aus wie Howard Roark!« rief sie.
»Er war Turmspringer!« antwortete er und setzte, nach einem schnellen Blick auf ihre schimmernde Gestalt, fröhlich hinzu: »Ich dagegen Brustschwimmer!«
»Ein Feigling bist du! Er sprang nackt!«
Mit beiden Händen strich Adam seine kurze, fleischfarbene Badehose glatt und beugte sich nach vorn. Über die Schlucht hinweg betrachtete er Candy, die unverschämt nackt, einer Bronzestatue gleich, auf der Terrasse stand und wartete, daß er sein morgendliches Ritual beendete. Das aufregend blonde Haar fiel wie ein Wasserfall über ihren Rücken, während sie auf einem Bein balancierte und die Hand über die Augen hielt, zum Schutz vor der blendenden Morgensonne.
»Er muß verrückt gewesen sein, sein Prachtstück einem solchen Aufprall auszusetzen, und das bei –« (... er hielt inne und überschlug im Geist die Geschwindigkeit, be-

gann mit zehn Meter pro Sekunde und endete bei ...)
»– zweiundzwanzig Meilen in der Stunde!«
»Hör auf zu strunzen, und komm endlich frühstücken!«
Er warf einen flüchtigen Blick auf die höher steigende Sonne, die Hunderte von Quadratmeilen Wüste im Umkreis erleuchtete, und runzelte die Stirn. »Erleuchtung«, murmelte er leise – ein plötzlicher Makel auf diesem sonst so vollkommenen Morgen. »Arrogante Hundesöhne – aber wartet nur, ich kriege euch!«
Von dieser Aussicht getröstet, breitete er die Arme aus, spannte die Muskeln an und sprang. Zuerst fast horizontal abwärts schwebend, drehte er in letzter Sekunde den Körper so, daß er mit den Fingerspitzen zuerst ins Wasser glitt. Seine Geschwindigkeit nahm ab, er spürte das Ziehen des Wassers auf der Haut, schlug einen Purzelbaum und schoß dann an die Wasseroberfläche, die er mit einem kräftigen Schlag durchbrach, um ans gegenüberliegende, etwa zweihundert Meter entfernte Ufer zu schwimmen.
Candy fiel in einen Liegestuhl und beobachtete ihn. Insgeheim verlieh sie ihm 9.5 Punkte für den Kopfsprung und eine parteiische Goldmedaille für den langen, mühelosen Freistil. *Wieviel einfacher wäre es, wenn er ein ganz normaler, grauhaariger, dickbäuchiger, spindelbeiniger Daddy wie jeder andere wäre,* dachte sie. Die Sonne erwärmte ihre Brüste, den Bauch und die Schenkel, und sie gab diese Hitze aus einer unerschöpflichen Quelle tief in ihrem Innern zurück.
Sekunden später stand er neben ihr auf der Terrasse und rieb sich mit einem Handtuch trocken.
»Was willst du zum Frühstück – das Übliche?«
»Ja, bitte.«
Sie sprang auf. Bewundernd folgte sein Blick ihrer Gestalt, die sich durch die Tür entfernte, und den sanft gegeneinander rollenden Pfirsichbacken, die von dem un-

glaublichen Schleier ihres langen Haars kaum verhüllt wurden. Als sie verschwunden war, schüttelte er heftig den Kopf, wie um das beunruhigende Bild aus seinem Bewußtsein zu verbannen, und griff nach dem Stift und dem Tagebuch, die auf dem Tisch lagen. Einen Moment lang starrte er auf die Wüste vor sich, um seine Gedanken zu sammeln, dann begann er hastig zu schreiben.

»Das Gefühl ist noch da und wird jeden Tag stärker ... irgendwas liegt in der Luft, etwas Großes und Wichtiges ... ein mächtiges, intuitives Gefühl, Fetzen von lange gespeicherten Informationen im Unterbewußtsein, die nur noch zusammengefügt und ausgedruckt werden müssen. Irgendwie haben sie mit meinem Buch über die Illuminaten zu tun, das langsam Gestalt annimmt ... aber das Wesentliche fehlt ... eine Verbindung, groß wie ein Elefant ... Ich habe das Gefühl, in die richtige Richtung zu schauen, aber sie liegt im toten Winkel, und deshalb sehe ich sie nicht ... total offensichtlich, aber unfaßbar, was mich zur Weißglut bringt ... werde ihr auf der Spur bleiben ... möglicherweise nur Angst, verrückt zu werden ... muß Daten sammeln, lesen, denken, rechnen und vor allem schreiben – darf nicht lockerlassen, bis ich das Ganze vor mir habe, was immer es ist ...«

Candy kam mit einem Tablett zurück und deckte den Tisch. Ein kleines Glas eisgekühlter Orangensaft, heißer schwarzer Kaffee und eine Schale Getreideflocken mit getrockneten Früchten, Sonnenblumenkernen und fettarmer kalter Milch. Er trank den Saft in einem Zug aus, nahm einen Schluck Kaffee und griff nach dem Löffel.

»Nicht übel«, sagte er anerkennend und fuhr dann nostalgisch fort: »Aber was gäbe ich für die mörderischen Frühstücksorgien meiner Jugend – Schinken und Eier, Specksauce auf heißen, selbstgemachten Biskuits, frische heiße Bagels, dick belegt mit Cheddar, gehackten Zwiebeln und Frühstücksspeck – dampfende Croissants – Erdnußbutter und Marmelade auf Toastbrot – Bratkartoffeln – weichgekochte Eier – zum Teufel mit den Spielverderbern, diesen Stoffwechsel- und Herzspezialisten, die einem mit ihren verdammten Forschungsergebnissen immer alles vermiesen müssen ...«

»Kein Grund zur Panik, Daddy«, sagte Candy philosophisch. »Bald ist Sonntag, und du kannst wieder zuschlagen.«

»Ich weiß, aber für einen Mann, der sich jeden Tag so verzweifelt zusammennehmen muß wie ich, ist es noch eine Ewigkeit bis Sonntag. Was hast du heute vor – die übliche Büffelei?«

»Nein, heute ist Feiertag. Die Schule fällt aus.«

Adam hob verwirrt den Kopf. »Ach, tatsächlich? Was für ein Feiertag?«

»Heute ist Candide-Tag, daher schenke ich mir die Schule. Und bevor du den Mund aufmachst, solltest du dich dran erinnern, daß ich immer noch Klassenbeste bin und den anderen mindestens einen Monat voraus. Ich langweile mich zu Tode bei diesen Schwachköpfen!«

»Schon gut, schon gut, ich sage ja gar nichts. Wenn sie dir Ärger machen wollen, ruf Dan Winthrop an. Er soll ihnen mit einer neuen Klage drohen ...«

Candy nickte. »Keine Sorge. Seit ich vor ein bis zwei Jahren zur Frau erblüht bin, läuft alles bestens. Hitchcock, dieser selbsternannte Moralapostel, schlägt die Beine übereinander, sobald ich in sein Büro komme. Als ich neulich eine Woche geschwänzt habe, um die Flora der Wüste zu studieren, hat er versucht, mir die Leviten zu lesen, aber seine Stimme hat so gezittert, daß er schnell aufgab.«

»Prima. Freut mich, daß du deinen Charme so nützlich einsetzt.«

Plötzlich sah sie an ihm vorbei und zog die Stirn kraus.

»Paß auf, Daddy, wir werden beobachtet. Ich hab gerade ein Fernglas aufblitzen sehen.«
»Ich weiß, ich habe es auch gemerkt. Wahrscheinlich nur wieder ein Spanner. Vergiß es.«
»Na ja, egal«, sagte sie. »Jedenfalls kann ich heute den ganzen Tag für dich arbeiten. Übrigens, da fällt mir ein, du schuldest mir noch sechsunddreißig Piepen für letzte Woche.«
»Sicher, sicher. Hau mich wieder an, wenn ich mein Scheckheft dabeihabe. Bist du schon bei den Alumbrados und Afghanen angelangt?«
»Fast. Ich habe für Bayern länger gebraucht und auch mehr Material aufgetrieben, als ich dachte. Ein paar Originalquellen sogar, das kostet dich was extra.«
»Heiß?«
Candy legte den Kopf zur Seite und dachte nach. »Nein, nicht richtig. Nur jede Menge Kleinkram für den W.H.I.Z.K.I.D.«
»Zum Beispiel?«
»Nun, die afghanischen Roshaniya – die Erleuchteten – hatten ihre Blütezeit zwar im fünfzehnten Jahrhundert, stammten aber wahrscheinlich vom Haus der Weisheit in Kairo ab, das drei- oder vierhundert Jahre vorher von Bedeutung war. Beide Orden besaßen acht Grade der Initiation: die engen Verbindungen zwischen ihnen sind sowohl in mündlichen als auch schriftlichen Überlieferungen unverkennbar.«
»Und ihre Beziehungen zur bayerischen Sekte?«
»Ein bißchen dürftig vielleicht, aber vorstellbar. Etwa vierzig Jahre, nachdem der letzte religiöse und militärische Anführer der Roshaniya von der Bildfläche verschwand, tauchte der geheimnisvolle Adam Weishaupt auf und machte mit seiner Operation Ingolstadt, dem Orden der Illuminaten, von sich reden. Das war 1776, als er eine Professur für Kanonisches Recht an der Universität von Ingolstadt innehatte.«

»Und Washington wurde 1789 zum Präsidenten gewählt.«

»Genau – dreizehn Jahre später, als Weishaupt etwa Mitte Vierzig war. Ein beträchtlicher Altersunterschied zwischen den beiden, doch mit dem entsprechenden Make-up und einem Holzgebiß hätte man ihn möglicherweise als Doppelgänger für George ins Weiße Haus einschleusen können. Obwohl das nicht sehr wahrscheinlich ist.«

»Okay, kümmer dich da drum. Aber noch mal zurück nach Bayern. Warum die Repressalien der Regierung gegen Weishaupt, wenn er doch nur ein christliches System des Aberglaubens gegen eins der Vernunft austauschen wollte? War das nur altmodischer religiöser Fanatismus?«

»Das auch, aber manche Methoden gingen wirklich ein bißchen zu weit. Einer der Anführer, ein Rechtsanwalt namens Zwack, wurde zehn Jahre nach Gründung des Ordens eingebuchtet, weil er sich persönliche Prägesiegel von ein paar hundert Größen der Gesellschaft unter den Nagel gerissen hatte, einschließlich genauer Instruktionen zur Fälschung und zum Austausch von Dokumenten. Er hat versucht, sich darauf rauszureden, daß alles nur ein Hobby gewesen wäre, aber natürlich hat ihm keiner geglaubt.«

»Waren da nicht auch Frauen im Spiel?«

»Ja. Zur gleichen Zeit flog der Plan der Illuminaten auf, Frauen aufzunehmen, vor allem jüngere Frauen. Die Theorie klang nicht schlecht: Frauen seien in der Lage, mächtige Männer zu beeinflussen, ebenso wie Geld oder die Aussicht auf noch mehr Macht.«

Adam nickte grimmig. »Bei mir würde das bestimmt hinhauen.«

»Wie bei den meisten Männern, mit Ausnahme von Schwulen wahrscheinlich. Jedenfalls habe ich irgendwie

das Gefühl, daß zweihundert Jahre später die Frauen eine ziemlich starke Position in der Organisation haben – und das ist auch gut so.« Sie lächelte zufrieden.
»Ja, ja, ich weiß.« Adam lehnte sich zurück und rieb nachdenklich sein Kinn. »Wie steht es mit dem Konzept der Illumination selbst? Kommst du da weiter? Ich meine, im großen und ganzen ist es doch eine gute Idee – was ist schlecht daran, erleuchtet zu sein?«
»Eben. Das ist ja das Verrückte. Erleuchtung ist in der Tat ein uraltes religiöses Konzept, ein Stadium spiritueller Entwicklung, die auf die Läuterung der Seele folgt und Voraussetzung für eine endgültige Vereinigung mit Gott ist. Danach ist das erleuchtete Wesen imstande, sich von den materiellen Dingen der Welt, also Reichtum, Nahrungsaufnahme, Sex und so weiter zu lösen und auf einer rein spirituellen Ebene weiterzuentwickeln.«
Beunruhigt runzelte Adam die Stirn und seufzte. »Soweit bin ich noch nicht, wie's aussieht. Der spirituelle Pfad kann mich alten Lustmolch kaum verlocken.«
»Aber auch du machst Fortschritte, Daddy. Jedenfalls ist das Konzept der Erleuchtung fast überall auf der Welt bekannt. Es taucht im Buddhismus auf, im Islam und im Christentum, vor allem in der neoplatonischen Epistemologie des Augustinus. Also bleib am Ball, Pater, denk an die *Ewige Blumenkraft.*«
»Ewige Blumenkraft«, sinnierte Adam. »Angeblich ein Wahlspruch der Erleuchteten. Mit der Bedeutung: ›Laßt die Kraft auf ewig blühen‹, nicht? Paßt zu diesen komischen Vögeln. Und auch zu Mayor Daley, der ihn beim Nationalkonvent der Demokraten in Chicago geäußert haben soll, als er sich über eine Bemerkung von Abe Ribicoff ärgerte.«
Candy fand, daß ihre Analyse mehr Disziplin und Ernst verdient hatte. »Paß auf«, sagte sie streng. »Das Ganze ist eine ziemlich verworrene Geschichte, und niemand

hat bisher richtig durchgeblickt. Ich meine, Shea und Wilson und Saul Goodman und sein Spezi Muldoon – die haben alle nicht viel zu bieten. Fadenscheiniges Zeug, lauter Binsenweisheiten. Es gibt wirklich kaum etwas Handfestes, wissenschaftlich belegte Beweise – irgendwas, das nicht allseits bekannt wäre.«

»Ein großangelegter Spionagering?«

»Zum Beispiel. Aber da ist nichts. Alles stammt aus bereits veröffentlichten Werken. Nimm Jacques Elluls Buch *Violence.* Er verfolgt die Bewegung zurück bis zu einem religiösen Führer aus dem 11. Jahrhundert namens Joachim von Floris. Interessanterweise wurde er von William Buckley als Begründer des zeitgenössischen sentimentalen Liberalismus verurteilt. Oder *A History of Secret Societies,* 1961 von einem gewissen Daraul veröffentlicht, der sie ebenfalls ins 11. Jahrhundert zurückdatiert, sie in der Neuzeit aber bei Aga Khans Ismaeliten, den spanischen *alumbrados,* den französischen *guerinets* und im 18. Jahrhundert natürlich bei den guten alten Illuminaten Adam Weishaupts vermutet. Und dann Wilgus mit seinen *Illuminoids,* der zwar mächtig für Wirbel gesorgt hat, aber kaum was bringt.«

»Nicht gerade esoterische Quellen, oder?«

»Ganz recht, aber warte, es kommt noch dicker. Als nächstes haben wir die *Encyclopedia Britannica,* Stichwort Weishaupt und sein Coup. Und dann, aber jetzt halt dich fest, Daddy, die Aprilausgabe vom *Playboy* aus dem Jahr 1969 mit irgendwelchen Gerüchten über die Illuminaten, daß sie die treibende Kraft hinter den Manson-Morden wären oder so ähnlich. Ian Fleming stellt die Illuminaten – in fiktionaler Form, versteht sich – als internationale Finanzclique dar; für diese Indiskretion mußte er übrigens mit dem Leben bezahlen. Und im gleichen Atemzug darauf wird der Bezug zu einem Artikel im *New Yorker* hergestellt, der behauptet, einer von

Jim Garrisons Männern, die den Mordanschlag auf John F. Kennedy untersuchten, glaube steif und fest an die Existenz dieser Illuminaten. Als nächstes«, und damit schenkte Candy ihrem verzückt lauschenden Vater ein boshaftes kleines Lächeln, »kommt meine Altersgruppe zum Zuge: ›Die Verschwörung‹, ein Artikel aus *Teenset*, erschienen im März 1969, von einer gewissen Sandra Gloss. Auch sie verfolgt die Bewegung vom 11. Jahrhundert, von den sogenannten Haschaschinen, haschischrauchenden Mördern, bis zu deren späterem Schüler Adam Weishaupt, der angeblich erlauchte Persönlichkeiten wie Goethe und Beethoven dazu brachte, in seinen Zweig der Gesellschaft einzutreten. Es ist übrigens derselbe Artikel, der Mayor Daley beim Nationalkonvent in Chicago mit dem Illuminaten-Wahlspruch zitiert. Und damit –«, Candy hielt inne und blätterte in ihren Notizen, »wären wir bei den Radikalen am äußeren rechten Rand der John Birch Society, die allerdings nicht halb so verrückt sind, wie sie sich anhören.«

»Was für ein Zufall«, sagte Adam und griff nach einer Ausgabe der *American Opinion* im Zeitungsständer. »Ich hatte ihre Zeitung mal ein paar Monate lang abonniert, um eine Ahnung davon zu kriegen, wie sie denken.«

»Das wußtest du auch schon vorher, fürchte ich. Eine der Hauptthesen der Birchers ist, daß der Diamantenmogul Cecil Rhodes im späten 19. Jahrhundert einen geheimen Illuminatenzweig gründete, der angeblich durch die Universität von Oxford, den Rhodes Scholarship Fund und den amerikanischen Council on Foreign Relations operiert.«

Adam nickte. »Gut. Peter Newton arbeitet da oben an einer Photoserie über die Aktivitäten des CFR – das dürfte einiges ans Licht bringen. Ich bin noch nicht soweit, die Birchers zu verurteilen, aber die Sache mit Cecil Rhodes verstehe ich nicht. Ich dachte immer, die Bircher hätten sich auf Weishaupt eingeschossen?«

»Das stimmt auch. Sie stellen nur eine Verbindung zu Rhodes her, aber Weishaupt bleibt der eigentliche Unhold, der für die Gründung des modernen Ordens verantwortlich ist.«

»Ziemlich verworren, das alles«, murmelte Adam.

»Und es wird immer besser. Die restlichen Hinweise der Illuminatenforscher sind eine bunte Mischung aus schäbig belegten Hypothesen und haarsträubenden Behauptungen. So versuchen sie beispielsweise uns weiszumachen, daß Weishaupt nach seiner Verbannung aus Bayern tatsächlich nach Amerika kam, den echten George Washington verschwinden ließ und dann seinen Platz einnahm, zumindest während der beiden Amtsperioden im Weißen Haus. Unsere Flagge trägt die Farben der Illuminaten: rot, weiß und blau, und die dreizehn Streifen darauf entsprechen den dreizehn Graden der symbolischen Pyramide des Ordens.

Die Marihuanapflanzen in George Washingtons Hinterhof erklären sie zu einem charakteristischen Merkmal Weishaupts, der in Ingolstadt ebenfalls Marihuana angepflanzt hatte. Nicht ohne Grund spielen sie auf seine starke föderalistische Neigung an, welche die politische und ökonomische Macht in so wenig Händen wie möglich konzentrieren wollte. Dadurch, so nehme ich an, wurde sie leichter erreichbar für den gierigen, aber unsichtbaren Zugriff der Erleuchteten – wer immer sie sind und wo sie auch stecken.

Ganz zu schweigen von dem beinahe spöttischen Grinsen im Gesicht des Porträts von Gilbert Stuart oder dem unheilvollen Auge über der Pyramide auf unseren Dollars oder der Behauptung von Reverend Morse, Thomas Jefferson sei wie Washington-Weishaupt ein Agent der Illuminaten gewesen ...«

»Das geht zu weit«, sagte Adam und schüttelte energisch den Kopf.

»Genau«, antwortete Candy trocken. »Die Burschen schrecken wirklich vor nichts zurück. Auf die eine oder andere Art steckt wirklich jeder mit drin. Hör dir das an: die Morgans und die Rothschilds, die die Operation finanziert haben sollen, die Freimaurer, die Yippies, die Black Panthers, die Mafia, die Bank of America, die Mental-Health-Bewegung, Mao Tse Tung, die Black Muslims, Nelson Rockefeller – ein Primus Illuminatus, stell dir das vor! –, Richard Nixon, der *Playboy*, Mark Lane und die Demokratische Partei, um nur einige zu nennen.«*

Adam seufzte. »Sieht also ganz nach historischem Chaos aus, wie? Da sind Robert Wilsons halb und halb erfundene Bösewichte, die berüchtigten Insider der Birchers, die Illuminaten, und schließlich Neal Wilgus mit seiner Liste unzähliger Geheimgesellschaften, von biblischen Zeiten bis heute. Wenn ich all das bedenke, wäre es durchaus möglich, und das sollte man vielleicht im Auge behalten, daß alle, die über dieses Thema arbeiten, völlig unterschiedliche Leute meinen.«

Er rekelte sich faul. »Heutzutage kann ich genausogut alles glauben wie nichts. Nur eins will mir beim besten Willen nicht in den Kopf, daß Nelson Rockefeller Primus sein soll. Das widerspricht Solons erstem Gesetz: Wer sichtbar ist, gehört nicht dem Inneren Kreis an.«

Er lächelte und musterte sein kluges »kleines« Mädchen mit unverhohlener Bewunderung. »Aber du hast wirklich gute Arbeit geleistet. Was macht jemand wie du bloß in so einer miesen Schule?«

»Genau das versuche ich auch die ganze Zeit rauszukriegen!«

»Willst du aussteigen? Deine eigene Sache durchziehen?«

Candy lachte. »Ach was! Alle meine Freunde sind da, es ist immer was los, und das Lernen ist ein Witz. Hauptsa-

* Robert Shea und Robert Anton Wilson, *Illuminatus!*, Teil 1, »Das Auge in der Pyramide«, Basel 1977

che, die regen sich nicht auf, wenn ich ab und zu mal blaumache.«

Adam stand auf und umarmte Candy.

»Na schön, Kleines. Schreib alles auf, ich leite es dann an Gilth weiter, der unseren hungrigen K.I.D. damit füttern kann. Und vergiß nicht, wieviel ich dir schulde!«

»Keine Bange«, murmelte sie und schmiegte sich an ihn. »Weißt du schon, ob du heute abend nach Hause kommst?«

»Ich denke, ja. Wenn nicht, rufe ich an. Aber jetzt muß ich los.«

Er drehte sich um und ging zur Tür, doch Candy rief ihm nach: »He! Vergiß nicht, du wolltest Gilth anrufen!«

»Danke!« antwortete er über die Schulter. »Hätte ich beinahe verschwitzt. Also bis später!«

Nach dem Anziehen betrat Adam sein spezialgesichertes Allerheiligstes und stellte den Transceiver an. Siebzehn willkürlich ausgesuchte Kombinationen von Audio- und Frequenzmodulationen, so versicherten die Elektronikfreaks bei G.R.I.P.E., sorgten dafür, daß sie von den Insidern nicht abgehört werden konnten. Er piepte die Alpha-Orion-Außenstelle an und wartete. Sekunden später drang die Stimme von Gilth Ypres aus dem Lautsprecher, ruhig und unbeteiligt wie immer. »Dr. Solon, nehme ich an.«

Nach all den Jahren bestand Gilth nach wie vor auf einer formellen Anrede. »Wie hast du das bloß erraten, Gilth? Wenn wir beide verheiratet wären, würdest du mich dann endlich beim Vornamen nennen?«

»Sicher nicht, Dr. Solon«, antwortete die körperlose Stimme ohne den geringsten Anflug von Humor. »Die Rangordnung ist für eine funktionierende Organisation unerläßlich. Sie sind der Boß, und daran würde auch eine Hochzeit nichts ändern.«

Adam konnte sich eine kleine Stichelei nicht verkneifen.

»Wenn ich der Boß bin, möchte ich wissen, warum du alles von einer luxuriösen tropischen Außenstelle aus kontrollierst, während ich mir in dieser verdammten Einöde den Arsch aufreiße!«
»Die Mannschaft und ich halten nur die Stellung und warten auf weitere Befehle. Wir freuen uns, daß Sie bald zurückkommen und selbst das Kommando übernehmen.«
Adams Miene wurde ernst. »Da wir gerade dabei sind, wie laufen die Vorbereitungen für das Vierteljahrestreffen nächsten Monat?«
»Bestens«, antwortete Gilth unerschütterlich. »Alle haben ihr Kommen zugesagt, und die Tagesordnung steht. Gibt es irgendwelche Neuzugänge für die Mannschaft, Doktor?«
»Ja. Nicht gerade viele, dafür aber von erstklassiger Qualität. Sie werden uns bei Übersetzungen aus dem Arabischen und der Entschlüsselung von Geheimschriften eine zusätzliche Hilfe sein. Außerdem will ich meine Tochter stärker einbeziehen, sie soll uns bei den historischen Recherchen zur Hand gehen. Einige ihrer jungen, sorgfältig ausgewählten Rekruten haben wir für Spionageaufgaben vorgesehen. Im übrigen bin ich immer noch auf der Suche nach einem erstklassigen Computerfachmann, um dich zu entlasten, und nach einem Experten für internationales Recht. Wir werden auf dem Treffen also allerhand zu tun haben.«
»Großartig, Doktor. Wir freuen uns darauf, sie alle hier zu begrüßen. Apropos Computer – da habe ich interessante Neuigkeiten für sie.«
Adam dachte einen Augenblick nach. »Einen Moment, Gilth. Glaubst du, daß wir auf dieser Frequenz noch sicher sind?«
»Laut Abhördetektor haben sie sich nicht eingeschaltet, Sir.«
»Trotzdem laß uns lieber doppelt vorsichtig sein. Gib

dem K.I.D. deine Information in Kode AA-34, und schick sie mir rüber, okay?«

»Sofort«, antwortete Gilth gehorsam.

Adam aktivierte den Kode-Empfänger an seinem Terminal und schloß ihn an den Dechiffrierer und den Drucker an. Nach wenigen Sekunden gedämpften Ratterns riß er den dekodierten Ausdruck ab und las: »Glaube, wir haben es geschafft, einen kleinen, aber wichtigen Teil des Weltcomputersystems zu knacken. Wird uns extensiven und lohnenden Zugang zu den Datenbänken der Illuminaten ermöglichen, ohne daß ihr Sicherheitssystem uns auf die Schliche kommt. Hoffe zu erfahren, wie weit diese dreifach destillierten Teufel des Sonnensystems mit der Operation Cäsar gediehen sind. Unsere neue Technik scheint sehr vielversprechend, was zukünftige Expansion angeht, aber der Weg nach oben ist noch unklar.«

Adams Gesicht glühte vor Begeisterung. »Mannomann«, murmelte er, pfiff leise durch die Zähne und warf den Ausdruck in den Reißwolf. Dann wandte er sich wieder der mündlichen Kommunikation zu.

»Wunderbar, Gilth, ganz hervorragend. Nur weiter so, und wir stürzen selbst den alten Zeus vom Sockel! Es lebe die Menschheit, Gilth! Bis nächsten Monat beim Rendezvous Stat I.«

»Es lebe die Menschheit, Doktor. *Over and out.*«

Anmutig um die eigene Achse wirbelnd, tanzte Jasmyn in den hellen, kuppelartigen Raum; der blumenverzierte Saum ihres Rockes schwang um die bloßen Schenkel. Sandol lag auf dem Podium und nippte an einem kühlen Glas Pilta, während er die Monitore auf der gegenüberliegenden Wand kontrollierte.

»Irgendwas Aufregendes?« fragte sie munter.

»Sterbenslangweilig«, antwortete er. »Ich staune immer wieder über ihr Schneckentempo.«

»Und diese Bewegung in Südafrika ...?«

»Alles unter Kontrolle. Habe sie ans Medien-HQ gegeben, zwecks Maxplay. Langsam, aber sicher bewegen sie sich in die richtige Richtung.«
Jasmyn setzte sich neben ihn und strich ihm eine Haarlocke hinters Ohr. »Und was macht mein schwarzes Lieblingspferd?«
»Hält sich gut und dann wieder nicht so. Immer noch total paranoid. Pathetisch, aber amüsant.«
»Er wird es schaffen.«
»Meinst du? So klug ist er auch nicht.«
»Aber entschlossen, unbeirrbar, vielleicht sogar inspiriert.«
Sandol lächelte leicht. »Du bist voreingenommen und vollkommen irrational, wenn es um ihn geht. Wahrscheinlich liegt es an seiner jungenhaften Art.«
»Er ist charmanter und klüger als der Durchschnitt. Ich sage dir, er wird es schaffen.«
»Niemals«, murmelte Sandol zuversichtlich. »In den letzten fünfzig Jahren Weltzeit hat keiner es geschafft.«
»Wie wär's mit einer kleinen Wette?«
»Ich bin dabei. Sagen wir fünf Milliarden?«
»Einverstanden. Fünf Milliarden was?«
»Was du willst«, lächelte er. »Dein Freund Adam läßt sich zu leicht ablenken. Für ihn gibt es nur eins: augenblickliche Lustbefriedigung.«
Jasmyn drückte ein paar Tasten der Fernbedienung und blickte auf den entsprechenden Monitor. »Das werden wir noch sehen.«
»Jedenfalls hätte ich nicht übel Lust, seine Paranoia mit einem alten Spionagetrick zu testen«, sagte er und nahm ihr die Fernbedienung aus der Hand.
»Du bist gemein, Sandol!« schmollte sie. »Dann behalte ich mir aber das Recht vor, ihm später Hilfestellung zu geben, okay?«
»Das wird auch nichts nützen«, sagte er und drückte ein paar Tasten. »Nur zu!«

Kapitel 2

MÄDCHEN, MÄDCHEN, MÄDCHEN

Adam stieg zur Aufnahmestation für Psychiatrie im vierten Stock hinauf und nahm drei Treppenstufen auf einmal. Deb Suners, die Oberschwester, warf einen Blick auf die Uhr, dann auf ihn, und bemühte sich, ohne großen Erfolg, den Ausdruck von Vorfreude zu unterdrücken, der sich in ihr Gesicht stahl.

»Guten Morgen, Dr. Solon«, sagte sie höflich, und nur, weil die anderen dabei waren: Dr. Telman Durst, ein mürrischer und arroganter junger Psychiater, der bei allen unbeliebt war, außer bei seiner Mutter, und zwei knackige Schwesternschülerinnen, die erst vor kurzem ihren Dienst in der Abteilung angetreten hatten.

Adam begrüßte alle mit einem fröhlichen guten Morgen und versuchte tapfer, Telman mit einzubeziehen. Er gab Deb einen freundlichen Klaps hintendrauf, zwinkerte der Schwesternschülerin Satin Frisbee zu, die er erst vor wenigen Tagen (nach Feierabend, auf dem Trampolin im Trainingsraum der Patienten) kennengelernt hatte, und fragte: »Wer ist Ihre Kollegin, Miss Frisbee?«

Mit unbewegtem Gesicht antwortete Satin Frisbee formell: »O Verzeihung. Marcey Sapinet, das ist Dr. Adam Solon, Chefpsychiater.« Adam begrüßte sie, sah sofort, daß sie seinen sexuellen Vorstellungen ziemlich genau entsprach, und wandte sich mit einiger Anstrengung prosaischeren Fragen zu.

»Irgendwelche Neuzugänge?«

»Nur zwei«, antwortete Deb schnell. »Ein leicht übergeschnappter alter Knacker und eine Exhibitionistin.« Telman warf ihr einen mißbilligenden Blick zu und unterbrach sie pflichteifrig: »Das ist nicht die korrekte DSM-III-Terminologie, Miss Suners.« Er wandte sich Adam zu. »Der eine ist einundneunzig Jahre alt, weiß, männlich ...«

»Welche Spezies, Dr. Durst?« unterbrach Adam trocken.

»Huh?«

»Weiß, männlich – welche Spezies, zum hundertsten Mal: Pferd, Delphin oder Sapiens?«

Telman druckste verlegen. »Oh, tut mir leid – ich vergaß. Ein einundneunzigjähriger weißer Mann mit offensichtlich organischem Gehirnsyndrom, zerebraler Arteriosklerose und einer leichten Psychose ...«

»Schon gut, Telman. Sparen Sie sich die Einzelheiten für das Team. Wir nehmen ihn zuerst dran. Die andere – in fünfundzwanzig Worten oder weniger?«

»Weiß, weib- ... äh, Dame ... äh, Frau mit einem Doktor in Informatik, dreiundzwanzig Jahre, wurde gestern morgen wegen öffentlicher Unzucht und Exhibitionismus festgenommen. Hat die Nacht im Gefängnis verbracht und wurde heute früh an uns überstellt. Die Beamten waren überzeugt, daß sie verrückt ist, weil sie hinter Gittern dieselbe Show abzog ... Meine Diagnose ist Schizophrenie mit paranoider Ausprägung und sexuell soziopathischen Tendenzen ...«

»Klar«, sagte Adam eisig. »Wenn sie nicht schizophren sind, was haben sie dann hier zu suchen, nicht wahr?«

Telman schluckte seinen Ärger hinunter und fuhr fort. »Die Patientin zeigt deutliche Symptome latenter oder offener Homosexualität ...«

»Dr. Durst, bitte!« fiel ihm Adam ins Wort. »Bestimmt haben auch Sie davon gehört, daß Homosexualität, egal ob latent oder offen, gemäß Beschluß der Amerikanischen Gesellschaft für Psychiatrie nicht länger als Krankheit klassifiziert wird.«

Jetzt verlor Telman endgültig die Beherrschung. Wütend gab er zurück: »Verflucht noch mal, Dr. Solon, ich dachte nur, es könnte wichtig sein, das war alles! Also sind Lesben heutzutage normal, wie? Nun, für mich nicht, das kann ich Ihnen flüstern! Und im übrigen brauchen Sie nicht auf mir herumzuhacken – ich habe meinen Doktor in Psychiatrie genau wie Sie! Sie sollten mich lieber wie einen Kollegen behandeln, statt andauernd an mir herumzumäkeln. Jeder hackt auf mir herum! Warum? Verraten Sie mir das, Dr. Solon, warum hackt jeder auf mir herum?«

»Weil Sie da sind, Dr. Telman«, antwortete Adam kühl. »Einfach, weil Sie da sind.«

Telman knallte seinen Schreibblock auf den Tisch und rauschte aus der Tür in Richtung Konferenzraum. Satin kicherte und sagte: »Mann, der hörte sich selbst ganz schön paranoid an!« Deb warf ihr einen finsteren Blick zu und wandte sich an Adam.

»Wir haben noch eine Viertelstunde Zeit bis zur Teamsitzung. Ich möchte ein kleines Problem auf der Station mit Ihnen besprechen. Könnten Sie kurz in mein Büro kommen, Doktor?«

»Natürlich. Gehen Sie vor.«

Als sie außer Hörweite waren, stieß Satin ihre Kollegin in die Seite und kicherte wieder. »Das einzige Problem, das Miss Suners auf dieser Station hat, ist ihre unersättliche Geilheit. Und jetzt verziehen sie sich in ihr Büro, damit Dr. Solon ihr bei der Lösung zur Hand gehen kann.«

Marcey war schockiert, aber fasziniert. »Wirklich? Hier im Büro? Woher weißt du das?«

»Ist doch egal, ich weiß es eben. Gib ihnen ein paar Minuten, um in Fahrt zu kommen, und dann horch an der Tür, wenn du mir nicht glaubst!« Nachdem sie einen Augenblick verloren aus dem Fenster gestarrt hatte, setzte sie großzügig hinzu: »Nicht, daß ich es ihr nicht gönnen würde. Er ist wirklich etwas Besonderes.«

»Heißt das ... heißt das ..., daß ...«
Satin riß die Augen auf und lachte: »Willst du etwa sagen, du hast ihn noch nicht probiert?«
Marcey zuckte zusammen und protestierte: »Mein Gott, Satin! Ich bin gerade erst drei Tage hier ...«
»Na und? Und hast ihn noch nicht getestet?«

Deb drehte sich zu Adam um und lächelte, während sie aus dem Büro traten und den Korridor entlanggingen. »Was schulde ich dir, Adam?«
»Ach, Deb. Diesmal geht es auf Kosten des Hauses. Weil es so gut war.«
Sie schüttelte heftig den Kopf. »Kommt nicht in Frage, oder ich könnte dich nächstes Mal nicht mehr fragen. Anfang der Woche schicke ich dir einen Scheck für den ganzen Monat, das Übliche. Du glaubst nicht, wie herrlich es ist, sich Zeit, Energie und emotionalen Streß ersparen zu können, den man ansonsten mit schmachtenden, eifersüchtigen, besitzergreifenden, schlampigen, sentimentalen und langweiligen Arschlöchern verplempern müßte.«
»Schon gut«, lachte Adam. »Ich weiß deine Protektion zu schätzen.«
Während Deb und er zu ihren Plätzen gingen, stieß Satin Marcey in die Seite und flüsterte: »Schau dir Miss Suners Strumpfhose an – die Innenseite!«
Satin sah an dem vor ihr sitzenden Arzt vorbei und erhaschte einen kurzen Blick, bevor Deb Platz nahm und schamhaft die Knie zusammenpreßte. »Junge, Junge! Hast du was gehört?«
»Jede Menge. Ich bin reif für die Gummizelle – oder eine sofortige Therapiestunde!«
Satin kicherte. »Heißt das, du wirst dich an ihn ranmachen?«
»Darauf kannst du Gift nehmen. Gleich nach der Sit-

zung. Alles im Rahmen der Pflichterfüllung, versteht sich.«
Deb brachte sie mit einem weiteren strengen Blick zum Schweigen, und dann eröffnete Dr. Durst die Sitzung, indem er das Krankheitsbild des männlichen Patienten umriß. Anschließend bat er Miss Sapinet, den Mann hereinzuholen. Während sie den Raum verließ, wandte sich Adam an sein Team:
»Es mag überflüssig sein, aber trotzdem möchte ich Sie bitten, auf Ihre Manieren zu achten. Unsere Patienten sind unsere Arbeitgeber, keine Fälle oder Objekte. Respektieren Sie sie. Ich möchte kein Geflüster oder Gekicher während des Interviews hören. Sprechen Sie nur einzeln mit dem Patienten. Und jeder von Ihnen sollte ebenso bereitwillig seine Fragen beantworten wie er die unseren. Alles klar?«
Schweigendes Kopfnicken im Raum. Jeder der Anwesenden wußte, daß mit Adam nicht zu spaßen war, wenn es um die sogenannte »allgemeine Höflichkeit in der Klinik« ging. Trotzdem ging ein gedämpftes Raunen durch den Raum, als Miss Sapinet mit dem Patienten hereinkam. Adam hatte genau wie die anderen den üblichen Tattergreis im Rollstuhl oder mit Gehstock erwartet und war überrascht, ja beeindruckt, als sie den Patienten erblickten. Der Mann mußte die breiten Schultern einziehen und sich leicht bücken, um durch die zwei Meter hohe Tür zu passen. Entsprechend mächtig war auch sein Brustkorb – ganz und gar nicht der faßförmig gewölbte Thorax eines Mannes, der an einem Emphysem oder einer anderen Lungenkrankheit leidet.
Er trug ein ausgebleichtes blaues Hemd, eine Baumwollhose und Ledersandalen. Seine Augen waren blaßgrau und strahlten die gleiche Würde aus wie das übrige Gesicht. Das schneeweiße Haar fiel ihm bis auf die Schultern. Das bis zur Taille offene Hemd entblößte eine dicht-

behaarte Brust. Gonman befand sich allem Anschein nach in ausgezeichneter körperlicher Verfassung. Das ganze Äußere war ehrfurchtgebietend. Als Miss Sapinet ihn nach vorn führte, stand Adam auf und streckte ihm die Hand entgegen.
»Mr. Gonman, ich bin Dr. Solon, Chefpsychiater hier am Institut. Schön, daß Sie gekommen sind; hoffentlich sind auch Sie mit uns zufrieden. Hätten Sie etwas dagegen, Dr. Durst ein paar Fragen zu beantworten?«
Die Stimme des alten Mannes paßte zu seinem Äußeren; es war ein weicher, rollender Bariton. »Keineswegs. Bin gern behilflich, wenn ich kann.« Er setzte sich neben Adam. Telman Durst verzog das Gesicht zu einem säuerlichen Lächeln und begann seine übliche herablassende Befragung.
»Nun, Mr. Gonman, die Beamten, die Sie herbrachten, berichteten, man hätte Sie im Park aufgegriffen, weil Sie dort herumirrten und mit der Sonne sprachen. Haben Sie das auch so in Erinnerung, Sir?«
Der Alte nickte und antwortete freundlich. »Ja, das stimmt. Ich bin in die Stadt gekommen, um zu sehen, was die Leute heutzutage so machen, und als ich in den Park kam, nun – es war so ein schöner Tag, da dachte ich, bummelst ein bißchen herum und freust dich daran.«
»Haben Sie wirklich mit der Sonne gesprochen – können Sie uns darüber etwas erzählen?«
Der Patient lächelte und nickte. »O ja, das tue ich fast jeden Tag – um ihr zu danken.«
»Zu danken? Wofür, Sir?«
Adam zuckte zusammen, beherrschte sich jedoch, als der alte Mann, der verständlicherweise erstaunt über die dumme Frage war, erklärte: »Nun, für alles, was sie uns schenkt. Licht. Wärme. Nahrung für das neu Entstehende – für das Leben eben.«
»Verste-e-ehe«, nickte Telman unsicher, doch offensicht-

lich verstand er gar nichts. »Würde es Ihnen dann etwas ausmachen, Sir, diesen netten Leuten hier zu verraten, welches Datum wir heute haben?«

Der Alte lächelte nachsichtig und antwortete: »Nun, Doktor, ich glaube, das hängt ganz davon ab, welchen Kalender wir benutzen wollen.«

Leises Lachen flog durch den Raum, und Telman konnte seinen Ärger nicht verbergen. »Ich dachte natürlich an den christlichen Kalender, Sir, den *wahren!*«

»Ah ja, die Christen, ich verstehe. Tja, nach deren Kalender müßten wir uns schätzungsweise in der Mitte des zwanzigsten Jahrhunderts befinden.«

Telman schenkte dem Team ein selbstgefälliges Lächeln und dachte, aha – *zeitliche Desorientierung:* »Sehr gut, Sir. Können Sie uns sagen, wo Sie wohnen?«

»Gern. In einer Höhle knapp unter dem Berggipfel, etwa zwei Tagesmärsche von der Stadt entfernt ...«

»Allein, Sir?«

»O nein, ganz und gar nicht. Gleich nebenan hat ein großer alter Adler seinen Nistplatz, und ein paar Steinwürfe tiefer wohnt ein Rudel Kojoten. Dann ist da noch die Sonne und ...«

»Entschuldigen Sie, wenn ich unterbreche, Sir, aber ich dachte mehr an, äh, menschliche Gesellschaft.«

Der alte Mann faßte sich nachdenklich ans Kinn und antwortete langsam: »Hmm, ach so, nein, menschliche wohl nicht.«

»Menschliche wohl nicht – verstehe.« Telman richtete sich selbstherrlich auf, als wollte er seinem Team klarmachen, welche Leistung es war, eine offensichtlich größere Denkstörung mit unverkennbar organischen Ursachen diagnostiziert zu haben. »Nun, Sir, in welcher *Richtung* befindet sich denn Ihre, äh, Wohnung?«

Verwirrt hob Mr. Gonman den Arm, der so dick war wie ein Baumstamm, und wies nach Westen. »Vielleicht verstehe ich Richtung anders als Sie, aber es ist da entlang – zwei Tagesmärsche etwa.«

Räumliche Desorientierung, dachte Telman. Er setzte sein Interview fort, und mit jeder neuen Frage bekam er mehr von einem Staatsanwalt. »Und jetzt, Mr. Gonman, könnten Sie uns bitte sagen, wie der gegenwärtige Präsident der Vereinigten Staaten heißt?«

Der alte Mann zuckte die Achseln. »Als ich das letzte Mal darauf geachtet habe – Sie müssen verstehen, ich mache mir nicht viel aus solchen Kleinigkeiten –, war es ein gerissener Kerl aus New York, *Little Van* nannten sie ihn. Genau, es war ein gewisser Martin Van Buren ...«

»Das müßte, äh, hundert Jahre hersein, Sir – glaube ich«, sagte Telman verwirrt. »Sagten Sie nicht, Sie wären einundneunzig?«

»Ich wollte nur höflich sein, weil Sie so erpicht auf mein Alter waren. Ich weiß nicht genau, wie alt ich bin.« Er wandte sich an das Team, und seine Stimme klang fast entschuldigend. »Sie müssen das verstehen, ich achte nicht so auf die Zeit wie die meisten von Ihnen. Es ist etwas, das man vor langer Zeit erfunden hat, weil die Menschen immer nur einen Gedanken auf einmal denken und ein Wort auf einmal aussprechen können. Das Konzept linearer Zeit vermittelt ihnen einen Sinn für Kontinuität und Verbundenheit, und den brauchen sie nun mal. Für mich dagegen ...« Er zögerte und suchte nach Worten, die seine Zuhörer verstehen konnten. »Mein Dasein ist heute gleichbedeutend mit Leben vorher und nachher in räumlicher Gegenwart – aber ich glaube, das wird den meisten von Ihnen nicht viel sagen.«

Telman sagte es jede Menge. Insgeheim war er entzückt, den alten Knacker bei einer grandiosen Wahnvorstellung von Unsterblichkeit und Allwissenheit ertappt zu haben. »Eine letzte Frage dann noch, wenn es Ihnen recht ist, Mr. Gonman. Sie machen momentan einen durchaus

zufriedenen Eindruck, aber kommt es manchmal vor, daß Sie ängstlich, oder sagen wir, deprimiert sind?«
Die Augen des alten Mannes schimmerten feucht, als er bedrückt antwortete: »Nur wenn ich über den Zustand der Menschheit nachdenke.«
Labiler Affekt! Damit war der Fall für Telman abgeschlossen. Er wandte sich an das Team und stürzte sich in eine weitschweifige Lektion über den Befund psychischer Veränderung bei organischen Gehirnsyndromen; er gestikulierte, faselte, spielte Professor, so wie er sich einen Professor immer vorgestellt hatte.
Adam hielt es nicht länger aus. Er rückte mit seinem Stuhl näher an den des Alten, beugte sich zu ihm hinüber und sagte flüsternd: »Hören Sie, Mr. Gonman, mir ist sonnenklar, daß Ihr Verstand vollkommen in Ordnung ist. Warum haben Sie zugelassen, daß er Sie dermaßen fertigmacht?«
Friedfertig lächelnd antwortete der alte Mann sanft: »Warum sollte ich ihm den Spaß verderben?«
»Aus zwei Gründen. Erstens: weil er ein unerträglicher, arroganter und selbstgefälliger Dummkopf ist, der sich für einen biblischen Propheten hält, einen selbsternannten Guru, bestens informiert über esoterische theoretische Bedeutungslosigkeiten, wie Sie sich selbst überzeugen konnten, stets bemüht, in aller Öffentlichkeit dummes Zeug über den idealen Menschen von sich zu geben, wobei er sich offenbar für das edelste lebendige Beispiel eines netten, hilfsbereiten Menschen hält ... eine intellektuelle Null, ein puritanischer Heuchler, dem es Spaß macht, unschuldige, gutmütige und leichtgläubige Menschen in einen Zustand der Hilflosigkeit zu versetzen ... ein Arschloch, ein Hundesohn, der selbst dringend die Art von Hilfe nötig hätte, die er von Ihnen bekommen könnte. Zweitens: weil ich nicht will, daß die jungen, beeinflußbaren Leute in meinem Team meinen, er sei

das, was man unter einem Psychiater versteht. Man könnte ihn ganz leicht bloßstellen, aber ich hätte Angst, übers Ziel hinauszuschießen. Es klappt viel besser bei indirekter Demonstration.«
»Ich verstehe«, nickte der Alte. »Aber sollte er solche kleinen moralischen Fehler nicht lieber selbst einsehen und korrigieren?«
Adam zögerte. Er machte sich schon lange keine falschen Illusionen mehr über seinen Job als Lehrer. Trotzdem und obgleich er wußte, wie langsam sich das menschliche Denken verändert – wenn überhaupt –, verstreute er mit der Naivität und dem Enthusiasmus eines Johnny Appleseed die Saat seiner Ideen.
Er schüttelte den Kopf. »Nun gut. Ich weiß, was Sie meinen, aber ich glaube immer noch, daß einige Menschen einiges lernen können, wenn man es auf die richtige Art versucht ... spielerisch, spontan, so, daß sie denken, sie hätten ihre Lektion von selbst kapiert, ohne daß jemand ihnen dabei behilflich war ...«
Die Augen des Alten weiteten sich anerkennend. »Gut gesagt, aber mit der Auffassung werden die Leute in Ihrem Team Sie für verrückt erklären.«
»Ein paar tun das ohnehin, und die anderen halten mich für einen intelligenten, aber harmlosen Exzentriker – was durchaus stimmen kann. Jedenfalls würde ich mich freuen, wenn Sie mir noch ein paar Fragen beantworten würden.«
Der Alte gluckste gutmütig. »Ich habe nichts dagegen, Doktor, wenn es Ihnen Spaß macht ...«
Mittlerweile war die eine Hälfte des Teams beinahe eingeschlafen, während die andere vergeblich die Ohren spitzte, um trotz Dr. Dursts Stentorstimme etwas von der gedämpften, doch lebhaften Konversation Dr. Solons mit dem seltsamen Mr. Gonman zu erhaschen. Als Telman endlich zum Ende kam und seinen Vortrag, wie erwartet,

mit einer vernichtenden Diagnose abschloß, kündigte er eine kurze Kaffeepause an. Adam hob die Hand. »Zwei Minuten noch, Dr. Durst, bevor wir unterbrechen. Ich möchte Mr. Gonman ein paar Fragen stellen.«
Telman nickte unbehaglich und setzte sich wieder. Er hatte das dumpfe Gefühl, daß sein Widersacher Dr. Solon wie üblich etwas im Schilde führte, um ihn vor den anderen zu blamieren. »Also, leg schon los, du Mistkerl«, murmelte er vor sich hin. »Aber ich warne dich, versuch ja nicht, meine Diagnose zu zerfetzen.«
Adam wandte sich gelassen an den Patienten und sagte freundlich: »Mr. Gonman ... übrigens, möchten Sie eigentlich so angesprochen werden?«
»Das ist mir egal. Mein Vorname ist Rockford, und Leute, mit denen ich näher bekannt bin, nennen mich gewöhnlich Roc.«
»Schön. Würde es Ihnen etwas ausmachen, Roc, dem Team zu verraten, warum Sie *unsere* Richtung zu Ihrem Haus nicht kennen?«
Wieder klang der Ton des Mannes beinahe entschuldigend. »Nun, ich glaube, es liegt daran, daß ich nicht mehr gewohnt bin, im Sinne Ihrer Himmelsrichtungen Dronen, Düsen, Steno und Stewen zu denken.«
Adam lachte laut auf. »Entschuldigen Sie, wenn ich Sie unterbreche, aber sind Ihnen diese Anagramme einfach so herausgerutscht, oder waren es Freudsche Versprecher?«
»Oh, Verzeihung, ich war mit meinen Gedanken woanders. Anagramme sind eins meiner Hobbys, aber ich hatte nicht vor, sie hier zum besten zu geben.«
Da Adam selbst ein passionierter Liebhaber von Anagrammen war, wußte er den Lapsus zu würdigen. »Fahren Sie bitte fort, Roc.«
»Ich habe die konventionelle Art der Orientierung am Himmel ein wenig variiert, verstehen Sie? Ich benutze

dieses kleine Gerät dazu ...« Er zog ein kurzes, röhrenförmiges Instrument aus der Brusttasche und klappte es auf. »Es funktioniert nach demselben Prinzip wie ein gewöhnlicher Navigationssextant. Es ist nur so, daß mir im Vergleich dazu Ihr Himmelsrichtungssystem ein bißchen, nun ja ... ungenau erscheint, wissen Sie.«
Telman starrte zähneknirschend zu Boden und dachte *Verdammte Scheiße,* während Adam seelenruhig fortfuhr.
»Wie steht es mit den Navigationsdaten und Umwandlungstabellen?« fragte er belustigt. »Tragen Sie die als Mikrofilm in der Hosentasche mit sich herum?«
»O nein«, antwortete Roc und suchte nach einer Möglichkeit, seine Methode zu erklären, ohne unbescheiden zu erscheinen. »Aber ich bin schon ziemlich alt und habe viel Zeit, also dachte ich mir, ich könnte sie genausogut auswendig lernen.«
Erstauntes und ungläubiges Murmeln verbreitete sich im Raum, während Telman sich insgeheim verfluchte: Hundesohn, dummes Arschloch, Dreckskerl ...
»Wie steht es mit der Berechnung?« drängte Adam sanft. »Benutzen Sie einen Taschenrechner?«
Wieder drückte sich der alte Mann sehr vorsichtig aus. »Nun, mit etwas Übung und ein paar Tricks läßt sich jede kleinere arithmetische Rechnung auch im Kopf ausführen.«
»Verstehe. Würde es Ihnen etwas ausmachen, wenn ich Sie teste?« Er warf Telman einen flüchtigen Blick zu und setzte mit einem Anflug von Boshaftigkeit hinzu: »Nur weil das tatsächlich zur Standarduntersuchung eines Patienten gehört.«
Telman fluchte. O Gott, wie konnte ich das vergessen! Solon, du verdammter Mistkerl, warum mußt du mich unbedingt immer vor allen anderen fertigmachen?
Adam bat einen Freiwilligen, mit einem elektronischen

Taschenrechner Protokoll zu führen. »Also schön, wieviel ergibt, sagen wir 27 mal 33 mal 268?«
Im Bruchteil einer Sekunde antwortete Roc mit leiser Stimme: »238 788«, und kurz darauf rief eine verblüffte Stimme: »Stimmt – stimmt genau.«
»Und der reziproke Wert?«
»0,0000041.«
»Stimmt!«
»Und noch eine letzte Aufgabe. Können Sie uns sagen, wieviel dieser Wert mal, äh, 11 569,72 ergibt?«
»0,0474358.«
»Mein Gott!« rief die Stimme wieder. »Auf den Punkt genau!«
Einige aus dem Team schielten belustigt zu Telman hinüber, der finster vor sich hin starrte und am liebsten im Erdboden versunken wäre.
Adam sah auf die Uhr. »Vielen Dank für diese erstaunliche Vorstellung, Roc. Wir machen gleich eine Pause, ich würde nur gerne noch von Ihnen wissen – und ich bin sicher, das interessiert die anderen auch –, warum Ihnen der Name unseres gegenwärtigen Präsidenten nicht geläufig ist.«
Roc nickte verständnisvoll. »Nun, das ist nicht so einfach zu erklären.« Er musterte die gespannten Gesichter der Anwesenden und fuhr dann ruhig fort: »Diese Art von Information ist sehr wichtig für Sie, ich weiß, für mich aber gehört sie zu den unbedeutenden Nebensächlichkeiten des Lebens. Könige, Kaiser und Präsidenten – sie kommen und gehen. Sie erfüllen eine gewisse Funktion im Drama der Menschheit. Eine durchaus wichtige Funktion, zugegeben, aber davon abgesehen, haben sie kaum etwas anderes zu tun, als ihre Rolle in der Entwicklung ganz und gar unausweichlicher Ereignisse zu spielen. Es sieht nur so aus, als ob sie diese verursachten. Die Mächtigen sind genau wie wir wichtige Teile des Gesamtpro-

gramms, haben jedoch wenig oder gar keinen Einfluß darauf.«

Einige schnappten nach Luft, als Adam sich erhob, Roc für seine »Kooperation« dankte und dann die Kaffeepause ankündigte. Dr. Telman Durst floh ohne ein Wort durch die Hintertür, und der Raum vibrierte vor Erregung, als die Anwesenden aufstanden und kleine heftig diskutierende Grüppchen bildeten. Adam setzte sich wieder hin und flüsterte Roc zu: »Lauschen wir noch ein paar Minuten, um zu sehen, wie gut wir waren ...«

Einige Bruchstücke drangen durch das allgemeine Stimmengewirr.

»... aber es ist doch bekannt, daß Solon nicht mehr alle Tassen im Schrank hat ...«

»... Blödsinn ... wie ein Fuchs!«

»... ein Trick, könnte eine heimliche Absprache gewesen sein.«

»... und überhaupt, es spielt ja auch wirklich keine Rolle, wie der Präsident heißt.«

»Für uns Demokraten schon, verflucht noch mal!«

Adam grinste seinem neuen Freund zu. »Sehen Sie – es hat geklappt. Das ist alles, was wir tun können, wenn wir uns als Lehrer verstehen. Unsere Schüler unterhalten und sie wachrütteln. Immer wieder ihre Überzeugungen durcheinanderbringen. Nur wenn man ihnen Alternativen aufzeigt und sie dann selbst entscheiden läßt, werden sie wirklich etwas akzeptieren ...«

Roc nickte und grinste zurück. »Gut gesagt, Doktor.« Er reichte ihm die Hand. »War mir eine Freude, Sie kennenzulernen. Aber jetzt kann ich doch wohl gehen?«

Sein Händedruck war so stark, daß Adam vor Schmerz beinahe aufgeschrien hätte. »Das konnten Sie die ganze Zeit. Seit sich Dr. Szasz und die Amerikanische Bürgerrechtsunion vor ein paar Jahren dahinterklemmten, wird es immer schwieriger, Menschen an Orten wie diesem

festzuhalten. Aber ich dachte, vielleicht könnte ich ...«
Er zögerte.
»... mich besuchen kommen?«
»Tja, aber wenn Sie lieber nicht wollen ...«
Belustigt antwortete Roc: »Ich bin nicht gerade das, was man unter kontaktfreudig versteht, aber Sie wären trotzdem willkommen«, und Adam verstand sehr wohl, was er nicht aussprach: »... solange Sie es nicht übertreiben.«
»Dieser Berg da drüben«, sagte Roc und deutete aus dem Westfenster, »gleich hinter dem Horizont ... steigen Sie den steileren Hang hinauf Richtung Gipfel, dann stoßen Sie nach etwa zwei Stunden auf einen scheinbar unüberwindlichen Felsbrocken auf dem Pfad. Dort wird Sie das heisere Gebell der Kojoten begrüßen, die ich vorhin erwähnte. Haben Sie keine Angst. Heben Sie nur die Hand und sagen dem Leittier langsam und deutlich: ›Bring mich zu Roc.‹ Es wird Ihnen den Weg zeigen. Mit denselben Worten können Sie auch meinen Freund, den Adler, besänftigen, falls er Sie mit seinem schrecklichen Geschrei empfangen sollte.«
»In Ordnung, vielen Dank. Ich kann mir vorstellen, daß ein Bergsteiger, der zufällig dort vorbeikäme, kaum Lust hätte, über einen bestimmten Punkt hinaus weiterzuklettern.«
Roc lächelte, nickte leicht und verschwand mit langen, festen Schritten.
Adam setzte sich wieder und überflog geistesabwesend Rocs Patientenkarte, während er an William Faulkners Bemerkung dachte, der Name eines Menschen verrate vieles über seinen Besitzer – wenn man ihn richtig zu lesen verstünde. »Hmm, hmm, Roc – großer mystischer Vogel – durchaus möglich. Oder Cor, für Herz.«
Seine Gedanken wurden durch einen gedämpften Schrei hinter ihm unterbrochen. Er drehte sich halb um und erkannte sofort die Beine der knackigen kleinen Schwesternschülerin Marcey Sapinet.

»Dr. Solon, ich wollte Ihnen noch sagen, wie wunderbar Ihr Auftritt war ... einfach großartig ... wie haben Sie das bloß gewußt?« Und so weiter, und so fort ...

Adam identifizierte ihren aufgeregten Wortschwall sogleich als typisch menschliche Version des instinktiven säugetierischen Werbungsrituals und suchte nach einer Ausflucht. Als er den schmalen Diamantring an ihrem Zeigefinger entdeckte, griff er nach ihrer Hand und inspizierte ihn.

»Ach, der«, unterbrach sie sich hastig. »Er hat nichts zu bedeuten. Ich meine, ich bin zwar verlobt, aber heiraten werde ich nicht. Ich wollte wissen, ob ich einmal mit Ihnen reden könnte ...« Als sie seine kühle Reaktion bemerkte, wechselte sie schnell die Taktik. »Ich wollte sagen, meine Zwillingsschwester und ich sind ganz wild auf ...«

Adams Augen blitzten interessiert auf. »Zwillinge? Eineiig?«

»O ja. So identisch wie zwei Erbsen in einer Hülse ... Wir beide würden uns gern mal mit Ihnen unterhalten ...«

»Nun, ich glaube, das ließe sich machen. Ist sie auch Krankenschwester? Wie heißt sie?«

»Mesta. Sie arbeitet in der Medizinischen Abteilung. Wir haben um halb fünf Schluß.«

Adam lehnte sich zurück und musterte sie ungeniert. Sehr hübsch. Stramme Beine, feste Brüste – aber Durchschnitt. Sie war etwas kleiner, als er sich gewünscht hätte, aber was zum Teufel ... gleich zwei auf einmal – eine neue Erfahrung. »Kennen Sie das Uniparkhaus neben dem Baumgarten?«

»Na klar.«

»Im obersten Stock, in herrlichster Einsamkeit, steht mein luxuriöses Wohn- und Spaßmobil. Treffen wir uns dort, sagen wir, zwischen fünf und halb sechs, okay?«

Ihre Augen tanzten vor Freude. Sie lachte, nickte heftig und wandte sich zum Gehen, erregt bei dem Gedanken an ihren raschen Erfolg.

»He, Marcey«, rief Adam. Sie blieb stehen und drehte sich erwartungsvoll um. »Ich wette, die Nummer mit den Zwillingen zieht immer, was?«

Sie nickte und grinste breit. »Jedesmal!«

Kaum war sie verschwunden, tauchte Deb Suners in der Tür auf. »Adam, nimm mal den Hörer ab – jemand von der Universal Charge Cards will dich sprechen.«

Adam seufzte mißmutig. »Was wollen die denn schon wieder? Okay, ich nehme ab.« Er griff nach dem Hörer und legte die Hand auf das Mundstück. »Trommel du inzwischen die Leute wieder zusammen, es wird sonst zu spät, und wir müssen uns ranhalten.«

»Wird gemacht.«

»Dr. Solon? Hier Claire Upton von Universal Charge.«

»Ich habe Ihnen vor zehn Tagen einen Scheck geschickt.«

»Darum geht es nicht, Sir. Sie bekommen noch schriftlich Bescheid, aber ich habe den Auftrag, Ihnen persönlich mitzuteilen, daß Ihr Konto bei uns aufgelöst wird.«

»Aufgelöst? Warum, zum Teufel?« schrie Adam wütend.

»Weil Sie es überzogen haben, Sir.«

»Überzogen!« brüllte er. Miss Uptons Ton blieb neutral und geschäftsmäßig; wahrscheinlich war sie an Wutausbrüche und wüste Beschimpfungen seitens ihrer Kunden gewohnt.

»Was zum Teufel soll das heißen, überzogen!«

»Ihr Konto weist ein Minus von zweitausenddreihundert Dollar auf, Sir.«

»Unmöglich!« explodierte Adam. »Soviel Geld habe ich nie und nimmer verbraucht! An wen ist es gegangen?«

»Nun, Sir, all die halbnackten Mädchen, die aus Geburtstagstorten springen ... in Dayton, Cleveland, Albuquerque, Flagstaff – dreiundzwanzig insgesamt, zu hundert Dollar pro Auftritt. So etwas geht ins Geld, wissen Sie.«

Adam schnappte nach Luft. »Sie und Ihre Gesellschaft müssen vollkommen übergeschnappt sein! Ich habe in meinem ganzen Leben noch kein Mädchen angeheuert, das aus einer Geburtstagstorte springt, weder in diesem noch in einem anderen! Daran müßte ich mich ja wohl erinnern, oder?«

»Man sollte es annehmen, Sir. Aber Vorschriften sind Vorschriften, und der Vertrag, den Sie mit uns geschlossen haben, sieht vor, daß Sie jetzt Ihre Kreditkarte in zwei Teile schneiden und unverzüglich an uns zurückschikken.«

»Schon gut«, gab Adam bissig zurück. »Nicht nur das; ich werde sie auch noch ordentlich einschmieren, damit Ihr Vorsitzender sie sich sonstwohin stecken kann.«

»Wenn Sie darauf bestehen, Sir. Auf Wiederhören.«

Adam knallte den Hörer auf die Gabel und rieb sich die Stirn. »Halbnackte Mädchen, die aus Geburtstagstorten springen! Das macht keinen Sinn – nicht den geringsten! Diese gottverdammten Insider, wahrscheinlich machen sie mir die Hölle heiß, weil ich Lunte gerochen habe. Wahrscheinlich bin ich näher dran, als ich glaube. Aber das wird ihnen nichts nützen, im Gegenteil! Nur über meine Leiche! Bei dem Geld, das sie haben, dieser unglaublichen Macht – was für eine miese erbärmliche Verschwendung! Ob sie sich wirklich mit derartigen Tricks abgeben? Wieso setzen sie nicht einfach einen Killer auf mich an?«

Da Telman Durst Gott sei Dank abberufen worden war, um einen Notfall in der Orthopädie zu behandeln, ging es jetzt schneller. Doch hatte sich die Nachricht von der vorangegangenen Auseinandersetzung mit solcher Windeseile im ganzen Institut verbreitet, daß es mittlerweile nur noch Stehplätze gab. Aus allen Ecken des Gebäudes strömten Neugierige herbei, die auf weitere Sensationen hofften.

Als Deb mit der jungen Frau erschien, die wegen Erregung öffentlichen Ärgernisses verhaftet worden war, hatte Adam vage das Gefühl, daß sie nicht unbedingt enttäuscht werden würden. Sie trug einen hauchdünnen Tennisdreß, und er sah sofort, daß sie schon als öffentliches Ärgernis gelten konnte, wenn man sie einfach nur so dastehen sah: hochgewachsen, langbeinig, melonenförmige Brüste, kurzes lockiges Haar und ein leicht sommersprossiges Doris-Day-Gesicht. »Jesus«, dachte Adam, »das Leben wäre nur halb so kompliziert, wenn es nicht solche Frauen gäbe.«

Deb stellte sie einander vor. »Miss Cameron, das ist Dr. Solon. Adam, das ist Bairny.« (Den Chefarzt beim Vornamen zu nennen war Debs Art, den anderen im Team zu zeigen, daß sie unter einer Decke steckten.)

Adam lud Miss Cameron mit einer Handbewegung ein, Platz zu nehmen. Die Umstehenden beobachteten mit aufdringlicher und kaum verhohlener Neugier, wie sie der Aufforderung folgte.

»Danke, daß Sie sich uns zur Verfügung gestellt haben«, sagte Adam, so cool und beiläufig er konnte. »Wie sollen wir Sie ansprechen?«

Sie lächelte und legte spöttisch den Kopf zur Seite; offensichtlich machte ihr die Sache Spaß. »Oh, Bairny ist okay. Oder vielleicht Diogenesa.«

»Na gut. Wenn ich mir die Notizen der Schwestern von gestern nachmittag und letzter Nacht ansehe, habe ich den Eindruck, daß Sie intelligent und aufgeschlossen sind und nicht an einer psychischen Erkrankung leiden, weder größerer noch kleinerer Art. Ist das richtig?«

Weiter hinten im Raum flüsterte einer der Psychiater einem anderen zu: »Meine Güte, er arbeitet für die Psychiatrische Gesellschaft, und das soll eine psychologische Untersuchung sein?«, worauf der andere ebenfalls im Flüsterton antwortete: »Wart's nur ab, Mann, dieser

blöde Durst hätte für dieselbe Information eine halbe Stunde gebraucht.« Adam warf ihnen einen mißbilligenden Blick zu, worauf das Flüstern erstarb.
Bairny nickte. »Stimmt. Psychisch und emotional bin ich in guter Verfassung.«
Wenn einer seiner Assistenten so was versuchte, hätte Adam ihn einen Kopf kürzer gemacht, er selbst jedoch konnte dieser Eröffnung nicht widerstehen und sagte: »Das ist aber nicht alles, wie mir scheint.«
Belustigtes Gelächter erhob sich im Raum, und wieder nickte Bairny, diesmal anerkennend. Mit diesem gutaussehenden Seelendoktor hatte sie anscheinend einen Fang gemacht.
»Könnten Sie uns – sofern es Ihnen möglich ist – erzählen, was die Polizei veranlaßt hat, Sie festzunehmen und später zu uns zu bringen?«
Sie zuckte die Achseln. »Sicher. Es war viel Lärm um nichts. Ich weiß immer noch nicht, was die ganze Aufregung zu bedeuten hatte ...«
Adam ermunterte sie mit einem interessierten Nicken und einem etwas weniger professionellen Lächeln, während sie bereitwillig fortfuhr:
»Ich hatte gerade ein paar Runden Tennis gespielt und hätte gern weitergemacht, weil ich so gut drauf war, aber mein Partner mußte zur Arbeit. Also setzte ich mich auf einen Stuhl hinter der Seitenlinie, vielleicht zwölf Meter von den Courts entfernt, und schaute den anderen beim Spielen zu. Sie waren alle so, nun ja, so schön ... Die Männer mit sonnengebräunten, muskulösen Armen und Beinen und ihren eleganten Schlägen, und die Frauen auch, mit weicher Haut und wohlgeformten Körpern ...«
Sie seufzte wehmütig bei der Erinnerung an diese Szene.
»Jedenfalls war es so ein wahnsinniger, sonniger, warmer Tag, und da liefen all diese gutaussehenden Typen rum, die Sonne brannte auf meiner Haut, und eine leichte

Brise strich über mich hinweg, und ich, nun ja – ich wurde irgendwie scharf ...«

Wieder nickte Adam, und seine Augen schienen zu sagen: »Klar, wieso auch nicht?«, während sich in den Gesichtern der anderen Ärzte eher Befremden über die Freimütigkeit der jungen Frau spiegelte.

»Ich dachte daran, einen Freund anzurufen, um mich aus dieser peinlichen Situation zu retten, aber ich hatte einen arbeitsreichen Tag vor mir, der eine Menge Konzentration erforderte. Mein Zustand hätte sich darauf ausgewirkt, und die Zeit war knapp, ich war also in einer Art Zwickmühle ...«

Adam fiel ihr lächelnd ins Wort: »Und in diesem Moment beschlossen Sie, öffentliches Ärgernis zu erregen?«

»Ge-nau! Nur war da eigentlich nicht viel zu beschließen. Zuerst dachte ich noch daran, nach Hause zu gehen, um mir dort Erleichterung zu verschaffen, aber andererseits wollte ich nicht das Risiko eingehen, diese wunderbare Stimmung unterwegs zu verlieren. Was dann den Ausschlag gab, war, daß im gleichen Moment am anderen Ende des Platzes dieser Tarzan mit seiner dichten Mähne schimmernden weißen Haares vorbeiging ...«

»Sie meinen den alten Mann, der eben hier war?«

»Genau. Er heißt Roc. Wir wurden fast gleichzeitig festgenommen und zu einem Bullenwagen gebracht ...«

»Aber was hatten Sie denn getan, um den Arm des Gesetzes herauszufordern?«

Wieder zuckte sie die Achseln. »Nichts Besonderes – nur, was sich eben so ergab. Ich legte den rechten Fuß über das linke Knie, um das Ganze etwas unauffälliger zu machen, und dann glitt meine Hand ins Höschen, und ich fing an, mir einen runterzuholen, Sie wissen schon.«

Adam spürte allgemeines Entsetzen unter seinen Kollegen, was ihn beträchtlich irritierte. Um dagegen anzugehen, fragte er: »Sicher, was hätten Sie sonst machen sollen? Der Begriff ›öffentlich‹ ist ja ziemlich relativ, nicht wahr? Hat es jemanden, der in Ihrer Nähe war, gestört – soweit Sie das beurteilen konnten?«

»Nicht unbedingt. Der Kerl auf dem Platz direkt vor mir verlor ein paar Aufschläge, weil er immer zu mir herübersah, und Roc blieb stehen, um mich zu beobachten. Mann! Der Alte muß Adleraugen haben, um aus der Entfernung etwas erkennen zu können! Also nein, eigentlich hat es niemanden gestört, außer den jungen Bullen, der sich von hinten an mich ranschlich, wissen Sie, ein dummer kleiner Schnösel; er war derselbe, der mich dann auch festgenommen hat. Aber ich fand das alles eher lächerlich.«

»Da muß ich Ihnen zustimmen«, sagte Adam. »Wahrscheinlich weiß kaum einer, wie er reagieren soll, wenn er einem sexuell stimulierenden Geschöpf begegnet, daher greift er es lieber an, bringt es um, wirft einen Eimer Wasser drauf, verhaftet es oder fällt in Ohnmacht, statt sich zu entspannen und seinen Spaß daran zu haben.«

Bairny nickte heftig. »Ja, ich glaube, genauso war es.«

Adam fuhr fort: »Dann steht hier noch auf Ihrer Karte, daß man Sie aus dem Gefängnis nach hier überstellt hat, weil, Zitat, die Festgenommene von ihrem provozierenden Verhalten nicht abließ, Zitatende. Was sagen Sie dazu?«

Sie kicherte. »Also wirklich! Mittlerweile war ich ganz schön drauf. Der Typ, der mich festnahm, hatte einen Stän . . . oh, ich meine, eine Erektion. Das war ihm natürlich peinlich, er wurde knallrot und war ziemlich verwirrt, versuchte aber trotzdem den harten Bullen zu spielen. Na ja, inzwischen hatte sein Partner den guten alten Roc aufgegabelt und führte ihn quer über den Platz. Die Leute hörten auf zu spielen, um das Schauspiel zu verfolgen; es war genau wie eine von diesen Krimiserien im Fernsehen – wirklich Spitze.«

»Und Sie sagten sich, wenn schon, denn schon, und machten weiter?«
»Ja, so ungefähr, aber ich glaube, ich wollte es absichtlich auf die Spitze treiben. Ich kapierte das einfach nicht, verstehen Sie? Ich meine, die Leute sind so unglaublich scheinheilig, was Sex angeht – als wollten sie sich selber was vormachen. Vielleicht glauben sie, daß sie ihre schmutzigen kleinen Geheimnisse für sich behalten könnten, aber das geht eben nicht. S.I.E. – diese merkwürdigen, unsichtbaren Herrschaften da oben – wissen sowieso alles über uns, es hat also überhaupt keinen Zweck, irgend etwas verbergen zu wollen.«
Unruhe verbreitete sich im Raum. Plötzlich sah es so aus, als wäre dem unfehlbaren Dr. Solon ein fataler Irrtum unterlaufen, als habe er die eklatante Wahnvorstellung der Patientin bei der fragmentarischen Analyse ihres Geisteszustands übersehen. Doppelt irritiert wollte Adam gerade versuchen, die Sache zurechtzubiegen, als Bairny, der die Reaktion der Zuhörer ebenfalls nicht entgangen war, die Initiative ergriff.
»Oh, bitte entschuldigen Sie«, wandte sie sich geduldig und erklärend an die versammelten Ärzte. »Das klingt wahrscheinlich sehr paranoid, aber für Leute in meiner Branche ist es alles andere als das ...«
Adam unterbrach sie. »Bairny hat einen Doktorgrad in theoretischer Mathematik und arbeitet im Bereich Großcomputeranlagen und Systemvernetzung ...«
»Stimmt. Sehen Sie, diejenigen unter uns, die sich mit Computersystemen auf der ganzen Welt auskennen, wissen, daß man alles nur bis zu einem bestimmten Punkt zurückverfolgen kann – dann verschwindet es. Wir wissen andererseits auch, daß es irgendwo enden muß. Wir gehen also davon aus, daß es auf uns verborgene Weise bei einer sehr geheimen und sehr mächtigen Gruppe landet, über die wir ... nun ja ... so gut wie nichts wissen ...«

Alan Bregan, ein geradezu herausfordernd optimistischer klinischer Psychologe, warf sarkastisch ein: »Sie meinen doch wohl nicht dieses abgedroschene Märchen von einer internationalen Bankenverschwörung, wie?«
Aufgeregtes Gemurmel erhob sich, doch Adam hob beruhigend die Hand. »Verschwörung wäre zuviel gesagt, Dr. Bregan. Keiner von uns weiß Genaueres über S.I.E., doch einige versuchen nachzuhaken. Bedenken Sie: Diese junge Frau ist Spezialistin auf dem Gebiet internationaler Computersysteme, und sie weiß nicht, wo der Hauptrechner steht – wissen Sie es?«
Dr. Bregan tat die Frage mit einem Räuspern ab. »Ich glaube zwar, daß es sich um eine rein theoretische Frage handelt, aber trotzdem, was soll dieses Gerede darüber, daß S.I.E. – meine Güte, klingt das paranoid – all unsere Geheimnisse kennen? Wollen Sie etwa behaupten, daß unsere Telephone abgehört werden und Wanzen in Toiletten und Schlafzimmern versteckt sind ...?«
Wieder erstickte Adam die aufkommende Unruhe mit einer Handbewegung. »Das ist völlig überflüssig, Dr. Bregan. Eine eigens dafür entwickelte, hochkomplexe Computeranalyse hat diese Aufgabe übernommen. Sie speist sich aus einem endlosen Strom von Daten, mit dem wir selbst, ohne es zu wissen, das System füttern, beispielsweise, wenn wir unsere Kreditkarten benutzen ...«
»Unsere Banknoten und Investitionen ...«, setzte Bairny enthusiastisch hinzu.
»Schule, Militär und andere öffentliche Einrichtungen ...«
»Die Volkszählung ...«
Adam hielt inne und sah sie unsicher an. »Die Volkszählung? Die halte ich eigentlich eher für eine Art Ablenkungsmanöver, um Ausmaß und Komplexität des eigentlichen Datenmißbrauchs zu verschleiern.«
Bairny erwiderte seinen Blick nachdenklich und antwor-

tete dann zögernd: »So habe ich das noch gar nicht gesehen. Es wäre möglich ... immerhin sind die aus den Volkszählungsbögen gewonnenen Erkenntnisse höchst unzureichend ...«
Eine Welle des Tumults unter den Zuhörern veranlaßte Adam, um Ruhe zu bitten und die Befragung zu unterbrechen. »Ich fürchte, unsere kleine Unterhaltung sprengt den Rahmen dieser Sitzung. Es ist wohl besser, wenn wir zum Schluß kommen.«
Alan Bregan, der immer noch den starken Mann markierte, versuchte den Professor in die Enge zu treiben. »Und wie lautete Ihre Diagnose, Dr. Solon?«
Es herrschte Totenstille im Raum. Adam sah ihm in die Augen und antwortete gelassen: »Die formale Diagnose lautet: Kein psychiatrischer Befund, und das, so möchte ich ausdrücklich betonen, kommt in diesem Haus viel zu selten vor.« Bregan, ein zweiter Telman Durst, der nichts lieber tat, als seine Patienten durch die Mangel zu drehen, wandte unter Adams anklagendem Blick unsicher die Augen ab.
Adam sah Bairny an und fragte: »Haben Sie einen guten Anwalt?«
Sie nickte. »Dan Winthrop – kennen Sie ihn?«
»O ja, sicher. Dann werden Sie wohl mit einem blauen Auge davonkommen.«
»Aber wie steht es mit einem Psychiater, Dr. Solon – haben Sie eine Privatpraxis?«
»Das ja, nur – *brauchen* Sie denn einen Psychiater?«
»Einen Psychiater nicht unbedingt, aber ...« Sie beugte sich vor, legte ihre Hand auf die seine und schenkte ihm ihr bezauberndstes Lächeln. »... Sie und ich haben noch eine Menge zu besprechen, finden Sie nicht?«
Er bedeckte ihre Hand mit der seinen, beugte sich ebenfalls vor, imitierte ihr verführerisches Lächeln und antwortete im gleichen Tonfall: »Da haben Sie recht, aber

doch nicht in dieser Umgebung! Kurze Pause, Herrschaften!«
Aufbruch, Stühlescharren, erregtes Gemurmel. Marcey stieß Satin an und kicherte. »Verflucht, nun guck dir das an! Aber Mesta und ich sind vor ihr dran – glaube ich jedenfalls . . .«
Einzelne Gesprächsfetzen erreichten Bairny und Adam, während die Leute hinausgingen und der Raum sich langsam leerte.
». . . der hält doch niemanden für verrückt . . . was ist das bloß für ein Arzt?«
»Verschwörung, daß ich nicht lache . . . reine Wahnvorstellungen!«
». . . normal, ja – aber in der Öffentlichkeit?«
». . . verdammt unpassende Kleidung für eine Sitzung!«
». . . prächtige Lungen, aber trotzdem . . .«
Und eine der Krankenschwestern lachend: »Nicht gerade das, was man normalerweise unter Psychologie versteht, aber besser, als fickrigen Patienten Fieberthermometer in den Arsch zu schieben!«
Adam fragte Bairny: »Nun, was sagen Sie: Sind sie nicht toll?«
»Etwas verrückt, finden Sie nicht?«
»Verrückter als unsere Patienten, aber so ist die Welt nun mal – ein perfektes System eigentlich!«
Adam suchte auf der Patientenkarte nach Bairnys Adresse. »Oh, Sie wohnen ja ganz in der Nähe!«
Dann fielen ihm die Sapinet-Zwillinge ein, und er fragte: »Ist es Ihnen recht, wenn ich Sie zwischen halb sieben und sieben abhole?«
»Klar. Was soll ich anziehen?«
»Irgendwas Leichtes, Bequemes. Und essen Sie nicht zu Abend. Wir fahren aufs Land und machen uns einen gemütlichen Abend . . .«

Mittlerweile frönte Deb im Büro ihrer zweitliebsten sportlichen Betätigung. Es war die Kunst, Telman Durst aufzugeilen und gleichzeitig systematisch fertigzumachen.
»Siehst du? Du findest Dr. Solon bescheuert, aber er redet nicht halb so schlecht über dich.«
»Wieso? Was sagt er denn über mich?«
»Er hält dich für einen unverbesserlichen Klugscheißer.«
Telman wurde rot vor Wut, biß sich jedoch auf die Zunge. Er begehrte Debs aufreizenden Körper, aber sie schaffte es unweigerlich, seiner Selbsteinschätzung und Lust einen Dämpfer zu versetzen. Um die Kleinlichkeit von vorher zu kompensieren, sagte er großmütig: »Na gut, er ist zwar bescheuert, aber was seine Energie angeht – alle Achtung! Ich kann nur hoffen, daß ich in seinem Alter noch so fit bin!«
»Niemals«, sagte sie eisig.
Verwirrt tappte er ihr in die Falle. »Wieso? Was willst du damit sagen? Warum soll ich das nicht schaffen?«
Sie lächelte honigsüß. »Weil du es nicht mal jetzt mit ihm aufnehmen kannst; wie willst du das dann später können?«
Zähneknirschend und aller Hoffnungen, sie je zu besitzen, beraubt, schlich Dr. Telman Durst erschüttert den Gang hinunter und hielt Ausschau nach einer Patientin, vor der er Eindruck schinden konnte. Laut Dr. Solon gehörte es zu den wichtigsten sozialen Aufgaben eines Patienten, das Selbstbewußtsein der Ärzte zu stärken.
»Beklopptер Hund!« murmelte er vor sich hin. »So was habe *ich* nicht nötig – ich *bin* einfach besser.«

Kapitel 3

Ehe, wem Ehe gebührt

Marcey und Mesta saßen im Schneidersitz im Schatten von Adams Wagen, rauchten einen Joint und grinsten über das ganze Gesicht. Adam streckte beide Hände aus und half ihnen aufzustehen. »Mein Gott, ich werde euch irgendwie kennzeichnen müssen, um euch auseinanderzuhalten. Habt ihr was dagegen, wenn ich euch einfach Liebling oder Schatz nenne?«

Beide schmiegten sich an ihn und lächelten erwartungsvoll, und die eine sagte: »Klar, solange Sie nicht allzu lange damit warten!«

Adam schloß die Wagentür auf, und sie kletterten hinein. Es war der einzige Wagen im obersten Stockwerk des Parkhauses, und er hatte ihn so abgestellt, daß das Seitenfenster auf die sanften Wellen der Baumkronen hinausging. Eine der Zwillinge rief: »Mann, was für eine Lasterhöhle!« Und die andere setzte respektlos hinzu: »Typisch Junggeselle!«

Adam schloß die Tür von innen ab und sagte entschuldigend: »Hört mal, ihr zwei, ich hatte es mir auch anders vorgestellt, aber ich habe leider noch einen Termin . . . Ist es euch recht, wenn wir das Vorgeplänkel weglassen und gleich zum Wesentlichen kommen?«

Die Mädchen lächelten, sagten wie aus einem Mund: »Super!« und ließen wie auf Kommando die paar Hüllen fallen, die sie am Körper trugen. Marcey zog ihn auf: »Ich weiß, warum Sie es so eilig haben, Dr. Solon. Ich habe gesehen, wie Sie mit dieser Bairny flirteten, und das

vor versammelter Mannschaft! Es hätte nicht viel gefehlt, und Sie wären übereinander hergefallen. Na ja, mir hätte es nichts ausgemacht!«
»Und ich hätte nichts dagegen gehabt«, gestand Adam, während er sich mit wenigen geübten Handgriffen sämtlicher Kleider entledigte. »Aber heutzutage gibt es schon weiß Gott genug Exhibitionisten auf der Welt – da brauche ich mich nicht auch noch zu produzieren.«
Die Zwillinge waren fertig und standen erwartungsvoll wie zwei kleine französische Puppen nebeneinander. Adam betrachtete sie anerkennend und fragte dann: »Welche von euch ist Marcey?«
»Ich!« piepste die rechte und hob die Hand.
»Gut!« lachte er. »Jetzt kann ich euch wenigstens unterscheiden, jedenfalls, solange ihr nichts anhabt. Das kleine Muttermal da, gleich unter dem Nabel – bei Marcey ist es auf der rechten Seite, bei Mesta auf der linken. Und nur zu meiner Information, welche von euch hat die Dextrokardie?«
»Ich!« sagte Mesta und äffte ihre Schwester nach.
Adam ging langsam auf sie zu, legte die Arme um ihre Hüften und schob sie sanft zu der mit weichen Kissen gepolsterten Spielwiese im hinteren Teil des Wagens. »Das ist eine Premiere für mich, müßt ihr wissen, aber es ist ein tolles Gefühl. Darauf bin ich jahrelang konditioniert worden. Kennt ihr die Kaugummiwerbung im Fernsehen?« Er fing an zu singen: »Doppelspaß, doppeltgut mit doppelstarkem . . .« Damit warf er beide auf die Matratze und ließ sich zwischen sie fallen.
»Aber Sie sind auch eine Premiere für uns, Doktor«, gestand Mesta.
»Nennt mich Adam, in Anbetracht der Umstände. Wieso bin ich für euch eine Premiere? Wegen des Alters? Erster Professor? Erster verheirateter Mann?«
»Nein«, kicherte Mesta. »Du bist unser erster Statusfick!«

»Status . . .? Was zum Teufel ist ein Statusfick?«
»Na, du weißt schon, eines Tages bist du berühmt. Und dann trittst du in der Johnny-Carson-Show auf oder in irgendeiner anderen Talk-Show, und wir schauen mit ein paar Freundinnen zu, und eine von ihnen sagt, daß du ziemlich intelligent bist, und dann antworten Marcey und ich lässig, und gut im Bett ist er auch. Kapito?«

Bairny trug ein einfaches T-Shirt und die traditionellen abgeschnittenen Jeans, die so knapp waren, daß die Taschen unter dem ausgefransten Saum hervorlugten. Sie stand am Straßenrand und wartete auf ihn. Als er anhielt, sprang sie hinein und knallte fröhlich die Tür zu, während Adam sagte: »Tut mir leid, daß ich mich verspätet habe, aber mir ist noch was dazwischengekommen.«
»Du bist nicht zu spät – es ist noch nicht sieben . . .« Dann drehte sie sich plötzlich halb um, rümpfte mißbilligend die Nase und sagte: »Mein Gott, Adam, dir scheint wirklich was dazwischengekommen zu sein. Diese phantastische Luxuslimousine stinkt ja wie ein Fünfdollar-Bordell in Memphis!«
Adam beugte sich vor und schaltete den Ventilator an. »Tja, da muß ich passen«, antwortete er. »Ich bin noch nie in einem Fünfdollar-Bordell in Memphis gewesen.«
Sie lachte und stieß ihn in die Seite »Du Mistkerl! Ich auch nicht, aber wenigstens habe ich Phantasie, oder?«
Als sie am Krankenhaus vorbeikamen, sah Adam, wie die Zwillinge auf eine Telephonzelle an der Ecke zuschlenderten. Eine von ihnen ging hinein – Adam hätte nicht sagen können, welche von beiden, da ihre Muttermale mittlerweile wieder verborgen waren –, die andere blieb draußen stehen und wartete. Als Mesta sah, wie er ihr im Vorbeifahren zuwinkte, lächelte sie verzückt und warf ihm eine Kußhand zu.
Bairny sah ihn von der Seite an. »War das nicht die kleine Schwesterschülerin von der Station?«

»Sie oder ihre Zwillingsschwester. Sie sehen so gleich aus, daß ich sie einfach nicht auseinanderhalten kann, wenn sie was anhaben.«
Bairny zog die Brauen hoch und warf ihm einen mißtrauischen Blick zu. »Sie wirkte ziemlich zerknittert und verschwitzt, wenn ich es recht bedenke – genau wie du. Könnte es sein, daß du sie, kurz bevor du bei mir aufkreuztest, abgesetzt hast?«
»Aber Bairny, Liebes – du kennst doch die Grundregeln: Man kompromittiert seine Freunde nicht.«
»Nicht vor jemandem, der diese Information mißbrauchen könnte«, verbesserte sie ihn. »Und das würde ich nie tun. Jedenfalls scheint ihre Aura mittlerweile verflogen zu sein, du kannst den Ventilator wieder ausschalten.«
Unterdessen wartete Marcey in der Telephonzelle auf das Freizeichen, drückte dann sorgfältig siebenmal hintereinander auf die nicht markierte Taste in der unteren linken Ecke, wartete mit der Armbanduhr in der Hand genau zehn Sekunden, drückte die Taste weitere dreimal, wartete fünfzehn Sekunden und drückte dann zwölfmal auf die Taste unten rechts. Sie sah auf die Uhr und wartete geduldig, bis es nach einer Minute in der Leitung klickte und eine unpersönliche Stimme vom Band die Anweisung gab: »Bitte sprechen Sie Ihren Bericht nach dem Signalton.« Es dauerte noch fünf Sekunden, dann ertönte der Signalton.
»Hier BJ–69 mit einem Bericht über das Projekt A.T.L. Strich vier«, begann sie und fuhr dann zügig fort. »Zwischenbewertung auf einer Skala von eins bis hundert. Intelligenz: einhundert. Offenheit: einhundert. Politisches Geschick und interaktionale Fairneß: siebenundneunzig. Index diplomatischer Charme: einhundert. Index ungewöhnliche Tugenden: irgendwo in den oberen zehn Prozent. Gesundheitszustand: niedrig geschätzt in den Neunzigern. Beziehungsfähigkeit: warm, ohne zu

schmelzen; kühl, ohne zu gefrieren; Index achtundneunzig. Sexuelle Leistungskraft unter Berücksichtigung von Alter, Zeit und Leistungsvermögen: einhundert, wenn auch offenbar nur hetero. Auffassungsgabe: schwierig zu beurteilen – er ist so nah und doch so fern –, ungefähr bei siebzig. Alles in allem ein toller Hecht. Feldbewertung wird fortgesetzt. Erwarten weitere Anweisungen, falls nötig. Ende des Berichts. *Over and out.*«

Es war Abendessenszeit und beinahe dunkel, als Marcey aus der Telephonzelle trat. Sie sah die Straße hinunter; sie war menschenleer. Zärtlich lächelte sie ihrer Schwester zu, zog sie an sich und küßte sie leidenschaftlich auf den Mund, während sie sie zugleich in ihr rundes Hinterteil kniff.

»Der Bericht ist weg, Schwesterlein, jetzt haben wir frei. Los, machen wir, daß wir nach Hause kommen und bringen zu Ende, wozu der gute Doktor keine Zeit hatte.«

Mesta kicherte. »Oder kein Instrumentarium!«

Hand in Hand bummelten sie die Straße hinunter, eng aneinandergeschmiegt, Wange an Wange, Stirn an Stirn, und lachten über die Abenteuer des Tages. Und ihr Hunger aufeinander wuchs mit jedem Schritt.

Adam parkte sein Wohnmobil, griff nach dem Stapel Post, den er in dem kleinen Dorfpostamt etwa zwölf Meilen zuvor abgeholt hatte, und musterte ihn nachdenklich. »Weißt du, manchmal glaube ich, daß diese Berge von Post etwas zu bedeuten haben – als wäre irgendwo darin ein geheimer Kode verborgen.«

Bairny warf einen Blick auf den Stapel Briefe in seiner Hand. »Das ist wirklich verdammt viel. Sind sie wichtig, oder ist das meiste Mist?«

»Beides. Aber es hat in den letzten Jahren definitiv zugenommen.« Er sah sie forschend an. »Ist das bei dir auch so?«

»Eigentlich nicht. Immer dasselbe – Rechnungen, Reklame, Preisausschreiben ...«

»Manchmal wundere ich mich eben«, murmelte Adam mißtrauisch. »Jede Menge Fragebögen, von der Gesellschaft Alternativer Wissenschaftler, sämtlichen politischen Parteien, großen Pharmakonzernen, und alle wollen meine Meinung – als würde das eine Rolle spielen.«

Bairny stieg aus und bewunderte das Haus und seine Lage. »Diese Sterne – meine Güte! Mindestens fünfmal so hell wie in der Stadt. Wahnsinn!«

Adam nickte. »Wir sind zweitausend Meter hoch. Haben nur Einsamkeit, Wüste und kleinere Berge um uns rum. Es ist ein echtes Stückchen Paradies auf Erden.«

»Ist noch jemand hier?« fragte Bairny, als sie um das Haus herumgingen und an einem erleuchteten Fenster vorbeikamen.

»Nur meine schöne, kluge und geliebte Tochter Candide – Candy –, zwölf Jahre, Schülerin, ein freches kleines Luder und wahrscheinlich latent nymphoman.«

»Hmmmm«, protestierte Bairny lachend und stieß ihn leicht in die Seite. »Hör auf, ich bin jetzt schon eifersüchtig. Werde ich meine Konkurrenz zu sehen bekommen?«

»Na klar! Im Moment sitzt sie noch über ihren Büchern, aber später wird sie bestimmt mit uns essen. Wie wäre es mit einem Drink?«

»Ein Glas Wein zum Essen, danke.«

Adam holte Gemüse und Fleisch aus dem Kühlschrank, nahm eine Flasche Rheinwein aus dem Regal und legte alles in einen bereitstehenden Korb. Dann führte er sie auf die Terrasse. Sie sah auf den See und die endlose Wüste hinaus, die vom Mondlicht überflutet dalagen.

»Hier«, sagte er und warf ihr ein großes Handtuch zu. »Das ist normalerweise alles, was wir draußen tragen.«

Damit schlüpfte er aus den Kleidern, warf ein Handtuch über die Schultern, griff nach dem Korb und ging hinun-

ter zum Seeufer. Bairny sah ihm einen Moment nach, lächelte über seine Ungezwungenheit, zog sich aus und folgte ihm.
Sie nippten am Wein, während Adam das Fleisch, Paprika, Tomaten, Zwiebeln und Pilze in mundgerechte Stücke schnitt. »Shishkebab à la Solon!« erklärte er. »Und solange das Fleisch in der Marinade liegt, holen wir uns Appetit bei einem kühlen Bad.«
Er sprang ins Wasser und schwamm auf das gegenüberliegende Ufer zu, um seine tägliche Routine zu vollenden. Als er zurückkam, stand Bairny gegen einen glatten Granitfelsen gelehnt, der fast vertikal aus dem Wasser aufragte, das ihr bis zur Brust reichte. Wie immer verspürte er ein reines, sinnliches Entzücken, als der nasse Sand beim Gehen um Füße und Knöchel wirbelte. Er legte beide Hände auf ihre Schultern und zog sie an sich, während sie zu ihm aufsah und ihn leise fragte: »Hast du es etwa auf meine Tugend abgesehen?«
»Wenn du mich nicht allzusehr daran hinderst.«
Sie legte ihm die Arme um den Hals und seufzte. »Ach, das ist okay ... Ich schätze, es macht mir nicht viel aus ... Ich bin nur ganz zufrieden, so hier im Wasser zu stehen, mit dem schimmernden Wirbel der Milchstraße über uns ...«
»Tja«, flüsterte Adam ihr philosophisch ins Ohr. »Man kann nun mal nicht jederzeit auf jeden scharf sein, nicht wahr?«
Sie nickte und sah ihn ruhig an. »Ich fürchte, das ist mein Problem; ich werde einfach nicht scharf, jedenfalls nicht immerzu. Wie ich schon heute morgen in der Sitzung sagte – nur hin und wieder überfällt es mich, aber dann ist es wie ein Orkan.«
Adam lächelte. »Und jetzt bist du nicht erregt?«
»Eigentlich nicht ...« Die beiläufige Verdrängung des kaum zu Übersehenden und ihre pubertäre Art erregten

Adam. »Nun, wenn du oben keinen Bock hast, könnten wir uns über Computertheorie unterhalten, während ich mich um den Rest von dir kümmere.«
Sie tätschelte ihm liebevoll den Rücken. »Es ist sehr angenehm.«
Adam grinste ihr ins Gesicht. »Freut mich, daß es dir gefällt, du kleine Schwindlerin.«
Sie küßte seinen Hals. »Schon in Ordnung ... Eines Tages, wenn wir uns besser kennen, wirst du vielleicht imstande sein, mein Interesse zu wecken ...«
Adam lachte. »Um Himmels willen ... Noch so was, und ich ...«
Sie legte ihm einen Finger auf den Mund und wechselte das Thema. »Eins würde ich gern noch wissen: An wievielter Stelle stehe ich bei deinen heutigen Aktivitäten? Bin ich Nummer drei?«
»Nur wenn du die Zwillinge als eine zählst.«
»An vierter also? Mein Gott! Und bist du jedesmal – du weißt schon ...«
Adam schüttelte den Kopf. »Das wäre schön«, seufzte er, und dann mit nostalgischem Lächeln: »Ach, noch einmal fünfzig zu sein!«
Dann plötzlich ein schriller Schrei, ein Schatten, der durch die Luft flog und sekundenlang den Mond verdunkelte, ein mächtiges Platschen und dann ein Wasserschwall, der über ihre Köpfe prasselte.
»O Gott«, sagte Bairny. »Was war das?«
»Meine kleine Candide und ihr großer Auftritt!«
»Sie hat mich zu Tode erschreckt.«
»Ich fürchte, das ist ihr Stil. Immer zu Streichen aufgelegt.«
Eine Minute verstrich, dann zwei, und immer noch keine Spur von Candy. Bairny sah sich unruhig um, doch Adam beschwichtigte sie. »Mach dir keine Sorgen. Einmal ist sie vier Minuten und zwölf Sekunden unter Was-

ser geblieben. Ihr großer Bruder schafft über fünf Minuten.«
Eine weitere Minute verging, bis Bairny plötzlich mißtrauisch fragte: »Adam, ist das deine Hand zwischen meinen Beinen?«
»Ich glaubte, es wäre deine«, antwortete Adam, griff blitzschnell nach hinten und packte Candy am Handgelenk, gerade als sie dabei war, seine intime Verbindung mit Bairny zu inspizieren. »Verdammt noch mal«, murmelte er, als Candy mit einem gewaltigen Satz auftauchte. »Du kennst wohl keine Scham, wie? Hast du schon mal was von beiderseitigem Einverständnis gehört?«
Candy, die jetzt neben ihnen stand, schüttelte ihr Haar und lachte. »Dein Einverständnis habe ich vorausgesetzt, weil du immer noch bei der Sache warst, obwohl du genau wußtest, daß ich irgendwo da unten rumschwamm und Voyeur spielte. Und außerdem hätte es euch bestimmt Spaß gemacht!« Dann sagte sie, an Bairny gewandt: »Hi! Ich bin Candy Solon.«
Bairny lächelte ihr zu, ein bißchen verlegen, musterte das hochgewachsene Mädchen, die runden Brüste, die vom Mondlicht übergossen im dunklen Wasser zu schweben schienen, das ruhige, hübsche Gesicht, und antwortete dann zögernd:
»Hallo! Ich heiße Bairny. Sag mal, bist du wirklich erst zwölf?«
»Sie geht auf die Hundert zu«, bemerkte Adam trocken, während er sich langsam von Bairny löste und nach Candys Händen griff. »Ich halte sie lieber fest, bis wir sicher am Ufer sind. Man kann ihr einfach nicht trauen!«
Schnell hatte Candy mit trockenen Mesquitezweigen ein Feuer in Gang gesetzt, während Adam das Fleisch und Gemüse auf Spieße steckte. Bairny wickelte sich in ein großes weiches Badetuch, um sich vor der nächtlichen

Brise zu schützen; Adam und Candy waren daran gewohnt und fanden sie angenehm erfrischend. Als sie zusammen um das Feuer saßen und warteten, daß die Spieße gar wurden, erzählte Candy:
»Heute war ein echter Familientag. Mom hat angerufen und Brian auch!«
Bairny sah interessiert auf. »Dann gibt es also eine Mrs. Solon?«
»Aber sicher«, nickte Adam. »Livea ist Schauspielerin. Im Augenblick ist sie mit *Othello* auf Tournee.«
Candy kicherte. »Mehr als das, würde ich sagen. Sie spielen Tag und Nacht und sogar zwischen den Pausen! Dieser Othello hat es ihr mächtig angetan.«
»Durst Hitwise«, erklärte Adam Bairny lächelnd. »Du weißt schon, dieser schwarze Schauspieler mit den langen Beinen; er sieht teuflisch gut aus und ist dauernd im Fernsehen. Ausgezeichneter Schauspieler.«
Bairny riß die Augen auf und wandte sich an Candy. »Du meinst, sie hat dir am Telephon erzählt, daß sie eine Affäre mit ihm hat?«
Candy nickte. »Klar. Und ich hatte es schon lange kommen sehen.«
»Ich auch«, bestätigte Adam, löste ein knusprig geröstetes Stück Fleisch vom Spieß und steckte es in den Mund.
Bairny musterte ihn einen Augenblick. »Und das macht dir nichts aus, Adam?«
»Wieso sollte es mir was ausmachen?« fragte er überrascht. »Solange es ihr nichts ausmacht ... Schließlich ist sie erwachsen, und ich kann nicht für sie entscheiden. Vergiß nicht, im Himmel gibt es keine Ehen, da sind wir alle nur Engel. Ich will, daß sie ihr Leben genießt, verstehst du, und es sieht ganz so aus, als täte sie das. Fällt es dir schwer, das zu begreifen, Bairny?«
»Ein bißchen schon, denke ich. Ihr seid ziemlich ausgerastet, meinst du nicht?«

Adam nickte. »Das will ich hoffen, wenn man bedenkt, wie traurig das Leben für die meisten Leute ist. Teufel auch, Bairny, glaubst du etwa, ich hätte sie um ihren Segen für den heutigen Tag gebeten – der mir zum Beispiel die wunderbare Bekanntschaft mit dir beschert hat?«
Candy verzog das Gesicht. »Mann, das wäre ja furchtbar! Was für ein trostloses Dasein!«
»Schon gut«, räumte Bairny ein. »Aber bist du nicht ein kleines bißchen eifersüchtig, Adam?«
»Überhaupt nicht!« antwortete er freimütig. »Im Gegenteil. Wenn ich weiß, daß es ihr gutgeht, bin ich zufrieden. Es ist so, als ob ich ihre Lust teilte, verstehst du? Ich weiß, es ist schwer zu glauben, aber es stimmt. Von dieser Kinderkrankheit habe ich mich befreit, als ich so um die Vierzig war, und ich sage nur: Gott sei Dank. Es ist ein mieses Gefühl, auf das ich gern verzichte.«
Bairny bohrte weiter. »Und was, wenn sie auf Video aufnehmen würden, wie sie es miteinander treiben? Würdest du dir die Filme anschauen?«
»Ich ja!« sagte Candy.
Adam war wählerischer. »Nur wenn sie gut wären, künstlerisch und technisch, meine ich.«
Candy hatte das Gefühl, sich für ihre Kritiklosigkeit rechtfertigen zu müssen. »Das ist mein Alter, Bairny. Ich habe einfach keinen Bock, meine Zeit mit Dialogen, Charakterisierung und all diesem Quatsch zu verschwenden. Ich will Action, rein und raus, vorwärts und rückwärts – und ich will Nahaufnahmen. Wahrscheinlich wird es mich mit der Zeit langweilen, und dann kommen Feinheiten und aufreizende Tricks und so weiter dazu, aber jetzt noch nicht.«
»Was ich scharf fände«, sinnierte Adam, »wäre eine Hollywood-Inszenierung von *Othello* oder *Romeo und Julia*, aber mit sämtlichen Bettszenen drin. Das würde mich

anturnen.« Zu Candy gewandt: »Pausieren sie denn irgendwann mal? Und was ist mit Brian?«
»Mom meint, nächsten Monat gäbe es zehn Tage frei. Sie sagt noch rechtzeitig Bescheid. Und mein lieber Bruder kommt irgendwann heute nacht, um ein langes Wochenende mit uns zu verbringen.«

Als sie im großen Wohnzimmer standen, griff Adam nach oben, löste eine Matratze von der Decke und ließ sie in der Mitte des Zimmers zu Boden. Es war ein riesiges ovales Schaumgummipolster, zehn Zentimeter dick, zwei Meter vierzig lang und eins achtzig breit, mit einem weichen Fellimitat aus Baumwolle überzogen.
»Eine Überraschung nach der anderen«, sagte Bairny. »Ich dachte, das gehörte zur Deckendekoration.«
»Es ist sehr praktisch«, antwortete Adam und setzte sich mit gekreuzten Beinen in die Mitte. Die drei rückten eng zusammen, stießen die Gläser aneinander und tranken auf den Mond. Adam grinste »Wenn Telman Durst uns so sähe, würde er mich glatt einsperren, genau wie Roc Gonman, weil er zur Sonne betet.«
Bairny weihte Candy in das Geschehen der letzten beiden Tage ein und erzählte, wie sie Adam kennengelernt und herausgefunden hatte, daß er sich ebenso für die Theorie und Praxis großer Computeranlagen interessierte wie sie.
»Ich hoffe nicht, daß das gegen die Sicherheitsregeln verstößt, Daddy, aber heißt das, daß sie *dabei* ist?«
Bairny war erstaunt. »Dabei? Wobei?«
»Wahrscheinlich, Kleines, vorausgesetzt, sie hat Lust dazu. Nur ein paar Formalitäten. Ich könnte das, was sie zu bieten hat, prima gebrauchen, um mit Gilth Ypres an unserer Computerstrategie weiterzuarbeiten.« Er wandte sich an Bairny. »Ich wollte nicht unhöflich sein, ich hatte nur noch keine Gelegenheit, es mit dir zu besprechen.«
»Soso, sehr interessant. Man möchte fast meinen, ihr gehört einer Organisation an?«

Er nickte. »Ich kann noch nicht allzuviel verraten, ehe du die Sicherheitsüberprüfung hinter dir hast – das heißt, wenn du damit einverstanden bist.«
Bairny zuckte die Achseln und lächelte. »Sicher. Schließlich weißt du ja, warum ich verhaftet wurde. Ich habe nichts zu verbergen.«
»Na schön. Nur soviel, und das solltest du im Kopf behalten, als Hintergrund für die Aufgabe, um die ich dich morgen bitten werde: Wir sind ein ziemlich elitärer Haufen, nicht mal hundert Leute alles in allem, aber ständig auf der Suche nach neuen Talenten!«
»Habt ihr auch einen Namen?«
»Ja«, sagte Adam und lächelte grimmig. »Da uns nichts Besseres einfiel, haben wir uns ›Gesellschaft zur Enttarnung der Insider‹ genannt. Ziemlich merkwürdiger Name, gebe ich zu.«
»Verstehe«, sagte Bairny. »Und gehe ich recht in der Annahme, daß die Insider die ...«
»... die sind, die du heute morgen als unsichtbare Herrschaften bezeichnet hast, wenn ich mich recht entsinne. Mal heißen sie Insider, mal Illuminaten oder einfach nur S.I.E. Das ist ein passendes, allerdings ziemlich phantasieloses Akronym für ›Sie Infiltrieren Euch‹.«
»Großartig«, sagte Bairny. »Echt Spitze. Wenn ihr vorhabt, diesen geldgeilen Kapitalistenschweinen eins auszuwischen – ich bin dabei. Was ist meine erste Aufgabe?«
Adam grinste zufrieden und antwortete knapp: »Erst mal nur Papierarbeit. Ich brauche dein professionelles Knowhow, um die theoretische und praktische Eignung meiner Vernetzungstheorie mittels Computer durchzuchecken.«
Bairny nickte. »Gut, ich weiß, was du meinst. Systeme mit großer Reichweite, die über den Einflußbereich kleiner Angestellter hinausgehen.«
»Genau, Vorstandsmitglieder von Konzernen zum Beispiel, oder nationale Führer, gleich welcher Couleur, und so weiter ...«

Bairny lachte vergnügt. »Reicht das System wirklich so tief ins Netzwerk hinein?«
»Ich kann es vorläufig nur vermuten, aber Solons Erstes Gesetz lautet: Wenn sie sichtbar und in der Öffentlichkeit bekannt sind, gehören sie nicht zum Inneren Kreis. Untere Chargen, ja – die Rothschilds, Roosevelts und Rockefellers – aber keine Drahtzieher.«
»Gut«, gab Bairny eifrig zurück. »Ich werde mich morgen früh als erstes dahinterklemmen, und ich habe auch schon eine Idee, was dabei herauskommen wird.«
Adam stand auf, streckte den beiden je eine Hand entgegen und half ihnen auf die Beine. Dann legte er die Arme um sie und zog sie dicht an sich.
»Wir leben hier draußen wie achthundert Pfund schwere Gorillas«, erklärte er Bairny. »Wir hauen uns einfach hin, wo wir gerade Lust haben. Am Ende des Gangs auf der rechten Seite liegt unser schönstes Gästezimmer. Du kannst dort schlafen oder, wenn du etwas Wärme brauchst, hier bei mir oder bei Candy, wenn du magst ...«
Candy sah Adam hoffnungsvoll an. »Darf ich hier bei dir bleiben, wenn ich dir mein Ehrenwort – mein großes Ehrenwort – gebe, daß ich dich nicht belästige?«
Adam war skeptisch. »Wenn du es halten kannst, ja. Aber denk dran, irgendwann hat meine Geduld ein Ende.«
Bairny schmiegte sich enger an sie und seufzte leise. »Ihr zwei seid mir einfach zuviel. Manchmal habe ich Lust zum Kuscheln, manchmal nicht. Ich glaube, für heute ist mein Bedürfnis an Körperkontakt gedeckt, also schlafe ich im Gästezimmer.« Sie küßte beide leicht auf den Mund, hob ihre Kleider auf und ging den Gang hinunter.
Obwohl Bairny seit achtundvierzig Stunden kein Auge zugetan hatte, war sie viel zu aufgedreht, um einzuschlafen. Diese Leutchen sind völlig wahnsinnig, aber auf

angenehme Art. Ein ganz neuer Typ von Psychiater, Gott sei Dank, und eine hübsche Tochter ... Bestimmt ist ihr Bruder Brian genauso ... Und was das Netzwerk der Illuminaten angeht, das müßte klappen, und zwar mit der Projektion einer modifizierten Raumanalyse von bekannten Systemen ... Daddy kann mir eine Liste solcher bekannten Systeme und Unmengen von Einzelheiten besorgen ... O mein Gott!

Sie zuckte zusammen, griff nach der Bettdecke und drückte sich ängstlich gegen die Wand. Ein Schatten war über den Mond gehuscht, und nun hob sich eine dunkle Gestalt deutlich vor dem Hintergrund der silbernen Wüste ab. Einen Augenblick verharrte sie vor dem Fenster, dann glitt sie zur Seite. Bairny sprang auf, trat vorsichtig hinter den hellen Vorhang am Fenster und warf einen Blick hinaus. Es war ein Mann – jedenfalls schien es so –, der mit großen Sätzen die Schlucht hinuntersprang, sie überquerte und auf der anderen Seite mit unglaublicher, fast elektronischer Geschwindigkeit wieder hinaufschoß. Jetzt hatte er den Gipfel erreicht, und Bairny schreckte erstaunt zurück, als sie eine schwach glühende untertassenförmige Erscheinung auf der Höhe des Hügels erkannte, die sich erhob und zum Horizont wegdriftete.

Mit hoher Geschwindigkeit näherte sich das Ding einem anderen, größeren Raumschiff im Nordwesten und ließ dabei einen leuchtenden Lichtschweif am Himmel zurück. Bairny rannte zu dem großen Teleskop auf der Terrasse und beobachtete, wie es mit unvorstellbarer Schnelligkeit auf die fünfhundert Erdjahre entfernten Plejaden zuschoß, als wäre das nur ein Katzensprung.

»Großer Gott!« flüsterte sie leise. »Was geht in diesem unheimlichen Wüstenpalast eigentlich vor?«

Noch immer in ihre Decke gehüllt, schlich sie leise zum vorderen Zimmer. Der Mond stand jetzt tiefer, so daß das Zimmer hell wirkte. Sie sah, wie Candy sich unter der

Decke ausstreckte. Schnell schlüpfte sie zwischen sie und den leise schnarchenden Adam und wandte sich aufgeregt dem Mädchen zu – *zwei* Köpfe! »Candy, bist du das?«
Schläfrig, kaum verständlich: »Mhmm ... Bairny, das ist mein Bruder Brian. Er ist eben gekommen.«
Brian brachte ein höfliches »Hi!« zustande, und Bairny entschuldigte sich hastig. »Tut mir leid, daß ich so reinplatze, aber da war ein ziemlich merkwürdiger Vogel vor meinem Fenster und beobachtete mich ... Er lief durch die Schlucht und den Berg rauf wie der Sechs-Millionen-Dollar-Mann höchstpersönlich, und dann verschwand er in einem UFO, ich schwöre, es war ein UFO, und jetzt erzählt mir bloß nicht, es wäre ein Traum gewesen, denn ich habe es mit eigenen Augen gesehen ...«
Etwas lauter flüsternd erklärte Candy: »O Bairny, tut mir leid, aber wir haben vergessen, es dir zu sagen. Er treibt sich gelegentlich hier herum und spioniert uns aus. Wir wissen nicht, welche Aufgabe er hat; wahrscheinlich ist er irgendein Agent der Illuminaten ... Bisher hat er noch nichts gegen uns unternommen – wir hätten dich warnen sollen.«
Bairny flüsterte zurück: »Himmel, er hat mich zu Tode erschreckt! Wenn es euch recht ist, bleibe ich jetzt lieber hier bei euch.«
Sie drehte sich um und schmiegte sich eng an Adams Rücken. Fast sofort wurde ihr gemütlich warm. Sie betrachtete die pyramidenförmige Decke und sah dann nach draußen auf die mondbeschienene Wüste. Mittlerweile war Wind aufgekommen und bildete einen orchestralen Hintergrund für das sanfte Atmen des erstaunlichen Geschwisterpaares. Sie spürte eine ungeheure Energie im Raum, eine Atmosphäre vollkommener Sicherheit. Den Blick auf die Stelle geheftet, an der das Raumschiff verschwunden war, fiel sie langsam in tiefen Schlaf.

Jasmyns Stimme verhieß nichts Gutes. »Warum mußtest du persönlich da unten aufkreuzen, Sandol? Du hast das arme Ding zu Tode erschreckt!«
Sandol gähnte, nahm noch einen Schluck Pilta und antwortete verdrossen: »Diese Fernbeobachtung hängt mir allmählich zum Hals raus. Manchmal brauche ich einfach was Handfesteres.«
»Du bist in letzter Zeit ein bißchen schlampig mit den Regeln, mein Lieber. Wenn du sie persönlich kennenlernen wolltest, hättest du schließlich als Vertreter an ihrer Tür klingeln oder dich für den Milchmann ausgeben können.«
»Ich war ungeduldig.«
»Damit ist jetzt ein für allemal Schluß, hörst du? Wir dürfen sie auf keinen Fall erschrecken!«
Sandol merkte, daß sie böse war, und hielt Angriff in diesem Fall für die beste Verteidigung. »Und wie steht es mit dir? Spielst du nicht auch mit dem Gedanken, dein kleines Haustier zu besuchen?«
»Kann schon sein«, sagte sie und reckte hochmütig das Kinn. »Aber nur peripher – in einem Traum vielleicht.«
»Um ihm zu einer nächtlichen Emission zu verhelfen, wie?«
»Das geht dich überhaupt nichts an, Bürschchen. Und glaub ja nicht, daß du mich in die Enge treiben kannst.«
Sandol stand auf, streckte sich und schlenderte gleichgültig an den Reihen von Monitoren entlang. Dann wechselte er das Thema.
»Reagan wird noch einmal kandidieren – als ob das was ausmachte.«
»*Ihnen* macht es was aus, also geht es auch uns an. Und halt dich aus meinen Privatangelegenheiten raus, Sandol!«
Er lächelte kaum merklich, wandte den Blick ab und sagte nichts.

Kapitel 4

Die Lust an der Paranoia

Bairny stellte die Espressomaschine an, als Adam den Berg hinunter in Richtung Stadt fuhr. Als sie fertig waren, kam sie mit den beiden dampfenden Tassen zu den Vordersitzen und setzte sich neben ihn.

»Also eins steht fest«, seufzte sie. »Die beiden letzten Tage waren das Aufregendste, was ich je erlebt habe.«

»Ich weiß nur noch nicht, ob das gut oder schlecht ist«, antwortete er. »Hast du dich inzwischen entschieden, ob du bei uns einsteigen willst?«

»Gut, alles in allem. Und entschieden habe ich mich auch. Ich mache mit. Gegen abend werde ich mit deiner Theorie fertig sein; wenn du willst, könnten wir uns dann treffen.«

»Einverstanden. Wir können bei Kono Comusu reinschauen, ein paar japanische Leckereien einwerfen und auch gleich nach den neuesten Geheiminformationen über den fernöstlichen Beitrag der Operation fragen.«

»Oh?« Bairny zog die Augenbrauen hoch. »Ihr seid also wirklich international?«

Adam nickte grimmig. »Das geht gar nicht anders – S.I.E. sind es auch, und sie breiten sich überall auf dem Globus aus wie häßliche Krokodile.«

Kurz darauf kamen sie in seinem Büro an, wo Kate Nay ihn mit dem hingestreckten Telephonhörer begrüßte. »Für dich Adam – das FBI.«

Die Stimme am anderen Ende war verdächtig höflich. »Federal Bureau of Investigation, Agent Torunie am Ap-

parat. Guten Morgen, Dr. Solon. Agent Lashes und ich haben soeben einen Anruf aus dem Washingtoner Hauptquartier erhalten, mit dem Auftrag, Sie im Verlauf des heutigen Tages irgendwann zu, äh, interviewen. Nur ein paar Routinefragen, wissen Sie.«
Adam warf einen Blick auf seinen Terminkalender und antwortete zuvorkommend: »Freut mich, wenn ich Ihnen behilflich sein kann. Wie wär's um die Mittagszeit?«
»In Ihrem Büro dann?«
»Gut. Es liegt ...«
Torunies Stimme unterbrach ihn düster. »Schon gut, Dr. Solon. Wir wissen genau, wo Sie sind.«
Adam sah Kate an. Ein Schauer lief über seinen Rücken. »Diese Typen machen mir angst. Die müssen ein zentimeterdickes Dossier über mich haben. Wahrscheinlich wissen sie auf die Minute genau, wann ich das letzte Mal gepinkelt habe, wie stark der Strahl und wie seine chemische Zusammensetzung war.«
Kate blieb, wie üblich, auf unnachahmliche Art cool. »Keine Sorge, Doktor, das Pinkeln in dafür vorgesehenen Räumen gehört zu den wenigen Dingen, die heutzutage noch legal sind.« Dann nickte sie lächelnd in Richtung Bairny und fragte: »Wer ist deine hübsche Freundin?«
Adam stellte sie einander vor, erläuterte in gedämpftem Ton Bairnys Aufgabe und bat Kate, sie in den Computerraum zu führen und mit ausreichend Papier und Bleistiften zu versorgen. Als die beiden Frauen den Gang hinabgingen, unterhielten sie sich angeregt.
Adam sah den sich entfernenden Gestalten mit amüsierter Bewunderung nach, wandte sich dann ab und studierte seinen Terminkalender. Ein paar neue Namen, aber wenig, die meisten waren bekannt, und ein Termin mit seinem Anwalt und Freund Dan Winthrop. Der Rest des Tages würde Routine sein. Verheiratete Paare, die sich scheiden lassen und Singles, die heiraten wollten;

Schwule, die »normal« und Heteros, die bi werden wollten; Frauen, die Selbstbefriedigung lernen, und andere, die mit aller Macht von ihrem dunklen, unheimlichen Trieb zu ungezügelten, doch selten phantasievollen Formen exzentrischer Selbstbefriedigung loskommen wollten – die Adam übrigens nicht im geringsten exzentrisch fand. Geduldig würde er ihnen zuhören; ihnen helfen, ein Gefühl vom anderen unterscheiden zu lernen; sie behutsam aufbauen und belastende Mißverständnisse ausräumen, stets auf eine Konstruktion bedacht, die er privat als »kleine Lösungen für die kleinen Probleme der Leute« bezeichnete – »ein Problemlöser, das bin ich – von Anagrammen – Kreuzworträtseln – Scrabble – ein Führer durch das Dickicht der Worte und menschlichen Probleme«.

Nun ja, seufzte er philosophisch, ohne all das wäre er nur ein Neurologe. Unsere arme Spezies: beeinflußbar, leichtgläubig, dumm, hypnotisiert und korrupt. Die Funktion des menschlichen Neocortex richtet sich nie nach den tyrannischen Forderungen der tiefer liegenden paläolithischen Schichten. Leidenschaft ist stärker als Vernunft, und was die Logik angeht, ganz gleich, ob sie auf Euklid, Boole oder bestimmte Symbole zurückgeht, endet es doch immer gleich: Meine Logik ist stärker als deine – Ich habe recht und du nicht – Kämpfen wir!

Als er Dan Winthrop die Hand schüttelte, verdrängte Adam seine finsteren Gedanken. Dan war ein gutaussehender Anwalt mit tadellosen Manieren, spezialisiert auf internationales Gesellschaftsrecht. Adam hatte sich oft mit ihm unterhalten, ihn regelrecht studiert – und war sich immer noch nicht schlüssig über den Mann. Doch jetzt war die Zeit der Spiegelfechterei vorbei; parieren und angreifen hieß die Devise – *touché* oder nicht *touché*.

Nachdem er den aufmerksam lauschenden Anwalt vorsorglich beruhigt hatte, machte Adam sich an die eigentliche Arbeit.

»Ich bin auf der Suche nach ein paar Leuten, die wie ich die Ansicht vertreten, daß die Welt ein totales Chaos ist, Leute, die sich der Sache der Reformation verschrieben haben, intelligent und absolut vertrauenswürdig sind.«

»Klingt gar nicht nach dir, Adam. So finster und ... na ja, ehrgeizig.«

»Nicht finster«, lächelte Adam. »Ich bringe niemanden um, ich kultiviere etwas – zwei Fliegen mit einer Klappe. Als Freud nach seiner Definition des guten Lebens gefragt wurde, trat er in die Fußstapfen aller großen Männer vor ihm: ›Gutes Leben, das ist Liebe und Arbeit.‹ Mein elitärer kleiner Kreis denkt genauso. Jedes Mitglied engagiert sich in der Politik, sucht aber auch sein Vergnügen. Nach dem, was ich bislang gesehen habe, würde ich sagen, daß du das Zeug zu einem Kandidaten unserer Verbindung hättest – Interesse?«

Dan musterte seinen Freund nachdenklich. »Was genau habt ihr vor – wollt ihr den CIA in die Luft sprengen?«

»Nein, nein, das ist nicht unsere Art. Kann sein, daß wir über so was reden, aber im allgemeinen folgen wir dem Prinzip der Gewaltlosigkeit. Unsere Sache ist die Verfolgung und Ermittlung. Offen gestanden, wir haben vor, die kleinen Gnome von Zürich – die Hundesöhne, die hinter dem Chaos von Krieg, Armut und politischer Korruption stecken – zu identifizieren und zu entlarven. Wenn wir die geringste Chance einer Aussicht auf Erfolg haben wollen, brauchen wir Experten – und zwar auf jedem Gebiet.«

»So weit, so gut, obwohl ich natürlich noch ein paar Fragen und jede Menge Zweifel habe.«

»Sicher. Die Einführung in die Gruppe erfolgt in verschiedenen Abstufungen; es versteht sich von selbst, daß wir strengste Vorsichtsmaßnahmen beachten müssen. Du würdest dich einigen Tests unterziehen, die dir gleichzeitig einen Einblick in unsere Arbeitsweise vermitteln.

Und du kannst jederzeit aussteigen – selbst wenn du Vollmitglied geworden bist. Die einzige Bedingung ist: Wie immer du dich entscheidest, du wärest zu Schweigen verpflichtet, auch wenn du irgendwann das Ganze ablehnen und aus der Gruppe aussteigen solltest. Mit anderen Worten: Du dürftest uns unter keinen Umständen verraten, was auch geschieht!«
»So weit, so gut«, gab Dan zurück und trommelte mit den Fingern leicht auf den Tisch. »Aber was passiert, wenn euch doch jemand verpfeift – macht ihr dann kurzen Prozeß oder was?«
Adam lachte und schüttelte den Kopf. »Natürlich nicht – wir sind wirklich gewaltlos. Um die Sicherheit kümmere ich mich, und du kannst mir glauben, ein allzu großes Problem stellt es nicht dar. Wir verfügen über eine harmlose kleine Neutralisationstechnik, die jeden potentiellen Judas hindert, seinen verräterischen Impulsen nachzugehen.«
Dan antwortete in gemäßigterem Ton: »Du scheinst die Sache wirklich ernst zu nehmen, Adam.«
Adam nickte schroff. »Da hast du recht. Ich bin die Rolle des aufgeblasenen Salonrevoluzzers leid. Deshalb habe ich beschlossen, etwas zu tun.«
»Bewundernswert, das gebe ich zu. Bitte versteh, daß ich politisch voll auf deiner Seite bin – aber sind die Dinge wirklich so schwarz, wie du sie siehst?«
»Schwärzer!« grunzte Adam. »Ich bin erst dabei, die Spitze des Eisbergs zu entdecken. Offenbar haben sie die Welt in einen riesigen Müllhaufen verwandelt.«
Adam hatte sich mittlerweile so in Rage geredet, daß er nicht anders konnte, als I.H.R.E. brutalen und hemmungslosen Machenschaften vor Dan wenigstens kurz anzureißen. Milliarden von Dollar, die multinationale Konzerne Jahr für Jahr der Wirtschaft der Vereinigten Staaten entziehen. Milliarden von Gewinnen allein in der

amerikanischen Versicherungsbranche, die keinen Gedanken daran verschwendet, den armen Schluckern, die sie eingezahlt haben, auch nur einen Penny davon zu erstatten. Der gute alte Ike, den Adam wirklich gemocht hatte, überließ großen amerikanischen Gesellschaften das Recht, vor der Küste nach Öl zu bohren; ein Geschäft im Wert von zig Milliarden Dollar – ein Skandal!

»Aber am meisten stören mich ihre Methoden«, schloß er, als er bemerkte, daß es fast zwölf war und die FBI-Typen jeden Moment aufkreuzen konnten. »Sie kümmern sich einen Dreck darum, wie sie ihr Geld machen. Sie zetteln Kriege zwischen Staaten an, besteuern ihre Bürger, um die eigene Vernichtung zu finanzieren, machen auf beiden Seiten gewaltige Gewinne aus dem Erlös von Waffen, Schiffen, Nahrung und Uniformen, und wenn das Gemetzel vorbei ist, kassieren sie noch einmal Riesensummen als Wiedergutmachung für Schäden an ihren Industrieanlagen, die durch verirrte Bomben entstanden sind! Sie haben nicht die Spur eines Gewissens!«

Dan war besorgt. »Und was passiert, wenn es dir gelingt, etwas gegen sie auf die Beine zu stellen – werden sie dich nicht einfach verschwinden lassen, bevor du es veröffentlichen kannst? So wie sie Ian Fleming, die Kennedy-Brüder, Martin Luther King und weiß-Gott-wie-viele andere abserviert haben?«

»Kann sein. Zumindest werden sie es versuchen, wenn ich es tatsächlich schaffen sollte, an sie ranzukommen. Immerhin haben vor mir auch andere nachgefragt, Teddy Roosevelt zum Beispiel, oder mein Vorbild Lincoln Steffen, dieser vollkommen wahnsinnige Enthüllungsreporter. Selbst Jack Kennedy hat es gewagt, als er sich mit den Stahl- und Ölbonzen anlegte, aber keiner von ihnen hat es geschafft, auch nur zum ersten Stützpunkt vorzudringen. I.H.R.E. Sicherheitsvorkehrungen sind im wahrsten Sinne des Wortes unüberwindlich, und sollte sie tatsäch-

lich je einer knacken, so wie ich es vorhabe, dann werden sie mit allen Mitteln zurückschlagen.«
»Tja«, wandte Dan ein. »Wenn es wirklich so ist, wie du sagst, wie willst du dann ein Buch schreiben, das sie vor aller Welt entlarvt?«
»Gute Frage«, räumte Adam ein. »Erstens: Präsidenten wie Teddy oder Jack operierten mit Hilfe der Exekutive oder der Legislative. Das war unbedacht und dumm, denn S.I.E. besitzen die Staaten der Welt. Steffens war klüger. Er verfolgte sie durch die Medien, wo es noch ein paar Freiräume zu geben scheint. Was er allerdings nicht wußte und auch erst gegen Ende seiner Karriere herausfand, war, daß sie auch die Medien besitzen. Sobald er etwas gegen sie in der Hand hatte, eröffneten sie in ihren Blättern eine Verleumdungskampagne gegen ihn und machten ihn auf diese Weise vollkommen fertig.«
Dan nickte. »Gut, aber wie willst du die Fehler deiner Vorgänger vermeiden?«
Adams Gesicht nahm einen listigen Ausdruck an. »Ah! Durch die einzige historisch bewiesene und bewährte Methode, Menschen wirklich zu erreichen: Tom Paines Flugblätteraktion! Man muß die Leute direkt auf der Straße ansprechen, auf jeden Fall außerhalb der etablierten Medien. Ich werde sämtliche Beweise zusammentragen, die mir in die Finger gelangen, sie in meiner eigenen Presse veröffentlichen und dann von Tür zu Tür gehen, um sie an den Mann zu bringen. So hat Gay Allen es mit seinem *Insider, Wohltäter oder Diktatoren?* gemacht, und er hat fünf Millionen Exemplare losgeschlagen!«
Dan konnte seine Skepsis nicht verhehlen. »Ich finde das reichlich naiv, Adam; ich weiß wirklich nicht, wie du das anstellen willst.«
Adam zuckte die Achseln. Er kam sich vor, als ruhte die ganze Last der Welt auf seinen Schultern. »Spielt auch keine Rolle. Ich muß es einfach versuchen. Genauso

schreibe ich mein Buch – entweder es überzeugt oder es überzeugt nicht. Diese Sache ist mir wichtig, verstehst du? Ich will den mörderischen, geldgeilen, machtbesessenen Hundesöhnen klarmachen, daß ich weiß, daß sie da oben sind, und auch weiß, was sie vorhaben und wie sie das anstellen wollen. Sie sollen wissen, was ich von ihnen halte. Sie werden es bestimmt lesen, auch wenn ich sonst keinen erreiche. Sie lesen nämlich alles und füttern dann ihren gefräßigen Computer damit.«

»Ist das eine Art von Selbst-Theorie, Adam?« grinste Dan. »Sieht so aus, als wolltest du dir was von der Seele schreiben ... dich abreagieren ... eine Katharsis auslösen.«

Adam nickte. »Klar. Natürlich ist es völlig hirnrissig, es auch nur zu versuchen. Ich und meine kümmerliche Freizeit, ein paar tausend Dollar im Jahr und eine Handvoll hilfreicher Freunde gegen sie und ihre Billionen Dollar, ihre Nationen, Armeen und vor allem ihren allwissenden, allmächtigen, grinsenden Computer. Wer weiß – vielleicht haben wir Glück! Jedenfalls muß ich es tun, um ihnen zu zeigen, was ein Experte wie ich von ihnen hält: daß ihre unersättliche Gier nach Macht und Geld auf Kosten der ganzen Menschheit das Dreckigste und Gemeinste ist, was unsere Spezies je befallen hat.«

»Na gut, Adam«, seufzte Dan. »Du kannst mit mir rechnen. Das Ganze ist ein Kampf gegen Windmühlenflügel, fürchte ich, aber in einem hast du recht: Irgend jemand muß etwas dagegen unternehmen oder es wenigstens versuchen, und ich wüßte nichts Besseres mit meinem Leben anzustellen.«

Adam warf einen Blick auf seine Uhr, und seine Stimme wurde ruhiger. »Wie wäre es mit einer Sexshow, unter einem Zirkusdach vielleicht?«

Dan lachte. »Führ mich nicht in Versuchung! Wäre verlockend, aber...« Er tippte sich gegen die Schläfe. »Mein

Körper verlangt auch noch nach anderen Befriedigungen, und die können manchmal genauso intensiv sein wie die anderen ...«

»Ich weiß, was du meinst«, nickte Adam, und dann klingelte das Telephon.

Es war Agent Torunie. »Dr. Solon?« Seine Stimme klang verzweifelt, fast weinerlich, obwohl er sich größte Mühe gab, den Anschein von Selbstbewußtsein aufrechtzuerhalten.

»Ich erwarte Sie, Herrschaften. Es ist Viertel nach zwölf.«

»Aber wo stecken Sie denn?« winselte Torunie. »Wir sind auf der 36th Street, und Ihr Büro ist leer!«

Adam zwinkerte Dan zu. »Stimmt. Genau das wollte ich Ihnen heute früh sagen. Ich bin vor einem Monat umgezogen, und das Telephonbuch ist noch nicht auf dem neuesten Stand.« Er gab Torunie die neue Adresse und wandte sich nachdenklich wieder Dan zu.

»Vielleicht habe ich die Sache mit dem Dossier überschätzt. Die einzige Adresse, die das FBI von mir hat, ist die, die im Telephonbuch vom letzten Jahr steht.«

Dan nickte. »Man wird schnell paranoid, wenn es um das FBI geht, aber ich habe die Brüder eigentlich noch nie für besonders effizient gehalten. Dasselbe gilt für den CIA, den IRS und andere Büros, mit denen ich zu tun hatte. Ich glaube, die setzen immer noch am liebsten auf den guten alten Bluff.«

»Möglich«, antwortete Adam zögernd. »Aber sie machen mir auch immer noch eine Höllenangst.«

Als Dan sich erhob und gehen wollte, kam Kate Nay herein, vor Energie sprühend und mit funkelnden Augen.

»Tut mir leid, daß ich dich so lange mit dem Telephon allein gelassen habe, Adam, aber ich mußte Bairny bei ihrer komischen Computersache helfen. Dabei habe ich keinen Schimmer, was sie da eigentlich macht. Auf jeden Fall hat sie was auf dem Kasten!«

Schließlich fanden Torunie und Lashes den Weg ins Büro, leise fluchend über die unentschuldbare Ineffizienz der Bell-Telephongesellschaft und ihrer veralteten Telephonverzeichnisse. Als erstes hielten sie Adam ihre sauber in Leder gefaßten Hundemarken unter die Nase, genau wie Kojak und seine Jungs auf der Mattscheibe. Überhaupt ähnelte ihr Auftreten dem Image des von den Medien verbreiteten freundlichen FBI-Bullen von nebenan. Insgeheim belustigt dachte Adam, daß das Fernsehen wirklich für eine außergewöhnliche Bandbreite von Rollen sorgte: gute Eltern, schlechte Eltern, gute Kerle und schlechte Kerle, und das alles in einem Durcheinander der verblüffendsten Kombinationen.
Adam stellte sie Dan Winthrop vor und lud sie mit einer Handbewegung ein, Platz zu nehmen. »Wenn du es nicht eilig hast, Dan«, sagte Adam und grinste verschwörerisch, »könntest du noch einen Augenblick bleiben und meine Interessen wahren? Ich habe keine Ahnung, worum es bei diesem Verhör geht.«
Jetzt wurden die Bullen paranoid. Das letzte, was sie brauchen konnten, war ein junger linksliberaler Klugscheißer von der UCLA, der nach Schlupflöchern suchte, um Killer, Verräter und andere großkalibrige Verbrecher vor dem Galgen zu retten, den sie allesamt verdienten. Doch als sie einsahen, daß sie nichts gegen ihn unternehmen konnten, versuchten sie, ihn einfach zu ignorieren.
Ausgesucht höflich (ganz wie Kojak) erklärte Torunie: »Dr. Solon, unser Hauptquartier in Washington hat uns beauftragt, Ihnen einige einfache Fragen zu stellen.« Damit nahm er ein zusammengefaltetes Stück Papier aus der inneren Jackentasche, strich es glatt und begann die Befragung.
»Dr. Solon: Sind Sie Eigentümer eines bestimmten Grundstücks an der Küste, nördlich von San Francisco, im Grundbuch Soundso als Parzelle A bis blablabla eingetragen?«

Adam nickte. »Natürlich, diese Information ist jedermann zugänglich.«
Torunie notierte etwas auf dem Zettel und fuhr fort: »Ist es richtig, daß ein Teil des besagten Grundstücks ...« Der Beamte zögerte, sah noch einmal auf das Blatt und schloß dann verwirrt: »... abtrennbar ist?«
»Nun«, zögerte Adam, »das ist zwar nicht jedermann bekannt, aber durchaus legal. Mr. Winthrop hier hat das alles mit dem International Maritime Court geklärt, schon vor Jahren. Warum will das FBI das wissen?«
Torunie machte sich nicht einmal die Mühe aufzublicken. »Wir stellen hier die Fragen, Dr. Solon. Man hat uns nur gesagt, welche Fragen wir stellen sollen, nicht warum.«
Adam wurde allmählich sauer. Diese Schlammscheißer von Illuminaten kannten wirklich keine Grenzen. Offensichtlich waren sie entschlossen, ihn nach Belieben zu belästigen. Er antwortete kühl: »Es wäre vorstellbar, daß mein Anwalt mir rät, solche Fragen nicht zu beantworten, solange ich nicht weiß, was damit bezweckt wird.«
Beide Beamte liefen rot an vor Wut. Sie konnten es nicht fassen, daß jemand tatsächlich sein Recht, die Aussage zu verweigern, in Anspruch nahm. Dan bedeckte die untere Gesichtshälfte mit der Hand, um sein Schmunzeln zu verbergen und sagte: »Es ist okay, Adam. Du bist vollkommen abgesichert.«
»Na schön«, antwortete Adam. »Es stimmt, ein Teil meines Grundstücks ist abtrennbar.«
Lashes kratzte sich am Kopf und fragte: »Wieso? Ich meine, aus welchem Grund und wie ...?«
»Steht diese Frage auf Ihrer Liste?« fragte Adam knapp.
Torunie stieß seinem Partner ungeduldig den Ellbogen in die Seite. »Dr. Solon, welchen Aktivitäten genau gehen Sie auf Ihrem Grundstück nach?«
Adam wollte protestieren, doch Dan nickte ihm zu. »Nun«, sagte Adam vorsichtig. »Wir widmen uns historischen Forschungen.«

Torunie spürte, daß Adam ihn aufs Glatteis führte, und musterte ihn finster. »Sie haben die nächste Frage schon vorweggenommen, Dr. Solon: Üben Sie auf Ihrem Gelände, das unter dem Namen Alpha Orion bekannt ist« – er sagte Alporion – »irgendwelche politischen Aktivitäten aus?«

An dieser Stelle hob Dan die Hand und antwortete an Adams Stelle: »Dr. Solon ist eingetragener Republikaner. Er ist weder Mitglied der Kommunistischen Partei noch einer anderen antiamerikanischen Organisation, und ist es auch nie gewesen. Er beteiligt sich an einer privat finanzierten Studie zum Thema ›Weltweite politische und ökonomische Strukturen‹. Das ist alles, was wir Ihnen im Fall einer öffentlichen Untersuchung vor dem Kongreß mitteilen dürfen – gegen die Dr. Solon übrigens nicht das mindeste einzuwenden hätte.«

Torunie war eingeschnappt. Er faltete sein Blatt Papier wieder zusammen und steckte es in die Jackentasche. »Das war ohnehin alles, was wir wissen wollten«, sagte er mürrisch. Mit dem letzten Rest gequälter Würde standen er und Lashes auf und gingen zur Tür.

Dort schüttelten sie noch einmal mißbilligend den Kopf und verließen den Raum. Sie waren alles andere als zufrieden mit dem Ergebnis ihrer Befragung. Jedenfalls wußten sie genug über diesen verrückten Psychiater, um ihn als gefährlich einzustufen – kommunistenfreundlicher Radikaler war das mindeste. »Republikaner, daß ich nicht lache«, murmelte Torunie seinem Partner zu, als sie außer Hörweite waren. »Das ist doch bloß ein Deckmantel für seine rosaroten Mätzchen. Nur gut, daß das FBI ein Auge auf ihn hat.«

Dan beruhigte Adam. »Das ist alles, was sie haben, Adam – nur diese Liste mit Fragen aus Washington. Die zwei sind nur ganz kleine Wichser.«

Adam dachte nach. »Diese verdammten Insider. Typisch

für ihre Vorgehensweise. Der alte Trick mit den verdeckten Befehlen. Von allen Seiten anrücken. Teilen und herrschen, oder teilen und trotzdem am Ruder bleiben. S.I.E. sind die Drahtzieher und wir alle – wir alle – die Marionetten, die nach ihrer Fünfmillionen-Dollar-Flöte tanzen.«

»Du scheinst aber nicht nach ihrer Flöte zu tanzen«, lachte Dan und schickte sich an zu gehen.

»Das stimmt«, gab Adam zu. »Wir bei G.R.I.P.E. wollen einen ganz anderen Marsch blasen – zumindest versuchen wir es.«

»Na schön, Adam. Wirst du mich zu einem eurer nächsten Treffs einladen?«

»Abgemacht! Du bist uns sehr willkommen – und offen gestanden auch sehr nützlich. Im übrigen glaube ich, daß dir das ganze Ambiente und unsere Art von Entspannung auf Alpha Orion zusagen werden.«

Die vorläufige Übereinkunft wurde mit einem Handschlag besiegelt.

Kapitel 5

Die Vernetzungstheorie

An der Tür empfing sie die Blume des Orients, Kono Comusu, ehrfurchtgebietende Meisterin des Abakus, Trägerin des Schwarzen Gürtels, Quelle uralter Weisheit mit den Lenden des Lotos und Bezirksdirektorin der Personal- und Operationsabteilung von G.R.I.P.E. Sie führte Adam und Bairny zu einer abgeschiedenen, von Kerzen erleuchteten Nische im hinteren Teil des Restaurants und bat sie Platz zu nehmen. Mit unbewegtem Gesicht, doch humorvoll aufblitzenden Augen verbeugte sie sich feierlich vor Adam.

»Hat weißer Herr seiner ergebenen Dienerin etwas mitgebracht?«

Adam streichelte Bairny über den Rücken und sagte: »Ich ziehe es vor, sie für mich zu behalten, Kono.«

Bairny zuckte zusammen, und Kono zog sich mit einem unergründlichen Lächeln zu einem Gast am Tisch nebenan zurück, erschien jedoch wenig später mit zwei Speisekarten wieder und überreichte sie Adam mit einem verstohlenen Blick.

Er stand auf und sagte zu Bairny: »Ich bin gleich wieder da, muß nur schnell etwas mit Kono besprechen. Such das kalorienärmste Gericht auf der Speisekarte und bestell es für mich, okay?«

Bairny nickte, und Adam folgte der ein Meter fünfzig kleinen, hundert Pfund leichten asiatischen Schönheit den Gang entlang zu ihrem Privatbüro, das in seiner klassischen japanischen Schlichtheit ebenso elegant wirkte wie Kono selbst. Drinnen blieb er stehen, faßte sie um die winzigen Hüften und hob sie ein wenig vom Boden hoch, während sie ihre schlanken Arme um seinen Hals schlang. Er gab ihr einen langen Kuß auf den Mund, und sie erwiderte ihn mit zärtlicher Leidenschaft.

Dann schmiegte sie sich an ihn. »Osten ist Osten, und Westen ist Westen ...«

»Ich weiß, ich weiß«, unterbrach er ungeduldig. »Aber ist das ein genetischer oder ein kultureller Unterschied?«

Kono lächelte und nahm ihn bei der Hand. »Ach komm, Adam, mittlerweile hast du doch schon Gewissensbisse, so sehr klebst du an deinen kleinlichen westlichen Moralvorstellungen.«

»Na ja«, verteidigte Adam sich unsicher. »Etwas gemein ist es schon, oder? Ich vergnüge mich hier mit dir, während mein armer Gast mutterseelenallein zwischen lauter Fremden schmachtet...«

Kono stellte sich auf die Zehenspitzen, hauchte einen Kuß auf seine Brust und kicherte. »Mein Gott, Adam, dein Essen dauert noch mindestens sechseinhalb Minuten, und ich brauche höchstens zwei, um dir Bericht zu erstatten.« Sie zog einen dicken, versiegelten Umschlag aus ihrer Schublade und reichte ihn über den Schreibtisch. »Hier ist die für den K.I.D. verschlüsselte schriftliche Version. Anschließend kannst du die Dame ganz für dich allein haben.« Dann wurde sie wieder ernst.

»Also gut, hier in aller Kürze das Wichtigste. Sue Fortret hat sich in einem kleinen Gasthaus an der Tanegaküste am Chinesischen Meer verschanzt. Sie steht kurz vor der endgültigen Entschlüsselung der Geheimschrift. Wenn ich es recht verstehe, ist ein Elitekader von Semantikern der Illuminaten in Shikoku dabei, die alten Hondo- und Kinai-Dialekte als mögliche Grundlage für einen internationalen Kode auszuwerten und entsprechend zu modifizieren. Allerdings werden die Herren sich anstrengen

müssen, damit Sue ihnen nicht auf die Schliche kommt. Diese kleine Amazone weiß besser über orientalische Sprachen Bescheid als alle meine Vorfahren zusammen.«
Adam nickte zustimmend, und Kono fuhr eifrig fort: »Heute nacht erhielten wir über unsere verschlüsselte Frequenz Peter Newtons Bericht. Wie du weißt, hat er die letzten zwei Wochen in der guten alten 68th Street von New York verbracht und mit seinem Teleobjektiv alle Leute photographiert, die im Gebäude des Council on Foreign Relations* ein und aus gehen. Was er bis jetzt zusammenhat, liest sich wie eine internationale Verbrecherkartei.« Sie unterbrach sich. »Übrigens, Adam, hast du eigentlich seinen Wagen gesehen, nachdem er ihn umgebaut hat?«
»Ja, kurz bevor er fertig war«, nickte er. »Gute Arbeit.«
»Kann man wohl sagen! Ein perfektes Hollywood-Studio! Er hat ein Objektiv, das so lang ist wie mein Arm. Er könnte die Haarwurzeln in Henry Kissingers Nase aufnehmen, wenn du Interesse daran hättest. Jedenfalls ist er auf dem Weg hierher – mit einem Stapel eindeutiger Beweise für die Existenz der lokalen und internationalen Gnome der Erleuchtung.«
Adam nickte zufrieden. »Sehr gut!«
Während sie zur Tür des Büros gingen, fielen ihm plötzlich Candy und ihre Kolleginnen ein. »Übrigens, wie machen sich unsere Junioren?«

* Council on Foreign Relations, CFR, Verband für ausländische Beziehungen, auch: Institut für Interne Angelegenheiten, »Das Establishment«, »Unsichtbare Regierung«, »Rockefeller-Ministerium für Auswärtige Angelegenheiten«.
»Das anerkannte Ziel des CFR ist die Abschaffung der Konstitution und das Auswechseln unserer einstmals unabhängigen Republik gegen eine Weltregierung. Die CFR-Mitglieder haben ... mehrere ... Regierungen kontrolliert. Richard Nixon war Mitglied und hat mindestens hundert CFR-Mitglieder in hohe Positionen seiner Regierung berufen ...« nach: Allen, *Insider*, S. 111 ff. (A. d. Ü.)

Kono lächelte. »Großartig. Ich nehme an, du weißt über Candy Bescheid ...« Sie stieß ihn leicht in die Seite und fuhr fort: »... möglicherweise besser als irgendwer anders. Und was Peter angeht, da habe ich dir das Neueste ja schon erzählt; der Junge ist ein Genie in Sachen Photographie. Lemon Molsen ist immer noch auf Alpha Orion und arbeitet mit Hopi-Indianern. Sie untersucht eine mögliche Verbindung zwischen deren Ursprüngen und der ägyptischen Kultur vor Tutenchamun und – Moment mal!« Sie ging zurück zum Schreibtisch, nahm einen Zettel aus der Schublade, entfaltete ihn und las die Liste von Juniormitgliedern und weiteren Kandidaten vor, die sich um eine Mitgliedschaft beworben hatten.

»Wanda Marple, Ruth Spainet, Lora Geldith und Rhonda Vercot haben mittlerweile den Schwarzen Gürtel und machen gute Fortschritte bei der Spionageabwehr. Alle vier haben die Sicherheitsüberprüfung bestanden. Abby Murphe, Vida Worble, Page Solin, Rafie Watt und Vee Burber sind dem Schwarzen Gürtel schon sehr nahe und haben die Sicherheitsüberprüfung beinahe hinter sich.«

»Prima«, sagte Adam und fragte dann plötzlich: »Unsere Junioren sind durchweg Mädchen, bis auf Peter – sollten wir ihre Truppe nicht mit ein paar Jungs aufstocken?«

»Das sieht dir aber gar nicht ähnlich, Adam – zu viele Mädchen und nicht genügend Jungs?«

Er tätschelte ihren Arm. »Ich dachte ans Geschäft, nicht ans Vergnügen. Wo ist das Problem? Gibt es nicht genügend talentierte männliche Bewerber?«

Kono lächelte verschmitzt und warf ihm einen Blick von der Seite zu. »Wir können unsere Anstrengungen intensivieren, wenn du möchtest, nur – brauchen wir sie denn? Die Mädchen haben alles bestens im Griff.«

Adam war nachdenklich und leicht beunruhigt, obwohl er es Kono nicht merken ließ. Er hatte lange über die territorialen Ansprüche, die instinktive Xenophobie und den

Gruppenchauvinismus der menschlichen Rasse gegrübelt – jenes außerordentlich mächtige Bedürfnis des sterblichen Individuums, Selbstbewußtsein aus der Bestätigung anderer zu beziehen, die eine bestimmte Zahl und Art von Eigenschaften mit ihm teilten, und seine instinktive, angeborene Furcht vor allem, was sich auch nur im geringsten von ihm unterschied. War die Elite der Illuminaten auch solchen Schwächen unterworfen?

Immer wieder hatte er sich mit den möglichen Charakterzügen der Insider beschäftigt und einmal sogar die These aufgestellt, es könnte sich um eine reine Frauengruppe handeln, die Nutzen aus ihren größeren Fähigkeiten und ihrem chronischen Status als Bürger zweiter Klasse gezogen hatte, indem sie sich der großen und berühmten Männer der Geschichte bediente, um in aller Stille die Geldvorräte der Welt und die damit zusammenhängende Macht zu übernehmen.

Oder war es der uralte Clan der Hopis mit seiner dreitausendjährigen, ungebrochenen Geschichte, getarnt als unterprivilegierte soziale Randgruppe in ihrem eigenen Reich Oraibi im Norden Arizonas?

Waren es möglicherweise Schwarze, allem Anschein nach die ersten Menschen, die in der afrikanischen Wiege der Zivilisation aufgetaucht waren?

In Augenblicken ungezügelter Spekulationen hatte er sogar Erich von Dänikens These von der außerirdischen Unterwanderung geglaubt.

Und noch schlimmer, über diese exotische Unmöglichkeit hinaus in den seltenen Momenten entfesselter Phantasie die Vision einer weltweiten Koalition zwischen hochintelligenten Schimpansen, Pavianen, Walen und Orang-Utans in Erwägung gezogen, die sich im Dunkel der Nacht an versteckten, von keinem Menschen je betretenen Stränden versammelten und auf eine nur ihnen bekannte Art miteinander kommunizierten. Dort verständigten sie sich über Kampagnen, mit denen sie die neueste Entwicklung der Primatengeschichte – diese unbehaarte, brutale, ewig schwatzende, symbolsüchtige Spezies des Homo sapiens – in dem Glauben wiegten, sie uneingeschränkt zu beherrschen. Vielleicht würde Adam nie erfahren, wer wirklich hinter den Illuminaten steckte, aber die Neugier brannte in ihm wie eine ewige Flamme, und nie war er das ewige Anrennen gegen die scheinbar unüberwindlichen Mauern dieses Geheimnisses müde geworden.

»Vielleicht hast du recht«, antwortete er Kono abwesend. »Im Moment scheinen wir wirklich in Topform zu sein. Jetzt aber nichts wie zurück zu Bairny und meinem Essen; ich sterbe vor Hunger!«

Bairny, die bereits gierig in ihrer dampfenden Chow-Mein-Schale stocherte, begrüßte ihn augenzwinkernd und lächelnd. »Adam, deine eiserne Selbstdisziplin und Aufopferung verlangen wirklich Respekt!«

»Tut mir leid, daß es so lange gedauert hat – wir hatten mehr zu besprechen, als ich glaubte.«

»Kein Wunder!« kicherte sie. »Wenn ich öfter mit dir zusammen bin, muß ich mich wohl oder übel an den verräterischen Duft heißblütiger Damen gewöhnen, wie?«

Adams Gesicht war ein einziges Dementi. »Du wirst es nicht glauben, aber die letzten Tage waren ganz und gar untypisch. Die meiste Zeit rede ich nur und arbeite. Aber jetzt, nun ja, irgendwas hat unsere Leute gepackt. Die Spannung wegen der bevorstehenden Versammlung vielleicht. Wir sind alle ziemlich aufgeregt. Ein allgemeiner aphrodisischer Einfluß, würde ich sagen.«

»Großartig, hoffentlich kriege ich ihn auch zu spüren. Sieht so aus, als bräuchte ich ein bißchen Stimulierung.«

Adam hob skeptisch und nachsichtig die Brauen. »Sicher doch, und ich sage immer noch, daß du eine glänzende Schwindlerin bist, was das angeht!«

Sie quittierte seine Bemerkung mit einem geheimnisvollen Lächeln und wechselte das Thema. »Iß deine Austern, weißer Herr, und ich erstatte dir derweil Bericht über meine heutige Arbeit.«
Adam hörte ihr aufmerksam zu, als sie nun einige mit mathematischen Symbolen, von denen er nichts verstand, beschriebene Papiere auf dem Tisch ausbreitete und sich in einen leidenschaftlichen Vortrag stürzte.
»Deine Vernetzungstheorie ist keine Theorie, Adam, das ist so sicher wie das Amen in der Kirche. Schau her ...«
»Überfall mich bloß nicht mit zu viel mathematischer Theorie, Bairny. Ich bin nie über Schulalgebra hinausgekommen. Das hier ist wohl ein räumlich geordneter Satz von Daten, wie?«
»Ja, in leicht modifizierter Form«, antwortete sie, und ihre Hände zitterten vor Erregung. »Ich hatte nie auf diese Weise darüber nachgedacht, bis du gestern morgen davon gesprochen hast. Worauf es hinausläuft, ist, vereinfacht ausgedrückt, folgendes: Es gibt mehr funktionierende Computersysteme auf der Welt, als es laut Statistik in *sichtbaren* Organisationen wie Regierungen, Universitäten und so weiter geben dürfte.«
»Hast du eine Ahnung, wie viele mehr, ungefähr?«
Sie zog ein Papier aus dem Stapel und legte es obendrauf. »Ja. Etwa acht bis neun Prozent nach meinen Berechnungen. Ich bin ziemlich sicher.«
Adam lehnte sich zurück; ein dünnes Lächeln, stolz und nachdenklich zugleich, stahl sich über sein Gesicht. »Mit anderen Worten«, sinnierte er laut und fuhr mit der Hand über sein Kinn, »wir können mit Sicherheit auf die aktive Existenz eines transglobalen Überwachungssystems schließen – eines vollkommen unsichtbaren Überwachungssystems natürlich –, und es umfaßt jede Computeranlage oder besser gesagt, jeden Terminal, der mit öffentlichen Daten gespeist wird.«

Bairny nickte schweigend.
»Ahaaa«, fuhr er langsam fort und kritzelte ein einfaches Diagramm auf die Rückseite des Blattes. »Das wiederum bedeutet, daß einige Daten oder alle Daten, die beispielsweise aus öffentlichen Gebäuden im ganzen Land nach Washington transferiert werden, oder von den Sears-Filialen zur Sears-Zentrale oder wohin auch immer, auf diese Weise heimlich, still und leise angezapft und in den großen Zentralrechner im Himmel geleitet werden, irgendwo über den Wolken, da wo der alte Olymp seinen Sitz hat ...«
Bairny erschauerte. »Siehst du, das macht mich scharf«, flüsterte sie.
»... wo unsichtbare Götter in ihrer herrlichen Pracht residieren«, fuhr er träumerisch fort, »unsere geheimsten Gedanken, unsere verborgensten Wünsche kennen, unser Leben bestimmen und mit uns spielen wie Mädchen mit ihren Puppen, wo sie über uns lachen und durch unsere Schlüssellöcher gucken – allwissende, allmächtige Herren der Welt!«
Bairny nickte leicht und beugte sich aufmerksam vor. Mit halb geöffnetem Mund und verschleiertem Blick lauschte sie.
»... und all das über die Köpfe von Bauern und Präsidenten, Königen und Wissenschaftlern, Konzernchefs und Philosophen hinweg – phantastisch! Diese gerissenen Schweinehunde!«
Bairny wandte ihm ihr gequältes Gesicht zu und sagte mit kaum hörbarer Stimme: »Adam, bitte, gibt es irgendwas, das du *jetzt* für mich tun könntest? Ich meine, wenn es mich erwischt, ist es wie ... ein Inferno ... ein Notfall ...«
»Nein, meine Liebe, ich glaube nicht«, antwortete er gelassen. Es war ihr Spiel, und er spielte es mit.

Kapitel 6

Mörderische Pläne

Im Büro erwartete Kate ihn mit einem sauber getippten Brief an Clarence Kelly, den er rasch überflog.

Clarence Kelly
Direktor, Federal Bureau of Investigation
Washington, D.C., 20535

Sehr geehrter Herr,
bezugnehmend auf das Bundesgesetz zur Wahrung des Rechts auf Auskunft, Abschnitt 5, Paragraph 552, verlange ich hiermit Auskunft über sämtliche Daten, die über mich gespeichert sind.
Der Anlage entnehmen Sie bitte meine Sozialversicherungsnummer, Geburtsort und -datum, sowie meine Registriernummer im Marinekorps der Vereinigten Staaten.
In der Hoffnung, daß Ihnen diese Informationen genügen, um die gewünschten Daten ohne nennenswerte Schwierigkeiten aufzufinden, bedanke ich mich im voraus für Ihre freundliche Unterstützung und verbleibe

mit freundlichen Grüßen,

Adam Trasy Solon, M.D.

Er klopfte Kate auf die Schulter und unterschrieb. »Ich weiß nur nicht, ob es was bringt – sie sind nicht verpflichtet, mir irgendwas zu schicken, wenn sie nicht wollen.« Er setzte sich an den Schreibtisch und ließ sich über das automatische Wählsystem mit dem Polizeipräsidium verbinden. Nachdem er sich durch verschiedene Abteilungen gefragt hatte, meldete sich schließlich Lieutenant Geneva Spear am anderen Ende. Ihre weiche schwarze Stimme war freundlich und dynamisch zugleich: »Klar, Adam, du stehst sowieso auf meiner Liste«, und setzte dann lächelnd hinzu: »Einen solchen Termin lasse ich mir doch nicht entgehen.«

»Freut mich«, antwortete er munter. »Das Wichtigste ist natürlich die gräßliche Geschichte mit Slaide Armstrong und seinen Berserkern ... vielleicht könntest du die Akten mitbringen?«

»Das ist nicht nötig, Adam – jede Einzelheit über diese verdammten Bluthunde habe ich ein für allemal gespeichert. Höchstens die Polizeiphotos könnten für dich interessant sein.«

»Großartig. Dann erwarten wir dich.«

»Moment noch, Adam.« Sie zögerte einen Augenblick, um ihre Taktik zu überdenken. »Ich weiß, es kommt ein bißchen plötzlich, aber es wäre ungeheuer hilfreich für meinen Plan, wenn du Dr. Bels bitten könntest, an unserem Treffen teilzunehmen und dieses kleine Ding mitzubringen, das ihr beide entworfen habt. Ich glaube, wir sind jetzt soweit, daß wir es einsetzen können.«

»Okay, ich versuche es, Geneva.«

»Und noch was, Adam.« Sie senkte die Stimme. »Ich habe Neuigkeiten über diese Sache, die wir letzten Monat besprochen haben – und es ist einfach unglaublich!«

Kurz darauf hielt sie mit quietschenden Bremsen vor dem Klinikgebäude und rauschte wie ein Tornado in Adams Büro. Lieutenant Geneva Spear, zweiunddreißig, Leiterin des Dezernats für mißhandelte Frauen und wie geschaffen für diesen Job. Knapp unter eins achtzig groß, mit athletischem Körper, rascher Auffassungsgabe und einer Haut wie schimmerndes Ebenholz. Dazu ein wilder Afrolook, der in seiner Fülle und surrealistischen Form geradezu einschüchternd wirkte. Alles in allem die lebendige Verkörperung des alten Mottos *Black is beautiful*. Sie und Deb Suners bewohnten ein sündhaft teures Apartment, das Adam von vielen Besuchen her kannte.

Er schob ihr einen bequemen Sessel hin und sagte: »Ich habe Ina gerade noch erwischt, bevor sie das Büro verließ. Sie wird in ein paar Minuten hiersein. Ein Glas Wein, Geneva?«

Die ungewöhnliche Polizeibeamtin nickte und zog einen dicken Umschlag aus der Tasche. »Letzte Woche hatte ich Gelegenheit, mich in den Computer des Bundeskriminalamts einzuklinken, der über ein paar interessante bundesstaatliche, aber auch internationale Verbindungen verfügt. Mit so was können wir hier unten nicht aufwarten. Außerdem habe ich mir eine Kopie der streng geheimen Personalliste besorgt, der ihre administrativen Beziehungen zu verschiedenen Bundespolizeibehörden und Interpol beweist. Bestimmte Bewegungen und Verbindungen, insbesondere die Aktivitäten des National Central Bureau von Interpol, lassen eigentlich nur einen Schluß zu. Um es kurz zu machen, Adam, deine Hypothese, daß die Insider unangemessenen Einfluß auf das internationale Polizeinetz ausüben, ist wohl ein Trugschluß. Ich kann es natürlich nicht beweisen, aber ich habe mir die Mühe gemacht, mit einer Vertrauten vom CIA den ganzen Papierkram durchzugehen, und danach gibt es für mich keinen Zweifel mehr: Unsere lieben Freunde, die Insider, *beeinflussen* den Apparat nicht – sie *besitzen* ihn!« Ihre Augen funkelten.

Sie nahm Adam das Glas ab und zündete sich ein langes,

dünnes Zigarillo an. Adam lächelte. »Ich gebe zu, ich bin nicht allzu überrascht. Aber sosehr ich diese gottverfluchten elitären Hundesöhne auch hasse, so automatisch unterschätze ich doch jedesmal ihre Reichweite. Was den Beweis angeht – laß dir deswegen keine grauen Haare wachsen. Bisher ist es uns nicht mal gelungen, ihnen ein Knöllchen für falsches Parken aufs Auge zu drücken, ganz zu schweigen von jahrhundertelanger Verschwörung zur Etablierung einer totalen und oligarchischen Weltherrschaft.«

Geneva nickte. »Das stimmt, aber ich bleibe ihnen auf der Spur. Die Einzelheiten liegen schon auf deinem Schreibtisch – ein paar Häppchen für den K.I.D. Sie werden ihm schmecken, denke ich.«

Adam verbeugte sich. »Nur weiter so! G.R.I.P.E. und ich sind dir ewig dankbar.«

Es klopfte leise an der Tür. Adam entschuldigte sich, trat in den Vorraum des Büros und begrüßte seine langjährige Freundin Dr. Ina Bels, die er noch von der Uni kannte. Er nahm ihre Hand und küßte sie leicht auf die Stirn; dann trat er zurück, schaute sie an und schüttelte in gespielter Verzweiflung den Kopf: »Ina, du bist immer noch die lausigste Ausrede für einen kessen Vater, die ich je gesehen habe!« Auf gewisse Weise hatte er recht. Rein körperlich war sie nicht unbedingt sein Typ, intellektuell und emotional dagegen paßten sie unheimlich gut zusammen. Kaum eins fünfzig groß und gerade neunundvierzig Kilo schwer, ähnelte sie einer gerade erwachsenen Shirley Temple, einschließlich Grübchen, heller Augen, goldener Locken und einer einschmeichelnd sanften Stimme. Sie war zweiundvierzig und sah mindestens zehn Jahre jünger aus – der Inbegriff weiblicher Sinnlichkeit.

Lächelnd stellte sie sich auf die Zehenspitzen und küßte ihn auf die Wange. »Da solltest du mich mal in meinem gestreiften Anzug mit Hemd, alter Schulkrawatte und

Derby sehen. In diesem Fummel hier laufe ich nur rum, um meine Kollegen nicht zu verschrecken.«

»Das sagst du«, gluckste er. »Für einen alten Mann mit schmutziger Phantasie wie mich siehst du immer noch sehr verführerisch aus.«

Die beiden Frauen begrüßten sich und kamen dann sofort zur Sache. Geneva ergriff die Initiative.

»Als alles losging«, sagte sie, zog an dem Zigarillo und stieß eine kräftige Rauchwolke aus, »dachte ich noch, wir hätten es nur mit einer ungewöhnlich starken Form der frühjahrsüblichen Epidemie von Vergewaltigungen zu tun, aber dann fielen mir ein paar merkwürdige Muster auf, die nicht zusammenpaßten. Zuerst die Opfer: Alle sind aktiv in der Frauenbewegung engagiert und stehen politisch sehr weit links – Frauen wie wir. Es hätte Zufall sein können, klar, aber es machte mich stutzig. Ich gab Namen und Gesichter der Täter in unseren Computer ein und schickte sie nach Washington.«

Sie warf die Polizeiphotos auf Adams Schreibtisch. »Diese Kerle sind keine einsamen Wölfe, die sich samstags abends nach Opfern umsehen. Erstens: Alle kennen sich untereinander und scheinen zusammenzuarbeiten. Sie waren früher in denselben Besserungsanstalten, Gefängnissen und ähnlichen Institutionen. Zweitens: Alle haben wiederholt wegen anderer Gewaltverbrechen gesessen – Überfall mit tödlichem Ausgang, gefährliche Körperverletzung, Mord, Totschlag und andere Delikte. Der Schlimmste von allen ist dieser Mistkerl hier, Slaide Armstrong; wahrscheinlich ist er der Kopf der Bande.«

Adam musterte das Photo einen Augenblick und reichte es dann Ina.

»Aber das ist noch nicht alles«, fuhr Geneva fort. »Der Bursche ist siebzehnmal verhaftet worden und stand neunmal wegen Mordes vor Gericht – Mord auf Bestellung, kein Zweifel –, aber es kam nie zu einer Verurteilung! Er ist ein kaltblütiges, sadistisches Schwein, drekkigster Abschaum. Es macht ihm Spaß, eine Frau zu quälen – wenn er aber dafür bezahlt wird, kann er sein Opfer mit einem sauberen Kopfschuß erledigen.«

»Willst du damit sagen, daß sie möglicherweise andere Ziele verfolgen, die über bloße Vergewaltigung hinausgehen?« fragte Adam.

»Sieht ganz so aus. Mir scheint es wie eine Art zielgerichteter terroristischer Taktik, die sich gegen engagierte liberale Frauen richtet. Ich hab also weitergebohrt und bin dabei auf eine professionelle Beziehung zwischen unserem Slaide hier und einer Gruppe von Rechtsextremisten gestoßen, die sich God's Thunder nennt.«

»Verdammt!« fluchte Adam. »Die sind noch rechter als die John Birch Society – möglicherweise ein verlängerter Arm der Bonzen, um uns Linken die Hölle heiß zu machen.«

Geneva sah ihn besorgt an: »Ja, sieht ganz danach aus. Aber jetzt kommt das, was mich am meisten beunruhigt, Adam – halt dich fest!«

»Oje, schlechte Nachrichten?«

»Keine guten. Gestern haben wir uns Slaide geschnappt und ihn in die Mangel genommen – einerseits, um ihm zu zeigen, daß wir ihn auf dem Kieker haben, andererseits, um ihn aus der Wohnung zu locken, zu der ich mir dann mit Hilfe einer alten Hutnadel illegal Zugang verschafft habe. Was ich fand, ist beachtlich: eine hochkarätige Pornosammlung, eine Küche voller schmutzigem Geschirr, haufenweise Profiwerkzeug, ein auseinandergenommenes Gewehr mit Zielfernrohr und Schalldämpfer, ein Sortiment von Handwaffen, Messern und Halsschlingen – und das hier, unter die Schreibtischschublade geklebt.«

Sie nahm einen weiteren Umschlag aus ihrer Handtasche und reichte ihn Adam. Er öffnete ihn, untersuchte den

Inhalt und fuhr zusammen, als er einige Photos von sich entdeckte. Es gab welche, auf denen er die Klinik und sein Büro betrat oder verließ und eins, das ihn mit den Sapinet-Zwillingen neben seinem Wagen zeigte. Es mußte ganz neu sein. Auf einem anderen Photo war sein Haus zu sehen, offensichtlich mit Teleobjektiv von einem Helikopter oder Hügel auf der anderen Seite der Schlucht aus aufgenommen. Ein Schauer lief ihm über den Rücken, als er an Candy und Brian dachte. Außer den Photos befanden sich eine Visitenkarte, eine detaillierte Personenbeschreibung mit Lebenslauf, ein genaues Verzeichnis seiner Aktivitäten im vergangenen Monat sowie ein einseitiges, in Geheimschrift abgefaßtes Dokument in dem Umschlag.

Adam pfiff leise durch die Zähne. »Du hast recht, Geneva. Das Ganze ist nicht gerade beruhigend. Was schließt du daraus?«

»Soviel, daß ich es nicht auf die leichte Schulter nahm. Ich raste zurück in die Stadt und hielt dem Arschloch den Umschlag unter die Nase. Er hatte gar nicht erst die Möglichkeit, gegen meinen kleinen Besuch in seiner Wohnung zu protestieren.«

»Hast du etwas aus ihm rausquetschen können?« fragte Adam nervös.

»Jede Menge Mist. Belangloses Zeug, meiner Meinung nach.«

Adam räusperte sich und berührte vorsichtig die Beweise, als seien sie Gift oder der pelzige Rücken einer schlechtgelaunten Tarantel. »Also ist es das, was ich befürchte?«

Sie seufzte tief. »Etwas anderes kann ich nicht daraus schließen, Adam. Es ist der Plan für ein sorgfältig vorbereitetes Attentat – auf dich!«

Adam wurde blaß. »Aber ich verstehe das nicht, was will die Mafia von mir? Ich habe weder was mit ihren Glücksspielgeschäften noch mit Prostitution oder Drogenhandel zu tun – außer zum eigenen Gebrauch, versteht sich.«

»Oh«, versicherte Geneva schnell. »Slaide und seine Leute haben keinerlei Verbindungen zum Syndikat. Das weiß ich von meinen zahlreichen Mittelsmännern in der Mafia. Die Mafiabosse kennen Slaide und seine Helfershelfer, und sie wissen, daß er für irgendeine Organisation arbeitet, aber sie wissen nicht, für welche.«

Adam preßte die Hände zwischen die Knie und beugte sich vor. »Die Geldmagnaten, wie? Die Insider... Also haben sie sich jetzt doch dazu entschlossen.« Er unterbrach sich und sah auf. »Eigentlich eine ziemlich große Ehre. Ich wußte gar nicht, daß ich ihnen so dicht auf den Fersen bin.«

»Es ist unsere heißeste Spur«, nickte Geneva und griff nach dem Kryptogramm. »Wir arbeiten bereits daran, Adam. Vielleicht kannst du uns mit der Entschlüsselung weiterhelfen. Sagt dir das irgendwas?«

Adam hatte das Blatt zuvor nur flüchtig angesehen, doch als er es jetzt genauer betrachtete, nickte er. »Ja, tatsächlich. Das ist merkwürdig, verflucht merkwürdig!«

Geneva zog die Augenbrauen hoch. »Wieso?«

»Es ist eine Geheimschrift der Illuminaten, aber sie ist mindestens so altmodisch wie der Keuschheitsgürtel – muß vor über hundert Jahren entwickelt worden sein. Weishaupts Männer haben sie vorübergehend für ihre diversen Geheimpläne zur Umgestaltung Europas benutzt. Heute ist sie vollkommen wertlos. Jedes kleine Kind kann sie entschlüsseln, es ist ein ganz einfaches System. Hier, schau –«

Er nahm einen Stift und kritzelte etwas auf das Blatt Papier. »Es ist ein simpler, altmodischer Trick mit dem Alphabet, wirklich ein Kinderspiel. Man fängt mit kleinen Worten an, Artikeln, Präpositionen, Substantiven und Verben ... und ... ah ja, fünf Buchstaben nach vorn. E ergibt A, F ist B und so weiter. Ich brauche nur ein paar Minuten ...«

Er schrieb hastig weiter, transkribierte den gesamten Text und las dann laut vor: »Die Vorherrschaft und Solidarität Ingolstadts muß unter allen Umständen wiedererlangt, die heutigen unrechtmäßigen Machthaber müssen abgesetzt und eliminiert werden. Alle Macht den kulturellen, ideologischen und politischen Erben Weishaupts, Zwacks und St. Germaines ...« Er brach ab und überflog den Rest. Dann ließ er das Blatt auf den Schreibtisch sinken und zuckte die Achseln. »Hochtrabende sektiererische Rhetorik – völliger Blödsinn! Das Ganze ist ein Witz. Ich werde Gilth bitten, es durch den K.I.D. laufen zu lassen – vielleicht kann er den Kode im Kode entschlüsseln.«
»Aber gegen wen richtet sich der Aufruf denn eigentlich?« fragte Ina gedankenversunken. »Wer sind die unrechtmäßigen Machthaber? Das gegenwärtige Establishment, die Kommunisten oder irgendein neuer Illuminatenzweig, der den konservativen Flügel an die Wand gedrückt und dann die Macht übernommen hat?«
Adam schüttelte nervös den Kopf. »Keine Ahnung, alle drei könnten es sein. Wir müssen weiterbohren. Und ich werde immer mit einem Auge den Rückspiegel beobachten müssen.«
»Das solltest du, Adam«, pflichtete Geneva ihm bei. »Ich werde dafür sorgen, daß du Personenschutz kriegst, soweit das möglich ist.« Sie biß sich nachdenklich auf die Lippen. »Ich bin sicher, daß wir ihm seine Vergewaltigungstour austreiben können, aber rauszufinden, wer für diesen Anschlag verantwortlich ist, ist schon schwieriger. Da werden wir uns mächtig anstrengen müssen. Diesen Typen geht es nicht um Vergewaltigung, sondern um die Weltherrschaft.«
Sie wandte sich an Adam. »Momentan gibt es keinen Grund zur Panik. Ich habe ihm sein gesamtes Arsenal geklaut; es wird also ein paar Tage dauern, bis er wieder einsatzbereit ist. Und das verschafft mir Zeit, dem Hundesohn einen Schlag zu versetzen, rauszukriegen, was wir

wissen müssen, und ihn ein für allemal kaltzustellen. Hast du die Falle fertig, Ina? Oder was immer es ist?«

Ina griff in ihre Tasche und zog das Ding heraus. Geneva beugte sich neugierig vor und berührte es vorsichtig. »Wie funktioniert es?«

Ina zog es schnell zurück. »Vorsicht, steck bloß nicht den Finger hinein! Es ist eine kleine Erfindung von Adam und mir, die dieser Welle von Vergewaltigungen ein Ende machen soll – ein speziell entwickelter Vaginaeinsatz aus Kunststoff, eine abgewandelte Form der alten chinesischen Fingerfalle. Innen drin – siehst du? – gibt es fünfhundert winzige, mit Stacheln und Widerhaken versehene superscharfe Nadeln.«

Geneva grinste, und Adam schlug unbehaglich die Beine übereinander. »Aha«, sagte sie. »Kapiere. Nur – wenn die sich einmal festgehakt haben, wie kriegt man das Ding wieder ab?«

Ina zog ein zweites Instrument aus der Tasche und zeigte es ihr. »Mit solchen speziell entwickelten, diamantbestückten Schneidegeräten, und die gibt es nur in der Notaufnahme unserer Klinik. Mit anderen Worten: Entweder unsere Herren Vergewaltiger werden hier vorstellig und anschließend verhaftet, reißen sich den halben Schwanz ab, wenn sie versuchen, sich zu befreien, oder sie leben mit dem Ding.«

»Gräßlich, aber genial«, sagte Geneva und streckte begierig die Hand danach aus. »Ist das für mich?«

Ina bestrich die Oberfläche mit einer dünnen Schicht Gleitmittel und reichte es ihrer schwarzen Schwester, die aufmerksam zusah. »Ich hoffe, es paßt. Ich habe mich nach Adams Angaben gerichtet.«

Geneva nahm es, nickte kurz und stand zuversichtlich grinsend auf. »Bestimmt.« Diskret wandte sie ihnen den Rücken zu, legte ein Bein über die Armlehne des Sessels und lüpfte ihren Slip. Ina gab die Anweisungen.

»Du mußt es von oben anfassen und dann langsam reinschieben, bis du spürst, wie sich der Gebärmutterhals in die Öffnung hinten einpaßt, dann führst du die Halterung oben hinter das Schambein.«

Geneva tat, wie ihr geheißen. »Prima! Paßt wie angegossen.« Sie nahm das Bein herunter, strich den kurzen Rock glatt und ließ sich zufrieden lächelnd in den Sessel fallen. »So, alles klar für Slaide-Baby, ich werde ihn hübsch zurichten.«

Ina legte den Kopf auf die Seite und fragte unsicher: »Weißt du, ich habe jede Menge Beschneidungen hinter mir, ich meine, ich bin sicher, daß er es verdient hat, aber ist das nicht ein bißchen hart? Auge um Auge?«

Geneva sah das Ganze etwas sachlicher. »Kann schon sein, Kleines, aber jetzt geht es vor allem darum, ihm das Handwerk zu legen. Und du hättest bestimmt keine Bedenken, wenn du mitgekriegt hättest, wie er die netten jungen Dinger zurichtet, die ihm über den Weg laufen.«

»Woher willst du eigentlich wissen, daß er es auf dich abgesehen hat, Geneva?« fragte Adam dazwischen.

»Ich weiß es«, antwortete sie überzeugt. »Du hättest sein Gesicht sehen sollen, als ich ihn auf der Wache in die Mangel nahm. Er sah mich von oben bis unten an, und sein Blick sprach Bände von Haß und Rache! Seitdem ist er hinter mir her; im Moment hockt er unten auf der anderen Straßenseite in einer dunkelgrünen Limousine und wartet, daß ich wieder rauskomme. Nachher fahre ich nach Hause und parke am hintersten Ende des großen Parkplatzes neben dem Supermarkt. Schön dunkel und einsam. Unwiderstehlich. Dort wird er zuschlagen.«

Ina fürchtete um Genevas Sicherheit, doch Adam schien nicht beunruhigt. »Mach dir keine Sorgen. Der Kerl ist gefährlich, aber für Geneva eine Nummer zu klein. Und außerdem«, er grinste, »wird Deb Suners mit meiner Schrotflinte am Fenster stehen – für alle Fälle.«

Geneva hatte recht gehabt. Im trüben Schein einer Straßenlaterne ganz am Ende des Parkplatzes versperrte ihr

Slaide Armstrong den Weg. Er baute sich vor ihr auf wie ein Gorilla, schüttelte den Kopf und breitete die Arme aus, als wollte er sie packen.
»Na, wenn das mal nicht King Kong persönlich ist«, rief sie im breitesten schwarzen Slang. »Was zum Teufel hast du vor?«
»Hab den Spieß umgedreht, Baby«, knurrte der Kerl und sah sich schnell über die Schulter, um sicherzugehen, daß keiner in der Nähe war. »Wenn du deinen fetten schwarzen Arsch stillhältst, passiert dir vielleicht nichts – jedenfalls nicht allzuviel.«
Geneva wich langsam zurück und tat, als hätte sie Angst. Sie hob die Arme, um sich zu verteidigen, und rief: »Nur weil du stinkst wie ein Affe, bist du noch lange nicht Tarzan, verstehst du? Zieh Leine!«
Als er sich auf sie stürzte, gelang es ihr, Panik und einigermaßen glaubwürdigen Widerstand vorzutäuschen. Einen Augenblick später lagen beide auf der Straße. Slaide schlug ihr mehrmals brutal ins Gesicht, zerrte dann ihren Slip herunter und fummelte ungeschickt seinen Schwengel aus der Hose, um der unverschämten Klugscheißerin endlich das Maul zu stopfen. »Du gottverfluchtes schwarzes Luder, dir werd ich's zeigen! Du hast das Privileg einer Sonderbehandlung, und zwar von Slaide persönlich. Da!«
Sie spielte die Hilflose und gab ihren Widerstand auf, nur um sich im letzten Moment vollkommen zu entspannen, damit er um so tiefer in sie eindrang. Slaide ächzte vor Lust, hielt einen Augenblick inne und rammte ihr dann seinen Prügel noch brutaler hinein. Triumphierend sah er auf sie hinunter und keuchte: »Na warte, du schwarzes Miststück!«
Doch als er ihn wieder herausziehen wollte, veränderte sich plötzlich sein Gesicht. Zuerst spiegelte es blanke Verwunderung, dann unvorstellbares Entsetzen, als sich sämtliche Widerhaken auf einen Schlag in sein Fleisch

bohrten. Er rappelte sich auf, stammelte verwirrt und zerrte an seinem geschundenen Riemen, in der verzweifelten Hoffnung, den Dämon, der ihn mit eisernen Klauen festhielt, loszuwerden.
Auch Geneva sprang auf, beobachtete ihn zufrieden und höhnte: »Tja, Baby, da hat dir wohl tatsächlich einer den Spieß umgedreht! Hör lieber auf, da rumzufummeln. Ich bringe dich zuerst ins Krankenhaus, damit man dich von dem Ding befreit, und dann ins Kittchen!«
Er stand mit gespreizten Beinen da und sah, wie die ersten Blutstropfen am Rand des teuflischen Apparats austraten. Dann warf er ihr einen Blick zu, und der verhieß nichts Gutes. »Nicht, solange du am Leben bist, du gottverdammte schwarze Bestie!« Damit zog er ein zwanzig Zentimeter langes Klappmesser aus der Tasche und ging auf sie los.
Deb Suners stand am Fenster des Schlafzimmers, beobachtete, was auf dem finsteren Parkplatz vor sich ging, und zielte mit dem Browning auf seine Brust, doch ehe sie abdrücken konnte, schnellte Genevas Bein nach vorn und traf den riesigen Kerl wie ein Peitschenhieb. Er brach schreiend zusammen. Mit einem einzigen wohlgezielten Sprung hatte sie ihm den Oberschenkelknochen über dem Knie durchgetreten. Triumphierend drehte sie sich um, grinste zu Deb hinauf und machte Zeichen, einen Krankenwagen zu rufen, ehe sie wieder den geschlagenen Unhold musterte, der sich wimmernd auf dem Asphalt wälzte. »So, Baby, dich hätten wir aus dem Verkehr gezogen.«
Kurz darauf versuchte ein entnervter Chirurg in der Notaufnahme von Inas Klinik, den schreienden Slaide Armstrong wieder zusammenzuflicken, während der stellvertretende Bezirksstaatsanwalt Geneva beiseite nahm und ihr in gedämpftem Flüsterton erklärte. »Das war nicht übel, Geneva, aber wir können es nicht verwenden. Es war eine Falle!«

Geneva starrte ihn fassungslos an. »Eine Falle? O Mann, du spinnst wohl! Er hat mich *vergewaltigt!*«
Detective Sergeant Ruben Gomez, ein ehemaliger Alkoholiker, der seit sechzehn Jahren keinen Tropfen mehr angerührt hatte und zur Elitetruppe der Stadt gehörte, stand zufällig in der Nähe. Er lächelte süffisant und bestätigte die Einschätzung des Staatsanwalts: »Grausamkeit und Gemeinheit, Folter und Körperverletzung, Sadismus, Erpressung, Fallen ... Ach, Geneva! Es sind zwar unsere Lieblingsbeschäftigungen, aber sie haben den Nachteil, daß sie allesamt illegal sind! Alles, was du gegen diesen Arsch in der Hand hast, kannst du vergessen!«
Der Bezirksstaatsanwalt fuhr erregt fort: »Du hast ihn ganz offensichtlich in einen Hinterhalt gelockt, und das ist illegal. Und wenn dieses gräßliche Ding an seinem Pimmel keine Falle ist, freß ich einen Besen. Noch schlimmer: Wenn das Gericht sich dem anschließt, kann der Schweinehund dich wegen gefährlicher Körperverletzung drankriegen.«
»Mein Gott«, stöhnte Geneva, die ihre Felle davonschwimmen sah. »Dann war alles umsonst!«
»Nicht ganz. Das einzige, was dir jetzt noch übrigbleibt, ist Bluff. Du gehst rein und machst ihn so fertig, daß er sich in die Hosen scheißt und auf allen vieren die Stadt verläßt. Hast du verstanden?«
Geneva zögerte und dachte angestrengt nach. »Immer mit der Ruhe! Solange wir ihn auf der Folterbank haben, sollten wir ihn auch ausquetschen.«
Mit sechs finster aussehenden Bullen an ihrer Seite marschierte Geneva in die Notaufnahme und beugte sich über die auf dem Operationstisch liegende, winselnde Gestalt. Aus ihrem Gesicht sprach kalte Verachtung. »Hier unser Angebot, du Arschloch. Du nennst uns deinen Auftraggeber und bist draußen. Ansonsten ...«
Slaide Armstrong, der glaubte, nichts mehr zu verlieren

zu haben, gab sich geschlagen. »Es war ein schriftlicher Auftrag, mehr weiß ich auch nicht. Wir kriegen unsere Befehle per Post und für jeden Treffer einen coolen Tausender. Knauserig war der Kerl nicht.«
»Weiter, du Schwein. Wozu die Nummer mit den Vergewaltigungen?«
»Das hab ich doch schon gesagt, ich weiß es nicht!«
»Dann streng gefälligst dein Hirn an, Mistkerl. Oder pack deine Siebensachen zusammen, und dann geht's ab in den Knast!«
»Schon gut, schon gut. Jemand will euch ablenken, mit kleinen Fischen auf Trab halten, um den großen Coup zu landen.«
»Den großen Coup. Einen Banküberfall?«
»Nee – Schreibtischtäter, Unterschlagung, Veruntreuung, solche Sachen.«
Genevas Augen blitzten überrascht auf. »Die Bonzen«, murmelte sie leise, doch niemand hörte es. Dann sagte sie laut und drohend: »Hast du Befehl, etwas gegen Dr. Solon zu unternehmen?«
»Nee – soll nur ein Auge auf ihn haben. Ehrlich!«
»Na schön, Mistkerl. Wir lassen dich laufen, unter einer Bedingung: daß du die Stadt verläßt und deine Spielkameraden mitnimmst. Wir kennen eure Namen, eure Gesichter und eure Verstecke, mit allem, was dazugehört. Sollten wir einen von euch morgen früh noch hier erwischen, ist er dran. Ihr macht noch heute abend 'ne Fliege, ist das klar?«
Sie sah an seinem Gesicht, daß er heilfroh war, so billig davonzukommen. Er nickte schwach und sagte: »Ich werd verschwinden, und die andern auch.«
Sie drehte sich zu dem Arzt und sagte munter: »Okay, Doc, verpassen Sie ihm einen Gips, und kleben Sie ihm ein dickes Pflaster um seinen Ständer. Dann schmeißen Sie ihn raus – der Kerl hat eine weite Reise vor sich.«

Kapitel 7

MEDIENWUNDER

Adam saß in seinem Allerheiligsten und suchte verschiedene Fernsehsendungen nach unterschwelligen Signalen ab, als Candy und Brian von einem Ausflug in die Wüste zurückkamen. Er blickte auf, nickte und wandte sich dann wieder dem Monitor zu.

Brian warf einen Blick über Adams Schulter und fragte: »Hast du noch welche gefunden, Dad? In letzter Zeit war ich nicht oft hier.«

»Jede Menge aus Kategorie eins – Reize, die so kurz sind, daß man sie kaum wahrnimmt. Ich würde sagen, zwischen einem Zehntel und einem Zwanzigstel von einer Sekunde. Aber auch ein Prachtstück aus Kategorie drei: ein nackter, männlicher Arm. Er fiel vom oberen Mattscheibenrand nach links unten und sah ziemlich leblos aus. Etwa eine Fünftelsekunde.«

»Das ist schon der dritte, stimmt's?«

»Ja, in drei Monaten. Alle fielen von oben nach unten, alle sahen aus wie tot, zwei waren nackt, und einer steckte in einem Mantelärmel.«

»Was soll denn das mit den Armen? Ich dachte immer, unterschwellige Signale, im Kino zum Beispiel, sollten Hunger und Durst bei den Zuschauern erzeugen, damit sie ihr Geld für Coca-Cola und Popcorn ausgeben. Für menschliche Arme scheint es aber keinen großen Markt zu geben.«

Adam zuckte die Achseln. »Keine Ahnung. Winzige Teile des Gesamtprogramms. Unterschwellige Erinnerungen an Realität und Bedeutung des Todes vielleicht. Die Aversion oder Angst vor dem Tod ist ein mächtiger konditionierender Reiz. Jede Wette, daß Charlie Manson mir zustimmen würde.«

»Und gab es welche aus der Kategorie vier?«

»Viele, aber sie sind schwer zu klassifizieren. Ich kann mir kaum vorstellen, wie ich einem ungläubigen Thomas beweisen soll, welche Bedeutung sie haben.«

Brian setzte sich neben Adam auf den Boden und fragte mit wachsendem Interesse: »Welche Kriterien müssen für die vierte Kategorie erfüllt sein?«

Adam runzelte nachdenklich die Augenbrauen. »Nun, sie sind nicht wirklich unterschwellig. Ihre Dauer beträgt zwischen einer und zehn Sekunden, die meisten sind zwei bis vier Sekunden lang. Man kann sie sehen und hören, Rahmen und Rollen passen zusammen, nur sind die Szenen selbst völlig aus dem Zusammenhang gerissen. Sie tragen nichts zum Fortgang der Handlung oder zur Entwicklung der Charaktere bei, sind nicht besonders witzig und haben auch nichts mit dem Thema zu tun. Sie tauchen einfach so auf, und keiner weiß, warum.«

»Könnte es nicht einfach Schlampigkeit sein?«

»Das glaube ich nicht. Ich kenne eine Menge Drehbuchautoren, Regisseure und Produzenten. Die meisten sind Perfektionisten. Wenn es eine bestimmte Szene in dem Film gibt, hat sie für irgend jemand auch einen Sinn, jedenfalls«, und damit lächelte er belustigt, »solange es einem nichts ausmacht, gelegentlich in etwas schizophrenen Bahnen zu denken.«

Candy beugte sich mit ernstem Gesicht vor. »Das kannst du vergessen, Papi. Wenn du glaubst, schizophren zu sein, dann solltest du dir mal anhören, was Brian und ich rausgekriegt haben.«

»Ach ja? Raus damit!«

Brian und Candy tauschten einen Blick und lächelten im

gegenseitigen Einvernehmen. Dann ergriff Brian das Wort. »Wir glauben, daß dieses Ding . . .«, er zeigte auf das Fernsehgerät, ». . . ein Transmitter und ein Receiver zugleich ist. Es könnte sein, daß wir in diesem Moment abgehört werden.«
Adam dachte einen Augenblick nach. »Hmm, das klingt ja noch paranoider als ich, aber . . .«
Er hielt inne, und erinnerte sich an die dreijährige Funkerausbildung beim U.S. Marine Corps. »Tja, rein technisch wäre es ein Kinderspiel. Im Grunde ist ein Transmitter nichts anderes als ein auf den Kopf gestellter Empfänger und umgekehrt.«
»Du meinst, es könnte funktionieren?«
»Ganz einfach«, antwortete Adam. »Und wenn man alle paar Meilen für eine kleine Relaisstation sorgt, kann man die Signale in alle Welt senden – sogar ins Weltall, wenn man will.«
Die Kinder waren beeindruckt. »Du machst keine Witze? Du meinst, man bräuchte dazu keine streng geheime, supermoderne Technologie?« fragte Brian.
»Ach was! Das ist Allerweltswissen, seit Jahren bekannt.«
Im Fernsehen ging gerade ein alter Clark-Gable-Streifen zu Ende, und sekundenlang flimmerten undeutliche Teile eines Schwarzweißskripts über die Mattscheibe.
Adam lachte. »Großer Gott! Ein Film mit Clark Gable zur Hauptsendezeit auf einem öffentlichen Kanal, und die wollen uns weismachen, daß der Cutter vergessen hat, diesen miesen Nachspann herauszuschneiden? Die Kerle müssen glauben, daß wir ihnen alles abkaufen – womit sie natürlich gar nicht so unrecht haben.«
»Es ist wirklich schrecklich«, murmelte Candy. »Millionen von Menschen, die glauben, sie sähen Werbespots für Klopapier oder Tampons . . .«
»Schrecklich ist das richtige Wort«, stimmte Adam gelas-

sen zu. »Eine unterschwellige Botschaft, die nur eine Dreitausendstelsekunde lang ist, wird vom Gehirn wahrgenommen und verarbeitet – und zwar in einem Maße, die Denken und Verhalten beeinflussen kann.«
»Eine Dreitausendstelsekunde!« rief Brian ungläubig. »Wer zum Teufel kriegt denn so was überhaupt mit?«
Adam wies träge auf die Reihen von sorgfältig aufgestapelten Videotapes an den Wänden. »Wir versuchen unser Bestes, aber einfach ist es nicht.« Nachdenklich setzte er hinzu: »Die horizontale Ablenkung auf dem Bildschirm beträgt ungefähr dreihundert Hertz; das heißt, daß rein theoretisch unser Gehirn mit zehn bis zwölf nicht wahrnehmbaren, psychoeffektiven Signalen pro Sekunde oder sechsunddreißigtausend pro Stunde bombardiert werden könnte.«
»O Mann, wie kann man das messen?« stöhnte Candy.
»Überhaupt nicht«, lachte Adam. »Dieses Problem müssen wir K.I.D. überlassen. Das menschliche Gehirn wird mit solchen Größenordnungen nicht fertig.«
In das darauf folgende nachdenkliche Schweigen sagte Brian plötzlich: »Ich muß euch etwas gestehen, denn ihr jagt mir wirklich langsam Angst ein. Also, ich will euch ja gern glauben, daß hier etwas Merkwürdiges im Gange ist, aber ich selbst habe so ein Ding noch nie gesehen.«
Adam zuckte die Achseln. »Macht nichts. Du mußt sehr genau aufpassen, um sie zu sehen. Sie kommen immer dann, wenn man am wenigsten damit rechnet. Zum Beispiel am Ende eines Werbespots, wenn die Konzentration automatisch nachläßt, oder während einer ruhigeren Stelle der Handlung. Vor allem aber spätabends, wenn man schläfrig ist. Dann dringen die unterschwelligen Reize der Kategorie zwei viel leichter ins Unterbewußtsein, weil sie die bewußte Aufnahme der sinnlichen Wahrnehmung umgehen.«
Brian grinste. »Da du der Psychologe bist, wird mir wohl nichts anderes übrigbleiben, als dir zu glauben.«

Adam schüttelte den Kopf. »Das brauchst du nicht. Die Reize aus der zweiten und dritten Kategorie kannst selbst du erkennen, wenn du genau hinsiehst. Am besten versuchen wir es mal zusammen; vielleicht finden wir was.«
Nach zehn Minuten gestand Brian widerwillig: »Ich glaube, ich weiß jetzt, was du mit der ersten Kategorie meinst – das sind diese hellen Dinger, die so schnell wieder verschwunden sind, daß man sie kaum bewußt wahrnimmt.«
»Genau. Man müßte das Ganze aufnehmen und dann in Zeitlupe laufen lassen, um sie zu sehen. Gilth ist auf Alpha Orion genau mit dieser Aufgabe beschäftigt. Er knöpft sich sämtliche Programme vor und geht eins nach dem anderen durch. Für die andere Möglichkeit, sie zu erkennen, braucht man eine tachistoskopische Ausbildung. Wir haben so was im Zweiten Weltkrieg gemacht, getarnt als Flugzeugidentifizierung.«
»Wie ging denn das?«
»Also, die setzten uns in einen dunklen Raum und projizierten Flugzeuge auf eine Leinwand, aber immer nur ganz kurz, ein Fünftel oder Sechstel von einer Sekunde. Dann sollten wir sie identifizieren. Ungefähr jedes zehnte Bild war ein Pin-up, um uns wach zu halten.«
»Warst du gut?« fragte Candy.
»Miserabel. Das einzige Flugzeug, das ich erkannte, war die P-38 des Marine Corps – weil sie einen doppelten Rumpf hatte. War unverwechselbar. Allerdings frage ich mich heute, wieso die Insider uns überhaupt an so was ranließen; immerhin gibt es Grund zu der Annahme, daß möglicherweise gar kein Krieg im Gange war. Könnte sein, daß sie uns auf das hier vorbereiten wollten – Dinge wahrzunehmen, die uns sonst entgehen würden.«
Jetzt lief ein mittelmäßiger Western, mit den üblichen Faustkämpfen, Schießereien auf offener Straße, Morddrohungen und so weiter. Plötzlich blitzte ein ganz ande-

res Bild auf, das sofort wieder verschwand. Adam nahm es wahr, sagte jedoch nichts, und die Handlung ging weiter. Candy schien zu dösen, und Brians Gesicht verzog sich ungläubig, finster. Zehn Sekunden vergingen, dann fünfzehn, und Brian sprang auf.

»He! Was zum Teufel ... da war doch was! Habt ihr das gesehen?«

Adam stand auf, stellte den Fernseher aus und sagte: »Okay, jetzt ist die Wissenschaft dran.«

Er reichte ihnen Bleistift und Papier und schärfte ihnen ein: »Kein Wort! Schreibt einfach auf, was ihr gesehen habt; anschließend vergleichen wir unsere Beobachtungen. Also los!«

Candy murmelte: »Ich weiß nicht, ob ich es gesehen habe.«

»Dann schreib auf, was du gesehen zu haben glaubst«, sagte Adam.

In weniger als zwei Minuten waren alle fertig.

»Okay«, rief Adam. »Er war etwa eine Zehntelsekunde lang, schätze ich. Candy, was hast du gesehen?«

Sie schüttelte mit sichtlichem Unbehagen den Kopf und sagte: »Ich hatte nicht richtig hingeguckt, verdammt, deshalb habe ich nicht alles mitgekriegt. Ich meine, ich hätte den Arm eines Mannes gesehen, der über die ganze Mattscheibe reichte. Er war nackt. Möglich, daß etwas darauf lag, Unrat oder irgendwelche ekligen Käfer. Ich glaube nicht, daß er sich bewegt hat. Anscheinend war der Mann, zu dem der Arm gehörte, in Schwierigkeiten. Vielleicht war er tot. Das ist alles.«

»Oka-a-ay«, nickte Brian zustimmend. »Bei mir war es ungefähr dasselbe. Hört mal zu: Der gebeugte Arm eines Mannes, nackt und reglos. Sah aus, als krabbelten Insekten drüber. Der Arm bewegte sich nicht. Der Mann war tot oder bewußtlos.«

»Nicht übel!« kommentierte Adam zufrieden. »Hier ist

meine Version: Regloser männlicher Arm, Schulter am linken oberen Rand des Fernsehschirms, am Ellbogen in einem Winkel von etwa neunzig Grad abgeknickt, Arm- und Handrücken sichtbar, geballte Faust. Starke Muskeln, glänzender Schweißfilm auf der Haut, darüber ein wimmelnder Schwarm von Kakerlaken, Maden und ein oder zwei Skorpione. Arm schien leblos, sein Besitzer vermutlich erst seit kurzer Zeit tot.«

»Mein Gott!« meinte Brian zu Candy. »Da sieht man, wer hier der Arzt ist. All das in einer Zehntelsekunde?«

Adam grinste stolz. »Muß Fortschritte gemacht haben. Damals, bei den P-38s und den Pin-ups, war ich nicht halb so gut.«

Candy rutschte halb herum, legte den Kopf auf Brians nackte Beine und grinste ihn provozierend an. »Nun, wie steht es, Brüderchen – glaubst du uns jetzt?«

Er nickte zögernd. »Was bleibt mir anderes übrig? Ich habe es mit eigenen Augen gesehen, aber was hat es zu bedeuten?«

Adam lachte. »Das wissen nur S.I.E., und S.I.E. ziehen es vor zu schweigen. Die äußerliche Botschaft, die Makro-Information, ist das, was sie zu sein scheint. Ich bin jetzt lang genug dabei, um ein paar eindeutige Trends ausmachen zu können. Werbespots sind psychische und emotionale Reize, die zur Konditionierung eingesetzt werden, aber sie bringen auch Geld; eine grelle und völlig unproportionierte Repräsentation von Produkten ist die Folge. Momentan propagiert das System gesunde Ernährung; es gibt mehr Gemüse und weniger Fleisch, selbst in normalen Hamburgern. Werbung für harten Alkohol ist verschwunden, und unser Bier wird immer schwächer, kriegt zugleich aber auch ein männlicheres Image. Hygiene wird großgeschrieben. Da ist die übermäßige Betonung intimer Körperpflege: feuchtes Toilettenpapier, Salben gegen Hämorrhoiden, Vaginalduschen, Tamponwerbung. Sieht ganz so aus, als würden wir allmählich umdenken – weg von den fleischfressenden Traditionen unserer Vorfahren zum vegetarischen Denken. Ist das eine positive Entwicklung? Zugleich wird unser Alkoholkonsum eingeschränkt. Und wir beobachten eine systematische Desensibilisierung gegen gewisse Körperteile, die bisher auf irrationale Weise tabuisiert waren. So wird die normale, mit Faszination vermischte männliche Abscheu vor dem weiblichen Geschlecht ganz unmerklich abgebaut.«

Candy war sichtlich schockiert. »Machst du Witze?«

»Keineswegs«, antwortete Adam und lächelte zögernd. »Dr. Freud hatte nicht mit allem unrecht. Vor einigen Jahren mußte ich in Dallas zwischenlanden und sah auf dem Flughafen einen der ersten Fernsehspots für Tampons. Etwa eine Stunde später berichtete der Ansager, wie dieser Spot angekommen war. Über siebzig Prozent der Fernsehzuschauer fanden ihn ekelerregend und abstoßend. Heutzutage lösen sie höchstens noch leichtes Unbehagen aus und sind allgemein verbreitet.

Das scheint übrigens ein gutes Beispiel dafür zu sein, wie wir ganz allmählich von unseren schlimmsten Lastern kuriert werden, egal, ob es um den Konsum von Fleisch, Alkohol oder Zigaretten geht. Wir ersticken in Werbespots für alkoholfreies Bier, präsentiert von bärtigen Muskelprotzen, dem Inbegriff des Machos. Die Botschaft ist klar: Echte Männer trinken keinen Whiskey, Rum oder Gin – echte Männer trinken klares Wasser, das höchstens leicht mit Alkohol versetzt ist. Selbst Kaugummi wird mit Hilfe solcher Stereotypen vermarktet. Meine Frage an die Gesellschaft: Wird der Kaugummi es schaffen, den Alkohol abzulösen?«

Brian schüttelte zweifelnd den Kopf. »Das klingt, als stecke ein Programm dahinter. In Wirklichkeit sind es doch bloß billige Tricks, um uns das Geld aus der Tasche zu ziehen, oder?«

»Wenn es so wäre, müßten die Kerle Geld wie Heu haben. Eine Million Dollar für eine Werbeminute in der Hauptsendezeit ist nur der Anfang. Ein einziger Spot von McDonald's kostet soviel wie eine Broadway-Produktion mit allem Drum und Dran, und das alles zu unserem Nutzen: nur um uns zu überzeugen, daß ein Viertelpfünder und ein Tag harter Arbeit ein Stück Paradies auf Erden sind.«

Adam kam allmählich in Fahrt. Nervös gestikulierend lief er im Zimmer auf und ab und redete weiter: »Landesweite Werbespots gehören ebenso zu einem großangelegten Plan wie die Fernsehunterhaltung. Die Zeiten der großen, liebenswerten, rein angelsächsischen Familien sind vorbei. Eine Talk-Show von heute muß mindestens einen Schwarzen, einen Asiaten, einen Griechen oder Mexikaner vorzuweisen haben. Dasselbe gilt für die Werbung. Überall lächeln einem fremdartige Gesichter entgegen.«

Er blieb stehen und schüttelte zweifelnd den Kopf. »Dann gibt es in regelmäßigen Abständen die großen Sensationen – völlig alltäglich in unserer sorgfältig geplanten, psychologisch größtenteils synthetischen Umwelt. Atomunfälle, Geiselnahmen, Überfälle, Attentate, Ted Kennedy und Skandale des Jet-set, alles perfekt aufeinander abgestimmt. Und wir sind süchtig danach. Zwei bis drei dicke Brocken im Jahr. Die Zuschauer werden unterhalten, auf andere Gedanken gebracht, sie lernen sogar was – mit der richtigen Dosierung und dem passenden Zeitplan. Genug, um sie auf Trab zu halten, ohne sie zu überfüttern. Die reinste Gehirnwäsche!

Andererseits kann man nicht behaupten, daß es Lügen sind oder an den Haaren herbeigezogene Märchen. Das System beschränkt sich auf eine maximale Ausbeutung echter Tragödien, die der *Homo non sapiens* bekanntlich in Hülle und Fülle produziert. In der Sauregurkenzeit

muß man eben etwas dazuerfinden oder die Sache ein wenig aufbauschen. Dann werden aus zwei Leichtverletzten ›bis zu zweitausend Tote‹, und die Fernsehberichte sind gespickt mit nichtssagenden Formeln wie ›Es wurde gemeldet‹, ›Es wird angenommen‹, ›Unbestätigten Berichten zufolge‹, ›Nach Schätzungen von Experten‹ und so weiter. Eine erstklassige Lektion in der Kunst, den menschlichen Verstand zu beeinflussen, ohne zu lügen. Und unsere Freunde sind tatsächlich keine Lügner; sie sind nur äußerst wählerisch bei der Auswahl dessen, was sie berichten.«
Adams Augen funkelten wild, und seine Stimme klang immer erregter, immer mitreißender, während Candy und Brian sich nur stumm ansahen.
»Ganz gleich, ob nationale oder internationale Meldungen: Man schluckt sie, weil sie so langweilig sind. Im ganzen Land wächst die Distanz zwischen ›denen da oben‹, über die berichtet wird, und den Bürgern, die solche Berichte ansehen. Dementsprechend muß auch unser Vertrauen in die umfassende Berichterstattung unserer Medien wachsen. Wenn in Flagstaff oder Phoenix etwas Wichtiges passiert, kann ich hinfahren und mich mit eigenen Augen davon überzeugen. Wenn es in Los Angeles passiert, kann ich einen Freund anrufen. In Beirut dagegen kenne ich niemand, und ich kann es mir auch nicht leisten, hinzufliegen und mich selbst zu informieren. Wir lesen also in der *Time* oder in *Newsweek* darüber und sind anschließend geneigt, deren Meinungen zu übernehmen. Schließlich unterscheiden sie sich ohnehin nur minimal. Was wir uns nicht vorstellen können, ist, daß sie aus derselben Quelle stammen ... – Was ist?«
Adam bemerkte die skeptischen Gesichter seiner Zuhörer. »Ah! Ihr glaubt mir nicht! Dann beobachtet das Fernsehen doch mal mit eurem dritten Auge. United Press, Associated Press, *Time, Newsweek,* NBC, CBS,

ABC – alle berichten praktisch gleich und bringen dieselben Informationen, und zwar Tag für Tag. Schaltet von *Good Morning, America!* zur *Today Show* um, und ihr werdet so gut wie keinen Unterschied bemerken, egal, ob es sich um Weltnachrichten oder lokale Meldungen handelt. Die Erklärung liegt auf der Hand – alles ist Teil des gleichen Programms. Sicher, es werden immer mal wieder unabhängige Zeitungen gegründet. Die meisten scheitern, einige haben Erfolg, und wenn, dann werden sie innerhalb kürzester Zeit auf legalem Wege aufgekauft und unter Kontrolle gebracht.

Es ist überhaupt keine Frage: das System zwingt einen, sich anzupassen. Als sich Amerika in den 20er Jahren an Alkohol, Drogen, zügelloser Sexualität und einem Konfettisturm von Papiergeld berauschte, drückte man in der oberen Etage auf ein paar Schalter, und schon setzte die Depression ein, worauf die Herde plötzlich die ökonomische Religion entdeckte, seßhaft wurde und wieder an die Arbeit ging. Und die Moral von der Geschichte: Wir sind gar nicht in der Lage, allzuviel Wohlstand zu verkraften. Wenn wir ein bestimmtes Maß an Überfluß erreicht haben, bricht der verspielte Primat in uns durch, und der Fortschritt kommt zum Stillstand. Für Soziologen ist es längst eine Tatsache, daß relative Armut mit sinkenden Kriminalitätsraten einhergeht – im Gegensatz zur allgemein herrschenden Ansicht.«

Adam hob ratlos die Schultern. »Und das ist noch nicht alles – sie machen auch noch Werbung für sich selbst.« Er kramte in einem Stapel Aufzeichnungen und fischte einen Zettel heraus. »Hört mal her! 18. Oktober 1986, im öffentlichen Fernsehen: Aufblitzen des Auges in der Pyramide von einer halben Sekunde, dreimal nebeneinander, um genau zu sein, mit dem Untertitel ›Nachwirkung auf der Netzhaut‹ und gefolgt von einem ziemlich albernen Werbespot für vegetarische Snacks.

Betrachten wir das Ganze mal genauer. Überall taucht das Thema der Illuminaten in dieser oder jener Gestalt auf, wenn auch nicht unbedingt unter dem richtigen Namen. Unweigerlich werden sie als unverschämt reiche, verschwörerische Schurken mit bedeutender, politisch aber unsichtbarer Macht dargestellt, als ziemlich komische Vögel. Gelegentlich findet sich auch mal ein versteckter Hinweis, daß sie nicht ganz so schlimm sind, wie man sie immer hinstellt. Da schildert R. A. Wilson in *Der Goldene Apfel* einen Reporter, der von ihren edlen Absichten überzeugt ist. Ha! Dagegen spielt Hedrin in der Romanfassung des bekannten Films *Network* nicht nur auf ihre Macht, sondern auch die enge Verbindung zum Großkapital an. Erinnert ihr euch? Die Hauptfigur Howard Beale, gespielt von Peter Finch, steht vor seinem Fernsehboß Jensen. Der macht ihm auf eindrucksvolle Weise klar, daß weder Amerika noch die Demokratie zählen, sondern nur IBM, ITT, AT&T, DuPont, Dow, Union Carbide und Exxon. Er beschreibt die Welt als ein länderübergreifendes Geschäft, das sie war, seit unsere arme Spezies vom Wasser an Land kroch. Und als der abgekanzelte Howard unterwürfig fragt, warum ausgerechnet er auserwählt wurde, der Welt diese flammende Botschaft zu verkünden, antwortet Jensen trocken: ›Weil Sie beim Fernsehen sind, Sie Idiot! Sechzig Millionen Menschen sehen Sie Abend für Abend ...‹ Entsetzt stammelt Howard: ›Ich habe Gott gesehen!‹, und Jensen bestätigt: ›Da könnten Sie recht haben, Mr. Beale.‹«
Adam hielt einen Moment inne und fuhr dann fort: »Oder erinnert ihr euch an diesen drittklassigen Streifen *The Monitors?* Er war der Inbegriff ihres Bedürfnisses, um jeden Preis anonym zu bleiben. Die außerirdischen Herrscher der Welt sind freundliche Wesen, die es gut mit uns meinen, doch die Erdenbewohner, schockiert von dem Gedanken, von Fremden regiert zu werden, erheben

sich gegen sie. Es ist also entscheidend, daß das Programm der Illuminaten hinter den Kulissen entwickelt wird; wäre es anders, hätten wir es nicht. Immerhin verpaßten sie Sokrates den Schierlingsbecher nicht umsonst; er pflegte im fortgeschrittenen Alter öffentlich zu behaupten, die menschliche Spezies sei weder intelligent noch gut genug, um sich selbst zu regieren.

I.H.R.E. Schikanen kennen keine Grenzen. Da ist noch so ein Film, *Agency*, mit Robert Mitchum. Darin setzen sie höllisch ausgetüftelte unterschwellige Signale in ihren scheinbar kommerziellen Fernsehspots ein, und schaffen es tatsächlich, ehrenwerte politische Kandidaten abzusägen, um ihre Marionetten durchzusetzen. Sie lügen, betrügen und morden nach Belieben – was übrigens ihrer Darstellung in den Medien voll entspricht –, aber das ist ganz im Sinne der Illuminaten. Offenbar ist es ein beliebter Witz bei den Insidern. Nur – ist es wirklich ein Witz?«

Candy lächelte wieder. »Brillante Analyse, Papi, nur total paranoid.«

Adam blieb unbeeindruckt. »Glaubst du? Ende der 70er Jahre war ich in Los Angeles und wühlte mich durch Berge von mikroverfilmten alten Ausgaben des *Examiner*, um Näheres über das Erdbeben von 1906 zu erfahren. Was ich fand, war nicht mal ein müdes Gähnen wert. Die Titelseitenberichte und großen Schlagzeilen dauerten nur eine Woche, und selbst das war übertrieben. Mehrere Todesfälle wurden gemeldet, doch keiner stand in direktem Zusammenhang mit dem Erdbeben. Herzinfarkt, Altersschwäche oder Hitzschlag waren die Ursache, und daran wären die Leute irgendwann ohnehin gestorben.

Auf einer Panoramaaufnahme der Stadt auf der Titelseite erkennt man mehrere Rauchwolken in der Ferne, aber kein Inferno.

Viele Photos zeigten die Zeltstadt, die das Hearst-Impe-

rium für die Opfer gespendet hatte, aber sie war menschenleer. Dann gab es eine Abbildung von einem Erdbebenriß irgendwo draußen in der Wüste: Der Spalt war so schmal, daß ein Kind hätte drüberspringen können. Wenn man das alles im Zusammenhang mit dem Katastrophenfilm *San Francisco* sieht, fällt einem der ganze Schwindel erst richtig auf.
Eine echte Verfälschung war gar nicht nötig. Der Film wurde ganz offiziell als Fiktion präsentiert, nur war das, was jeder von uns in Wirklichkeit sah und was in den Köpfen hängenblieb, San Francisco ist gleich Holocaust. Diesen Eindruck erweckt der Film. Ich habe nicht den geringsten Zweifel, daß eine Überprüfung der Dokumente über das große Feuer in Chicago (das angeblich von Mrs. O'Learys Kuh ausgelöst wurde) zum gleichen Ergebnis käme. Ein paar verwahrloste Häuser in der South Side fielen den Flammen zum Opfer, aber in den Medien wurde eine Feuersbrunst daraus, die sich durch die halbe Stadt wälzte.«
Adam fiel in einen Sessel und lächelte wieder. »Habe ich mich klar ausgedrückt? I.H.R.E. Medien sind unsere Monster. Hier, seht euch das an – eine willkürliche Mischung von Programmen.«
Alle drei schauten belustigt, doch auch nachdenklich zu, wie ein munterer Trupp von Schokoriegeln singend über die Tastatur eines Computers tanzte. »Ein typisches Beispiel für eine bedeutungsvolle psychisch-emotionale Assoziation. Wenn Schokolade gut schmeckt, macht der Computer Spaß. Das ist die unfehlbare Logik des Magens – wie könnte man die anfechten? Und diese Botschaft erreicht mehrmals am Tag Millionen von jungen Leuten. Ich sage euch, das ist nichts anderes als Vorprogrammierung auf irgendwelche Sklavenarbeiten.«
Unwillkürlich fasziniert fragte Brian: »Machen sie so was deiner Meinung nach auch mit akustischen Reizen?«

»Natürlich«, antwortete Adam und griff nach einer älteren Kassette. »Hier haben wir die Olympischen Spiele von Montreal. Jetzt paßt mal auf, wie die internationalen Handlanger arbeiten.«

Während sie zusahen, wie die olympischen Boxer sich gegenseitig die Köpfe einschlugen, horchte Adam aufmerksam und nickte dann.

»Ja, genau. Sie bedienen sich der gleichen abschreckenden Konditionierungstechnik, zum Beispiel bei Massenszenen im Fernsehen. Achtet auf das Toben der Zuschauer.«

Candy und Brian saßen still und lauschten eine Zeitlang, dann brach Candy das Schweigen. »Ich weiß, was du meinst. Es geht auf und ab wie eine Welle.«

Brian nickte. »Merkwürdig. So klingt eine echte Menge nicht – ich bin oft genug dabeigewesen, wenn irgendwo was los war. Vielleicht gab es ein Übertragungsproblem.«

»Nein, dafür kommt es zu oft vor. Vergleicht es mit einer dieser Bullenserien, und ihr werdet das gleiche Muster erkennen. Straßenverkehr oder große Anlagen mit Amplitudenmodulation, die ein irritierendes Summen erzeugen – schätzungsweise dreißigmal pro Minute oder alle zwei Sekunden eins.«

»Stimmt«, rief Candy dazwischen. »Ich habe es überprüft. Es muß Absicht sein.«

Sie wandten sich wieder den Boxern zu. Am Ende des Kampfes war ein lustiger Zusammenschnitt angehängt, in dem ein Boxer nach dem anderen im Zeitraffer zu Boden ging.

Brian starrte verblüfft auf den Bildschirm, während Candy und Adam lachten. Dann drehte sich Candy um und fragte: »Da sind sie wieder. Aber was soll das – gehört es auch zur abschreckenden Konditionierung?«

»Glaube ich nicht. Diese kleine Zugabe scheint mir kaum geeignet, Menschen dazu zu bringen, sich gegenseitig die Birne einzuschlagen. Nein – aber es zeigt alle Merkmale des eigentümlichen Illuminaten-Humors. Wahrscheinlich haben sie es nur für sich selbst eingebaut. Ich kann beinah hören, wie sie sich da oben totlachen – wie die alten Götter der Griechen auf dem Olymp, wenn sie von ihren Logensitzen aus die Menschliche Komödie betrachteten. Dasselbe gilt für Filme wie *Die tollkühnen Männer in ihren fliegenden Kisten; Das große Rennen rund um die Welt; Eine total, total verrückte Welt* oder *In 80 Tagen um die Welt ...*«

Schließlich trat Howard Cosell vor die Kameras und hielt eine grauenvolle Lobrede auf die amerikanischen Boxer, die vom auf- und abschwellenden Gegröle der Zuschauer übertönt wurde – zweifellos ein Gag der illuminierten Toningenieure.

»Das interessiert mich jetzt aber doch«, murmelte Adam und griff nach dem Telephon.

Er rief seinen alten Freund Dub Limon an, einen der besten Filmcutter von Hollywood, von dem er sich näheren Aufschluß über diese akustischen Hintergrundsverfremdungen erhoffte.

»Das kann ich dir nicht sagen, Adam. Der Cutter erledigt das Wesentliche an Ort und Stelle, doch den letzten Schliff kriegt der Film im Hauptstudio in Los Angeles. Dasselbe gilt für den Ton. Ich kenne den Effekt, von dem du sprichst, er macht mich wahnsinnig. Selbst ein blutiger Anfänger könnte ihn wegkriegen, es gibt überhaupt keine Entschuldigung dafür.«

»Ich will deine Zeit nicht allzu lange in Anspruch nehmen, Dub, aber ich habe da so meine eigene Theorie. Ich glaube nämlich, daß man beträchtliche Mühe darauf verwendet, ihn einzubauen. Ich erzähl's dir beim nächsten Mal.«

Kapitel 8

Der Angriff

Die Sonntagmorgenvisite im Krankenhaus erledigte er so flüchtig, wie sein Gewissen es zuließ, gönnte sich zum Abschluß eine schnelle, aber intensive Nummer mit den Sapinet-Zwillingen (im Stehen, in der Vorratskammer neben dem Speisesaal) und bereitete sich innerlich auf die Wüstenkonferenz mit den lokalen Mitgliedern von G.R.I.P.E. vor. Marcey, spöttisch wie immer, strich ihre Uniform glatt und beschwerte sich: »Du verfügst über ein gewisses Potential, Adam, nur hast du es leider immer so eilig.«

Mesta schloß sich neugierig an: »Ja, wieso eigentlich diese Hetze, Boß – hast du noch was vor?«

Adam war mit seinen Gedanken schon woanders. »Eine ganze Menge. Aber ich werde die Arbeit unter Agaven und Eisenbäumen mit dem Vergnügen verbinden.«

Als die Stationstür hinter ihm zuschnappte, zwinkerte Marcey ihrer Schwester zu und sagte leise: »Ich glaube, wir müssen ihn in Sachen Sex etwas höher einstufen, ihm in politischer Diskretion dafür ein paar Punkte abziehen.«

Mesta nickte nachdenklich. »Ja wirklich, er scheint es mit den Sicherheitsbestimmungen von G.R.I.P.E. nicht besonders genau zu nehmen, wenn er Wildfremden von der Versammlung erzählt. Na ja, nicht ganz Wildfremden. Sollen wir ihm mit dem Überohr auf den Fersen bleiben und hören, was sie vorhaben?«

Marcey schüttelte den Kopf. »Nicht ohne ausdrücklichen Befehl, sonst verstoßen wir gegen unsere eigentliche

Aufgabe. Ich bin sicher, daß ihm schon jemand auf der Spur ist.«

Während er den Wagen über die schmale Wüstenstraße steuerte, hörte Adam träge und zufrieden Bairny zu, die ihm aufgeregt von ihrer Arbeit an der Vernetzungstheorie berichtete.

»Es ist wahnsinnig, Adam, es macht unglaublichen Spaß, und das habe ich nur dir zu verdanken.«

»Du bist also zufrieden?«

»Und wie! Ich fühle mich wie neugeboren – endlich frei! Und ich stehe tief in deiner Schuld. Was kann ich tun? Gibt es jemanden, den ich für dich um die Ecke bringen kann? Hast du irgendwelche unausgesprochenen perversen Gelüste? Du brauchst es nur zu sagen!«

»Ich habe jede Menge Gelüste, Bairny, aber sie halten sich alle im gesetzlichen Rahmen. Das einzige, was ich brauche, ist ein detaillierter Bericht über die Vernetzungstheorie. Wäre schön, wenn du ihn bis zum Treffen auf Alpha Orion fertig haben könntest.«

Die Versammlung fand am Fuß von Gonmans Berg statt. Adam stand, den Arm um Bairnys Schultern gelegt, im kniehohen Wüstengras und zeigte auf den schmalen Pfad, der zu dem versteckten Höhleneingang des alten Mannes hinaufführte. »Ein hübsches kleines Versteck, nicht? Und hättest du gedacht, daß dieser alte Gauner ein verdammter Kapitalist ist? Ich habe im hiesigen Grundbuch nachgeschlagen – der ganze verfluchte Berg gehört ihm.«

»Er ist Spitze«, sagte sie und schmiegte sich an ihn. »Paßt gut zu meinem Vaterkomplex.«

Adam lachte. »Urgroßvaterkomplex, würde ich sagen.«

Alle lokalen Mitglieder waren versammelt. Dan Winthrop, Candy und Brian standen erwartungsvoll bereit. Kono und Kate waren gekommen, und auch Geneva, ernüchtert und immer noch wütend über die herbe Enttäuschung im Fall Slaide Armstrong. Peter Newton stand

neben seinem fahrbaren Studio, zusammen mit anderen Mitgliedern des Jugendkaders. Während der folgenden vier Stunden arbeiteten sie konzentriert an den einzelnen Punkten der Tagesordnung für das vierteljährliche Treffen auf Alpha Orion. Jeder erstattete kurz Bericht, dann folgte eine ausgiebige Debatte mit Verbesserungsvorschlägen, der Klärung verschiedener noch strittiger Punkte und einer sorgfältigen Planung des Tagesablaufs. Die Stimmung war gut, und im Verlauf der Arbeit wuchsen ihre Begeisterung und Erregung. Schließlich stand Adam auf und reckte sich ausgiebig.
»Tja, ich denke, das war's. Wir scheinen gut in Form zu sein. Kate wird das Ganze zusammenfassen und an Gilth weiterleiten, damit er es mit den Vorschlägen der anderen Gruppen abstimmt. Dann kann K.I.D. schon vor der Versammlung die Prioritäten festlegen, und wir brauchen unsere Zeit nicht mit organisatorischen Problemen zu vergeuden.«
Brian hob die Hand und sagte: »Ich glaube, du hast etwas vergessen, Chef. Wie steht es mit deinem Buch – kommst du voran?«
Adam stöhnte auf. »Wie man's nimmt, Brian. Es gibt da noch einen entscheidenden Punkt, dem ich auf der Spur bin, eine Verbindung, einen geheimen Schlüssel, der dem Ganzen den richtigen Dreh geben wird. Noch ist es mir nicht gelungen, ihn zu finden. Und mittlerweile bin ich verzweifelt genug, um es mit Peyote zu versuchen!«
Kono, die ihn gut kannte, machte einen Vorschlag. »Wenn du das Buch rechtzeitig für Alpha Orion fertig haben willst, solltest du ein paar Tage in Klausur gehen. Verkriech dich bei Goldy Sulo und bring es zu Ende.«
Adam merkte, wie sich seine Haare sträubten. In Klausur gehen? Leicht gesagt. Zieh einem Grizzly das Fell über die Ohren, Adam. Gib Muhamad Ali eins auf die Nase, Adam. Mach ein paar Tage Ferien in der Hölle, Adam.

Und doch wußte er schon seit geraumer Zeit, daß es eines Tages so kommen würde. Ein Marathon der freien Assoziation, vom Grund des Universums bis zu seinen entferntesten Galaxien, vom unbekannten Beginn der Zeit bis zum unsichtbaren Omega-Punkt, zu dem alle Zukunft unweigerlich hinstrebt – eine gewaltige geistige Anstrengung, die ihn durch den dämmerigen Irrgarten seiner eigenen Erinnerung schleifen und ihn unerbittlich dem Wahnsinn all dessen ausliefern würde, das er je gelesen, gehört, gedacht oder geträumt hatte. Das und noch viel mehr. Bis er die ersehnte Verknüpfung, den vergrabenen Schatz – die Lösung endlich in seinen Händen hielte.

Er seufzte mit unmerklich zitternder Stimme und schenkte Kono sein tapferstes kleines Lächeln. »Ich weiß, Kono, ich weiß. Ich hatte nur gehofft, daß dieser Kelch an mir vorübergehen könnte.«

Der Rest des Nachmittags verging in fröhlicher Feiertagsstimmung und wurde schließlich von einem saftigen Barbecue über dem lodernden Feuer gekrönt. Danach machten fast alle Anstalten, in die Stadt zurückzufahren. Vorher standen Geneva und die anderen um Adam herum und redeten ihm noch einmal ins Gewissen.

»Kono hat recht, Adam. Eine Klausur wäre das beste«, sagte Geneva.

Adam wand sich. »Gibt es denn gar keine andere Möglichkeit?«

»Kämpf nicht dagegen an, Adam«, ermahnte ihn Geneva. »Die ganze Mission hängt von dir ab. Denk doch mal nach!«

Wenige Minuten später waren alle verschwunden, nur Adam, Bairny, Candy und Brian blieben zurück, denn sie hatten beschlossen, die Nacht im Landau zu verbringen. Sie saßen noch eine Weile um das Feuer und sprachen leise miteinander, ehe sie sich in den Wagen zurückzogen. Adam nahm Bairny am Arm, sah ihr tief in die

Augen und sagte mit todernstem Gesicht: »Ich bin ziemlich erledigt, Bairny, und da ich von deiner Frigidität weiß, kann wohl nicht viel passieren, wenn wir heute nacht im selben Bett schlafen. Falls du nichts dagegen hast, heißt das.«
Sie gähnte und schmiegte sich an ihn. »Klingt nicht schlecht. Wenn du allerdings vorhaben solltest, mich im Schlaf zu belästigen, habe ich nichts dagegen.«
»Das werde ich mir merken.«
Da ertönte ein lauter Knall. Im selben Augenblick explodierte die Windschutzscheibe, und ein Regen von Glassplittern ergoß sich über sie wie die Teile eines geborstenen Schrapnells.
»Mein Gott!« rief Adam und schlug die Lampe vom Tisch. »Werft euch flach auf den Boden!«
Kaum hatten sie seinen Befehl befolgt, da pfiff auch schon die zweite Kugel durch das Fenster und blieb in der gegenüberliegenden Tür stecken.
»Bleibt liegen!« schrie Adam.
Brian flüsterte: »Hör mal, Papi, ich weiß, daß du ein überzeugter Pazifist bist und so weiter, aber könnte es nicht trotzdem sein, daß du zufällig ein Schießeisen im Wagen hast?«
»Doch, das habe ich«, antwortete Adam zögernd. »Ich frage mich nur, ob es moralisch gerechtfertigt ist, jetzt zurückzufeuern, da Gewalt nur noch mehr Gewalt erzeugt. Und Seth hat immer wieder gesagt, daß Gewalt niemals gerechtfertigt ist, wie du weißt.«
»Hör auf mit dem Gefasel, Papi, und sag mir, wo das verdammte Ding ist. Ich habe keine Lust, dem Kerl die andere Wange hinzuhalten, verstehst du?«
Doch Adam fuhr ungerührt fort (und Brian wäre vor Ungeduld beinahe geplatzt): »Dieses unvergleichliche christliche Ideal, als Antwort auf Gewalt die andere Wange hinzuhalten, hat bei mir stets zu einem moralischen Dilemma geführt. Denn wenn du dem Aggressor

die Brust darbietest, damit er sein Schwert hineinstößt, opferst du nicht nur das eigene Leben, sondern hilfst ihm auch, ein Mörder zu werden.«

Brian unterbrach ihn wütend: »Halt jetzt endlich die Klappe, Dad!«

Ein dritter Schuß peitschte durch die Nacht.

Adam sagte mit unterdrückter Stimme: »Die Marlin ist irgendwo im Schrank hinter dir, und ich habe den Revolver schon in der Hand . . .«

Während Brian den Schrank durchwühlte, stand Adam langsam auf und spähte vorsichtig aus dem Fenster. Die Silhouette eines Kopfes, dann auch das Aufblitzen von Metall vor dem mondhellen Himmel verrieten ihm, wo der Angreifer war.

»Ah, ich habe ihn. Vergiß nicht, Brian, wir wollen keine Gewalt erzeugen, sondern ihn unschädlich machen – sowohl für unser eigenes spirituelles Wohl als auch für das unseres Feindes.«

»Du sprichst nur für dich, Sir«, flüsterte Brian hitzköpfig zurück. »Wenn ich kann, puste ich ihm das Hirn aus dem Schädel!«

»Immer mit der Ruhe, mein Junge«, erwiderte Adam. Dann krachte eine vierte Kugel in den Wagen. »Also schön – ich gebe dir Feuerschutz, du gehst draußen in Deckung und jagst ihn mit der Marlin in die Flucht.«

Adam überschlug die Ablenkung des Geschosses, zielte dann etwas über den Schatten der Gestalt und drückte ab. Ein ohrenbetäubender Krach erfüllte das Innere des Wagens, und der Rückstoß verletzte die Innenfläche seiner Hand. Wieder spähte er vorsichtig durch die Scheibe und entdeckte keine Spur mehr von dem Angreifer.

»Okay, lauf los!« rief er und feuerte im Abstand von wenigen Sekunden das Magazin leer. Brian stürzte nach draußen und warf sich hinter einen flachen Felsen. Nach wenigen Sekunden tauchte der Umriß eines Kopfes über einem Felsbrocken auf, und Brians erster Schuß schlug direkt neben ihm ein. Funken sprühten, als die Kugel gegen den Stein prallte. Dann sah Adam, wie die Gestalt ihre Deckung verließ und Hals über Kopf die Flucht ergriff. Sie rannte eine Schlucht entlang in Richtung Westen; Brian verfolgte sie.

»Verdammter Mist«, fluchte Adam. »Dieser Hitzkopf weiß einfach nicht, wann Schluß ist.« Er sprang auf, stürmte hinter den beiden her und holte Brian ein, als dieser auf einen Felsen kletterte, um auf den Flüchtenden zu feuern.

»Ich knall den Dreckskerl ab!« keuchte er, doch Adam drückte den Gewehrlauf nach unten und sagte: »Laß es gut sein, verdammt, wir haben ihn in die Flucht geschlagen!«

»Aber Papi, nicht mal einen harmlosen kleinen Schuß ins Bein?« protestierte Brian.

»Das ist des Guten zuviel, mein Junge, glaub mir. Und vergiß nicht: Niemals mehr Gewalt als unbedingt nötig anwenden, um ein sozial erstrebenswertes Ziel zu erreichen. Na ja«, setzte er hinzu, als er das enttäuschte Gesicht seines Sohnes sah, »ich würde sagen, ein paar Löcher in seinem wunderbaren neuen Käfer könnten keinen allzu großen Schaden anrichten ... Aber schieß nicht in die Reifen – wir wollen, daß er sich verzieht und wir uns nicht die ganze Nacht mit ihm herumschlagen müssen.«

»Yippie!« schrie Brian und feuerte voll auf die schimmernde Karosserie des Wagens, die in Sekundenschnelle ruiniert war.

»Gute Arbeit, mein Junge!« sagte Adam anerkennend, während sie der Staubwolke über der Piste nachsahen, die der gedemütigte Angreifer bei seiner Flucht aufwirbelte. »Ich hoffe, das wird ihm eine Lehre sein.«

»Ah, das hat gutgetan«, stimmte Brian zu, sprang von dem Felsbrocken herunter und schwang übermütig sein Gewehr wie Geronimo beim Signal zum Angriff auf die

U.S.-Kavallerie. »Nur hättest du mir ruhig erlauben können, ihm einen ordentlichen Beinschuß zu verpassen.«

Es dauerte eine Stunde, bis der Wagen aufgeräumt und Adams Gleichmut wiederhergestellt war, während Bairny und Candy aufgeregt lachten und über das spannende Abenteuer diskutierten. Adam musterte sie mürrisch.

»Freut mich, daß ihr beide euren Spaß an dem Scharmützel hattet. Ist euch eigentlich klar, daß irgendwer da draußen es auf mich abgesehen hatte?«

Bairny klopfte ihm mütterlich aufs Knie. »Ach, Adam, du nimmst das Leben einfach zu ernst. Es kommt sowieso alles so, wie es kommen muß.«

»Sicher doch«, antwortete er grimmig. »Und was wäre gewesen, wenn wir keine Waffen dabeigehabt hätten, um zurückzuschlagen – ich meine, um uns zu verteidigen?«

»Dann lägen wir wahrscheinlich immer noch auf dem Boden«, lachte Bairny, »und warteten darauf, daß sein Magazin leer ist. Ich glaube, es war nur ein besoffener Cowboy, der ein bißchen in der Gegend rumballern wollte.«

Brian schüttelte den Kopf. »Da wäre ich nicht so sicher, Bairny. Ich glaube, der meinte es ernst. Könnte sein, daß er Verstärkung holt und wiederkommt. Wir sollten lieber nach Hause fahren.«

»Das wäre nicht das Dümmste«, nickte Adam. »Aber ich dachte daran, morgen früh Roc Gonman einen Besuch abzustatten; vielleicht erspart mir das die Marathonklausur.«

»Okay«, sagte Brian, insgeheim beglückt bei dem Gedanken an einen weiteren Zusammenstoß mit seinem Feind. »Ich werde Wache schieben.«

Er griff nach der Munitionsschachtel und kletterte, gefolgt von Candy, aus dem Wagen. »Ich leiste dir Gesellschaft, Brian. Wir schlafen dann morgen, wenn Dad zu Roc geht.«

Kapitel 9

Irdisches HQ

Während Adam friedlich in Bairnys Armen schlief, hatte er einen Traum. Er war lebhafter und farbiger als gewöhnlich, doch hatte er das Gefühl, nicht an seiner Entstehung beteiligt zu sein. In diesem Traum saß er gemütlich in Roc Gonmans luxuriöser Höhle auf dem benachbarten Berg. Der hochgewachsene alte Herr war in prächtiger Laune.

»Du erwartest zuviel von mir, Adam. Ich übernehme hin und wieder seltsame Jobs, wenn ich gefragt werde – wie den Besuch bei dir und der Psychiatrischen Abteilung –, aber die meiste Zeit bin ich nur so eine Art Pförtner hier. Mein Boß ist, nun ja, in der Nähe.«

Adam nickte und wies auf einen großen Felsen am Ende der dunklen Höhle, in den feine Muster und Zeichen gemeißelt waren.

»Ich habe diesen herrlichen Stein dort drüben gesehen. Ist das der Eingang zum Hauptquartier?«

»Es ist so was wie ein lokales HQ, könnte man sagen.«

»Ich bin neugierig – meinst du, ich könnte einen Blick hineinwerfen?«

Roc rieb sich nachdenklich das Kinn. »Das ist nicht völlig ausgeschlossen, aber so, wie unsere Sicherheitsbestimmungen sind, wirst du, nun ja, wirst du danach sterben müssen.«

»Ziemlich streng, eure Sicherheitsbestimmungen, würde ich sagen. Wäre es wenigstens schmerzlos?«

»Es wäre die ungewöhnlichste und schönste Art des

Übergangs, die man sich vorstellen kann«, sagte der alte Mann und lächelte geheimnisvoll.
»Nun gut, ich bin einverstanden. Meine Neugier ist zu groß.«
Roc aktivierte eine versteckte Kodevorrichtung an seinem Schreibtisch, und der Felsbrocken tat sich auf. »Der Aufzug bringt uns hinunter«, sagte er und ging voran.
»Gut ausgedacht«, sagte Adam leise und pfiff durch die Zähne, als sich die Türen des Aufzugs öffneten.
»Nun, wie gefällt es dir?«
Es war ein großer kreisförmiger Raum, Labor und Büro zugleich. Durch das kuppelförmige Dach strömte das volle Licht, sonnengleich, obgleich Adam das Gefühl hatte, sich mehrere hundert Meter unter Rocs Höhle zu befinden. Die Wände waren mit elektronischer Ausrüstung und Computern bedeckt, und überall liefen gut gekleidete Arbeiter herum, die Ausdrucke aus den Printern zogen, Aufzeichnungen verglichen oder neue Daten in die unzähligen kleineren Terminals des Systems eingaben.
In der Mitte des Raums stand ein erhöhtes Podest. Hier saß eine Frau vor dem Hauptrechner und konzentrierte sich auf den Bildschirm. Ihr lockiges blondes Haar kontrastierte auf bizarre Weise mit einer schwarzen Augenklappe aus Samt auf dem rechten Auge und dem passenden Bikini. Adam konnte nicht umhin zu bemerken, daß sich ein faszinierend jugendlicher Körper von undefinierbarer Farbe darunter verbarg – tatsächlich war ihre Haut vielfarbig, und Adam dachte mit heimlicher Belustigung, wie groß der Mangel an Harmonie, wie massiv die Verletzung logischer Realitäten im Traum sein konnten, und wie bereitwillig sie toleriert, vielleicht sogar gewollt wurden. »Unglaublich«, murmelte er ehrfürchtig.
»Dies ist das Oberste Multinationale Hauptquartier«, erklärte Roc mit einer Spur verzeihlichen Stolzes in der Stimme. »Jedenfalls auf diesem Planeten.«

Dann stellte er Adam der bemerkenswert aussehenden Dame am zentralen Rechner vor, die ihn höflich und ohne großes Zeremoniell begrüßte.
»Verzeihen Sie meine Direktheit«, sagte Adam nach einer leichten, doch eleganten Verbeugung. »Darf ich fragen, ob Sie Gott sind?«
Sie unterdrückte ein belustigtes Lächeln und antwortete knapp: »Welche Impertinenz! Es ist unfaßlich, wie hastig die Menschen hier sind – immer gleich auf der Suche nach Gott. Weshalb die Eile, dieser Drang, alles gleich auf einmal zu erfahren? Doch um Ihre Frage zu beantworten, nein, ich bin nicht Gott. Nur eine örtliche Vertretung.«
»Verstehe«, sagte Adam, obwohl er weit davon entfernt war, irgend etwas zu verstehen. Doch dann regte sich ein Funke der Erkenntnis, und er fuhr tollkühn fort: »Von hier aus haben Sie also alles unter Kontrolle? Die blutigen Kriege, die Hungersnöte und Erdbeben, all die Schrecken und Katastrophen, die die Welt des Menschen bedrohen?«
»Passen Sie auf, was Sie sagen!« unterbrach sie ihn knapp. »Sie stempeln uns ja zu veritablen Schurken ab – wie wenig Sie doch verstehen!«
In der Angst, zu weit gegangen zu sein, leitete Adam einen diskreten Rückzug ein. »Nun ja, es sieht nach einer unheimlich komplexen Sache aus – ich meine, es ist bewundernswert, wie Sie das alles unter Kontrolle haben.«
Diese Beobachtung gefiel ihr schon besser. »Eigentlich ist das ganz einfach, Adam, es ist gar nichts dabei. Schauen Sie – ich drücke den nationalen Temperamentsschalter für Mexiko ... und wir sehen, daß sie ein bißchen unruhig werden, scheint, als machte sich da so etwas wie Mordlust breit. Wir suchen also die Indexzahl dort drüben auf dem Videomonitor, 14.073, und geben sie in den Synthesizer für therapeutische Programme ein. Wenige

Augenblicke später spuckt er ein hübsches kleines Rezept aus, um die optimalen Bedingungen für Stimmung und Geisteszustand unserer mexikanischen Freunde wiederherzustellen. Aha, da ist es schon, wollen mal sehen: Abwertung des Pesos um 3%; Legalisierung von Pornofilmen in Mexico City und Guadalajara; Senkung des Tequilapreises um 7%; landesweite Fernsehausstrahlung einer schrecklichen Welle von Gewalt und Terror in Palästina; Nachrichten über Straßenschlachten in Chicago und Hongkong; Erhöhung der Brutalität im Fernsehen um 14% und Inszenierung einer wilden sexistischen Massenmordorgie im Süden von Hermosillo. Sehen Sie, und nun brauche ich nur diesen Schalter zu berühren, um das Programm in die Verarbeitungszentrale des Systems zu leiten, von wo aus es direkt zu den entsprechenden Komponenten unserer regionalen Medienbüros und Außenstellen gelangt. Spätestens morgen früh hat ganz Mexiko wieder zu einem vernünftigen Gleichgewicht zurückgefunden – die Leute werden Spaß am Leben und an ihrer Arbeit haben, und die Leistungsfähigkeit des Landes wird einen Höchststand erreichen.«
»Wirklich bemerkenswert«, sagte Adam mit unverhohlener Bewunderung. »Und alles sehr glaubhaft. Doch wie halten Sie sich über nationale Führer und andere wichtige Persönlichkeiten des Planeten auf dem laufenden, wenn ich fragen darf?«
»Mit dem Fernsehen natürlich«, erwiderte seine Gastgeberin.
»Sie meinen, Sie haben versteckte Kameras in ihren Büros?«
»Um Gottes willen, nein! Bitte entschuldigen Sie diesen Ausdruck, er ist hier schon seit Jahren nicht mehr gebräuchlich. Wir bedienen uns nur der richtigen Koordinaten im Zeit-Raum-Kontinuum, und presto! ... schon sind wir im Oval Office. Schauen Sie! Der Präsident zieht

den Reißverschluß hoch, hat gerade Wasser gelassen. Jetzt gähnt er. Aha, ein kleines Nickerchen steht an. Und da wir höflich sind, lassen wir ihm seine Privatsphäre und blenden uns aus, während er nach seinem Pyjama sucht. Er ist schließlich kein Spielzeug, nicht wahr?«

Das Bild auf dem Monitor verschwand. Adam schnalzte bewundernd mit der Zunge. »Aber wie schaffen Sie es, einen solchen Mann zu beeinflussen, wenn Sie mir diese Frage erlauben?«

»Oh«, sagte sie lässig, »das ist kein Problem. Kluge Präsidenten hören immer auf ihre persönlichen Berater – gute Männer wie Bernard Baruch, Harry Hopkins oder Dan Moynihan. Stimmt's, Bernie? Hank? Dan?«

Die drei Männer, die sich unweit des Podiums in bequemen Sesseln herumlümmelten, sahen auf, und der dünne mit dem schütteren Haar antwortete: »Frank hat uns nie Ärger gemacht. Er hat immer auf uns gehört, er war eben ein Realist.« Der ältere Herr mit der Tüte Popcorn in der Hand, das er an die Tauben auf dem Fenstersims verfütterte, lächelte und nickte zustimmend. Der dritte (»gutaussehender irischer Teufel«, schoß Adam bei seinem Anblick durch den Kopf) antwortete ungewöhnlich knapp: »O ja, sehr entgegenkommend.«

Roc nahm Adam am Arm und sagte lächelnd: »So ungefähr funktioniert das alles, Adam. Schön, daß du uns besucht hast.«

Adam merkte, was seine Worte zu bedeuten hatten, und fragte nervös: »Ach, ist es schon soweit?«

»Ja, hier in der Halle, wenn ich bitten darf. Am besten denkst du an gar nichts.«

Der Anblick, der ihn in der Halle erwartete, verschlug ihm dermaßen die Sprache, daß er wie versteinert stehenblieb. Sie war, das erkannte er auf den ersten Blick, das schönste Geschöpf, das er je im Leben gesehen hatte – bewußt oder im Traum. Mit einer eleganten Bewegung

stellte Roc sie vor: »Adam, das ist die unvergleichliche Jasmyn.«
Adam lachte, schüttelte den Kopf und dachte: Dieser Traum wird langsam lächerlich, aber was soll's – ich werde mich hüten, Spielverderber zu sein! Und sagte dann, an Jasmyn gewandt: »Ich bedaure nur, daß wir uns unter so, nun ja, unglücklichen Umständen begegnen.«
Langsam ließ die schöne Frau ihr flatterndes weißes Gewand zu Boden fallen, bis sie nackt vor ihm stand. Ihre Augen glühten heiß und verführerisch. »Glaub mir, Adam, du wirst nicht im geringsten enttäuscht sein ...«
Adam fing an, sich hastig zu entkleiden, und wandte sich dabei an seinen hochgewachsenen Gastgeber, der Anstalten machte, sie allein zu lassen. »Bitte, richte der Chefin meine herzlichsten Grüße aus und besten Dank, daß sie sich die Mühe gemacht hat, mir ...«
Plötzlich und gänzlich unerwartet verblaßte der Traum, und Adam schoß mit großer Geschwindigkeit den Berghang hinauf, über die schlafenden Kojoten hinweg und am Horst des großen Adlers vorbei. Er erkannte, daß es eine Projektion war, und betrat vorsichtig Rocs Höhle. Es verunsicherte ihn etwas, so ganz ohne Anmeldung gekommen zu sein.
»Das ist schon in Ordnung, Adam«, versicherte ihm der alte Herr. »Sie wurden erwartet, obgleich ich fürchte, daß ich Ihnen nicht so behilflich sein kann, wie Sie es sich vorstellen.«
Adam blickte sich im Innern der Höhle um. Der Tadsch Mahal hätte nicht prächtiger ausgestattet sein können. Die Höhle war schlicht, zeugte jedoch von erlesenem Geschmack. Sie besaß eine vage Ähnlichkeit mit seinem Traumbild, doch der Fels mit den darauf eingemeißelten Zeichen war genauso, wie er ihn gesehen hatte. Er beherrschte die ganze Einrichtung; die neolithischen Wandmalereien, die kostbaren orientalischen Teppiche und die

persischen Läufer schienen nur dazu bestimmt, seine zentrale Lage noch mehr hervorzuheben.

»Verzeihen Sie, wenn ich Sie einfach so überfalle, Roc.«

»Machen Sie sich wirklich keine Sorgen; es freut mich, Sie zu sehen. Wir wär's mit einem kleinen Napoleon?«

»Nicht in meinem gegenwärtigen Zustand, danke. Ich fürchte, es wäre die reine Verschwendung.«

»Sie wirken nervös.«

Adam nickte. »Ja, das stimmt. Erstens hat heute nacht jemand versucht, mich abzuknallen, und ich habe ihm, nun ja, nicht gerade die andere Wange hingehalten.« Er erzählte, was geschehen war.

»Ihre Reaktion erscheint uns nur allzu verständlich, Adam«, sagte der Alte und fuhr sich nachdenklich mit der Hand über die Wange. »Es gab einmal eine Zivilisation, moralisch und intellektuell hochentwickelt, die vor Gewalt so sehr zurückschreckte, daß sie vor ihr flüchtete, statt sich ihr zu stellen, konstruktiv und kreativ mit ihr umzugehen.«

Adam lächelte. »Sie meinen die Lumanier?«

Roc blieb ihm die Antwort schuldig, daher sagte Adam: »Nun, ich finde es nicht sehr kreativ, auf das Auto eines Fremden zu ballern.«

»Kreativer jedenfalls, als sein Leben zu zerstören«, gab Roc trocken zurück. »Sie haben die Bedingungen geschaffen, die der Androhung von Gewalt für alle Beteiligten ein Ende setzten. Der Begriff Gewalt ist natürlich ziemlich relativ – ein gewalttätiges Wort, ein gewalttätiger Gedanke, ein gewaltiger Sturm ...«

Adam war erleichtert. »Die zweite Sorge ...«

»Ich glaube, ich weiß, um was es geht, mein Freund«, unterbrach ihn der Alte mit breitem Grinsen. »Aber dabei kann ich Ihnen beim besten Willen nicht behilflich sein.«

Adam blieb beharrlich. »Dann wissen Sie, wonach ich suche, und könnten es mir verraten?«

»Das könnte ich«, bestätigte Roc, noch immer lächelnd.
». . . Aber Sie wollen nicht, weil ich es nicht glauben würde. Ich würde protestieren, gestikulieren, argumentieren, Ihre Logik angreifen und Sie zu einem falschen Propheten erklären?«
»Genau.«
Fast benommen bei dem Gedanken an die Klausur, die ihm bevorstand, bestand Adam halbherzig auf der Erfüllung seiner Bitte, obwohl er nicht die geringste Hoffnung hegte, daß ihm dies wirklich helfen würde. »Sie könnten es mir doch *erklären*, Roc. Ich verspreche Ihnen, unvoreingenommen zuzuhören.«
Der alte Mann fing an zu lachen, dann sagte er wie ein gutmütiger Lehrer zu einem aufsässigen Schüler: »Ach, mein Freund, Sie glauben ja nicht einmal Ihren eigenen Worten. Und in dieser Sache werden Sie kaum etwas akzeptieren, das Sie nicht aus eigener Kraft herausgefunden haben. Stimmt das nicht?«
Adam stieß einen tiefen Seufzer aus. »Ich weiß, ich weiß. Natürlich haben Sie ganz recht, aber ich mußte es zumindest versuchen. Mir wird also nichts anders übrigbleiben, als mich vierzig Tage in die Wüste zurückzuziehen, ein härenes Hemd zu tragen und mich zu geißeln.«
»Sie kämpfen zu stark dagegen an, Adam. Entspannen Sie sich. Ich glaube, Sie haben das aufregendste Abenteuer Ihres Lebens vor sich.«
»Schwer vorstellbar, aber ich werde es mir einprägen.«
Er wandte sich zum Gehen, doch dann fiel ihm noch etwas ein. »Sie kamen heute nacht in meinem Traum vor, Roc, oder umgekehrt. War das wirklich Atlantis, wo wir uns trafen? Jacques Cousteau tauchte danach, konnte es aber nicht finden.«
»Vielleicht suchte er am falschen Ort. Es schadet nichts, wenn ich Ihnen diese Frage beantworte: Ja, es war Atlantis.«

»Aber was ist daraus geworden? Wurde es von einem Vulkan zerstört?«

»Nein, nein«, versicherte der Alte. »Es liegt, einem besonderen Plan folgend, sicher im ewigen Eis vergraben, in einer Gegend, die Sie unter der Bezeichnung Südpol kennen. Sobald die Zeit gekommen ist, wird es sich in Bewegung setzen.«

»In Bewegung setzen?« rief Adam. »Sie meinen, es kann sich bewegen – wie Alpha Orion?«

»Seien Sie nicht allzu enttäuscht, Adam, aber es gibt wirklich nichts Neues unter der Sonne. Nur unsere Wahrnehmung verändert sich.«

Adam nickte zögernd. »Ich glaube, ich fange an zu verstehen. Tatsächlich sehe und verstehe ich vieles, das ich mir nie hätte träumen lassen.«

»Da wir gerade beim Träumen sind, Adam, der Rat freut sich auf Ihren nächsten Besuch.«

»Meinen nächsten Besuch? Bei meinem letzten Besuch habe ich mich gedrückt und davor ... daran kann ich mich nicht erinnern.«

Roc winkte großzügig ab. »Das liegt daran, daß Sie mit Ihren Gedanken im Augenblick woanders sind, mein Freund. Aber bald werden Sie sich konzentrieren müssen. Der Rat erwartet mit Spannung Ihre Ansichten zu der Frage, wie die Illusion der *Nichtexistenz* als eine Art vollendeter abschreckender konditionierender Reiz ins Bewußtsein der menschlichen Herde eingepflanzt werden kann.«

»*Nichtexistenz?*«

»Ja. Die Mehrheit des Rats verwirft sie als eine allzu grausame Maßnahme; andererseits sieht eine einflußreiche Minderheit sie als bedauerlich, aber notwendig an.«

»Und der Rat will wissen, wie *ich* darüber denke? Soweit ich weiß, existiert die Nichtexistenz ... aber ...« Er verstummte. – »Das ergibt nicht viel Sinn, wie?«

Roc lächelte. »Sie wollen Sie sehen, sobald Sie bereit sind, Adam. Alles und jeder zu seiner Zeit.«
»Heißt das, sie sind bereit, wenn ich es bin?«
»Genau.«

Bei einem ausgiebigen Frühstück, das aus Rührei, Zwiebeln und Bratkartoffeln bestand, erzählte Adam den anderen von seinem Traum und der anschließenden Projektion. Bairny blieb skeptisch, aber interessiert, während Candy und Brian, denen nach der schlaflosen Nacht die Augen zufielen, seinen Bericht ohne Einwände akzeptierten. Candy sagte nur: »Ich glaube, das hat zu bedeuten, daß du gar nicht erst hingehen mußt – du kannst sofort in Klausur gehen.«
»Sobald die Sache mit der Schießerei erledigt ist«, antwortete er.
»Da hast du recht«, sagte Brian ernst. »Sonst erledigen S.I.E. dich – und zwar für immer.«

Sandols Nase schmerzte. Finster dreinblickend lag er schweigend auf dem Podest und blickte auch nicht auf, als Jasmyn munter in den kuppelförmigen Raum tanzte.
»Guten Morgen, mein Herz!«
»Du warst lange fort.«
»Sei doch nicht so ein Triefel, Sandol. Ich habe keine Lust, mir meine gute Laune verderben zu lassen.«
»Das solltest du auch gar nicht. Du hast ihn also getroffen?«
»Ja, und es war tierisch gut! Ich hätte beinah vergessen, wieviel Spaß man mit so einem Körper haben kann.«
Sandol schnaubte leise und sah sie an. »Tierisch, wie? Mit anderen Worten, ich bin dir zu vornehm.«
»Mußt du denn immer alles bewerten? Du vergißt dich, mein Freund. Jede einzelne Begegnung ist ein Triumph, der für sich steht – einzigartig und unvergleichlich. Vergiß das nicht.«

»Mein Verstand weiß es, doch mein Thalamus will es einfach nicht akzeptieren.«

»Dann programmier ihn um, das ist deine Aufgabe.«

Sie ließ sich neben ihm nieder und fuhr ihm spielerisch durchs Haar. »Komm, heute nachmittag gehen wir segeln. Wohin willst du? Zum Tahoe-See? Zum Cortez-See? Oder zum Indischen Ozean?«

Sandol rang sich ein versöhnliches Lächeln ab. »Ist mir egal. Ich bin nicht eifersüchtig, weißt du, nur ein bißchen neidisch.«

»Selbst das ist ein Symptom. Wie üblich hinkt unsere emotionale Entwicklung unserer Technologie um einige Jahrtausende hinterher.«

»Vielleicht könnte dein primitiver Hexenmeister mich kurieren?«

»Primitiv, sagst du? Immerhin hat er es geschafft, sich selbst zu kurieren.«

»So?« murmelte Sandol düster. »Vielleicht sind sie uns doch nicht so unterlegen.«

Kapitel 10

Blaue Pause im Himmel

Adam wußte, jetzt war er am Zug. Im fruchtbaren Schoß seines Bewußtseins entwickelte sich ein unsichtbares, geisterhaftes Wesen, das anschwoll, gegen die Wände drückte, um sich trat, sich ausdehnte, darum kämpfte, das Licht der Welt zu erblicken. Nicht schlecht, diese Analogie, dachte er. Mein Schädel fühlt sich an wie ein schwangerer Uterus kurz vor der Geburt. Mächtige, schmerzhafte Kontraktionen, und das Baby steckte in irgendeiner verdrehten Stellung im Geburtskanal. Mir bleibt nichts anderes übrig, als bei Goldy unterzutauchen, die OP-Handschuhe überzustreifen, mir ein Herz zu fassen und es mit dem Arsch voran, quicklebendig und strampelnd, herauszuziehen. Es gab keinen Grund, noch länger zu warten.

Zurück im Büro, weihte er Kate Nay in seine Pläne ein.

»Tu dein Bestes, mir alles vom Hals zu halten, Kate; wenn du mich aber unbedingt sprechen mußt, dann ruf mich auf Alpha Orion an. Dort werde ich nach Beendigung der Klausur sein. In Ordnung?«

»Natürlich. Und viel Glück!« Es folgte ein kurzes Schweigen, ein unsicheres Schweigen. »Adam, bist du sicher, daß du dir nichts vormachst? Hast du wirklich eine heiße Spur?«

Adam lachte. »Ganz sicher, Kate. Ich weiß noch nicht, worum es sich handelt, aber es ist etwas Großes, etwas Überwältigendes, ich bin nur zu blöd, es zu sehen.«

»Sei nicht so hart mit dir, Adam. Auch du bist nur ein Mensch.«

»Ich weiß. Das ist ja mein Problem. Aber im Vergleich mit anderen Sterblichen bin ich doch große Klasse.«

»Ja, ja«, lachte sie. »Dann verrate mir doch mal, warum du immer noch so ein armer Schlucker bist?«

»Es gibt viele Genies, die nicht mit Geld umgehen können«, gab er zurück. »Sieh dir Jesus, Sokrates oder Balzac an. Ich komme einfach nicht auf einen grünen Zweig. Also mach's gut, Kate.«

»Viel Glück, mein Schatz!«

Er brauchte nicht zu packen, da in seinem Unterschlupf bei Goldy alles vorhanden war, was er brauchte: Kleidung, Toilettenartikel, Tabak, Bourbon, vor allem aber der wesentliche Kern seiner Brainstorming-Bibliothek. Auf dem Weg dorthin verbrachte er drei Stunden in seiner Lieblingsbuchhandlung, wo er Titel, Autorennamen und Verlagskataloge überflog und eine hastige, eher durch Instinkt als bewußte Entscheidung inspirierte Auswahl von Büchern zusammenstellte. Eine neue Biographie seines Idols Lincoln Steffens, dieses hartnäckigen, weitblickenden Journalisten mit der unverwechselbaren Schreibe, die möglicherweise mehr enthielt als seine zerfledderte Ausgabe von dessen Autobiographie.

Des weiteren erstand er mehrere neue Interpretationen der amerikanischen Geschichte, unter anderem Carroll Quigleys *Tragedy and Hope*, das zum Glück am selben Morgen hereingekommen war. (Beim Anblick des 25-Dollar-Preisschildes auf dem dreizehntausend Seiten umfassenden, dreieinhalb Pfund schweren Werks blieb ihm das Herz stehen. Wenigstens wußte er jetzt, daß die acht Pfund der John-Birch-Autoren erstunken und erlogen waren – wahrscheinlich eine überflüssige Übertreibung der beeindruckenden Realität dieses Buches.)

Außerdem ein paar Werke von B. F. Skinner; den neuesten Bericht des exklusiven Club of Rome über die prekäre ökologische Lage der Welt; ein Exemplar des seltsam

schillernden *Die Insider. Wohltäter oder Diktatoren?* von Gary Allen, vollgestopft mit Namen, Tatsachen, Figuren, seltsam logischen und überzeugenden Argumenten und allen möglichen Vorstellungen des guten alten John Birch – so ihr überquellender Haß auf die berüchtigten Insider (aber Nelson A. Rockefeller ein *Kommunist?* Also echt!). Zum Schluß legte er noch ein paar Neuerscheinungen über Banken und Banksysteme auf den Bücherstapel, den er neben dem Kassierer aufgehäuft hatte, eine Anleitung zur Auffrischung der Computersprache Fortran, ein paar Wälzer über das Dossier-System in der amerikanischen Bürokratie, ein exzellentes, poppiges Taschenbuch mit dem Titel *The Screwing of the Average Man*, geschrieben von einem gewissen David Hapgood, und schließlich, quasi zum Ausgleich, den sehr seltsamen, doch ebenso populären *People's Almanac* von Wallace und Wallechinsky, die erfrischendste Version der amerikanischen Geschichte, der er je begegnet war.
Er zahlte mit seiner Master-Charge-Karte und schrieb dann sorgfältig und in Großbuchstaben »Steuerabzugsfähig – Fachliteratur für Enthüllungsbuch über Illuminaten« auf die Quittung.
Goldy, die von Kate Nay vorgewarnt worden war, erwartete ihn in ihrem luxuriösen kleinen Bungalow am anderen Ende der Stadt, der zwischen zwei hochmodernen Bürohäusern stand und diskret von hohen Büschen und einem Stacheldrahtzaun abgeschirmt war. Es gab private Zugänge von vorn, von der Seite und von einer belebten Straße hinter dem Haus. Es beherbergte nicht nur Goldys Wohnung, sondern auch ihre Geschäftsräume und wirkte wie ein teures Bordell, was es in der Tat war: das Luxusbordell einer Edelnutte, zu dem nur die bedeutendsten Persönlichkeiten des Landes Zutritt hatten, Politiker, Geschäftsleute, Richter und Bischöfe – eine ausgesuchte Klientel.

Da sie wußte, daß er kam, hatte sie dafür gesorgt, daß sie allein war, und begrüßte ihn mit einem Freudenschrei und ausgestreckten Armen. Er lachte, hielt sie in Armeslänge von sich ab und erklärte: »Diesmal bin ich nicht hinter deinem kosmischen Körper her, Goldy, sondern hinter deinem Geist.«
Sie blickte mit ernstem, ungetrübtem Gesicht zu ihm auf, legte ihm einen Finger auf den Mund und schimpfte: »Du machst dich immer nur über mich lustig, Adam! Du weißt genau, daß ich nicht besonders helle bin. Ich hab nun mal nicht soviel auf dem Kasten wie du und deine feinen Freunde.«
Irgendwie wahr, dachte Adam, küßte sie noch einmal zärtlich auf den Mund und nahm sie fest in die Arme, aber irgendwie auch nicht. Goldy war ein Schatz. Physisch fast die Karikatur eines leichten Mädchens, von dem süßen Schmollmund, *Playboy*-Gesicht, üppigen Brüsten, sanft geschwungenen Hüften und wunderbaren langen Beinen bis hin zu der blonden Country-Western-Frisur, war sie eine überwältigende Symphonie weiblicher Konturen, Laute und Gerüche. Ihren Intelligenzquotienten schätzte er insgeheim auf etwa 50 – was immer das bedeuten mochte. Denn ganz gleich, welche Erklärung es gab, sie hatte genau das, was er in Zeiten wie diesen brauchte, wenn die verwickelte Gehirnakrobatik eingebildeter Intellektueller die Dinge eher verkomplizierte als klärte.
Mit gespielter Strenge schüttelte er ihre Schultern und ermahnte sie: »Wie oft soll ich dir noch sagen, daß du alles andere als dumm bist, Goldy? Du bist nur keine Intellektuelle, und dem Himmel sei Dank dafür. Wir sind ja auch nicht klüger, nur gestehen wir uns das nicht ein – so wie du –, und deshalb bist du uns überlegen. Verstehst du?« Er meinte es ernst. »Selbst Lincoln Steffens hatte erfahren müssen, daß wir, die selbsternannten Intellektu-

ellen, sich stets als erste übers Ohr hauen lassen. Und das stimmt. Nur weil wir so viel lesen, uns ständig in abgezirkelten Kreisen gegenseitig bewundern, unsere Titel und akademischen Ehren zur Schau stellen, glauben wir, die Weisheit mit Löffeln gefressen zu haben. In Wahrheit aber sind wir die größten Holzköpfe.«

»Kann sein«, lachte sie sanft. »Du bist ein komischer Kerl.« Er spürte, wie ihr Busen und Bauch sich gegen ihn drückten, als wollte sie von dem peinlichen Thema der Intelligenz ablenken. »Willst du dich erst ein bißchen entspannen oder gleich an die Arbeit gehen?«

Er kratzte sich am Kopf. »Gute Frage. Es ist nicht leicht zu erklären, Goldy. Ich fühle mich ganz seltsam, so etwas habe ich noch nie erlebt. Ich bin irgendwie scharf, habe aber keinen Bock, daran was zu ändern.«

»Aber Liebling«, sagte sie plötzlich besorgt. »Du wirst doch nicht krank sein?«

Das stachelte ihn an. »Nein!« lachte er. »Ich bin nur in einer anderen Stimmung als sonst. Ich mache mich gleich an die Arbeit. Du weißt schon, das Übliche. Werde mich mitten ins Zimmer hocken und verrückt spielen. Und ab und zu komme ich raus, um dir zu erzählen, was mir durch den Kopf geht oder dir ein paar Fragen stellen und mir anhören, was du dazu zu sagen hast. In Ordnung?«

»Aber sicher, Schatz, wann immer du willst. Wenn ich schlafe, weck mich ruhig auf. Nur ...« Sie zögerte nervös. »... wenn ich zu tun habe ... du weißt schon.«

Er hob beschwichtigend die Hände. »Keine Sorge. Vergiß nur nicht, die Lampe anzustellen. Ich werde mich hüten, jemanden zu stören, der gerade dabei ist, sich einen ehrlichen Dollar zu verdienen – oder zwei.«

Sein Zimmer war genau das – sein eigenes, von niemandem entweihtes Heiligtum. Eine klösterliche Zuflucht. Fünf mal sechs Meter großer Raum. Beigefarbener fünf Zentimeter dicker Teppichboden. Niedrige Regale an den schmucklosen Wänden, vollgepackt mit Büchern. Vorhang vor dem auf eine geschäftige Straße hinausführenden Fenster. Am hinteren Ende die Tür zu einem kleinen Badezimmer und kurz davor, hinter einer Schiebetür versteckt, die Küche. Über der Tür eine Signallampe und auf dem Regal gleich daneben ein Monitor, um sicherzugehen, daß die Luft rein war, wenn er Goldys Territorium betrat.

Er zog sich aus, hängte seine Kleider sorgfältig in den Badezimmerschrank und nahm eine lange und ausgiebige Dusche. Dann rubbelte er sich ab, goß einen großen Becher starken schwarzen Kaffee ein, stellte den Karton mit den frisch erstandenen Büchern in die Mitte des Raums und setzte sich nackt und kreuzbeinig daneben.

Er richtete den Blick auf die leere Wand gegenüber, holte tief Luft, nahm einen Schluck von dem dampfenden Kaffee und sagte laut: »Hier läuft gar nichts, mein Freund. Sei gut zu dir. Entspanne dich. Es ist irgendwo hier drin, und du hast alle Zeit der Welt. Deine Bücher umgeben dich. Philosophie. Mindestens achtzehn verschiedene Ausgaben und Versionen der Heiligen Schrift – ein höchst aufschlußreiches Werk. Und Physik. Astronomie. Archäologie. Pädagogik. Mathematik. Ein ganzes Regal voller Geschichtsbücher. Die *Encyclopedia Britannica.* Computertechnologie.«

Er atmete wieder tief ein, ganz langsam, und machte sich mit weiteren Ermahnungen daran, sein Selbstvertrauen und seine Zuversicht zu stärken. Ja, er war Absolvent des American College of Psychiatrists. Sigma Xi. New York Academy of Science. Gastdozent an der John Hopkins, U.S.D., Georgetown, University of Edinburgh und jede Menge anderer bedeutender Institutionen. War Autor ungezählter Bücher und Aufsätze. Überhäuft mit Auszeichnungen – ehrenvollen Auszeichnungen. Und all die Jahre hindurch Hunderte – nein, Tausende – von Patienten, buchstäblich Tausende – ein riesiger Korpus an Material über die Erfahrung und das Verhalten des menschlichen Tieres. Ein Experte – ha! Offiziell ja, in Wahrheit aber ein Amateur, ein blutiger Anfänger. Aber es wird reichen, dachte er grimmig. Es muß einfach.

Die Antwort lag irgendwo dort verborgen, unter all diesen Schriftstellern und Büchern, und in den finstersten Abgründen seines Bewußtseins. Er mußte nur seinen Kopf, diesen hübschen kleinen Computer, richtig einsetzen. Präparierte Daten durch den Medien-Input der Stirnlappen eingeben, das Ganze auf On-Line stellen, sie zu den Hochgeschwindigkeits-Datenbänken der Schläfenlappen schleusen, mit weiteren Daten abstimmen, eine symbolisch-logische Verarbeitung bewirken, und schließlich den Output in Gang setzen. Also nichts wie ran, Baby!

Okay, sagte er sich, beginnen wir mit der Version von der Schöpfungslehre. »Am Anfang schuf Gott Himmel und Erde. Und die Erde war wüst und leer, und es war finster auf der Tiefe; und der Geist Gottes schwebte über den Wassern. Und Gott sprach: Es werde Licht! Und es ward Licht ...« Ja, ein wunderbar heller Urknall-Blitz vor etwa zehn Milliarden Jahren, dessen Echos noch immer leise in unseren aufmerksamen elektronischen Radioteleskopen widerhallen. Dann Abkühlung, Kontraktion, das erste gewittrige Knistern unter den elementaren Dämpfen, die Myriaden von Molekülen in die wogenden Wellen der urzeitlichen Meere regneten. Das Leben selbst, zuerst in Einzellern, dann in vielen Ausbildungen, die sich verzweigten und wuchsen, überlebten und ausstarben – oder mutierten?

Dann der Mensch, eine von unzähligen experimentellen Formen, eine von Millionen Spezies, die kamen und gingen. Ein empirischer Prozeß, ein unendlich schwaches Aufflackern von Bewußtsein in einer überdimensionalen

Retorte der Götter. Man spielt mit uns, bastelt an uns herum, füllt uns elegant von einem in ein anderes Gefäß um, nur um das Dissertationsproblem irgendeines himmlischen Doktoranden zu lösen. Doch was bleibt uns? Nichts außer unserer erbärmlichen Wissenschaft und Geschichte – und wieweit läßt sich denen trauen?

Sicher, das Studium der Geschichte offenbart einige Hinweise, doch diese scheinen ebenso selten wie unzuverlässig. Vor fünf- bis zehntausend Jahren hatten sich Bauern im alten Sumer angesiedelt, und es tauchten die ersten Städte auf. Zur gleichen Zeit kam die Erfindung des Geldes, und mit dem Geld die politische Macht. Vor vier- bis fünftausend Jahren bildete sich am östlichen Mittelmeer ein beachtlicher Schmelztiegel von Menschen, Städten, Handel und Geldmacht. Sein Einfluß breitete sich rasch nach Ost und West aus und gründete – oder schuf – die ersten Städte in mehreren geographischen Gebieten, die später Grenzen um sich zogen und sich Staaten nannten: Babylon, Akkad, Athen, Peking, Schanghai und Tokio im Osten; Rom, Madrid, Wien, Paris, Marokko und London im Westen.

All diese Bewegungen wurden vom Handel motiviert und von wohlhabenden Abenteurern – und Missionaren – in Form von Expeditionen in Gang gesetzt. Doch waren sie mit Sicherheit mehr von der bewußten Suche nach Gold, Territorien und politischer Macht inspiriert als von religiösem Idealismus. Es hieß, die spanische Staatsgewalt hätte Christoph Kolumbus' Expedition finanziert, aber war allgemein bekannt, daß eine exekutive Gewalt derartigen Ausmaßes ein finanzielles Rückgrat brauchte, um eine solche Macht überhaupt schaffen und erhalten zu können. Woher kam es? Wer brachte die Kohle auf?

Das, so sagte Adam sich traurig, ist und bleibt die Kardinalfrage: Wer besitzt all das Geld? Und wie gehe ich vor, um diese unmögliche Frage zu beantworten?

Kapitel 11

Das Manuskript der menschlichen Geschichte

Die Wissenschaft verriet wenig, die Geschichte log, und doch waren sie alles, was die Menschen hatten – bis auf den Glauben. Aber Glauben an was? Ordnung, Muster, ein Ziel?

Gewiß nicht an die überlieferte Geschichte, die nur eine endlose Kette von Märchen ist, tote Fakten, die aneinandergereiht wurden, Tonnen von unleserlichen Wälzern, geschrieben von vertrockneten kleinen Gelehrten, die nicht einmal wissen, warum sie das tun. Gut möglich, daß erst letzte Nacht die Erinnerung der gesamten Menschheit gelöscht und elektronisch durch einen neuen »phylogenetischen« Speicher ersetzt worden war, was nichts anderes bedeutete, als daß die kollektive Erinnerung an die Vergangenheit nur eine Illusion wäre. Das aber ist natürlich eine absolut unbrauchbare These, mein Freund, eine Sackgasse ohnegleichen. Es bleibt uns nichts anderes übrig, als davon auszugehen, daß im großen Märchen der Geschichte, so wie es uns überliefert wurde, mindestens ein Körnchen Wahrheit steckte.

Nun denn, war sie ein Zufall oder ein Unfall? Ist sie einfach so mir nichts, dir nichts passiert oder auf irgendeine Weise entwickelt und programmiert worden – eine Weise, auf die wir nie gekommen wären?

Er nahm Gary Allens *Insider* zur Hand, blätterte darin und grübelte düster über die wenig bekannte, doch allseits verachtete Theorie der menschlichen Pilgerfahrt. Jaja, die Birchers sahen das schon richtig. Es gab tatsächlich nur zwei Richtungen innerhalb der Geschichte. Entweder ist alles einfach so passiert, mehr oder weniger durch Zufall, oder es ist nach einem gigantischen, verborgenen Plan gelaufen, ausgeheckt und durchgeführt von den uralten Meistern des sozialen Gefüges, den Illuminaten oder Erleuchteten. Franklin Delano Roosevelt schien der verschwörerischen Theorie von Geschichte anzuhängen, als er bemerkte: »In der Politik bleibt nichts dem Zufall überlassen. Wenn etwas geschieht, kann man darauf wetten, daß es so geplant war.« Trotzdem kaufte und verkaufte jede begnadete Universität, jedes Institut, jede Hochschule der Welt jene andere Interpretation der Geschichte, daß sich nämlich alles irgendwie zufällig so ergeben habe.

Eins zu null für die Birchers, dachte er widerwillig. Eigentlich müßten wir immer noch durch den Dschungel ziehen, morden und vergewaltigen, wie es uns gefällt, uns wegen eines Stücks Futter gegenseitig den Hals umdrehen und eine Lebenserwartung von durchschnittlich acht Jahren haben. Konnte es sein, daß uns irgend jemand vor vielen Jahren das schlechte Gewissen angedreht und dann überredet hat, unsere niedrigen Impulse in produktive geistige Arbeit umzusetzen? Und wenn ja, was ist daraus geworden? Wer ist besser dran, der glückliche Wilde oder der zerrissene und arbeitswütige moderne Mensch? Montaigne und Rousseau, beide erklärte Anhänger der Bequemlichkeit, priesen den unverdorbenen Wilden, doch Adam befand nach einigem Nachdenken, daß es ihm nicht schwerfallen dürfte, ihre gewichtige Autorität zu widerlegen.

Mit dem Gedanken, in seinem eigenen Müll vor dem Eingang einer kalten, düsteren Höhle zu hocken, eine Keule in der Hand, und voller Angst auf die behaarten Bestien aus der Schlucht zu lauern, die es auf seine mageren Vorräte abgesehen hatten, den Kopf voller flüchtiger,

kaleidoskopartiger Bilder der unmittelbaren Gegenwart, mit ein paar vagen Erinnerungen an gestern und vorgestern und keinem Gedanken an morgen, konnte und wollte er sich nicht anfreunden.
Nein, er war nun mal abhängig von seinem Gemüseladen um die Ecke, von Howard Johnson's, von einer organisierten Regierung (solange sie nicht übertrieb, versteht sich) und auch – trotz ihrer verwirrenden Umständlichkeit und Komplexität – von Sprache und Mathematik. Von der Medizin. Seiner individuell angepaßten Matratze. Dem vom Gesundheitsamt kontrollierten Bourbon. Nicht umsonst hatte er der abenteuerlustigen Livia einmal gesagt, er würde sie nur dann bei einer zehntägigen Fahrt den Colorado River hinauf begleiten, wenn man dort ein Hilton Hotel auf Pontons gebaut hätte.
Und doch war es nicht zu übersehen. Jeder anerkannte Historiker auf der Welt sprach, schrieb und dachte im Einklang mit der geschichtlichen Theorie der Urhorde. Raus aus dem Dschungel und rein in die Bauernhöfe, dann raus aus den Höfen und rein in die Städte: Kampf, Zerstörung, Aufbau, Erfindung, Ausbeutung. Ein wahnsinniger, unvorhergesehener und nicht geplanter Unfall. Tragisch – aber vielversprechend?
Nein, das stimmte nicht ganz. Nicht alle qualifizierten Historiker propagierten die historische Zufallstheorie. Seine Gedanken schweiften ab, auf der Suche nach dem fehlenden Glied in der Kette. Hastig konzentrierte er sich auf die Anschuldigungen der Birchers gegen den anerkannten Historiker, Volkswirtschaftler und Soziologen Professor Carroll Quigley, vormals Georgetown, Harvard, Princeton und U.S.-Navy's Post-Graduate School in Monterey, Kalifornien (als Berater bei Seabed, einem Forschungsprojekt zur Systemanalyse futuristischer Waffen).
Tragedy and Hope: A History of the World In Our Time.

Er wog es in der Hand, blätterte ein wenig, verzog das Gesicht und schüttelte den Kopf. »Großer Gott«, murmelte er, »das ist ja noch länger als mein großes – und fast genauso wortreich.« Durch und durch wissenschaftlich, methodisch, gut recherchiert und brillant formuliert (»Genau wie meins«, beglückwünschte er sich). Und aufschlußreich. *Sehr* aufschlußreich.

Genau wie Allens Büchlein stellte Professor Quigley kühl und unerschrocken die Behauptung auf, daß ein verschwörerisches Netzwerk durchaus existierte, und bekannte dann gelassen, daß er es zwanzig Jahre lang recherchiert und Anfang der 60er längere Zeit die Erlaubnis erhalten habe, seine geheimen Aufzeichnungen und Unterlagen zu studieren.

Über seine persönliche Einstellung der verschwörerischen Gesellschaft gegenüber fuhr Quigley fort: »Ich hege keinerlei Abneigung gegen sie oder die meisten ihrer Ziele und war die meiste Zeit meines Lebens eng mit ihr und vielen ihrer Organe eng verbunden. Ich habe sowohl in der Vergangenheit als auch kürzlich wieder gegen einige ihrer politischen Maßnahmen protestiert ... im allgemeinen aber besteht unsere größte Meinungsverschiedenheit darin, daß sie ungenannt zu bleiben wünscht, während ich glaube, daß ihre Rolle in der Geschichte bedeutend genug ist, um bekannt zu sein.«*

Interessant, dachte Adam. Höchst interessant. Er blätterte weiter und las Quigleys Beschreibung und Interpretation des obersten Ziels der Verschwörer. »... nichts anderes als ein weltweites System finanzieller Kontrolle in privater Hand zu schaffen, das in der Lage ist, das politische System einzelner Länder, aber auch die Weltwirtschaft als Ganzes zu kontrollieren.« Bei Gary Allen klang das so: »Diese machtbesessene Clique will die

* Quigley, Carroll: *Tragedy and Hope*, New York, Macmillan 1974, Seite 950

ganze Welt beherrschen. Schlimmer noch, sie will totale Kontrolle aller individuellen Aktionen.« Noch mal zurück zu Professor Quigley: »... Freiheit und Entscheidungsfähigkeit (des individuellen Weltbürgers) werden nur bei sehr geringem persönlichem Spielraum möglich sein, dies bezeugt allein die Tatsache, daß er bei seiner Geburt eine Nummer erhält, die ihn während seiner Ausbildung, im Militärdienst und anderen öffentlichen Diensten, beim Gang zum Finanzamt oder zum Arzt bis hin zur Rentenauszahlung und schließlich zum Friedhof begleitet.«

Ein gefundenes Fressen für Paranoiker. Was laut Birchers hieß, daß S.I.E. absolute Kontrolle über alles anstrebten – alle natürlichen und von Menschenhand geschaffenen Ressourcen wie Geld, Banken und Versicherungen, das gesamte Kapital, Regierungen, Staaten und die Medien! Und sie machten sich einen Spaß daraus, Kriege anzuzetteln, den Wert des Geldes und Verbraucherpreise zu manipulieren, um nach Gutdünken ökonomische Depressionen zu schaffen oder Haß unter Nationen und Gattungen, zwischen Männer und Frauen, Kinder und Eltern zu säen. Am liebsten würden sie alle Konkurrenz ausmerzen und die freie Marktwirtschaft, die Amerika groß gemacht hat, vollkommen abschaffen.

Kapitel 12

Die Schrecken der freien Marktwirtschaft

Adam kratzte sich am Kopf und verwünschte insgeheim die Präzision seines disziplinierten Sinnes für Logik. »Verdammt noch mal«, fluchte er plötzlich und starrte auf die unerschütterliche Wand am anderen Ende des Zimmers. »Wenn die Verschwörung so mächtig ist, wie kommen wir dann darauf, daß sie ihre Ziele nicht schon längst erreicht hat – vor langer, langer Zeit bereits?« Doch als Anhänger der Systemtheorie und einigermaßen vernünftiger, klarsichtiger Denker mußte er sofort einräumen, daß es Systeme innerhalb von Systemen gab, und daß das verschwörerische Arrangement, das die Birchers so vehement bekämpften, die Freie Marktwirtschaft ebensogut beflügeln wie eliminieren konnte.

Immerhin hatte die reinste Form der Freien Marktwirtschaft, die es je gab, im ursprünglichen Dschungel existiert. Häuft allen Reichtum der Welt auf einen Hügel, dann drückt jedem Mann, jeder Frau und jedem Kind in der Gegend eine Keule oder einen Speer in die Hand und schaut zu, wie sie sich gegenseitig die Birne einschlagen, bis einer – der Stärkste, Gierigste, Schnellste und Erfolgreichste – auf seinem Weg den Hügel hinauf alle anderen außer Gefecht gesetzt oder getötet hat und sich alles aneignet. Ja, fuhr er fort (obwohl es ihm gar nicht paßte, wie die Vernunft mit seiner tiefen, sozial verpflichteten liberalen Überzeugung kollidierte), das ist *eine* Art von Freiheit.

Die andere war diejenige, die wir angeblich in den zivili-

sierten Nationen von Westeuropa und vor allem in America genießen. Oder hieß es Amerika? Mit k? Hatte er die Freiheit, auf dem Markt zu wirtschaften? Vielleicht nicht, gluckste er, aber anscheinend habe ich es getan, ganz gleich, ob ich die Freiheit hatte oder nicht. Was unausweichlich zu dem Schluß führt, daß ich sie mehr oder weniger hatte – *per definitionem* sozusagen. Reiner Syllogismus.
Wenn ich König wäre, murmelte er probeweise vor sich hin. Na schön, denken wir da mal weiter. Wenn ich König wäre, allmächtig, sagen wir, so wie die bunthäutige Dame in Rocs Berg, von der ich träumte, wie wäre das? Jedenfalls nicht schwierig, sagte sie, und ich glaube, das könnte stimmen – wenn man wüßte, wo es langgeht. Schließlich sind wir Menschen äußerst beeinflußbar, dünnhäutig und leichtgläubig. Jede Minute wird einer von uns geboren. Sicher, wir versuchen zu verstehen, haben aber nur die spärlichsten Anhaltspunkte. Da fiel ihm ein Satz von Goldy ein: »Mein Daddy war auch nicht besonders helle, aber er verstand eine Menge. Er sagte, ich sollte nicht alles glauben, was in den Zeitungen steht, und dann lachte er und sagte, er wüßte gar nichts – nur das, was er in der Zeitung las.« Und Mr. Sulos schlichte Bemerkung war ihm erst heute morgen durch einen Satz des neuseeländischen Premierministers in der *Today Show* bestätigt worden: »Sie müssen bedenken, Mr. Bryant, alles was wir über diese Welt wissen, ist das, was wir durch das Auge Ihrer Kamera sehen.«
Das traf den Nagel auf den Kopf. Es schien, als triebe die Menschheit in einem Meer bizarrer – vielleicht vollkommen erfundener – Anhaltspunkte, die wir nur unseren verehrten Medien verdanken.
So könnte man es sehen, dachte er, vorausgesetzt, man hält es durch. Wir dümpeln in einem brodelnden Meer voller Hinweise und Schlüssel für das größte Puzzle, das

es je gab, das Geheimnis des Lebens selbst. Und du, Adam, du grandioser, paranoider, geistig zurückgebliebener Dummkopf, willst dieses Rätsel lösen? Du willst klüger sein als Dante, Kant, Niebuhr und die anderen? Sicher, warum auch nicht? Aber erst an dem Tag, an dem Goldy Sulo $E=mc^2$ kapiert.

Natürlich hatte Mr. Sulo mit den Nachrichten vollkommen recht: *per definitionem* kann eine Nachricht alles sein, was in die Zeitung oder auf die Bildschirme gelangt – und alles, was vorher auf der Strecke bleibt, ist dann eben keine Nachricht. Bilden wir die Schlagzeile »JOHN OAKS KRIEGT STAUBKÖRNCHEN INS AUGE!« – schon ist es eine Nachricht. Aber ein wiederauferstandener Jesus Christus könnte die Main Street herunterspazieren, ohne daß irgend jemand Notiz nähme, solange die Medien sich nicht für ihn interessieren. Lincoln Steffens und ein paar seiner Kollegen machten sich einmal den Spaß, eine künstliche Welle von Verbrechen in New York zu kreieren, indem sie jede Menge Routineberichte der Polizei veröffentlichten und als Serie von Gewaltverbrechen ausgaben. Wenn man die Medien beherrschte, könnte man ohne weiteres einen neuen Flug zum Mond, eine Invasion vom Mars (Orson Welles' geniale Idee) oder gar einen Krieg inszenieren. Der Abstand zwischen den angeblichen Ereignissen und dem einfältigen Verbraucher ist so groß, daß ... Ein Krieg? Kriege?

Also, wenn ich König wäre! Wenn ich so viel Geld hätte, die Medien, die Staaten, die Macht und den Ruhm ... Adams Gedanken schwirrten wild durcheinander und erhielten plötzlich einen neuen Schub. Okay. Wenn er Kontrolle über das Federal Reserve Board, die nationalen Banken und das Lohn-Preis-Verhältnis hätte, wäre es ein leichtes, wirtschaftlichen Wohlstand zu schaffen, Depressionen, Rezessionen, Panik oder das Paradies auf Erden, er müßte nur die richtigen Knöpfe drücken. Und die

Medien, die Universitäten und die klugen Wälzer über Volkswirtschaft und Geschichte – alle unter seinem Kommando und überaus sensibel für seine Wünsche.
Prompt war er mit seiner Argumentation in einer Sackgasse gelandet. Er sammelte seine Gedanken und betrachtete sinnend die wohlvertraute leere Wand auf der anderen Seite. Dann warf er alle theoretischen Ideen über Volkswirtschaft und Philosophie über Bord und folgte einem streng pragmatischen Gedankengang: Mann, du warst mittendrin in der großen Depression der 30er Jahre und im Zweiten Weltkrieg, aber was hast du wirklich mit eigenen Augen gesehen? Lange Schlangen von halbverhungerten Menschen vor den Armenküchen? Nein, hast du nicht. Bilder davon in den Zeitungen, ja, viele Bilder sogar. Leute, die auf der Straße zusammenbrachen? Nicht einen. Wirtschaftsbosse, die sich am Schwarzen Freitag von 1929 aus den Wolkenkratzern von Manhattan stürzten? Keinen einzigen. Aber du hast jede Menge Geschichten darüber gehört. Mein Gott, weniger als ein Prozent der Amerikaner hatten auch nur einen Penny am Aktienmarkt, als die Börse zusammenkrachte – was hatte es also mit ihnen zu tun?
Adam versuchte sich genauer zu erinnern. Meine Familie, meine Bekannten . . . es ging uns gut. Zum Abendessen gab es Eintopf, das war billig, und jeden Sonntag Hühnchen oder einen Braten, auch Lamm. Eier zum Frühstück, mit Schinken, manchmal sogar ein Steak. Ich liebte diese guten alten Sitten, wir alle liebten sie, so wie wir die Schule liebten – und trotzdem darüber lästerten. Wir trieben Sport, hatten Freundinnen, tranken Bier, gingen ins Kino und zum Picknick, zelteten mit den Pfadfindern (ich trat nach zwei Wochen wieder aus, weil ich mit ihren strengen Regeln nicht klarkam) und brachten sogar die unvermeidlichen Faustkämpfe hinter uns.
Auf dem Weg zur High-School aber habe ich auch ein

paar wirklich traurige Dinge gesehen. Arme Männer, »die nicht soviel Glück hatten wie wir«, saßen auf den Bordsteinkanten und kratzten alten Mörtel von alten Pflastersteinen, Arbeiter, die uns mit leerem Blick nachschauten, wenn wir zu unserer feinen Schule gingen, während sie für ein paar Pennies am Tag schufteten, um sich und ihre Familien mit hartem Brot und einer wäßrigen Suppe durchzubringen. Trostlos, irgendwie ...
Doch plötzlich fiel ihm etwas ein. Woher weiß ich eigentlich, daß es trostlos war? Ich weiß ja nicht mal, wo sie herkamen. Ich verbrachte meine kostbaren Samstage damit, mir für fünfzig Cents den Arsch aufzureißen, um Böden zu schrubben und Ruß aus alten Zylinderköpfen zu schaben ... Und das mußte ich tun, weil mein Daddy mir zeigen wollte, daß ich mit dieser Art von Arbeit nicht mein ganzes Leben verbringen sollte. Sicher, es war ehrbare Arbeit, aber nichts für mich. Eine ziemlich inspirierende Erfahrung; ich lernte, mich zusammenzunehmen und mich anzustrengen, um weiterzukommen.
Wie abscheulich es auch war, er mußte es akzeptieren. Er wußte aus eigener Erfahrung, daß eine wirtschaftliche Katastrophe nicht immer das war, was sie auf den ersten Blick zu sein schien. Für den leichtgläubigen Zeitungsleser war die vorübergehende Schließung der Kupferminen in Arizona ein harter Schlag – Tausende von Kumpels wurden arbeitslos. Aber was passierte mit diesen Arbeitslosen? Einer seiner Patienten, selbst Minenarbeiter, hatte ihm freudestrahlend erzählt, daß er mit neunhundert Dollar im Monat die Chance erhielt, ein zweiter Kurt Vonnegut zu werden. Achtzehn Monate später, als er feststellte, daß er kein Vonnegut war, heuerte er wieder in der neueröffneten Mine an. Die meisten Bergleute folgten seinem Beispiel, aber nicht alle. Diese anderen nahmen den vermeintlichen Schicksalsschlag als das, was er war: als eine Verschnaufpause, die ihnen die Möglich-

keit bot, etwas Neues zu lernen und das Bergwerk hinter sich zu lassen. Diese Chance, diese Entscheidungsfreiheit war immerhin da.

Er zog die Augenbrauen hoch. Die Frage war, wie kam er überhaupt auf all die Macht und Kontrolle? Natürlich wußte er um die blutschänderische Liaison zwischen Banken, Königen und Krieg, die seit Jahrhunderten bestand. Zwei florentinische Bankhäuser unterstützten im 14. Jahrhundert Edward III., und die Medici halfen etwa zur gleichen Zeit Karl dem Kühnen von Burgund, obgleich das zwei der wenigen Transaktionen waren, bei denen die Bankiers das Nachsehen hatten (zumindest wurde das behauptet). Doch die Kredite dienten dazu, die enormen Kriegskosten zu finanzieren. Die umfassende Plattenpanzerung war kostspieliger als die einfachen Kettenhemden, die sie ersetzte, und auch die Planung und der Bau von Festungen und Kriegsschiffen hatten sich ungemein verteuert. Die Kriegsfürsten brauchten die Bankiers ebenso wie die Bankiers sie, und beide brauchten den Krieg, um die Macht des Fürsten und den Reichtum des Bankiers zu erhalten.

Und hinter ihnen, so nahm er vorläufig mal an, standen die berüchtigten Illuminaten und zogen an unsichtbaren Fäden, stocherten in alten Wunden und längst vergessenen Feindschaften, provozierten und hetzten – und zogen dann gewaltige Profite aus den Früchten ihrer üblen Machenschaften. Blutgeld. Die Schlachtfelder von England und Europa seit Jahrhunderten, vielleicht Jahrtausenden getränkt mit menschlichem Blut, und alles, oder fast alles sorgfältig von einer Handvoll ehrgeiziger Psychopathen initiiert, die unzählige Menschenleben opferten und weder vor Zerstörung noch Mord zurückschreckten, um ihre Ziele zu erreichen.

Adam schlug sich mehrmals vor die Stirn, als sei sein Kopf ein kaputter Toaster oder ein defektes Radio, das er

wieder in Gang bringen wollte. Irgend etwas fehlt noch, sagte er sich. Ich habe über all diese Greuel und Grausamkeiten gelesen, aber ich ... Ich habe sie niemals selbst miterlebt, nie gesehen. Immerhin stamme ich aus Missouri. Wieder schlug er sich vor die Stirn, und offenbar löste er diesmal eine vage Erinnerung an einen Bericht aus, den er in einer von Professor Durants Stories über die Zivilisation gelesen hatte. Auf einem Schlachtfeld in der Normandie stieß irgendwann im Mittelalter ein Heer berittener Franzosen auf ein Heer berittener Engländer. Es war kurz vor Einbruch der Dämmerung. Sie gingen mit Speeren und breiten Schwertern aufeinander los, bis es Nacht wurde. Anschließend wurden die Verluste beziffert: Tote – keine; Verwundete – keine.
Eine unblutige Schlacht ohne Verluste also? Was zum Teufel war das für ein Krieg? Es klang eher nach einer Partie Lacrosse; eine Gangsterbande gegen die andere, und sie wirbelten nur Staub auf ... als hätte jemand einen sportlichen Wettkampf veranstaltet, der allen Beteiligten mächtigen Spaß machte. Adam selbst hätte keine Skrupel gehabt, aus Spaß und Profitgier ein solches Ereignis aufzuziehen. Aber was war schon eine Schlacht in einem Krieg, und er erschauerte bei dem Gedanken an die beinahe endlose Kette furchtbarer Massaker bis hin zu den beiden Weltkriegen, zu Korea und Vietnam, die seine arme Spezies in den folgenden Jahrhunderten über sich hatte ergehen lassen müssen. »Blutsauger!« grunzte er. »Menschenverachtende Schlächter!«
Er streckte die Beine aus und nahm noch einen Schluck qualitätsgeprüften Bourbon. Er war nervös und unzufrieden; die einzige Hoffnung, die fehlende Verbindung, und sei sie noch so flüchtig, ins Bewußtsein zu rufen, bestand darin, sie mit einer reichlichen Menge Bourbon an die Oberfläche zu schwemmen.

Kapitel 13

Ein notwendiges Übel

Eins stand fest – Geld war und blieb der Schlüssel zu allem. »Geld regiert die Welt«, hieß es schon in der reich ausgestatteten gleichnamigen Musikproduktion einer Christmas-Show von Carroll Burnett. Und dieser arrogante Slogan auf der lokalen Valley National Bank: »Wir haben, was man braucht, um erfolgreich zu sein – Geld!« Komm und hol es dir, hieß das. Ähnlich das Werbeplakat in der Stadtmitte von Phoenix: »Wir sind bereit, wenn Sie es sind!« Bereit wozu? Sie mußten etwas wissen, diese Banker – sie waren verflucht lange im Geschäft und wußten, wo es langging. Denk mal drüber nach, mein Freund, streng dein Köpfchen an. Wann hat es angefangen und wo und warum?

Was wußte man eigentlich über Geld? Erstens, es beherrschte die Welt. Zweitens, die Liebe zum Geld war die Wurzel allen Übels. Drittens, es war ein notwendiges Übel; und alle drei Behauptungen waren richtig. War es eine begrenzte Menge, die von Goldbarren und Kronjuwelen in den Fort Knox der Welt garantiert wurde, oder war das Angebot unbegrenzt – jedenfalls genug, um das Ziel zu erreichen, egal welches Ziel?

Er kratzte sich am Kopf und begann darüber nachzudenken. Im 13. Jahrhundert stand das florentinische Bankensystem in voller Blüte. Schon damals gab es siebzig bis achtzig Banken, die größte unter ihnen war die Mutterkirche, deren *camera* oder Schatzkammer bis zum Bersten gefüllt war mit mehr oder weniger freiwilligen Abgaben der Staaten und Provinzen im Einflußbereich des sich ständig ausdehnenden Christentums. Adam hatte erst vor kurzem gehört, daß die katholische Kirche bei der letzten Zählung als drittgrößter Konzern der modernen Welt genannt worden war. Wenn Geld tatsächlich Macht bedeutete, und das war ziemlich sicher, konnte der oft beschworene Bruch zwischen der Kirche und den europäischen Königshäusern der Renaissance ein großer Schwindel gewesen sein – eine Tarnung, um darüber hinwegzutäuschen, daß die wahre Macht der westlichen Welt noch immer in den Händen des Papstes lag. Der Vatikan eine Hochburg der Illuminaten? Oder nur eine weitere Fassade?

Er zog eine Grimasse. Dieser Wirbelwind in seinem Kopf war ganz schön anstrengend, doch er wollte nicht lockerlassen. Weiter, spornte er sich an. In den Geschichtsschmökern stand, daß das *moderne* Bankensystem im 12. Jahrhundert im südlichen Europa entstand. Das moderne? Ergab das einen Sinn? Eigentlich nicht. Wahrscheinlich existierte unsere fast haarlose und irgendwie intelligentere Spezies als andere seit ein bis drei Millionen Jahren, möglicherweise auch länger, das hing ganz vom nächsten großen Fund ab. Und wohin der nackte Affe ging, folgte ihm der Handel, das Feilschen, der Tausch, das Geldmachen und Geldverleihen. Man wußte, daß in den Tempeln von Babylon Geld verliehen wurde; schon die Igibi-Bank des 6. Jahrhunderts vor Christi war eine gutgehende Einrichtung, dicht gefolgt von Griechenland, Ägypten und Rom.

Adam stöhnte. Und all das lief heute noch genauso ... zweitausend Jahre waren exakt 0,2 Prozent von einer Million, wie also stand es mit den restlichen 99,8 Prozent der Geschichte? Waren die Menschen nur im Urwald herumgeirrt und hatten sich gegenseitig mit Kokosnüssen beworfen? Wenig wahrscheinlich. Irgendwann mal, und er nahm an, das wissen nur Gott und sie selbst, tauchten S.I.E. unter und übernahmen die Sache per Fernsteuerung, bis sie schließlich völlig unsichtbar, in Wirklichkeit aber allmächtig und immer reicher wurden. Gar nicht so übel für unsere angeblich langhaarigen, großschädeligen und schrägäugigen Vorfahren. Einen Augenblick lang hatte er die Vision eines Gorillas in einem feinen Nadelstreifenanzug mit weißem Hemd und Krawatte, der hinter einem Mahagonischreibtisch in seinem Büro der Weltbank saß, eine dicke Zigarre paffte und in Computerausdrucken mit den neuesten Zahlen über Vermögensstände, Belastungen und Außenstände blätterte. Amüsant, aber albern – eine kindische Vorstellung.

Irgendwann vor über dreißigtausend Jahren war in der sichelförmigen palästinensischen Wiege der Zivilisation der Cromagnonmensch aufgetaucht, hochgewachsen, aufrecht und würdevoll, mit einer Schädelwölbung, die um einiges größer war als die des heutigen Menschen – ein Denker und Künstler ersten Ranges. Der ganze Stolz Sumers! Das war seit mehr als hundert Jahren allgemein bekannt. 1867 bewies die Weltausstellung von Paris, daß der Mensch – der Mensch als Denker und Macher, das handeltreibende, ränkeschmiedende, künstlerisch und wissenschaftlich begabte Wesen – lange vor der »historischen« Ära der Griechen und Römer, Abrahams, Mose, Perikles', der Pharaonen und der Hopi-Indianer existiert hatte.

Und irgendwie, mit welchen Mitteln auch immer, hatte er das verschlungene und komplexe Geld- und Geschäftssystem der Welt aufgebaut.

Adam verweilte einen Augenblick bei dem Begriff »Geschäft«. Sicher hatte es etwas mit »geschäftig sein« zu tun. Ja, das natürliche Verlangen nach einem Dach über dem Kopf, feinem Essen, dicken Autos und anderen materiellen Gütern – die meisten käuflich – machte die Menschen extrem empfänglich für Wünsche, die sich mit Geld erfüllen lassen. An Geld selbst aber war, wie jedermann wußte, nicht so leicht ranzukommen. Man mußte hart dafür arbeiten, mußte sich anstrengen, sehr »geschäftig« sein; dies wiederum stimulierte das Denken an sich, den physischen Vorgang, der das Wachstum des Skelettmuskels anregte. Es förderte zugleich die Sublimation aggressiver Gelüste (von physischem Kampf zu geistiger Auseinandersetzung) und band auf bewundernswerte Weise Zeit und Energien, die sonst mit grundlegenden, aber geistlosen säugetierischen Aktivitäten wie Essen, Trinken, Bumsen, Kämpfen und Faulenzen auf dem nächstbesten Stück Wiese verschwendet worden wären.

Das Währungssystem war in der Tat ein auf der dem Menschen innewohnenden gierigen und aggressiven Natur basierendes notwendiges Übel. Theoretisch und praktisch bräuchte er kein Geld; um sich zu größeren Taten anzuspornen, wären viele Menschen durchaus in der Lage, selbst die Initiative zu ergreifen. Zeitgenössische plejadische Kosmonauten versicherten glaubhaft, daß die Menschen ihres Heimatplaneten schon vor Jahrhunderten (Erdzeit) auf ihr Währungssystem verzichtet hatten. Und das schien untrennbar mit ihrer ausgeprägten Eigendynamik zusammenzuhängen.

Aber bis dieser utopische Tag auf unserem Planeten anbricht, wird das Geld seine Funktion als Köder behalten, dachte Adam mürrisch. Allein in diesem Land gab es etwa fünfzehn Millionen Unternehmen, und zwar tatsächlich in privater Hand, aber verglichen mit den oberen Zehntausend waren es kleine Fische. Deren Reichtum übertraf nämlich den Reichtum von ganzen Nationen (oder besser gesagt, die Armut dieser Nationen) bei weitem. Der eigentliche Unterschied zwischen den vor Geld stinkenden

Urelefanten und den Nationen der Welt war der, daß erstere auf Profitbasis arbeiteten, letztere dagegen nie aus den roten Zahlen herauskommen würden. Wie schon gesagt, ganze Nationen waren unter der Kontrolle des Kapitals, wenn nicht gar in ihrem Besitz.

Noch schlimmer war die kaum bekannte Tatsache, daß Riesenunternehmen nicht miteinander konkurrierten. Sie kooperierten und trafen konkrete Absprachen. Heutzutage wurden etwa zwei Drittel der nichtkommunistischen Weltwirtschaft von zweihundert Riesenkonzernen kontrolliert, und mit einem derartigen Kapital im Rücken konnte es keinerlei Zweifel geben, daß sie *de facto* überall auf der Welt Nationen und Kulturen beliebig hin und her schoben.

Und das System war äußerst kompliziert angelegt, Schicht um Schicht folgte es einem unerbittlichen Schema immer tieferer Verflechtung.

Vielleicht ist das der Grund, warum immer wieder so viele kleine Unternehmen von rücksichtslosen Großkonzernen geschluckt werden, dachte Adam. Vor einigen Jahren wurde der Verlag Little, Brown, den die Birchers offen der Teilnahme an der Großen Verschwörung bezichtigten, von Time/Life übernommen; erst vor kurzer Zeit war Sperry von Burroughs aufgekauft worden, und so weiter, und so fort. Die Chefs dieser Unternehmen waren sich der allgemeinen Verflechtung nur bis zu einem bestimmten Punkt bewußt. Adam wußte aus eigener Erfahrung, daß die Direktoren von Little, Brown keine Ahnung hatten, wem Time/Life gehört. Der höchst komplexe Aufbau der Organisation wurde so lange spezifiziert, bis er schließlich ein Ausmaß angenommen hatte, das die meisten Menschen einfach nicht mehr durchblickten.

Doch es könnte auch die Erklärung für das erstaunliche Entstehen rebellischer neuer Mammutunternehmen sein.

Ein weiteres Meisterstück sozialer Irreführung? Welch grandioser Schwindel! *Sprint, MCI, U.S. Telecom* und all die anderen frechen neuen Telephondienste hätten ohne den stillschweigenden Segen von Ma Bell keine Chance gehabt, und die gegeneinander antretenden Werbespots im Fernsehen zeichneten ein Bild harter Konkurrenz, die es in Wirklichkeit gar nicht gab. Es war ein einziges Chaos – meisterlich inszeniert und geschickt organisiert. Das System selbst lag im dunkeln und war mit so vielen falschen Fährten durchsetzt, daß jeder Laie unweigerlich in die Irre geführt wurde. Die Aufnahme der internationalen Großkonzerne nach Dollarkapital in *The People's Almanac* war vollkommen irreführend, denn sie stellte ein unglaubliches Understatement dar. Diese Großkonzerne waren viel reicher als einzelne Nationen. Adam lächelte dünn, als ihm einfiel, daß die Vereinigten Staaten von Amerika, die reichste Nation der Welt, vollkommen bankrott waren – und trotzdem üppig gediehen. Und mit ihren Staatsschulden in Milliardenhöhe standen sie keineswegs bei den Bürgern in der Kreide, sondern bei unsichtbaren, internationalen Unternehmen.

Genauso verhielt es sich mit New York City, Cleveland und anderen großen Metropolen überall auf der Welt. Alle waren bankrott, aber allen ging es bestens. Vorsichtig eingefädelte finanzielle Desaster schaffen eine überzeugende Fassade von Instabilität und einem unmittelbar bevorstehenden wirtschaftlichen Zusammenbruch. All das ging bis ins kleinste Detail auf das Konto der schlauen, lichtscheuen und geheimen Meister der menschlichen Herde, den Erleuchteten oder Illuminaten. Ja, die Welt wurde von oben kontrolliert, für die Menschheit unsichtbar. Doch warum und wie? Adam mußte an den schottischen Volkswirtschaftler und Philosophen Adam Smith denken, der am besten für sein umfangreiches Werk *Eine Untersuchung über Natur und Ursachen*

des Volkswohlstandes bekannt war, in dem er häufig auf eine »unsichtbare Hand« anspielte, die herunterlangte, um ihren eigenen Vorteil zu sichern. Ihr Einfluß schien vor allem Menschen oder Gruppen von Menschen zu unterstützen, die danach strebten, große Mengen von Kapital anzuhäufen. Die »unsichtbare, helfende Hand« hielt es keineswegs für unter ihrer Würde, den Führern im immerwährenden Intelligenztest des Lebens zu helfen. Und wieder einmal kam ihm Lincoln Steffens' seltsame Forderung »Sei nicht ethisch, sondern intelligent!« in den Sinn. Steffens hatte sie aufgestellt, nachdem er ein Leben lang nach rationaler Moral gesucht hatte. Die Botschaft? Werde reich! Denke!
Adam strengte sich an, diesen Gedankengang weiterzuverfolgen, und konzentrierte sich für den Augenblick auf das, was er in seinem Leben tatsächlich gesehen hatte. Da war zum Beispiel der Schwindel mit der internationalen Automobilindustrie, in Wirklichkeit nichts anderes als eine Massenübung in friedlicher Interkulturation. Die erste Phase spiegelte sich vor etwa fünfzig Jahren in der typisch amerikanischen Haltung, die »Made in Japan« mit »billig und schlecht« gleichsetzte. Japanische Autos wurden verächtlich belächelt. In der gegenwärtigen Phase war eine andauernde, wenn auch milde Debatte über den Vergleich von Vorzügen und Preisen zwischen amerikanischen und ausländischen Wagen zu beobachten. Unweigerlich ging damit eine Aufwertung der Menschen und Kulturen einher, die diese Wagen produzierten. Man konnte es drehen und wenden, wie man wollte – die Amerikaner sahen in den Japanern heute substantiell moderne Individuen, nicht kimonotragende Witzfiguren wie noch vor wenigen Jahren.
»Na prima!« platzte er plötzlich wütend heraus. »Und trotzdem haben S.I.E. Amerika und Japan in den teuersten und brutalsten Krieg aller Zeiten gestürzt. Das personifizierte Böse, getarnt als Wohltätigkeit!«

Kapitel 14

Galaktische Ahnen

Abwesend griff Adam zur Tasse und verbrannte sich ungewollt mit einem kräftigen Schluck dampfenden Kaffees den Mund. Er fluchte ausgiebig und suchte dann unter den Büchern nach dem abgegriffenen Exemplar von Zecharia Sitchins *Der Zwölfte Planet*.

Ja, Sitchin, von Däniken, Seth und andere engagierte Körperlose waren sich durchaus darin einig, daß die menschlichen Ursprünge auf Einwirkung von außerirdischen Kräften zurückgingen. Sitchins gelehrte, eindrucksvoll dokumentierte Analyse behauptete, wir seien die direkten Nachfahren der Nefilim, Menschen aus einer hochentwickelten Zivilisation auf Marduk, dem zwölften Planeten. Vor ihnen war der primitive Neandertaler ein paar Millionen Jahre durch seine Höhlen getappt, ohne auch nur die geringsten Fortschritte zu machen. Dann kamen die Nefilim, beglückten die in ihren Höhlen wartenden Neandertaldamen und zeugten eine überlegene Rasse von Anthropoiden – unsere Vorfahren und die Ahnen unserer Propheten.

Diese ebneten später Seths Lumaniern und den Genies von Atlantis den Weg. Sie verschrieben sich der Wissenschaft, dem Recht, der Medizin und der Bildung, kurz, dem Streben nach Weisheit in all seinen Ausprägungen, waren überzeugte Pazifisten und verabscheuten jegliche Gewalt. Die aggressive, mörderische Natur der unwissenden Bestien, die sie umgaben, jagte ihnen Angst und Schrecken ein. Einige betrachteten die Lage als hoffnungslos, stiegen in ihre Raumschiffe und machten sich auf die Suche nach angenehmeren Gefilden. Andere, die über eine beachtliche wissenschaftliche Objektivität verfügten, zogen sich unmerklich aus dem öffentlichen Leben zurück und entwickelten ein geniales System von Gehirnwäsche für die Massen, das bis heute die Welt beherrscht.

Erich von Dänikens Funde und Folgerungen stimmten voll mit denen Sitchins überein. Als sie 1970 zum ersten Mal veröffentlicht wurden, waren die Menschen schokkiert und empört, doch mittlerweile hielt man seine Thesen, wie Adam wußte, weder für esoterisch noch besonders alarmierend. Durch die Bücher, weitverbreitete (von wem?) Dokumentationen und Fernsehfilme und unzählige angeregte Diskussionen auf Cocktailparties waren von Dänikens Ideen mittlerweile tief in das öffentliche Bewußtsein eingedrungen.

Adam wußte das; er hatte mit vielen Leuten darüber gesprochen. Dickköpfig wandte er sich an die unbewegte Wand: »Du glaubst mir nicht? Frag jeden unter vierzig und auch viele, die älter sind, und du wirst sehen, eine große Mehrheit ist überzeugt, daß unser Planet in der Vergangenheit von außerirdischen Kosmonauten besucht wurde und wir heute noch tagtäglich von ihnen beobachtet werden.«

Diese Überzeugung wurde eigentlich nur von den selbsternannten Intellektuellen nicht geteilt, die instinktiv alles ablehnen, was nicht auf ihrem eigenen Mist gewachsen ist.

Ja, es wird mehr und mehr zu einer Realität in den Köpfen der Massen, grübelte Adam. Wenn es unter den Vierzigjährigen und Älteren noch einige gab, die sich sträubten, so mußte man den Blick eben auf die unter fünfundzwanzig richten. Das war die Generation, die ihre galaktischen Meister friedlich empfangen würde? Sie würden zu den Sternen fliegen, doch in deren Raumschiffen, nicht den eigenen. Als Sklaven einer schönen neuen Welt etwa?

Wir sind mit dem uns eigenen Anthropozentrismus natürlich davon ausgegangen, grübelte Adam weiter, daß unser stattliches Aufgebot an elektronisch übermittelten Botschaften in der lautlosen Leere des Weltraums versackt ist, ohne daß irgend jemand irgendwas davon mitgekriegt hat. Viel wahrscheinlicher ist doch, daß ungeheure Stürme elektronischen Lärms gegen ihre empfindlichen Ohren prasseln und sie uns nicht antworten, weil wir noch nicht in der Lage sind, zu verstehen, was sie sagen. Das heißt, sie sind zwar für uns bereit, wir aber nicht für sie.

Er lächelte und suchte nach weiteren Bestätigungen für diese Ansicht. Als erstes nahm er sich die Medien vor, vor allem das Fernsehen. Immerhin hatte er den unmerklichen Übergang in der Darstellung von außerirdischen Lebewesen persönlich miterlebt – von den anfänglichen sadistischen Demagogen á la H. G. Wells *(Krieg der Sterne)* bis hin zum sympathischen kleinen ET auf dem Werbespot der Olympischen Spiele und dem poppigen, aber gemütlichen ALF. Anscheinend waren die kosmischen Nachbarn dabei, die öffentliche Meinung methodisch aufzuweichen und die Erdbewohner auf ihre bevorstehende Ankunft vorzubereiten. Ihre sanfte Propaganda wandte sich direkt an die Kinder, die dem Besuch der galaktischen Eroberer recht gelassen, zuweilen sogar mit unübersehbarer Spannung entgegenzusehen schienen. Dieser Teil des Programms ist wirklich eine bewundernswerte diplomatische und sorgfältig geplante Antwort auf unsere instinktive Fremdenfeindlichkeit, dachte Adam anerkennend.

Na schön, aber war die Masse der Menschheit wirklich bereit für diese gut gemeinte Unterwanderung unserer noch immer mythengebundenen Primatenhorde? Wer konnte tatsächlich Moses, Jesus, Hesekiel, Sokrates und Platon als Nachkommen von Sternengöttern akzeptieren, die zwar auf glorreiche Weise sterblich, so unbefleckt aber nicht gezeugt worden waren? Ihre Vergöttlichung war nur der geradezu meisterhaften Hilfe des größten PR-Talents der Welt seit dem heiligen Paulus zu verdanken.

Trotzdem unterlagen sie dem Gesetz ihres Landes nach weiterhin alten, geistlosen Aberglauben und Riten, die sie bis heute von den Affen und Schimpansen unterschieden. Zugegeben, unsere Protogeschichte ist apokryph, dachte Adam, aber nicht apokrypher als diejenige, die uns überliefert wurde. Es steht uns allen mehr oder weniger frei, zu glauben, was wir wollen, egal wie engstirnig oder weitblickend es ist. In unseren vielgerühmten, fortschrittlichen Gesellschaften sind die mündlichen Traditionen der »Primitiven« anderen, schriftlichen Überlieferungen unterlegen. Warum auch sollten wir die mündlich weitergegebenen Erzählungen der großen, von Raumschiffen geleiteten Hopi-Wanderungen glauben, wenn unsere unfehlbaren schriftlichen Zeugnisse das Gegenteil behaupten?

Er spürte, wie das geistige Ringen ihn auslaugte. Ein feiner Schweißfilm lag auf seiner Haut, als hätte er sich körperlich angestrengt. Er trat in die Dusche, doch nicht einmal das herabstürzende kalte Wasser brachte ihn auf andere Gedanken. Von Däniken hatte eine Frage aufgeworfen, die sich nicht ignorieren ließ. Die von ihm zitierten Texte entstammten einer mehrere tausend Jahre zurückliegenden Epoche, in der es weder spezielle Boten noch andere Mittel gab, um derartige »Fabeln« zu verbreiten. Die beharrlich auftretenden und voneinander gänzlich unabhängigen Berichte über Raumschiffe klangen fast identisch. Hatten sie denn alle dieselben Wesen

halluziniert? Wie war es möglich, daß die Chronisten der Mahabharata, der Bibel, des Gilgamesch-Epos, der heiligen Schriften der Eskimos, nordamerikanischen Indianer, Skandinavier und Tibeter alle mit unerschütterlicher Sicherheit von »fliegenden Göttern« sprachen? Berichteten sie nicht, so wie der gute Hesekiel, in Wirklichkeit das, was sie mit eigenen Augen gesehen hatten?
Die panoramische Rückschau auf die Geschichte einer Spezies veränderte Adams Zeitgefühl grundlegend. Teile der wunderbaren Sage des tapferen Gilgamesch waren etwa dreitausend Jahre vor Christus entstanden, und Gilgamesch selbst war wahrscheinlich der leibhaftige Herrscher von Uruk, das er 126 Jahre hintereinander regierte. Noch so ein Missionar aus dem Weltraum, wie der Kommandant von Hesekiels Raumschiff, der »Gott« des Alten Testaments? Wenn man eine solche Zeittafel zugrunde legte, waren Sokrates, Platon und seine Jünger plötzlich äußerst modern. Und warum ist noch nie einer dieser cleveren Hollywoodregisseure auf die Idee gekommen, einen Film über Gilgamesch zu drehen, dachte Adam belustigt. War das nicht genau der Stoff, aus dem alle großen Dramen gemacht sind?
Er trocknete sich ab, zog seine Arbeitskleidung an und konzentrierte sich als nächstes auf die konventionellen Historiker der Moderne. In zwölf bombastischen und lehrreichen Büchern hatte der Historiker Arnold Toynbee darum gekämpft, der menschlichen Geschichte einen Sinn abzugewinnen, und in gewisser Weise war ihm das auch gelungen. Der Mensch ist ein träges Säugetier, das seinen Hintern erst dann in Bewegung setzt, wenn es durch eine feindselige Umgebung dazu gezwungen wird. In der Sonne, unter Feigen und anderen Früchten des Paradieses, bleibt er einfach sitzen und erzählt seinen Sprößlingen unterhaltsame Geschichten. Nur in kalten, abweisenden Klimazonen muß er sich aufraffen und et-

was tun, muß Dinge erfinden, etwas Neues schaffen, denken, produktiv sein.
Doch hieße es Toynbee überbewerten, wenn man behaupten wollte, daß er trotz derartiger Einsichten einen wirklichen Sinn hinter der Entwicklungsgeschichte der Menschheit entdeckte. Keiner unserer großen Historiker war je imstande, eine zufriedenstellende Antwort auf das Bombardement von Fragen zu geben, die unablässig auf die Menschheit einprasseln: *Wer* sind wir? *Weshalb* sind wir hier? *Was* sollen wir an diesen fremden Gestaden? *Wohin* geht die Reise – *wenn* überhaupt?
Adam entspannte sich und ließ seinen Gedanken freien Lauf. Kein Berufshistoriker hatte die um sich selbst kreisende Erdkugel je als eine Art Gefängniskolonie unter freiem Himmel angesehen, obwohl jeder einzelne bereitwillig anerkannte, daß Australien und Amerika einzig und allein aus diesem Grund besiedelt wurden. Keiner war je auf die Idee gekommen, daß die Erde als therapeutische Gemeinde für geistig Behinderte oder interplanetarische Besserungsanstalt für schwer erziehbare Randgruppen der Galaxis fungieren könnte. Adam seufzte. Wir sind isoliert, wir sind technologisch unfähig, mit anderen im Universum zu kommunizieren, und wir sind nicht in der Lage, zu ihnen zu gelangen. Daran ist nicht zu rütteln. Wir sind allein.
Der einzige Schluß, zu dem der Historiker Will Durant kam, nachdem er ein Leben lang Lobreden auf die überlieferte Geschichte gehalten hatte, war, daß wir hier sind, um zu lernen. Und das tun wir, sagte er sich, wenn auch überaus langsam. Wir lernen in der Schule, aus Erfahrung und – meistens unbewußt – von der himmlischen Akademie. Sie operiert unter strenger Geheimhaltung in einer künstlichen, systematisch inszenierten psychologischen Umgebung, die wir größtenteils unseren anonymen Lehrern verdanken.

Adam spannte den Rücken an und dehnte ihn. »Ich kann nur glauben, was ich mit eigenen Augen gesehen habe, und selbst das ist nicht sicher.« Vor drei Monaten war er nach North Carolina geflogen, um eine Vorlesung an der Duke University zu halten. Irgendwo über dem Norden von Arizona hatte sich der Flugkapitän über die Bordsprechanlage gemeldet und munter verkündet: »Leute, ich fliege einen kleinen Schlenker und zeig euch ein bißchen was von der amerikanischen Geschichte, wenn's recht ist. Also, da unten links seht ihr die Third Mesa, wo sich die Indianer aufstellten und zuguckten, wie unsere tapferen Siedler nach Westen zogen und unsere Kavallerie vorbeigaloppierte. Die Indianer starrten auf sie runter, und sie starrten zu den Indianern rauf. Und das ist so ungefähr alles, was sich hier draußen tat – sie starrten sich an.«
So war der Wilde Westen also erobert worden? Schlecht für John Wayne und seine Kumpel. Adam hegte nicht den geringsten Zweifel, daß sein braver, vom Kurs abgewichener Kapitän das Skript für seine spontane kleine Lektion in Sachen Geschichte von der TWA-Zentrale bekommen hatte, und die wiederum von ... von ...?
Aber warum ... wurden unsere Gründungsväter in Zeichentrickfilmen, Comic strips und Fernsehparodien, und besonders im Taumel der Zweihundertjahresfeiern, so systematisch runtergemacht? Wie lautete die Botschaft, die dahintersteckte? War die Menschheit mittlerweile reif genug, um in die Sache eingeweiht zu werden, oder war das einer I.H.R.E.R. kleinen Privatjokes? Durfte sie endlich die wahre Entwicklung von Großamerika kennen, ohne den ganzen »historischen« Blödsinn, der für das Spiel von vorher notwendig war?
Die amerikanische Revolution. »Besteuerung ohne Repräsentation ist Tyrannei!« Die fraglichen Steuern betrugen exakt fünfzig Cent pro Nase im Jahr. Das Massaker von Boston war ein fröhliches Volksfest. Der sogenannte

Aufstand fand nur in den Medien statt – die von I.H.N.E.N. kontrolliert wurden.
Also, beschloß Adam vorerst, lassen wir die Darwinisten und die Anhänger der Schöpfungslehre ihre Debatte ausfechten, denn weder die Argumente der einen noch die der anderen ergeben irgendeinen Sinn. Amen.
Das galt allerdings nicht für die Theorie eines außerirdischen, bis heute andauernden Einflusses auf die Ursprünge des menschlichen Lebens. Adam wußte, daß die phantastische Science-fiction auf der Erde ihrem Ende entgegensah. Wurde jetzt die Phantasie zur Realität, wie so oft?
Er blätterte durch die Elders-Aussagen* und suchte nach einem glaubwürdigen Hinweis darauf, wer oder was unsere außerirdischen Nachbarn sein könnten und worin ihr mögliches Interesse an uns bestand. Hier gab es endlich einen Ansatzpunkt, von dem er ausgehen konnte – oder zumindest ein angemessenes Modell für das, was die Zukunft möglicherweise für sie bereithielt.
Aufs neue fasziniert, las Adam weiter und überdachte noch einmal kritisch jene uralte menschliche Phantasie, die jetzt zur Tatsache avancierte. Die plejadischen Kosmonauten bezeichneten sich gelassen als »menschliche Wesen« und machten äußerlich tatsächlich einen recht menschlichen Eindruck, wenn sie auch eher dem nordischen Habitus zuneigten. Sie hielten sich keineswegs für Übermenschen, sondern räumten allenfalls bescheiden ein, daß ihr Wissen, insbesondere ihre Technologie, der irdischen substantiell überlegen ist. Sie befürworteten den zögernden Vorstoß der Menschheit in den Weltraum, bezeichneten ihn jedoch realistisch als »primitiv«, denn ihre technischen Möglichkeiten befähigten sie noch nicht, in den sogenannten »Hyperspace« einzudringen,

* Elders, L. J. und B. N., Welch, T. K.: *UFO ... Contact from the Pleiades*, Genesis III Productions, Ltd. Phoenix, Arizona 1979.

der ihre Zeitmaße vollkommen aufheben würde. Ihre eigenen Raumschiffe, so die Außerirdischen weiter, überträfen die Lichtgeschwindigkeit um ein Vielfaches. Mit den herkömmlichen Methoden bräuchte die Menschheit etwa fünfhundert Jahre, um die Heimat ihrer Besucher zu erreichen. Sie aber könnten in fünf Minuten zur Erde gelangen und wieder zurück. Daher die erstaunliche (nur etwa sechs Meter im Durchschnitt betragende) Größe ihrer interplanetarischen Raumschiffe, die gewöhnlich von einer dreiköpfigen Mannschaft gesteuert wurden.
Sie verraten so gut wie nichts über ihre Gesetze, ihre Medizin, die Regierung, Sitten und Bräuche. Gott bewahre mich davor, dachte Adam plötzlich, daß je einer von ihnen eine Eheberatung braucht! Doch Scherz beiseite – wie würde diese Art von Information wohl von der gegenwärtigen irdischen Gemeinschaft aufgenommen, vor allem von denen, die aufrichtig meinen, sie wüßten bereits alles, was es zu wissen gibt? Der durchschnittliche Erdenbewohner betrachtet die führenden Wissenschaftler, Physiker und Astronomen eingeschlossen, mit einer Ehrfurcht, die diese selbst gar nicht erwarten. Unser Fortschritt steckt noch in den Kinderschuhen, unsere Physik ist äußerst primitiv, und wir haben erst einen Bruchteil von dem entdeckt, was es zu entdecken gibt. Ptaah, der plejadische Kosmonaut, sagt es sehr deutlich: »Eine einzige Sekunde in der Zeitlosigkeit bedeutet soviel wie Millionen Jahre im normalen Raum.« Von ihrem Heimatplaneten Erra aus, der mit den anderen des Plejadischen Systems insgesamt 127 Milliarden Menschen beherbergt, müssen wir ihnen bestenfalls wie arme unwissende Bauern erscheinen. Es wäre durchaus denkbar, daß sie alles tun, um uns zu helfen – oder um uns zu unterjochen?
So wie sie uns kennen, grübelte Adam weiter, sind ihnen unsere primitiven, säugetierischen Verhaltensmuster na-

türlich vertraut – Annäherung und Flucht. Alles, was wir nicht verstehen, klassifizieren wir sofort als gefährlich ein und schrecken davor zurück. Dann wird die Neugier stärker als die Angst, und wir nähern uns vorsichtig, nur um bei der kleinsten Überraschung sofort erneut den Rückzug anzutreten. Wenn nichts passiert, versuchen wir es wieder, bis wir genug Mut haben, den Anlaß unserer Beunruhigung näher zu inspizieren.
Sicher ist dies einer der beiden offensichtlichen Gründe für ihr sehr behutsames, zögerndes, immer wieder unterbrochenes Auftauchen am irdischen Himmel. Von Zeit zu Zeit zeigen sie sich ganz offen und ziehen sich dann wieder zurück. Menschliche Zeugen verbreiten die Kunde, daß nichts Böses von ihnen ausging. Allmählich erfährt jedermann von dem Erscheinen fremder Wesen am Himmel. Und so unterziehen sie uns zugleich einer emotionalen Titration – wollen sie der Menschheit die Möglichkeit geben, sich an ihre freundschaftliche, harmlose, ja hilfreiche Gegenwart zu gewöhnen? Oder ist das wieder nur eine Strategie des Trojanischen Pferds?
Der zweite Grund für ihre taktvolle Zurückhaltung war bedrückend deutlich. Wenn ich Mitglied einer hochentwickelten, rationalen und friedlichen Zivilisation wäre, sagte sich Adam, würde ich dann auch nur einen Fuß in diesen irdischen Sumpf setzen? Und richtete die Frage zugleich an seine teilnahmslose Wand: Würdest du es tun? Nein, es sei denn, wir legten es darauf an, überfallen, beschossen, entführt oder mit einer Reihe übelster Schimpfworte traktiert zu werden. Könnte sein, daß sie uns zwingen würden, uns mit Gewalt zu verteidigen, obwohl wir Gewalt grundsätzlich ablehnen. Oder würden sie uns nur lebendig schnappen wollen?
Daß wir buchstäblich »nach ihrem Ebenbild« geschaffen worden sein könnten, war von Semjase, einer Astronautin der Plejaden, die vor kurzem die Erde besucht hatte, bestätigt worden: »Wir fühlen uns den Erdenbewohnern

verpflichtet, denn ihre Vorfahren sind auch die unsrigen.« (8. Februar 1975) Die Scheu ihrer Landsleute, sich uns völlig zu offenbaren, erklärte sie damit, daß wir sie »wie in vergangenen Zeiten als Götter verehren oder in Hysterie ausbrechen« würden.

Deshalb beschränkten sie ihre persönlichen Kontakte im Moment auf einige ausgewählte Individuen und gaben sich den Menschen nur zögernd zu erkennen, damit diese sich an sie gewöhnten und ihre notorisch paranoide Spezies darüber informieren konnten, daß sie in friedlicher Absicht kamen.

Adam erinnerte sich an eine geheimnisvolle Äußerung Ptaahs: »Wir extraterrestrischen Lebewesen haben noch keine Anweisung, uns gewaltsam in die Belange der Erde einzumischen.« Adam brach in lautes Gelächter aus. Die geheime Kontrolle des internationalen Währungssystems und des dadurch in Gang gesetzten Verhaltensänderungsprogramms schlösse das mit Sicherheit nicht aus.

Wie lange sie die Erde schon umkreisten, war eine andere Frage. Wilgus spielte auf die Legende »prähistorischer Zivilisationen« an und behauptete, »überlebende Übermenschen« fungierten möglicherweise weiterhin als unsere geheimen Meister. Adam gluckste in sich hinein: Schon sind wir wieder bei Seths einzigartigen, glühend pazifistischen, präsumerischen Lumaniern, die sich voller Abscheu in die tiefsten Höhlen im Inneren des Planeten zurückzogen. Hatten sie dort ihr Hauptquartier aufgeschlagen? Die Theorie der hohlen Erde hatte nicht umsonst immer wieder beharrliche und überzeugende Verfechter gefunden.* Und die Erleuchteten liebten es, mit den Nuancen unserer Sprache zu spielen, Bedeutungen innerhalb von Bedeutungen zu verstecken. Die »Insider« wären das beste Beispiel dafür.

* Trench, B. L.: *Secret of the Ages*, Pinnacle Books, New York 1977.
Bernard, R.: *The Hollow Earth*, Dell, Secaucus, New Jersey 1969.

Adam sprang auf und ging mit wachsender Erregung im Zimmer auf und ab. Vielleicht akzeptierten es seine Zeitgenossen ja doch noch, zumindest als Möglichkeit, daß Außerirdische menschliches Leben auf die Erde gebracht haben könnten. Immerhin gab es ermutigende Anzeichen dafür, daß sich diese Meinung langsam in der Öffentlichkeit durchsetzte. Die UFO-Kontroverse war so gut wie ausgestanden. Etwa einer von zehn Amerikanern hatte schon mal ein Raumschiff gesehen, und selbst wenn man der Schätzung einen gewissen Prozentsatz an Verrückten zugrunde legte, verblieben genügend zuverlässige Zeugen, die jeder vernünftigen Beweisanforderung entsprachen. Die U.S.-Militäroperation Squelch war sicher gut gemeint gewesen. Ihre Leiter hatten – wie die Besucher – Angst vor einer Massenhysterie, die nicht ganz unbegründet sein dürfte. Und die Tatsache, daß die Außerirdischen auf ihren Ausflügen zur Erde keine oder nur wenige Spuren hinterließen, ließ sich leicht erklären. Im Gegensatz zu uns waren sie keine Umweltverschmutzer.

Kapitel 15

Utopia

Adam wandte seine Gedanken von der Prosa der Poesie zu und ertappte sich bei der Frage, wie das Leben auf einem fernen Planeten Utopia aussehen könnte. Da er den größten Teil seines Lebens in psychiatrischen Kliniken und auf den Parties der Gesunden verbracht hatte, hoffte er auf eine erfreulichere Umgebung.

Wahrscheinlich gäbe es dort keine Zwangsarbeit mehr. Alle Arbeit wäre freiwillig und würde als kreativ empfunden, und das wiederum wäre das Ende aller Währungssysteme.

Auch das Lernen wäre eine freiwillige Sache – und eine höchst angenehme dazu.

Alle negativen Affekte wären verschwunden – kein Ärger, keine Langeweile, kein Neid, keine Eifersucht, keine Rache, Depression, Angst oder Machtbesessenheit mehr.

Das Gesetz wäre zu einer natürlichen Lebensweise geschrumpft, reduziert auf das, was wir hier auf der Erde unter »allgemeiner Höflichkeit« verstehen.

Krankheiten gäbe es hoffentlich keine mehr. Und wenn einmal eine ärztliche Behandlung notwendig wäre, könnte sie ohne chirurgische, schmerzhafte oder behindernde Eingriffe vollzogen werden.

Der Sexualtrieb hätte nichts mehr mit jenem Chaos stürmischer Liebesqual zu tun, mit dem er hier gemeinhin assoziiert wird. Die romantische Liebe, die er schändlicherweise einmal als verwirrendes Gemisch von infantiler Abhängigkeit und Geilheit bezeichnet hatte, wäre out.

Soap operas und Shakespeare, Dramen von *Pagliacci* bis *Porky's* – für immer in die Archive menschlicher Dummheit verbannt.

Nachdenklich schaute er zum sternenfunkelnden Himmel empor. Es erschien ihm unvorstellbar, daß seine Spezies je in der Lage wäre, ein konfliktfreies Drama zu genießen. Im Gegenteil, die Auseinandersetzung schien ein wesentlicher Bestandteil des menschlich-emotionalen Stoffwechsels zu sein. Könnte man sich statt dessen nicht an der Mannigfaltigkeit der Musik, graphischen Künsten und Komödien mit Happy-End erfreuen?

Natürlich gäbe es keine Regierungen mehr, so wie wir sie kennen, nur den freigebigen Rat von Alten und Weisen, die ihn gern erteilten, während andere sich dankbar danach richteten.

Alle größeren seelischen Krankheiten wären praktisch abgeschafft. Psychisch kranke oder geistig behinderte Individuen würde man zur Erde oder auf einen anderen Außenposten verfrachten, wo man sie für normal oder gar überlegen halten würde. Adam hielt inne und machte sich eine kleine Notiz. Er mußte sich unbedingt noch mal mit Gore Vidals *Visit to a Small Planet* beschäftigen, besser noch mit Gore Vidal selbst.

Die Rechte des Individuums auf Privatsphäre hätten absoluten Vorrang, und »Menschen, die andere Menschen brauchen«, gälten als unglückliche Geschöpfe. Statt sich verzweifelt aneinanderzuklammern, kämen sie nur dann zusammen, wenn sie es wollten – nicht weil sie es brauchten. Sie würden »arbeiten«, studieren, sich treffen, tanzen, singen, diskutieren und alle auf ihrem Planeten üblichen Freuden genießen, aber nur, wenn alle Beteiligten damit einverstanden wären. Ihre Kinder, und bei 127 Milliarden Menschen auf den Planeten müßte man davon ausgehen, daß es Kinder gab, würden in diesem Sinne genetisch geplant und entsprechend erzogen.

Eine lose Zusammenarbeit hätte verbissenes Konkurrenzdenken abgelöst. »Ich freue mich an deinem Erfolg und halte es für eine Ehre, deine Leistungen zu kennen!« wäre sicher besser als die bisherige Einstellung – »Warte nur, du Hundesohn, dir werd ich's zeigen!«
Adam lächelte. Menschen, die andere Menschen brauchen. Diese Einstellung stabiliserte einen pathologischen Zustand, der in der menschlichen Gemeinschaft noch immer als »normal« galt. Schon der Begriff »brauchen« erzeugte Vorstellungen einer schmerzhaften, kindlichen Abhängigkeit, die ein forderndes, besitzergreifendes, kontrollierendes, eifersüchtiges Verhalten zwischen Menschen zur Folge hatte. Das wiederum führte unweigerlich zu einem emotionalen Zusammenbruch: herzzerreißende Trennung oder gleichgültiges Nebeneinanderherleben, jedenfalls alles andere als ein liebevoller Umgang miteinander.
Emotional unabhängig und selbstbewußt, unserer Unsterblichkeit sicher, könnten wir allein sein, ohne an der schrecklichen Krankheit der Einsamkeit zu leiden. Wir wären ebenso imstande, dieses Alleinsein zu genießen wie uns an der Gesellschaft der anderen zu freuen. Es wäre eine unter mehreren Optionen, nicht das quälende und abstoßende Bedürfnis nach Liebesbeweisen anderer Menschen. Das Gefühl, zurückgewiesen zu werden, wäre unbekannt, denn es wäre gar nicht möglich, zurückgewiesen zu werden. Die Intensität der Gefühle wäre echt, ebenso die Freude am Glück der anderen, woher oder von wem es auch rührt. Und weil die Menschen sich richtig einschätzten, wüßten sie, daß unzählige andere Menschen da waren, denen ihre Gesellschaft etwas bedeutete.
Adam schüttelte traurig den Kopf. Alles, was uns jetzt noch fehlt, ist ein Wechsel der Spezies. Waren sie imstande, sich mit den außerirdischen Wesen zu vermischen? Hatten sie wirklich die emotionale Reife erreicht,

von der er überzeugt war? Er glaubte, ja; zumindest mußten sie ihr sehr nahe sein. Und doch grenzte ihr Sinn für Humor manchmal ans Kindische, obwohl er zugeben mußte, daß darin stets eine tiefere Bedeutung verborgen lag. Man mußte sich nur ansehen, wie die Medien über die großen amerikanischen Präsidenten spotteten: George Washingtons idiotischer Kirschbaum und sein klapperndes Holzgebiß. Teddy Roosevelts Tick, die Leute vor den Kopf zu stoßen. Woodrow Wilsons schmerzende Füße. Eisenhowers *»nucular«*. Wilde Sexspiele im Weißen Haus unter dem geliebten und allseits geschätzten »Hyannis Port«-Mann John F. Kennedy. Gerald Fords Trotteligkeit und Reagans Bonbons. Die Botschaft, die dahintersteckte: Jeder Dummkopf kann Präsident werden – Eddie Cantor oder Pat Paulsen wären genauso wie Richard Nixon.

Aber wenn sie alles unter Kontrolle haben, wie können wir uns dann wehren? fragte sich Adam. Wenn ihre Ziele wirklich gut waren, gab es keinen Grund, sich dagegen aufzulehnen, und auch keine effektive Möglichkeit dazu. Wenn sie sich uns zu erkennen geben, sind wir wahrscheinlich gut beraten, mit ihnen zusammenzuarbeiten und von ihnen zu lernen, dachte er unbehaglich, obwohl er wußte, daß er dabei in Gefahr geriet, als interplanetarischer Querulant den kürzeren zu ziehen.

»Nein!« rief er plötzlich laut. *»Sic semper tyrannis!* Wir werden keinen mehr tolerieren, egal, in welcher Verkleidung.«

Er setzte sich und wandte seine Gedanken langsam der zweitmächtigsten Waffe zu, die sie gegen die Menschheit richteten. Nach dem Geld die Medien.

Jasmyn stand an der Ruderpinne; eine sanfte, stetige Brise strich durch ihr langes Haar.

»Es ist wunderbar hier draußen«, sagte sie und versuchte

Sandol in ein Gespräch zu verwickeln, um ihn aufzumuntern.
»Im Verhältnis zum allgemeinen Zustand des Planeten ja, in der Tat.«
»Ich werde nach Backbord lavieren. Kannst du mir den Klüver abnehmen?«
Er sah unschlüssig nach hinten. »Klüver? Der ist vorn, nicht?«
»Ach, hör auf, Sandol, spiel nicht den Dummkopf. Du weißt genau, wo der Klüver ist.«
Er holte das dreieckige Segel ein und murmelte düster: »Ich bin kein Dummkopf. Es ist nur so lange her, daß ich es fast vergessen habe.«
»Na ja«, tröstete sie ihn großmütig. »Dafür bist du ein Meister elektronischer Überwachung. Und mir macht es nichts aus, mich um die prähistorischen Transportmittel zu kümmern.«
»Apropos«, antwortete Sandol und warf einen Blick auf die Monitore in der Kajüte. »Dein Liebling grübelt über den Ursprung seiner Spezies nach!«
»Macht er Fortschritte?«
»Einige schon, aber die paranoide Phase nimmt ihn doch sehr mit. Das ist typisch für sie, es liegt in ihrer Wesensart und wird weitervererbt. Die Paranoia, die Angst vor dem Fremden, die Lust an der Katastrophe.«
»Ja, aber sie sind auch einer rudimentären Art von Liebe fähig, und manchmal erstaunen sie mich mit ihrem Sinn für Humor.«
»Das stimmt«, räumte Sandol ein. »Dein Psychiater ist ein komischer Kauz, vor allem, wenn er ernst ist.«
»Höchste Zeit, daß du eine Programmkorrektur vornimmst«, antwortete Jasmyn, ohne zu lächeln. »Du bist unausstehlich.«

Kapitel 16

Die Lüge von den Weltkriegen

Adam warf die *Time* beiseite und griff nach einer Ausgabe des *New Yorker.* Nicht zu fassen! Er starrte ungläubig auf eine Anzeige der Manufacturers Hanover. Wie bescheiden! S.I.E. bezeichneten sich als die internationale Finanzquelle. Sie liehen dem amerikanischen Volk anderthalb Milliarden, um seine Heizung, den Strom und die Kommunikationssysteme zu garantieren, und entblödeten sich nicht, dies in einer zweiseitigen Farbanzeige hinauszuposaunen. Es erinnerte ihn irgendwie an Elvis, der Handzettel verteilen mußte, damit die Leute in seine Konzerte kamen. Und was stand kleingedruckt ganz unten? Nur zwei Worte: *»Die Illuminatoren«* – in Century Old Style! Warum nicht »Die Heizer«? Oder »Die Kommunikatoren«? Schlau, die Burschen – wenn man etwas so laut und so offen sagte, glaubte einem kein Mensch, vor allem dann, wenn es die Wahrheit war.
Er blätterte hastig weiter und stieß auf eine Anzeige mit der Aufforderung »Rettet die hungernden Kinder der Welt!« Einen Moment lang betrachtete er sie aufmerksam. Seltsam. Die Kleine auf dem Photo sah nicht so aus, als wäre sie am Verhungern; sie hatte einen Fleck auf der Wange und zerzaustes Haar, sie lächelte auch nicht, aber sie hatte Pausbäckchen und sah eigentlich ganz gesund aus. Also, was soll das, fragte er sich. Botschaften, Botschaften, überall versteckte Botschaften, nur, wie kommt man hinter ihre Bedeutung?
Verstimmt und konfus stellte er sich wieder einmal die

ewig gleiche Frage. Warum? Warum dieses Bedürfnis nach falschen Kriegen und all dem anderen spektakulären – und erfundenen – Mumpitz? Was hatte Goldy noch gesagt? Konnte es sein, daß die tiefsten menschlichen Bedürfnisse und Grenzen seit langem von diesen gemeinen Hunden, den verdammten Illuminaten, verstanden wurden und sie sich sogar darum kümmerten? Wut, Rache, Selbstbestätigung in der Empörung über andere und der Denunziation ihrer Schwächen, das Bedürfnis nach Haß, Neid und Angst?
Ja, die Menschen waren von einer instinktiven Sucht nach Angst geprägt: Sie erinnerten ihn an kleine Kinder, die lustvoll im Schrecken eines Gruselfilms oder eines unheimlichen Gespensterbuchs schwelgen. Und auch die Paranoia war angeboren – ein Selbsterhaltungsmechanismus, der zweifellos noch aus alten Dschungelzeiten stammte.
War es also möglich (und dabei dachte er einen Moment über die bloße Andeutung dieser verrückten Möglichkeit nach), daß die abscheulichen Brüder eine Möglichkeit entdeckt hatten, diese irrationalen, animalischen Potentiale zu entschärfen und auf andere Weise zur Entladung zu bringen? Gab es eine Art Ersatzbefriedigung, die sich von Zeit zu Zeit des kollektiven Verlangens nach Blut annahm, indem sie in der künstlichen Realität der Medien die erstaunlichsten Vorstellungen inszenierte?
Vergessen wir die Medien! sagte sich Adam. Er wußte, wie die Filmindustrie mit dem Zweiten Weltkrieg umgegangen war. In der allabendlichen Wochenschau bestiegen Tausende von Soldaten lächelnd und winkend und zum Klang von Marschmusik die großen Schiffe – bereit, glorreiche Abenteuer zu bestehen, um an fremden Küsten die Demokratie zu verteidigen. Ende der Wochenschau, es folgte der Hauptfilm. *Du warst unser Kamerad, Bataan* und so fort, Massenabschlachterei, Blut und her-

ausquellende Gedärme in Nahaufnahme, Tausende von Gefallenen – und alles Fiktion! Die Wochenschau war Realität, der Film Phantasie, doch beides zusammen sikkerte als amorphes Gebilde ins Bewußtsein des Zuschauers. Es war nur so arrangiert, daß es nach Wirklichkeit aussah.
Lassen wir also Filme und Nachrichten beiseite. Vergessen wir *Life* und die anderen Organe der teuflisch klugen Insider. Was hast du selbst durchgemacht, Adam? Was hast du mit eigenen Augen gesehen, mit eigenen Ohren gehört? Wie hast du den Krieg erlebt, und was hast du von vielen vertrauenswürdigen Zeugen gehört?
Er setzte sich bequem hin, lehnte sich gegen die Wand und ließ seinen Erinnerungen freien Lauf. Da war das Erlebnis mit der netten Nationalsozialistin. Die Unterhaltung mit dem ehemaligen Chicano-Killer. Eine höchst aufschlußreiche Plauderei mit einem freundlichen Bomber aus dem Fiasko in Vietnam. Die erhitzte Debatte über Ersatzszenarien mit einem alten Freund und Kollegen, der heute ein berühmter Psychiater war.
Mit der Nationalsozialistin hatte er sich an einem späten Frühlingsnachmittag zu Wein und Käse in einem ruhigen Straßenrestaurant von La Jolla verabredet. Nachdem sie das Geschäftliche erledigt hatten (es ging um eine kleine Immobilientransaktion), erwähnte Margot, daß sie in Bremen geboren worden war und ihre Kindheit in dieser bedeutenden deutschen Hafenstadt verbracht hatte. Das war während jenes wundervollen Zweiten Weltkriegs gewesen, der alle weiteren Kriege ein für allemal überflüssig machen würde. Sie hatte seine Fragen ruhig, bereitwillig und aufrichtig beantwortet, mit schimmernden Augen und weicher Stimme.
»Wie verlief Ihr Leben während des Krieges?«
»Eigentlich so wie immer. Nur morgens gab es Luftalarm, dann gingen wir in den Keller und warteten.«

»Und dann?«
»Nach der Entwarnung, meistens zwanzig oder dreißig Minuten später, kamen wir raus und gingen unserem Tagewerk nach.«
»Und das Bombardement der Alliierten dauerte fünf Jahre?«
»Ja, sie kamen fast täglich. Wir hörten in der Ferne die Bomben einschlagen.«
»Haben Sie während dieser Zeit je persönlich gesehen, wie jemand getroffen wurde?«
»Nun – nein.«
»Haben Sie Verwundete gesehen?«
»Ehrlich gesagt, nein. Es war wie ein Wunder.«
»Was mich interessiert, sind die Ziele der Bomben. Wurden sie nach einem bestimmten Muster abgeworfen? Auf Arsenale? Industrieanlagen? Öffentliche Gebäude? Alte Lagerschuppen, Eisenbahngleise? Historische Denkmäler oder so etwas?«
»Nei-ei-ein. Oder doch, ja, es gab ein Muster – komisch, daß Sie es erwähnen. Nun, ich hatte das seltsame Gefühl, daß irgend jemand darüber wachte, wo die Bomben einschlugen. Sie fielen immer in die alten Teile der Stadt, in die Lagerhäuser, auf die Eisenbahngleise, wie Sie sagten ... Seltsam!«
»Sind Sie später noch mal da gewesen? Wie sieht die Stadt heute aus? Ist sie ein Trümmerfeld?«
»O nein! Sie ist wunderbar. Schöner als je zuvor!«
Stadtsanierung im großen Stil? Margots Aussage zufolge schien genau das der Fall zu sein. Keine Verwundeten, keine Toten und eine bedeutende deutsche Handelsstadt von Grund auf wiederaufgebaut. Interessanter Krieg. Doch das Ergebnis paßte absolut nicht zu dem, was in den Medien verbreitet worden war. In Amerika stellte man sich Deutschland völlig zerstört vor, ausgebrannt, in Schutt und Asche. Wenn die Menschen sich daran erin-

nerten, wunderten sie sich natürlich über das sogenannte Wirtschaftswunder in Deutschland, den mächtigen Aufschwung, die bedeutende Rolle, die das Land heute wieder spielte.
Adam hatte noch eine Frage.
»Wenn Sie Ihre Kaffeepause im Luftschutzkeller beendet hatten, wie ging der Tag dann weiter?«
»Oh, ganz normal. Ich mußte zur Schule, mein Vater ins Büro. Ein bis zweimal im Jahr fuhr ich mit meiner Mutter in die Sommerfrische nach Holland.«
Dann dachte Adam an jenen Morgenspaziergang zurück, bei dem ihm die ersten Hinweise auf das ketzerische System Sapiens ins Bewußtsein gekommen waren. Er besprach damals einen Fall mit dem ehemaligen Chicano-Killer Pablo Matado, der sich zum Sozialarbeiter hatte umschulen lassen.
Pablo hatte eine dunkle Haut, buschige Augenbrauen, breite Schultern und einen durchtrainierten Körper.
Als sie fertig waren, fragte Adam vorsichtig nach seinen Vietnamerlebnissen, und Pablo antwortete ohne Scheu.
»Bist du damals eingezogen worden?«
»Eingezogen? O nein! Ich konnte es nicht abwarten – wollte unbedingt die Action mitkriegen.«
»Wie alt warst du?«
»Achtzehn. Und kaum zu bändigen.«
»Kaum zu bändigen? Wieso?«
»Ach, überhaupt. Ich war achtzehn und in einer bestimmten Umgebung groß geworden, verstehst du? Bei uns in der Gegend gab es ständig Randale. Nein, warte, ich glaube, ich kam schon so auf die Welt – ich war ein geborener Macho.«
»Du meinst, das Aufmischen hat dir Spaß gemacht?«
»Ich war verrückt danach! Meine Alten waren gute Katholiken. Als ich klein war, sagten sie, ich müßte die Würde anderer Menschen respektieren. Aber Mann, wie

hätte ich einen Kerl respektieren können, dem ich die Fresse polierte, wenn er mich nur schief ansah?«

»Dann war Vietnam ja genau das richtige, wie? Was hast du gesehen?«

»Ich war an der Front, Infanterie. Schützengräben und so weiter.«

»Habt ihr Mann gegen Mann gekämpft? Mit Bajonetten?«

»Ach was. Wir hatten uns auf einem Hügel verschanzt, und der Vietkong auf einem anderen gegenüber. Wir gingen in Deckung und ballerten los. Es war ein Heidenspaß – damals.«

»Hast du jemanden erwischt?«

»Vielleicht. Ich weiß es nicht. Sobald wir sahen, wie sich drüben was regte, haben wir draufgehalten. Schwer zu sagen, ob wir trafen. Ich hoffe nicht.«

»Gab es auf eurer Seite Tote oder Verwundete?«

»Ein paar. Einer meiner Kumpel hatte einen Schulterdurchschuß, und ein anderer hat sich umgebracht. Aber das war alles.«

»Würdest du sagen, daß es eher eine gute oder eher eine schlechte Erfahrung für dich war?«

»Beides. Wir hatten unseren Spaß, aber heute könnte ich es nicht mehr. Nicht mal, wenn man mir 'ne Million Dollar dafür bieten würde. Gut, es gab mir die Möglichkeit, ein paar üble Angewohnheiten abzustoßen – die Chance, ein bißchen reifer zu werden.«

»Was wäre gewesen, wenn es keinen Krieg für dich gegeben hätte?«

»Wer weiß? So wie wir waren, mein Kumpel und ich, hätten wir uns wahrscheinlich gegenseitig abgeknallt. Oder irgend jemand auf der Straße umgelegt. Übrigens habe ich gerade gehört, daß ein anderer Kriegskumpel vor kurzem bei einer Schießerei in einer Bar umgekommen ist.«

»Wie kommt es, daß du heute als Sozialarbeiter arbeitest? Du mußt dich ja mächtig gewandelt haben.«
»Ich wußte, daß meine Eltern recht hatten und ich verdammt viel Ärger kriegen würde, wenn ich mich nicht änderte. Ich wollte mehr wissen über die Menschen und über mich selbst – warum wir uns so verhalten, wie wir es tun. Es ist wie im Zoo, findest du nicht?«
»Macht dir dein Job Spaß?«
»Sehr. Im Moment arbeite ich mit der Highriders Gang hier aus der Gegend. Ich will sie überreden, ihre Waffen und Messer abzugeben, und dann einen Boxkampf für sie organisieren, damit sie die Möglichkeit kriegen, Dampf abzulassen. Wir haben ein paar echt gute Nachwuchsboxer hier bei uns.«
Und dann das interessante, höchst aufschlußreiche Gespräch mit einem früheren Bomber bei der U.S. Air Force, der ebenfalls in Vietnam gedient hatte. Aufgrund wachsender Erfahrung hatte Adam seine Interviewtechnik mittlerweile stark verfeinert. Der erste Schritt bestand immer darin, die defensive Haltung seines Gesprächspartners abzubauen, die von »Es war die Hölle!« bis »Darüber möchte ich nicht sprechen!« reichte. Dann galt es die Fragen so spezifisch und konkret wie möglich zu formulieren. Es brachte nicht viel, zu fragen: »Hast du irgendwelche Aktionen gesehen?« oder »Gab es große Verluste?«, denn entsprechend vage waren auch die Antworten: »Es war ein ziemliches Gemetzel!« oder »Viele sind umgekommen.« Solche Antworten waren nicht unbedingt Verfälschungen, wie Adam allmählich erkannte, sondern nur das, was die Leute aus offiziellen Berichten, Zeitungen und anderen Medien aufgeschnappt hatten – alles aber keine Beobachtungen aus erster Hand.
Die Unterhaltung mit diesem Mann verschaffte Adam einen Einblick in die unglaubliche Phantasie, die nötig war, um die Illusion großer Verluste aufrechtzuerhalten,

obgleich der Schaden in Wirklichkeit gering gewesen war. Und daß im übrigen alles über die Köpfe der kämpfenden Soldaten und ihrer Befehlshaber hinweg geschah.
»Hast du viele Angriffe geflogen?«
»Mehr, als ich mich erinnern kann.«
»Was waren die wichtigsten Ziele? Militärische Anlagen? Flugplätze, Munitionsanlagen, Truppenverbände?«
»Alles, was sie uns sagten. Wir nahmen nur Befehle entgegen.«
»Konntet ihr sehen, wo die Bomben einschlugen? Ob ihr getroffen hattet?«
»Na klar.«
»Wart ihr nahe genug, um zu sehen, ob Menschen dabei umkamen?«
»Nein, das konnte man auf den Photos nicht erkennen.«
»Photos, wieso Photos?«
»Na, Luftaufklärung. Damit konnten wir die Resultate der Angriffe überprüfen.«
»Du meinst, ihr habt nicht mit eigenen Augen gesehen, ob die Bomben trafen, sondern nur Photos der Luftaufklärung?«
»Klar. Wir flogen Nachtangriffe, aus verteidigungstechnischen Gründen; wir hätten sowieso nichts sehen können. Wir mußten uns vollkommen auf die Instrumente an Bord verlassen.«
»Wie lange dauerte es im allgemeinen, bis ihr die Photos hattet?«
»So um die drei Tage. Warum fragst du?«
»Nur aus Neugier. Hast du dich je gefragt, ob sie ... nun ja, ob sie echt waren?«
Bei dieser Frage lief der verunsicherte Bombenschütze rot an vor Wut und wandte sich sichtlich verärgert zum Gehen. Doch dann drehte er sich noch einmal um und gab Adam den aufschlußreichsten Kommentar des Jahrhunderts:

»Jetzt mach aber mal halblang, Freundchen! Wir wußten ganz genau, daß unsere Bomben auf Kuhweiden am Arsch der Welt fielen – und wir waren heilfroh, daß wir keine Menschen umbrachten, verstehst du?«

Danach marschierte er mit langen Schritten davon. Wahrscheinlich fragte er sich heute noch, aus welcher Irrenanstalt Adam ausgebrochen war.

Adams erste Begegnung mit der exquisiten Form eines Eingriffs von höchster Stelle in menschliche Belange vollzog sich kurz nach der Einsicht, daß nicht alles immer das ist, was es zu sein scheint. Sein Gesprächspartner war ein alter Freund und Kollege, mittlerweile ein bekannter amerikanischer Psychiater. Es war im Februar 1976, nach einem Treffen des American College of Psychiatrists, im Haus seines Freundes.

Noch immer verblüfft von dem neuen Wissen und über seine Bedeutung massiv beunruhigt, startete Adam einen kleinen Versuchsballon.

»Ich war während des Zweiten Weltkriegs fast vier Jahre bei der Marine, aber im nachhinein würde ich sagen, daß außer dem Medienrummel eigentlich nicht viel passiert ist.«

Sein Freund musterte Adam mit kalten blauen irischen Augen und fragte mißtrauisch: »Was willst du damit sagen?«

Scheinbar arglos antwortete Adam: »Nun, das ist doch klar. Ich meine, ich habe niemals jemanden im Krieg sterben sehen.«

Ohne zu zögern, entgegnete der andere: »Was für ein Unsinn! Meine ganze Kompanie wurde bei einem Einsatz in Frankreich getötet.«

Das war Adams erste und wahrscheinlich lehrreichste Lektion in der hohen Kunst, Kriegsveteranen zu befragen. Er widerstand der Versuchung, sich für seine Kaltschnäuzigkeit zu entschuldigen, und fuhr fort:

»Oje! Hast du gesehen, wie es passiert ist? Warst du dabei?«
»Was meinst du damit, ob ich dabei war? Ich mußte es nicht mit ansehen. Einen Tag, nachdem sie an die Front geschickt worden waren, kam der Bericht. Alle tot.«
»Wieso warst du nicht dabei? Was war passiert?«
Von Minute zu Minute unsicherer, antwortete sein Freund erregt: »Ich bin einen Tag vorher versetzt worden. Der Befehl kam von oben, das war der Grund.«
»Ah! Hast du später die Möglichkeit gehabt, der Sache auf den Grund zu gehen? Ich meine, hast du mit den Familien gesprochen oder so was?«
»Warum sollte ich? Ich kannte sie nicht mal. Sie kamen aus allen Teilen des Landes; unsere Einheit war erst wenige Wochen zuvor zusammengestellt worden. Was soll das Gefrage eigentlich?«
Plötzlich war Adam alles klar. Erstaunlich. Verblüffend. Völlig unglaublich. Man stelle sich vor: Hunderte von willkürlich zusammengewürfelten Soldaten zu Dutzenden von Einheiten in irgendwelchen abgelegenen Außenposten zusammengepfercht, auf Befehl von oben, versteht sich. Dann die schreckliche Nachricht, daß die Kameraden in der Schlacht ihr Leben hatten lassen müssen. Für Ehre und Vaterland. Und das zu einer Zeit, in der keiner von ihnen das Wort Computer auch nur gehört hatte. Doch wenn nicht mit Computern, wie sonst hätte man ein derart überwältigendes logistisches Problem lösen können? Diese Insider, dachte Adam – ziehen, ohne mit der Wimper zu zucken, unzähligen Bauernjungs das Fell über die Ohren, nur um ein paar Dollar zu verdienen. Im übrigen entsprach dieses Manöver seinen eigenen Erfahrungen während des Zweiten Weltkriegs. Er und seine Kumpel waren nie lange an einem Ort geblieben, den gleichen Erlebnissen ausgesetzt wie die Kameraden, die zu bleibenden Freundschaften oder späteren Wiederse-

hensfeiern hätten führen können. So etwas gab es nur in fiktiven Kriegen, im Film vielleicht, aber nicht im wirklichen Leben.
Systematische Verteilung war die richtige Bezeichnung dafür. Im ehrwürdigen Alter von siebzehn hatte sich Adam in Columbus, Ohio, freiwillig zur Marine gemeldet, doch schon als er im Feldlager bei San Diego ankam, war er unter lauter Fremden. Seine Kameraden stammten aus fast allen Teilen des Landes. Ein paar Collegekids, ein paar Bauernjungs aus der Kornkammer und hie und da ein Hinterwäldler aus den Südstaaten, der in Gedanken offenbar immer noch im Bürgerkrieg kämpfte – sehr zu Adams Befremden.
Sorgfältig eingefädelte Interkulturation auf dem Schlachtfeld? Sie waren lange genug zusammengewesen, um sich anzufreunden, über ihre jungenhaften Philosophien zu debattieren und sogar die Unterschiede zwischen sich erkennen und schätzenzulernen. Doch gleich nach der Grundausbildung wurden sie in alle Winde zerstreut: Cooks and Bakers School, Fleet Marine Force, Special Services, Radar School und so weiter. Einige hatten sich wie er als Funker ausbilden lassen und waren gute Freunde geworden, doch aus geographischen oder beruflichen Gründen hatte sich später nie die Möglichkeit ergeben, einander wiederzutreffen. Und all das war bis ins kleinste geplant gewesen. Wie gerissen!
Aber das war noch nicht alles. Adam hatte sich schon immer gewundert, warum die großen historischen Denkmäler beide Weltkriege überdauern konnten: Westminster Abbey, London Bridge, Big Ben, der Eiffelturm, die großen Kathedralen in Europa. Rein taktisch machte es keinen Sinn, denn es gab kaum eine bessere Art, der Moral eines Volkes einen Schlag zu versetzen, als seine geliebten nationalen Heiligtümer zu zerstören. In einem echten Krieg wären sie als erste dem Erdboden gleichgemacht worden – noch vor den militärischen Zielen!

Und wie stand es mit den Verlusten? Adam griff nach der *Encyclopedia Britannica* und entdeckte, daß sie hundertfünfunddreißig Stichwörter zum Zweiten Weltkrieg enthielt, von »Antarktis-Operation« bis hin zu »Veränderungen der Filmindustrie«, doch nicht einen Hinweis auf Verluste oder Sterblichkeitsraten. Oh, ihr Schlachtfelder von Flandern, was liegt unter eurem Schweigen begraben?
Adam stand auf und ging mit umwölkter Stirn rastlos auf und ab. Das Gesicht des Krieges hatte sich im Verlauf der Geschichte verändert. Von Steinen, Pfeil und Bogen, Speeren und Artillerie zu einem wirklich beachtlichen Instrumentarium, mit dem sich die Spezies in Sekundenschnelle selbst auslöschen konnte. Und obwohl man schon lange über diese extrem fortentwickelten militärischen Möglichkeiten verfügte, waren sie weder beim Koreakrieg noch in Vietnam zum Einsatz gekommen. Warum? Weil computergesteuerte, atomare Kriegführung nicht die charmanten *desiderata* bietet, nach denen es die jugendlichen Rambos so gelüstet. Es gäbe keine Mutproben, keine Möglichkeit, sich als Held zu beweisen, wenn man lediglich auf einen Knopf zu drücken brauchte. Sollte man etwa später vor den eigenen Kids damit protzen, daß man drei Milliarden Menschen ins Jenseits befördert hatte? Nein. Also waren immer noch Gewehre, Mörser, Jeeps, Guerillakämpfer und Hubschrauber nötig – Kriege mit einem gewissen Flair. Was wiederum bedeutete, daß diese veralteten Waffen mehr waren als nur *macho*-Spielzeuge für die grünschnäbeligen, geilen, pickeligen Möchtegernhelden der Welt.
Indes war das phantastische Spektakel zu Hause durch ein ständiges Bombardement von Berichten über die Schlachten im Pazifik und in Europa untermauert worden. Alles Theater, verdammt noch mal! Sein Freund Hank Davies, damals Befehlshaber in der U.S. Navy, hatte Adam aus

erster Hand berichten können, was mit Mister Roberts und seinen Freunden wirklich passiert war.

»Ich soll dir vom Krieg erzählen? Na schön, dann hör mal gut zu! Es hat gar keinen verfluchten Krieg gegeben! Fünf Jahre sind wir mit unserem Kreuzer den Pazifik rauf und runter geschippert, immer auf der Suche nach Action. Natürlich hörten wir hie und da von den großen Seeschlachten, die irgendwo tobten. Aber wenn wir wirklich dahin abkommandiert wurden und am Einsatzort ankamen, waren sie mit Sicherheit schon gelaufen.«

Die Leute zu Hause hatten keine Ahnung, was er alles lernte. Sie lasen die Zeitung, schauten sich die Wochenschau an und schluckten alles, ohne einen Mucks von sich zu geben. Rationierung von Nahrungsmitteln und Benzin, die niemandem wirklich weh tat, doch in der Heimat alles etwas realer erscheinen ließ – wer hätte da zweifeln mögen?

Auch die berüchtigte Mobilmachung hatte ihren Beitrag zu jener scheinbaren Realität geleistet, obwohl ihre wichtigste Funktion nichts mit der Rekrutierung neuer Soldaten zu tun hatte. Sie diente einfach dazu, den muskelprotzenden jungen High-School-Kriegern zu helfen, ihr Elternhaus zu verlassen. Adam grinste und erinnerte sich an die bizarren Dialoge, die in den 40er Jahren beim Abendessen geführt wurden.

»Daddy, ich bin jetzt achtzehn, darf ich in den Krieg und Japaner plattmachen?«

»Auf keinen Fall, mein Junge, es würde deiner Mutter das Herz brechen. Du gehst weiter zur Schule!«

O ja, der Weltkrieg hatte sie alle von den Qualen des heimischen Herdes befreit. Er hatte einen massiven, planetarischen Initiationsritus in Gang gesetzt – Gott sei Dank! Und alles war so arrangiert, daß man einfach gezwungen war, mitzumachen – man hatte »keine andere Wahl«. Alle standen Gewehr bei Fuß – bis auf ein paar

gewissenlose Verweigerer, das heißt Jungs, die eine gleichwertige Form psychologischer Emanzipation bei medizinischen Versorgungstrupps oder entsprechenden Ersatzdiensten durchmachten.
Adam massierte seine Schläfen und fragte sich allen Ernstes, ob er dabei war, den Verstand zu verlieren; so was konnte selbst den ausgekochtesten Psychologen passieren. Hier saß er und grübelte über den größten Schwindel nach, den die Welt je gesehen hatte. Doch immerhin war es eine Möglichkeit, daß alle großen Kriege – in jeder Generation ein neuer – meisterlich konzipiert wurden und gerade nur so lange dauerten, bis sie ihr Ziel erreicht hatten; lange genug für die jugendlichen Heißsporne, ihr Mütchen zu kühlen und eine Ahnung davon zu kriegen, was sie zu wollen *glaubten*.
Wurden Kriege dann also für die Jugend inszeniert? Und für Erwachsene, die ein instinktives Verlangen nach Abenteuern, zerstörerischen Aggressionen, Rache und Haß in sich trugen? War es nur eine große Show mit Fanfaren, dumpfem Trommelwirbel und der Aufregung einer typischen Kriegsfiesta? Adam konnte sich noch gut an den Ausbruch des Zweiten Weltkriegs erinnern. Es hatte weder Heulen noch Zähneklappern gegeben, nur einen gewaltigen Ausbruch von Energie, eine nationale Welle von Patriotismus, ein irrationales Fieber, dem sich niemand entziehen konnte. Für G.I. Joe und Rosie Riveter, die im U.S.O.* engumschlungen »Don't Sit Under The Apple Tree« und »Praise The Lord and Pass The Ammunition« sangen, war es das Größte.
Überwältigt vom aufkeimenden Wahnsinn und den verrückten Ideen, die seinen Verstand benebelten, lehnte er sich an die Wand und blinzelte, um die schrecklichen Bilder zu verscheuchen. Er hatte zwar keinerlei Erklärung

* U.S.O. – Büro zur Betreuung der Angehörigen der Streitkräfte. (A. d. Ü.)

für die Tragödien von Hiroshima und Nagasaki – aber er konnte auch nicht daran glauben. Vielleicht waren es erschütternde Lektionen gewesen, die den Menschen die Augen dafür öffnen sollten, zu was sie fähig waren. Alles, was er persönlich davon gesehen hatte, war jenes schaurige Titelblatt von *Life*, das die scharfen Umrisse einer menschlichen Gestalt zeigte, während das Opfer selbst auf einer Straße von Hiroshima verglühte.

Um mehr darüber zu erfahren, würde er den Kriegszauberer Jasper Maskelyne konsultieren müssen, dem es während des Zweiten Weltkriegs gelungen war, ganze Scheinarmeen aufzustellen, den Suezkanal zu verstecken, den Hafen von Alexandria auszulagern und mit Unterseebooten und einem Phantomkriegsschiff einen Gegenangriff zu starten, um Rommels berühmtes Afrikakorps in die Flucht zu schlagen. Seit *King Kong* hatten die Spezialeffekte im Film große Fortschritte gemacht; heutzutage war es kein Problem, mit ihrer Hilfe die Ermordung eines nationalen Führers, die Landung eines Raumschiffs auf der Venus oder das explosive Finale des Planeten Erde über die Mattscheiben flimmern zu lassen.

Er atmete tief aus, rutschte langsam zu Boden und streckte sich. Er war erschöpft, doch an Schlaf war nicht zu denken. Irgend etwas stimmte nicht – irgend etwas fehlte. Er erinnerte sich an den Riesenskandal, der damals von allen Medien ausgeschlachtet worden war: Soldaten mit niedrigen Intelligenzquotienten waren diskriminiert und zur Front geschickt worden, während die schlaueren Burschen gemütliche Bürojobs weit von der Front entfernt kriegten. Wahrscheinlich hatte es sogar gestimmt, doch was machte es für einen Unterschied?

Bei einem Intelligenztest wurden normalerweise niedrige Intelligenzquotienten mit Aggressivität assoziiert – mit lustvoller Aggressivität. Adam rief sich die Gesichter der Einheit ins Gedächtnis, die aus dem Grauen von Iwojima zurückkehrte ins gute Leben der Funkausbildungsschule. Diese Leute waren nicht bleich, gezeichnet, zermürbt, nein – sie steckten voller Tatendrang. Eine ihrer Lieblingsbeschäftigungen bestand darin, sich mit Feuerzeugbenzin zu bespritzen und dann mit brennenden Streichhölzern zu bewerfen. Er sah sie vor sich, wie sie sich ausschütteten vor Lachen und auf dem Boden wälzten, um die Flammen zu ersticken. *Das* war der Unterschied. Es war diskriminierend gewesen, zweifellos, aber auf rationale Weise diskriminierend. Diese Burschen taten genau das, wozu sie Lust hatten, die von niedriger Geburt ebenso wie die intelligenteren. Alles passierte freiwillig – aus eigenem Antrieb. Man hatte eine wohlüberlegte, internationale *therapeutische Feindschaft* in Gang gesetzt, um den instinktiven Aggressionen der jungen Neandertaler, jenen späten Söhnen der glorreichen Sumerer, gerecht zu werden. Oder waren sie tatsächlich nur eine unvollkommene hybride Abart? Adam schüttelte bedrückt den Kopf.

Er strengte sich an, seine Gedanken in eine andere Richtung zu lenken, doch es gelang ihm nicht. Er war dabeigewesen, das war nicht zu leugnen. Er hatte nichts vergessen, und seine eigene Erinnerung war mit Abstand die zuverlässigste Informationsquelle, die er hatte. Also weiter!

Bedenke, mein Freund, wie heroisch du im Zweiten Weltkrieg dein Leben für das Vaterland riskiert hast, (ha!), und das in einem Alter, in dem du genau das brauchtest! Doch dann verweigerten S.I.E. dir hartnäckig die Erlaubnis, den unter Beschuß liegenden Brückenköpfen im Südpazifik zu Hilfe zu eilen. Und insgeheim warst du sogar froh darüber, wenn dir das damals auch nicht bewußt wurde. Howard Hughes. Richard Nixon. Winston Churchill. Mao Tse Tung. Stalin. Alles Schauspieler?

Bedenke, wie schwierig es ist, in einer Familie oder in

einer Nachbarschaft Frieden zu halten – wie soll man da Ruhe und Ordnung und eine anständige Art zu leben unter fast fünf Milliarden potentiellen Mördern, Dieben, Vergewaltigern und keifenden Fischweibern schaffen? Ganz einfach, man gibt ihnen genügend Ventile, um die destruktiven Triebe loszuwerden, und die Möglichkeit, gewisse Gaben und Bedürfnisse in einer Art einzusetzen, für die sie am besten geeignet sind. Und wenn sie alles richtig gemacht haben, werden sie belohnt. Gib's zu, Adam, ein bißchen Ersatzblut auf der Mattscheibe, und schon ist die mörderische Bestie im Innern besänftigt. In dieser Hinsicht brauchen Gladiatoren andere Gladiatoren und Verliebte andere Liebende. Das Ausmaß an Freude und Schmerz ist wahrscheinlich in jedem Leben gleich verteilt, egal, ob reich oder arm, weiß oder schwarz, Wissenschaftler oder Handwerker, Mann oder Frau.

Sehr seltsam, diese Verwundeten und Toten. Was ich hier aushecke, dachte er und gluckste in sich hinein, ist nichts anderes als eine schreckliche Ode an einen widerwärtigen Krieg – einen Krieg, nicht wie wir ihn uns immer vorgestellt haben, sondern wie er wirklich war. Das Bedürfnis danach hat in uns seinen Anfang. Wir sind unverbesserliche Fanatiker. Wunderbare Worte über Toleranz und Nächstenliebe bedeuten uns nichts, sobald eine schwarze Familie in unsere Nachbarschaft zieht oder unsere Schwester sich in einen Chicano verknallt. Wir lachen über Mexikanerwitze, über Gags auf Kosten von Homosexuellen, über Pantomimen von Frauen mit Kopftüchern – kurz, über alles, was fremd ist.

Dabei verstehen wir uns nicht einmal untereinander, sind ausgesprochen fremdenfeindlich. Die Kriege haben mehr als alle anderen sozialen Kräfte dazu beigetragen, daß diese Gefühle von Fremdheit und Ungewohntheit abgebaut wurden, und boten die Chance, uns besser kennenzulernen. Möglich, daß die fast gewaltlose amerikanische

Revolution nur dazu da war, tausend verschiedene Sprachen und Hautfarben zu verschmelzen und aus Fremden Nachbarn zu machen.
Daß der Erste Weltkrieg lebende Amerikaner mit lebenden Europäern bekannt machte, und alles auf Kosten des großen U.S.-Army-Reisebüros. Daß der Zweite Weltkrieg dieser Erfahrung Rußland und Asien hinzufügte und Gilbert und Sullivans Auffassung von der *gelben Gefahr,* die einst den Westen beherrschte, ein Ende machte. Daß es eine nach einem ausgeklügelten Plan und mittels Computer gesteuerte Interkulturation war, die Nahrungsmittel und medizinische Versorgung dorthin transportierte, wo sie gebraucht wurde. Möglich, daß sie Slums abbaute, Hunderte von Truppen in Hunderte von Richtungen verstreute und den übrigen erzählte, alle seien im Kampf gefallen. Der Krieg hat Wissenschaft und Technik beflügelt. Er hat unsere Sinne geschärft und uns aufgefordert, unseren Verstand zu benutzen. Möglicherweise hat er dafür gesorgt, daß unreife und ziellose junge Männer furchtlos, unabhängig und tapfer wurden, auch wenn sie rundherum in Watte gepackt – und noch dazu ausgebildet – wurden.
Vielleicht hat er Fortschritt erzeugt, die Bildung gefördert und die Demokratie ermöglicht. Vielleicht hat er die Menschheit von dem brutalen Urzustand des Fressens oder Gefressenwerdens in eine organisierte, intelligente und langlebige Umwelt versetzt, in der jeder die Möglichkeit erhält, seinen Traum zu verwirklichen und geliebt zu werden. Vielleicht ist es dem Krieg zu verdanken, daß das animalische zu einem menschlichen Bewußtsein wurde.
Doch das Schönste und Unglaublichste daran war, daß »Der Krieg« eine göttliche Erfindung war, inszeniert, produziert, mit Regisseur und einem Set von Schauspielern, und daß er der Menschheit das gab, was diese zutiefst ersehnte, zugleich aber vor der schrecklichen Unkenntnis dessen bewahrte, das sie *wirklich* wollte.

Ich müßte es wissen, dachte er einmal mehr und versuchte sich zu erinnern. Irgendwie habe ich in diesem verdammten Krieg versucht, mich umzubringen, doch der große Computer im Himmel hat mich daran gehindert. Statt dessen erhielt ich die Chance, als unbewußter Zuschauer in einer Riesenshow zu lernen, zu denken, mich und andere zu respektieren, erwachsen zu werden und meine aggressiven Gelüste zu bändigen. Und das alles haben S.I.E. für mich – für uns – inszeniert?

Kapitel 17

Gelöschte Protovergangenheit

Es kostete Adam ungeheure Anstrengung, seine Gedanken von den schrecklichen Bildern des Krieges zu lösen und sich – sozusagen als Gegengift – handfesteren Beweisen zuzuwenden. Und da war es wieder, das andere, unergründliche Mysterium – der Beginn der menschlichen Spezies auf diesem elternlosen Planeten.

Nachdenklich verzog er das Gesicht. Ursprünge, Ursprünge – nicht mal die Experten waren sich darüber einig. Bestenfalls schien festzustehen, daß die Erde selbst zwischen drei und vier Milliarden Jahre alt war, während das Echo der Explosion, die das gesamte Sonnensystem ins Leben rief, seit zehn Milliarden Jahren durch den Weltraum hallte. Den Menschen selbst gab es seit etwa zwei Millionen Jahren, vielleicht auch dreien oder noch mehr. In Nevada war der deutliche Abdruck eines mit einem Schuh bekleideten menschlichen Fußes entdeckt worden, der fünfzehn Millionen Jahre alt war. (Ein ähnlicher in der Wüste Gobi, circa zehn Millionen Jahre alt.) Das Fossil eines menschlichen Skeletts, das Hurzeler und de Terra 1958 in der Toskana entdeckten, wurde auf zehn Millionen Jahre geschätzt. Ja, nach der konventionellen entwicklungsgeschichtlichen Zeittafel hatte sich die Spezies Mensch mit bemerkenswerter Schnelligkeit entwikkelt. Aus dem Nichts sozusagen.

Ehrfürchtig dachte Adam an die berühmten Höhlenmalereien in Europa; Zeichnungen und Skizzen, die auf die Existenz von Kunstschulen schon vor fünfzehntausend Jahren hinzudeuten schienen.

Noch verblüffender war die Tatsache, daß »prähistorische« Skulpturen in Stein gemeißelte Zeugnisse von Tyrannosauriern und Stegosauriern in Arizona hinterlassen hatten. Gigantische, monumentale Darstellungen von Menschen aller Rassen, mindestens zehntausend Jahre alt, waren in Peru entdeckt worden, zusammen mit Zeichnungen von Tieren, die, wie moderne Paläontologen annahmen, lange vor dem Erscheinen des Menschen auf der Erde ausgestorben waren. Seltsame Dinge gingen da vor.

Selbst der liebenswerte, gebildete Seth sprach flüssig und spezifisch von menschlichen Kulturen, die es mehrere tausend Jahre vor jenen gab, die die Menschheit kannte – war das ihre verlorene Protogeschichte? Neuere archäologische Funde verlegten den Ursprung der menschlichen Spezies in eine Epoche, die anderthalb bis drei Millionen Jahre her ist, und trotzdem fanden die Menschen nichts dabei, daß die Steinzeitkultur sich erst vor etwa zehn- bis fünfzehntausend Jahren entwickelt haben sollte. Was hatten all diese Menschen in Hunderten und Tausenden von Jahren getan?

Nehmen wir einen Augenblick an, daß sie das taten, was wir heute tun, dachte Adam, wie bringen wir das mit unserem überheblichen, egoistischen Selbstbewußtsein in Einklang? Und doch gab es Indizien dafür. In den uralten Ruinen von Kreta war ein Instrument gefunden worden, das unzweideutig zu einem Computer gehörte. Vor kurzem hatte man in Bagdad elektroplattierte Materialien entdeckt, die aus dem Jahr 2000 vor Christus stammten. Und dann war da noch dieser Bericht von fünfundzwanzig Tonnen Granitplatten, die – in Übereinstimmung mit Seths Berichten über lumanische Technologie – mittels Klangwellen gehoben und bewegt worden waren. Unglaublich!

Offenbar bestand nun auch kein Zweifel mehr, daß der

Prophet Hesekiel im wahrsten Sinne des Wortes von »Menschen« besucht worden war, die von irgendwo aus dem Universum kamen (Vater unser, der Du bist im Himmel ...). Viermal in zwanzig Jahren, behauptete der hochrangige Techniker und Wissenschaftler J. Blumrich.* Eine brillante Folgerung, offensichtlich inspiriert von Erich von Dänikens *Strategie der Götter.* (Eine ganze Flut von Büchern über außerirdische Wesen, dachte Adam. Verdammt, vielleicht verkaufen sie sich so gut. Nur – warum verkaufen sich derart seltsame Bücher in solchen Zeiten so ausnehmend gut? Bewegen wir uns langsam auf einen verheißungsvollen Brennpunkt zu?)
Natürlich war es für die Menschheit nicht leicht zu akzeptieren, daß sie nur die Frucht des ewigen Kreislaufs der Biogeschichte darstellte. Doch Eitelkeit, nichts als Eitelkeit, konnte sie blind machen für die offensichtliche Möglichkeit, daß sie nicht die *ersten,* nicht die *besten* und auch nicht die *einzigen* Geschöpfe des Universums waren.
Die Tatsachen? 1961 schätzten Wissenschaftler der Green Bank die Zahl der für Menschen bewohnbaren Planeten auf zehn bis fünfzig Millionen. Bewohnbar hieß, ohne spezielle künstliche Überlebenssysteme. Und 1964 hatte Stephen Dole von der Rand Corporation die Obergrenze auf sechshundert Millionen erhöht.**
Was die Kenntnisse über das Universum, über Wissenschaft und Technologie, und auch über den Menschen selbst anging, so stand die heutige Menschheit buchstäblich im Schatten ihrer »Vorfahren«. Die ägyptischen

* Blumrich, J. (Chef der Systems Layout Branch der NASA); *The Spaceships of Ezekiel,* New York 1974.
** »The Possibility of Intelligent Life Elsewhere in the Universe«. Bericht für das Committee on Science and Technology, Repräsentantenhaus der Vereinigten Staaten, Vierundneunzigster Kongreß, U.S.-Bundesdruckerei, Washington, D.C., 1975.

Priester der Antike führten etwa zehn- bis fünfzigtausend Jahre sorgfältig Buch, besonders über ihre hochentwickelten astronomischen Beobachtungen – eine Autorität (Simplicus, sechstes Jahrhundert nach Christus) sprach sogar von mehr als sechshunderttausend Jahren. Mein Gott, dachte Adam. Und da er gerade dabei war – der Kodex des Vatikans schätzt den Ursprung des Maya-Kalenders auf älter als achtzehntausend Jahre. Platon zitierte ägyptische Priester, die den Untergang von Atlantis auf etwa zehntausend vor Christus veranschlagten (vielleicht hatte Roc doch unrecht?), und dies stimmte mehr oder weniger mit den zarathustrischen Texten überein, die den »Beginn der Zeit« ebenfalls für diese Epoche ansetzten.
Nein, dachte Adam traurig, Wissen ist uns nicht in einem stetigen, linearen Fluß übermittelt worden. Es kam in Wellen, einem unablässigen Auf und Ab, es gab Fortschritte und Rückschritte. Viele Gelehrte der Renaissance waren tatsächlich überzeugt, daß die Erde eine flache Scheibe und der Mittelpunkt des Universums sei, doch viertausendfünfhundert Jahre vor ihnen hatte der chinesische Weise Chi-Po seinem Kaiser berichtet, die Erde schwebe frei im Raum. Philosophen und Astronomen im Griechenland des Perikles begriffen nicht nur das, sondern gingen sogar von einem unendlichen Universum ohne Zentrum aus – waren somit Vorläufer Einsteins und seiner Speziellen Relativitätstheorie.
Dasselbe galt für die Technologie. Vor undenklichen Zeiten hatte Heron von Alexandria eine Dampfmaschine gebaut, die eine Turbine mit Düsen kombinierte und sogar über einen Entfernungsmesser verfügte. Ausgrabungen in Pakistan bewiesen die Existenz planvoll angelegter Städte, Tausende von Jahren alt, mit Straßen und ausgeklügelten Wasserversorgungs- und Abwassersystemen ausgestattet. Da gab es achteinhalbtausend Jahre alte

Bruchstücke von türkischen Teppichen – nach derselben Technik gefertigt wie die von heute – und kunstfertig gewebte Sandalen, die in einer Höhle im Osten von Nevada entdeckt worden und durchaus mit modernen Produkten vergleichbar waren. Der Suezkanal war zum ersten Mal vor zweitausendfünfhundert Jahren gebaut worden; das Alter eines künstlich geradegebogenen Elefantenstoßzahnes und einer handgeschnitzten Knochennadel wurde auf dreißigtausend Jahre geschätzt.
Adam grunzte mürrisch. Elefantenstoßzähne und knöcherne Nadeln und Wandmalereien – all das erhärtete nur die Vorstellung von dem unwissenden Menschenaffen mit der Keule in der behaarten Pfote. Cromagnon war ein hochgewachsener, gutaussehender und hochintelligenter Bursche, der vor dreißig- bis fünfzigtausend Jahren gelebt hatte – mindestens – und keine eindeutigen evolutionären Vorfahren besaß. (Der Neandertaler war nicht sein Vorfahre – sie lebten zur gleichen Zeit.) Nein, Darwins Selektionstheorie konnte sein Auftauchen nicht erklären. Er hatte die Bühne des menschlichen Lebens viel zu plötzlich betreten, noch dazu nach einem Stillstand von zwölf Millionen Jahren in der Entwicklungsgeschichte des Homo-Fossils. Also doch ein außerirdischer Einfluß? Könnte sein. War es denn wirklich so abwegig, sich vorzustellen, daß andere vor uns da waren und ihre Gene mit denen unserer kaum entwickelten, affenähnlichen Vorfahren mischten, uns die richtige Richtung der Entwicklung wiesen, den ganzen Prozeß in Gang setzten und dann ihre überlegene, hybride Gattung sich selbst überließen, damit sie ihren vorgezeichneten und vorhersehbaren Weg gehen konnte? Gezeugt von galaktischen Göttern? Sternenmenschen? Waren sie wirklich und buchstäblich, nicht nur mystisch nach dem Ebenbild ihrer Schöpfer geformt?
Ganz und gar nicht abwegig, fand er. Immerhin gab es in

uralten Sanskrit-Texten eindeutige Indizien für Atomexplosionen. Brahmanische wissenschaftliche Texte splitterten die Zeit bis hin zu *kashta*-Einheiten auf – das war eine Dreihundertmillionstelsekunde oder 3×10^{-8}. Derartige Messungen kamen zufällig der Lebensspanne bestimmter subatomarer Teilchen ziemlich nahe. Welchen Grund hatten die Hindus, die Zeit so fein abzustufen, wenn sie nicht tatsächlich Kenntnisse über die Atomphysik besaßen? Europäische Höhlenmenschen hinterließen komplizierte astronomische Aufzeichnungen, die, in linearen Symbolen verzeichnet, die Wände ihrer Höhlen zierten und auf etwa dreißigtausend Jahre geschätzt wurden.

Dieselben eigenartigen Sprünge innerhalb des Wissens tauchten auch in der Astronomie auf. Die beiden kleinen Monde des Mars wurden angeblich erst 1877 entdeckt, trotzdem wies schon Homer in seiner *Ilias* auf sie hin, und auch Kepler (Anfang des 17. Jahrhunderts), Voltaire und Jonathan Swift mußten sie gekannt haben. Der geheimnisvolle Mond der Venus wurde von mehreren zuverlässigen und unabhängig voneinander arbeitenden Beobachtern im späten 17. Jahrhundert entdeckt, verschwand dann ein Jahrhundert lang, tauchte erst 1886 wieder auf und verlor sich anschließend. Ähnlich verhielt es sich mit Lescarbaults flüchtigem, scheibenförmigem Planeten Vulkan, den er 1859 über die Oberfläche der Sonne ziehen sah. Was konnte das gewesen sein? Eine Art intergalaktische Raumstation? Eine ganze Stadt? Und was war mit Marduk?

Gab es noch anderes intelligentes Leben im Universum? Adam lachte laut, ein wenig verbittert. Dumme Frage. Daran bestand nicht der geringste Zweifel. Die eigentliche Frage lautete: Gab es intelligentes Leben auf der Erde? Eine theoretische Frage, aber immerhin.

Ja, offenbar gab es irgendwo auf der Erde intelligentes

Leben, und es bestand eine hauchdünne Verbindung zu ihm. Wer S.I.E. auch sein mochten, anscheinend warfen sie in regelmäßigen Abständen, wann immer die Zeit reif dafür war, historische und andere Informationspakete über der Erde ab. Das hieß, wenn S.I.E. bereit waren, sie an die Menschheit weiterzugeben, und diese bereit, sie zu empfangen. Oder beides? *The People's Almanac* entlarvte den amerikanischen Traum, verwandelte Präsidenten in Menschen wie du und ich und zeigte den Leuten, daß Verbrennungsmotoren und Fernsehen viel älter waren, als sie sich vorstellen konnten. Jane Roberts und das plötzliche Aufkommen fernöstlicher Religionen bereiteten das amerikanische Bewußtsein auf das Konzept der Reinkarnation vor, im Gegensatz zur bisherigen Theorie, daß nach dem Tod kein körperliches Leben mehr möglich sei. Isaac Asimov brachte den Massen die Wissenschaft näher. Däniken und seine *Erinnerungen an die Zukunft*. Thomas und sein faszinierendes Werk *We Are Not The First*. Die richtigen Bücher zur richtigen Zeit, und alle sprachen dasselbe Thema an. Es gab andere vor uns, doch sie verwischten alle Beweise für ihre Existenz, so wie der flüchtende Indianer seine Spuren, und verschwanden. Nichts blieb übrig. Oder, nun ja, einige *wenige* Zeichen, die jedoch nur von geübten Spurenlesern entdeckt und ausgewertet werden konnten. War das die Aufgabe der Insider? Nur Spuren zu hinterlassen, die Neugierige und Befähigte zu lesen vermochten? Ein Rasterprozeß? »Viele sind berufen, wenige aber auserwählt«? Oder war es so, daß ohnehin nur wenige gewillt waren, über ihren begrenzten Horizont hinauszublicken und die Suche aufzunehmen?

So vieles, was man für neu hielt, war gar nicht neu. Selbst kleine Dinge wie Kontaktlinsen – Montgomery Ward trug sie 1889. Und Henry Ford hatte das Auto nicht erfunden, wie man ihnen immer gesagt hatte, als sie klein waren – in Europa waren schon um die Jahrhundertwende die ersten Fiats gefahren. Batteriebetriebene Radios hatten lange ein unbemerktes Dasein gefristet, bis die Federal Communications Commission aus ungeklärter Ursache die Regeln für ihren Gebrauch lockerte und zur gleichen Zeit große Elektronikkonzerne der Insider und auch der Einzelhandel den Markt damit überschwemmten. Technisches Training in spielerischer Form? Polytechnische Lektionen in der Freizeit? Wozu? Wer weiß, dachte Adam. Vielleicht war es die Vorbereitung für außerirdische Reisen, so wie Vergnügungsdampfer, Automobile und Flugzeuge heimlich und unbemerkt Kommunikationstechniker und Piloten ausbildeten.

Die logische Folge: Die meisten Menschen verrichteten nichts weiter als unwichtige Routinearbeiten. Möglicherweise hatten die Insider es so arrangiert, als Beschäftigungstherapie für die Massen, oder auch als Einführungskurs für die große Himmlische Akademie.

So oder so ähnlich mußte es sein, denn all diese Vehikel waren völlig überflüssig – viel teurer und unpraktischer als Massentransportmittel. Das bedeutete, daß ihre Anwesenheit im Programm irgendeinem anderen Zweck dienen mußte, einem verborgenen Ziel. Ja, sagte er sich, unsere Technologie, beziehungsweise bestimmte Informationen darüber werden irgendwie bis ins kleinste Detail vorprogrammiert und von oben manipuliert. Und plötzlich hören wir, daß Texas Instruments ein kleines Telephon herausbringt, mit dem wir anrufen können, wen wir wollen, ohne daß Bell oder ein anderes Kommunikationssystem irgend etwas damit zu tun haben.

Was zum Teufel ging hier eigentlich vor? Die verschwenderisch angebotenen Produkte, Dampfkochtöpfe, Mikrowellenherde, Kosmetika – alles nutzloses Zeug. Was also steckte hinter diesen sinnlos extravaganten Werbestrate-

gien? Denk an Freud, Adam: In einer symbolischen Darstellung gibt es neben der offensichtlichen oder manifesten immer auch eine tiefere oder latente Bedeutung. Der Werbespot für einen Mikrowellenherd verführte den Zuschauer nicht nur dazu, sich einen zu kaufen, sondern auch etwas über seine Funktionsweise zu lernen; und Hertz war eben mehr als nur eine erstklassige Mietwagengesellschaft.
Trotzdem gab es hie und da einige Andeutungen. Da wurde die hundertdreiundzwanzigste Folge einer *soap opera* ohne vorherige Ankündigung verschoben, um eine viertelstündige Lektion in Sachen Programmierung der modernen Digitalküche über den Bildschirm flimmern zu lassen – sollte die amerikanische Hausfrau wirklich nur lernen, wie knusprig der Frühstücksspeck sein durfte? Wohl kaum. Hausfrauen Amerikas – ihr werdet, ohne daß ihr es merkt, zu Kontrolltechnikern intergalaktischer Weltraumflüge ausgebildet! Der Speck ist nur der Bonus.
Das war eine ziemlich verlockende These – wenn sie zutraf. Man gab einem Anfänger ein Gewehr, ein Auto oder eine Schreibmaschine erst, wenn er gelernt hatte, damit umzugehen, nicht vorher, sonst verletzte er sich aus Unwissenheit oder fuhr das teure Auto zu Schrott. Vielleicht war das die Lösung: Sie stopften die Menschen voll mit Technologie, damit diese deren Nutzen erkannten und zugleich lernten, damit umzugehen. Sieh der Tatsache ins Auge, mein Freund, dachte Adam resigniert, wenn Goldy beschränkt ist, bist du es auch. Das war ein ziemlich willkürliches und relatives Urteil, doch es stimmte, er beherrschte nicht einmal die vier arithmetischen Grundfunktionen auf seinem kleinen Taschenrechner. Was wollte er also? Gott sei Dank blieb ihm die Möglichkeit, Gilth und Bairny anzuheuern, die sich mit der Hardware auskannten. Er selbst war nur der Manager. Mannomann!

Doch zurück zu den Ursprüngen. Wenn es hochintelligente Wesen gegeben hatte – gab –, die menschliche Programme kontrollierten, wie war es ihnen dann gelungen, sich so vollkommen im Hintergrund zu halten? Die wohlüberlegte und systematische Auslöschung der »Vorgeschichte« war bestimmt keine leichte Aufgabe gewesen. Aus gegenwärtiger Perspektive wurde deutlich, daß S.I.E. eine Menge bewußter Zerstörung in Kauf genommen hatten. Einzigartige alte Bibliotheken waren in Flammen aufgegangen, etwa die von Pisistratus in Athen, die aus dem Tempel von Ptah in Memphis, die Bibliothek von Pergamon in Kleinasien ebenso wie die von Karthago und Alexandria. Sorgfältig vorbereitete Massenbücherverbrennungen wurden von Tsin Shi Hwang in China und Isaurus in Konstantinopel inszeniert – beide ohne jeden Zweifel *Illuminati primi*.
Taktisch gesehen war die Vernichtung des geschriebenen Wortes ein notwendiges Übel – sie mußte sein, um das Programm nicht zu gefährden. Wahrscheinlich hatten die Meister der Erleuchtung die Bücher auf Mikrofilm gespeichert und in Sicherheit gebracht, ehe sie die Originale den Flammen übergaben. Millionen von Werken mit Informationen über die Menschheit und ihre mysteriösen Ursprünge wurden den Menschen damit vorenthalten – für immer? Es war nicht ein fehlendes Glied – nein, die Kette schien bewußt zerrissen worden zu sein.
Heute verbargen S.I.E. sich hinter einer kompliziert aufgebauten Organisation aus Konzernen und Syndikaten, und dieser Dschungel war genauso dicht und undurchdringlich wie der ihres Bankwesens.
Adam dachte darüber nach und blätterte abwesend in einem Stapel Bücher und Pamphlete, bis er auf einen schmalen Katalog mit dem Titel »Ausgewählte Schriften der U.S.-Regierung« stieß. Auf Seite 11 entdeckte er das, was er die ganze Zeit gesucht hatte, Punkt 125L: »Offen-

legung von Gesellschaftseigentum. Eine Publikation aus dem Jahr 1974 mit mehreren hundert Antworten der größten amerikanischen Gesellschaften auf eine Kongreßanfrage, mit dem Ziel, die dreißig bedeutendsten Aktionäre Amerikas herauszufinden.« Ungläubig und belustigt schüttelte Adam den Kopf, lachte und sagte, an die leere Wand gerichtet: »Sehr verehrte Damen und Herren im Kongreß, Sie werden es nie, niemals schaffen, bis zur Spitze der Pyramide vorzustoßen, solange Sie nur um den Sockel herumstreichen ... Mit einem Schaukelstuhl kommen Sie nicht in den Himmel und, äh, halt, warten Sie – mit einem achtzylindrigen Ford auch nicht!«

Sie lächelten hinterhältig und lauerten hinter dem finanziellen Overkill, einem Punkt, an dem das Weltwährungssystem so komplex wurde, daß kein Sterblicher den Durchblick behielt.

Verrückt, vielleicht, aber glücklicherweise war er nicht allein. Charles Fort hatte es eindrucksvoll bestätigt: »Möglicherweise sind wir Eigentum einer kosmischen Überzivilisation, die Götter aus Affen züchtet.« Wie George Schallers verwirrte Gorillas kratzte sich Adam nachdenklich am Kopf und murmelte leise: »Ja, sieht so aus, als würden wir gezüchtet – kultiviert – wie Orchideen im Treibhaus.«

Ein widerlicher Gedanke, und der typisch menschliche Egoismus gebot, daß er ihn sofort verwarf. Interessant nur, dachte er, wie bereitwillig wir akzeptieren, daß wir Hunde, Pferde und Kampfhähne züchten und dressieren; fragt man uns aber, ob wir nicht selbst ebenso gezüchtet und dressiert werden könnten, spucken wir Gift und Galle. Könnte es denn nicht tatsächlich sein? Die USA waren eine der größten Menschen-Farmen auf dem Raumschiff Erde: Weiße, Schwarze, Gelbe, Braune und Rote, das Programm der Illuminaten – eine bunte Palette von sorgfältig aufeinander abgestimmten Erbfaktoren,

mit dem Ziel, neue Züchtungen hervorzubringen, die neue Aufgaben für S.I.E. übernehmen konnten. Wie sollte das funktionieren? Das schwarze Blut machte stärker und friedlicher; das braune stolzer und empfindlicher; das rote Blut weiser und sanftmütiger; das gelbe Blut klüger. So oder so ähnlich, vermutete er, obgleich er sicher war, daß der große Computer ein noch viel ausgeklügelteres Programm entwickelt hatte.
Was soll's, murmelte er und ließ seinen Gedanken freien Lauf, warum nicht? Die Generationen der ihnen bekannten historischen Ära waren nun mal nur einige Früchte unter Hunderten, vielleicht Tausenden, die als kleine Triebe gepflanzt, gedüngt, gewässert und später geerntet worden waren. Die entscheidende Frage lautete: Wer sind die himmlischen Züchter hinter den lokalen Illuminaten? Und welchen Zweck verfolgte ihr Programm? Das Ziel von Phase I schien festzustehen – irgend jemand da oben versuchte die Menschen aus dem Tiefschlaf zu rütteln, sie aus ihrer Apathie herauszuholen und ihnen eine fiebernde Lust am Leben einzupflanzen. Doch der nächste Schritt war für die normalen Sterblichen eben zu kompliziert. An einem klaren Tag hat man gute Fernsicht. Großer Gott, ich schaffe es ja nicht mal, bis über meine Nasenspitze hinauszugucken, dachte Adam. Hier unten ist es viel zu dunkel, ihr gottverdammten erleuchteten Strahlemänner! Wie wär's, wenn ihr mal ein bißchen Licht machen würdet?
Allmählich hatte er wieder das Gefühl, nur ein blöder Neandertaler zu sein, und erinnerte sich nervös, daß er in Wirklichkeit ein echter *Homo sapiens* war, direkter Nachkomme des überlegenen Cromagnon. Nein, keine behaarte Bestie mit einer Keule in der Hand, sondern ein nachdenkliches, berechenbares Wesen, das mit Abakus und Sextant operierte, Pläne schmiedete, Erfindungen machte – und die Geschicke seiner Gattung selbst in die

Hand nahm. Der Abakus war mindestens zehntausend Jahre alt und galt als erster binärer Digitalcomputer, Alpha und Omega der Bankenindustrie. (Und was die behaarten Bestien, den falschen Piltdowner zum Beispiel, anging, so war klar, wie man so was arrangieren konnte;* prähistorische Wesen – frühreife Genies oder dumme Bestien? – du zahlst und triffst deine Wahl, Mister. Denn alles, was die Menschheit darüber wußte, sämtliche Relikte und Artefakte, vom Piltdowner bis zu den Schriftrollen des Toten Meeres, hätten auch einfach in Flußbetten und an Berghängen verbuddelt worden sein können. Selbst der alte Seth hatte die Schriftrollen vom Toten Meer als Fälschung bezeichnet, und als ehemaliger Papst hätte er es eigentlich wissen müssen!)**

Natürlich hatten sie das Bevölkerungswachstum der Spezies beobachtet. Man konnte fast hören, wie Jethro seinem braven Schwiegersohn Moses erklärte, daß er die Massen der Menschheit organisieren müsse – Tausende und Zehntausende von Menschen. »Zähle sie, mach dir ein Bild und lehre sie Moral.« (Aber wie? jammerte Adam insgeheim – wie bringt man Unbelehrbaren etwas bei?) Kontrolliere das Geld, denn über das Geld kontrollierst du die Staaten und ihre Regierungen. Und ebenso wichtig wie die Kontrolle über das Geld ist die Kontrolle über die öffentlichen Informationsquellen, vom Heiligen Buch der Hindus bis zur Heiligen Schrift und späteren, anderen Büchern, Zeitungen, Radio, BBC, NBC, ABC, CBS und Kino. Alles. All das wird von den namenlosen Engeln der unsichtbaren Kräfte hinter den Thronen der Welt in einer administrativen Hierarchie kontrolliert, die spiralförmig nach oben führt, nach oben – wohin denn eigentlich? – weiter jedenfalls, als das menschliche Auge zu sehen vermag.

* Wilson, David: *The New Archaeology*, New York, Seite 22, 235, 255 ff.

** Roberts, Jane: *Gespräche mit Seth*, München 1972

Es war organisiert gewesen und war es noch. Bedenke, mahnte sich Adam: 1951 erhob Papst Pius XII. den Erzengel Gabriel zum Schutzheiligen der elektronischen Kommunikationsindustrie und erneuerte damit dessen historische Funktion als Bote Gottes. Wenn man das System mit streng fundamentalistischen Augen betrachtete, müßte man also *Dallas, Sesamstraße* und *Miami Vice,* die Abendnachrichten, den Spätfilm und auch die Werbung als Botschaften Gottes bezeichnen, die mit freundlicher Unterstützung des Erzengels Gabriel zur Erde gesendet wurden.

Ein frivoler Gedanke, doch möglicherweise gar nicht so abwegig. Diese Programme waren pädagogisch wertvolle, unterhaltsame Moralgeschichten, und *Dallas* sicherlich so was wie Gruppentherapie für die Massen. Jedenfalls konnte man bei Dallas eine Menge über Recht und Ordnung lernen. Über die Wirtschaft. Die Ethik. Sitte und Moral. Auch *The Bill Cosby Show* und ähnliche Sendungen waren dem wirklichen Leben nachempfunden, darin lag ja das Problem. Nessa Hyams führte Regie. Ein Anagramm von Essan Shaym. Waren J.R. und seine Kumpel im Öl-Kartell der ignorante, skrupellose Abschaum der Essener? Illuminaten? Pädagogisch gesehen jedenfalls nicht zu verachten.

Denn spielerisch etwas zu lernen, als Unterhaltung sozusagen und ohne daß man es merkt, war das beste. Das hatte Adams Kollege, der Psychiater Bruno Bettelheim, in seiner berühmten Orthogenetischen Schule herausgefunden. Kinder, die nicht lesen und schreiben konnten, fuhren auf Ideen wie »töten« und »verbrennen« ab und lernten überdurchschnittlich schnell, diese Worte zu buchstabieren. Und veranlaßten ihre Erkenntnisse sie dazu, ihr gefährliches Wissen nun auch schleunigst in die Tat umzusetzen? Ganz im Gegenteil, es brachte sie davon ab, indem es den Prozeß des Denkens dazwischenschaltete – Verzögerung – Zeit genug, das Wort zu buchstabieren und ein wenig von der Emotion in das geistige Bild, das es darstellte, abzulassen. Es war wie bis zehn zählen, wenn man vor Wut platzen konnte. Raus aus dem Dschungel?

Und trotzdem erschien alles so opportunistisch chaotisch, Angebot und Nachfrage, Programme, die kamen und gingen – oder schien es nur so? Alles konnte Teil eines Masterprogramms sein, das auf teuflische Weise so konstruiert war, daß es hochspezifische Effekte auf das Bewußtsein der Massen ausübte. Mit augenscheinlich überflüssigen Werbespots, geheimnisvollen unterschwelligen Botschaften und immer wiederkehrenden leblosen Armen und Beinen, die über die Mattscheiben flimmerten, mit Totenköpfen und flüchtigen Anblicken von bumsenden Paaren – wozu? Der grausame, gesichtslose Typ in der Dristanwerbung – hatten S.I.E. schon angefangen, die Menschheit an den Anblick von geisterhaften außerirdischen Kameraden zu gewöhnen, um sie auf die Begegnung mit ihnen vorzubereiten? War das die Lösung? Nun, vielleicht, aber nur vielleicht, war doch nicht alles so zufällig, wie es aussah. Eine gewaltige, unerbittliche Gehirnwäsche der Massen? Eine methodische, bis ins kleinste Detail geplante Konditionierung nicht nur der Individuen, sondern ganzer Völker? Unglaublich, ja, aber genial!

Es war jetzt ganz dunkel und still draußen. Der Tag ging zur Neige, doch seine Gedanken wollten nicht zur Ruhe kommen. Betrachte die Genesis als Metapher – sieh den wackeren Nimrod, wie er versucht, einen Turm zu bauen, der bis ins Allerheiligste Gottes reichen soll. Welche Anmaßung! Sieh, wie er zur Erde zurückstürzt, wie sich eine große Sprachverwirrung unter ihm und seinen Mitverschwörern ausbreitet, damit sie nie wieder auf die Idee verfallen, sich gegen ihre – oder ihren – unsichtbaren

Meister zu erheben. Teile und herrsche. Staat gegen Staat, Rasse gegen Rasse.
Wenn ich König wäre! Wie leicht wäre es, das Programm durchzuziehen, egal ob bei fünftausend oder fünf Millionen oder fünf Milliarden Menschen. Es spielte nicht die geringste Rolle – die Prinzipien des Managements waren dieselben. Ja, ich könnte tun, was ich wollte!
Vom erhabenen Sitz der Götter aus war es kein Problem, Menschenmassen von einem Ort zum anderen zu dirigieren, dahin, wo ihre speziellen Fähigkeiten gebraucht wurden und sie bessere Chancen hatten. In Oklahoma hatte es freies Land gegeben. In Kalifornien war Gold entdeckt worden. (Nicht viel, dachte er spöttisch, höchstens ein paar tausend Dollar wert; der große Goldrausch hatte sich nur in den Zeitungen abgespielt!) Und jetzt gab es Erdöl in der Vereinten Arabischen Republik, und wieder setzten sich große Massen in Bewegung. Die menschliche Gier war einer der verläßlichsten Triebe des Menschen; Geld hielt ihn auf Zack. Reiche Ölvorkommen waren noch unentdeckt. Der sterbliche Zeitgenosse fand solche Versuchungen unwiderstehlich, obgleich niemand ihn zwang, ihnen nachzugeben. Er konnte sich jederzeit für die kurze, idyllische und traumhafte Existenz eines glücklichen Wilden entscheiden; einige taten es. Aber unser Zeitgenosse nahm die Spur des Köders freiwillig auf, und indem er das tat, arbeitete er, und indem er arbeitete, dachte er, und indem er dachte, lebte er. Manchmal mühselig, zugegeben, aber insgesamt länger und besser, als hätte er im Urzustand der Trägheit verharrt.
Indes saß der Obermacker im Himmel, auf dem Olymp oder gar höher, an seinem zentralen Rechner, am Nervenzentrum der Welt. Wie würde ich das machen, fragte er sich? Rein praktisch gesehen?
Er sprang auf und ging im Zimmer auf und ab. Wie stellte man es an, eine Zivilisation unter Kontrolle zu bringen?

Kapitel 18

Wenn ich G.O.T.T. wäre

Warum nicht, sagte sich Adam. Immerhin hat auch Steffens mal G.O.T.T. gespielt. Hat auf seine kleine Lehmkugel runtergeguckt und sich gesagt, daß er etwas unternehmen müßte, damit die Menschheit mit den himmlischen Veränderungen Schritt halten konnte. Ein »politisches Donnerwetter« war über sie hereingebrochen, das einerseits groß genug war, um von allen zur Kenntnis genommen zu werden, andererseits aber auch so eindimensional, daß alle es verstanden. Dann hatte Gott einen Blitz hinterhergejagt, der mit den alten Prinzipien und Vorstellungen aufräumte und – in der romantischen Gestalt Mussolinis – ein neues Licht erstrahlen ließ, das alle Staaten der Welt erleuchtete. (Mussolini? Ich dachte immer, das wäre ein Bösewicht.)

Genug, aber nicht zuwenig, dachte Adam – ein wichtiges Prinzip bei der Züchtung einer Spezies. Sorge für genug Anreize, um die Menschheit von dem mächtigen, angeborenen Trieb abzubringen, das Leben mit Spielen in der Sonne zu vergeuden, von Bäumen zu essen, sich der Lust und dem Trunk hinzugeben. Genug, um sie zu zielgerichtetem Handeln zu bewegen und Freude an einer Art des Denkens zu entwickeln, auf die sie von selbst nur kommt, wenn man sie mit der Nase draufstößt. Andererseits dürfen die Anreize nicht so übermächtig sein, daß die Menschen überwältigt und verwirrt davor zurückschrecken, weil sie unfähig sind, sie zu verarbeiten. Beide Extreme ließen sich mit Hilfe der Medien ohne Schwierigkeiten erreichen (von jeglichem Mangel an Nachrichten bis hin zu Berichten über menschenfressende Ungeheuer, die aus dem Weltraum kamen, um die Erde zu erobern). Aber traf das zu? Offenbar nicht – alles schien sorgfältig ausbalanciert zu sein. Es waren genug Stimuli da, um die Menschen in Bewegung zu halten, so daß sie selbständig dachten, Probleme lösten, Entscheidungen trafen, handelten. Ja, irgendwie hatten S.I.E. es geschafft, ein Gleichgewicht zwischen der tödlichen Monotonie eines Lebens ohne Anreize und dem überwältigenden Ansturm zu vieler Stimuli zu erreichen. Wie der Esel, der hinter der Möhre herrennt, war die Menschheit ständig auf Trab, ständig beschäftigt, statt im Tiefschlaf der Nichtexistenz zu versteinern. Oder wollten S.I.E. die Spezies so lange umherhetzen, bis sie im Irrenhaus landete?

Was für ein Blödsinn, wies Adam sich zurecht. Schon die Vorstellung, daß eine derart ausgeklügelte Manipulation der sozialen Institutionen tatsächlich von einem ökonomischen Luftschloß aus kontrolliert werden könnte, grenzt an Naivität. Versetzt man sich aber mal in diese Lage, sieht man, daß es gar nicht schwer ist: Alles spielt sich im Kopf des Betrachters, des Medienkonsumenten, ab. Wenn ich – rein theoretisch, versteht sich – ein paar Trillionen Dollar übrig hätte, oder wenn jeder auf der Welt überzeugt wäre, daß ich sie hätte, und wenn ich dann auf die Idee käme, mein Kapital und meine politische Macht auf zwei benachbarte Nationen namens Oz und Utopia auszudehnen, wäre es wirklich ein Kinderspiel, diese Nummer durchzuziehen. Ich würde einfach die Fernsehstationen, die Zeitungen, Magazine und Verlagshäuser der beiden Länder kaufen und mein kleines Spiel mit den Köpfen der Menschen eröffnen.

Mit soviel Geld im Rücken könnte ich natürlich machen, was ich wollte. Die gewählten Präsidenten der beiden armen, aber friedlichen Staaten stünden auf meiner Gehaltsliste, also würden sie tun, was ich von ihnen verlangte. Wenn die Bürger anfingen, sich über die von mir aufgezwungene Politik zu beschweren, würde ich die Medien einspannen, um ihnen die Notwendigkeit meiner Maßnahmen zu erklären. Wenn das alles nichts fruchtete, würde ich einen Reformpolitiker anheuern, den alten Präsidenten in irgendwelche Skandale verstricken, die ihn zwängen, von seinem Amt zurückzutreten, und mein neues Pferd ins Rennen schicken. Mein Kandidat könnte auf die Unterstützung des Kongresses bauen, da die meisten Abgeordneten ebenfalls von mir bezahlt würden. Sie kosten nicht allzu viel und machen keine Probleme. Wenn einer von ihnen oder ein aufmüpfiger Intellektueller aus der Reihe tanzte, würde ich ihm zuerst ein Stipendium anbieten, um sein Studium fortzusetzen, und wenn das nicht zöge, gäbe es noch eine Menge anderer Maßnahmen, um ihn in Schach zu halten: Ich könnte ihn der Steuerhinterziehung bezichtigen, ihn in eine Falle locken und des Hochverrats bezichtigen. Ich könnte ihm sogar sexuelle Abartigkeit anhängen, denn meine Bürger wären durch einen auf teuflische Art eingeprägten Schuldkomplex längst darauf konditioniert, perverse Schweinereien zu verteufeln. Oder ich schickte ihm meine Privatpolizei auf den Hals und ließe ihn notfalls aus dem Verkehr ziehen. Die Möglichkeiten sind unbegrenzt.

Wenn ich aufrüsten müßte, würde ich Fernsehnachrichten und Zeitungsberichte mit Meldungen über Grenzstreitigkeiten zwischen Oz und Utopia aufpeppen, und wenn es keine Grenzstreitigkeiten gäbe, könnte ich ein paar Drehbuchschreiber und Schauspieler engagieren, die das Szenario bühnengerecht auf die Beine stellten – obgleich es immer genug heißblütige junge Spunde gibt, die das umsonst machen. Wenn patriotische Parolen nicht die gewünschte Wirkung zeigten, verringerte ich den

Geldfluß, der von meiner Staatlichen Währungskontrollinstanz beaufsichtigt würde (die sie für die ihre halten), böte den Soldaten einen höheren Sold und bessere Sozialleistungen und verschaffte ihnen die Möglichkeit einer kostenlosen Ausbildung für die Jobs, die ich brauchte, wenn mein Plan Fortschritte machte. Diese wären rein technischer Natur und bedürften eines Minimums an Kenntnissen in Philosophie, Geschichte, Ökonomie und Politischen Wissenschaften. Letztere würden in den Universitäten gelehrt, wo meine gut bezahlten »Intellektuellen« den Studenten der Oberschicht meine Art der Politik schmackhaft machten und Reden und Positionspapiere für meine politischen Marionetten in hohen Ämtern verfaßten.

Dasselbe ließe sich auf einer niedrigeren Ebene machen, indem ich die im Umlauf befindliche Geldmenge beschränkte und gleichzeitig die Verbraucherpreise in die Höhe triebe. Auf diese Art würde eine inflationäre Depression erzeugt und die Kriminalitätsrate (Vergewaltigung, Drogenmißbrauch, Gewalt auf der Straße – was immer gerade zieht) erhöht. Ich würde beides in den Medien hochspielen, so wie Lincoln Steffens und seine Freunde es mit der angeblichen Verbrechensserie in New York taten. Gleichzeitig könnte ich die Stellung der Polizei aufwerten und die Aufnahmebedingungen für ihre Jobs herunterschrauben. Ich würde ihren Lohn erhöhen und ihnen schmucke Uniformen und andere Accessoires versprechen, die zur Befriedigung des Egos dienen und den Vorstellungen meines Personals auf diesem Level der Operation entsprächen.

Die Gesetzgebung und die Durchsetzung der Gesetze durch Polizei und Richter könnte auf die gleiche Art kontrolliert werden. Ich glaube, es wäre nur in den seltensten Fällen notwendig, diese Beamten direkt zu kaufen; ihre Gunst ließe sich durch wohlabgewogenen

Machtzuwachs und öffentliche Anerkennung gewinnen. Man müßte nur darauf achten, sie ökonomisch so unter Druck zu setzen, daß sie in ihrer Freizeit nur noch überlegten, wo sie das Geld herkriegten, um ihren geliebten Status zu halten. Eine großartige Sache, das Geld, wirklich großartig!

Um meine Operation zu vereinfachen und sie geheimzuhalten, würde ich die Medien gleichzeitig mit einer Vielzahl von attraktiven Ablenkungsmanövern bombardieren – kleine moralische Geschichten unter dem Deckmantel spektakulärer Morde, Entführungen, Krawalle, offener Konflikte zwischen kleinen, aber bedeutenden Interessengruppen und viel Unterhaltung. Wenn die Menschen kein Jura, Medizin oder Philosophie studieren wollten, verpackte ich es ihnen eben als »L. A. Law«, »Bonanza« und »Gunsmoke«.

Ich würde mir Mühe geben, den Anschein einer echten und aktiven Opposition zu der von mir vertretenen Politik zu wahren. Durch die Medien könnte ich das Bild einer Welt verbreiten, die vom Fressen oder Gefressenwerden eines erbarmungslosen Wettbewerbs geprägt ist. Dies würde bei den weniger gebildeten Gesellschaftsschichten ankommen, aber auch die Hohlköpfe – selbständig denkende TV-Snobs zum Beispiel – beeindrukken. Diese könnte ich kaltstellen, indem ich meine Schubladenintellektuellen, die mittlerweile hohes Ansehen bei der Bevölkerung genössen, anwiese, Artikel und Bücher zu schreiben, die sich kritisch mit meiner Politik auseinandersetzten. Natürlich wären sie vollkommen unschädlich, weil so lang und kompliziert, daß der Durchschnittsleser sie nicht verstünde; außerdem wären sie in der von mir veranlaßten Form der Veröffentlichung sehr teuer. Wie ich aus langer Erfahrung weiß, läßt sich der Normalbürger von Slogans und bestimmten Taktiken, für die Zeitungen und Fernsehen besonders gut geeignet

sind, einschüchtern, die Intelligenteren jedoch müßten mit dem Schein höflichen Entgegenkommens umgarnt werden.
Mit all diesen Maßnahmen hätte ich die zuvor friedlichen Völker von Oz und Utopia überzeugt, daß ihre Staaten unvereinbare politische Ideologien verfolgen und sie, um ihr eigenes und das Wohl der Menschheit willen, der jeweils anderen Nation den Krieg erklären müßten. Dann gäbe ich meinen Beamten und militärischen Führern den Befehl zum Losschlagen. Die Waffen, die beide Seiten für den Krieg benötigen, würden natürlich zu horrenden Preisen von meiner Rüstungsindustrie geliefert. Der Krieg an sich kostete mich gar nichts, denn ich könnte ihn durch Erhebung von zusätzlichen Steuern in beiden Ländern finanzieren. Auch die finanziellen Mittel für den Krieg würden von mir zur Verfügung gestellt – gegen entsprechende Zinsen, versteht sich. Im Verlauf der blutigen Auseinandersetzung würde alles, was einen gewissen Wert besitzt und verkäuflich ist, von meinen Agenten an mich übertragen. Wenn es meinen Interessen diente, würde der Friede wiederhergestellt, indem ich die öffentliche Meinung einer erneuten, diesmal entgegengesetzten Medien-Gehirnwäsche unterzöge, in Verbindung mit sorgfältig geplanten Ablenkungen und wachsendem ökonomischen Druck. Selbstverständlich achtete ich darauf, daß genügend kleine Belohnungen winkten, um die Menschen bei der Stange zu halten. Das wäre notwendig, damit sie weiterhin hart arbeiteten und den Verlockungen des Geldes erlägen.
Eine solche Operation könnte ich unter bestimmten Vorsichtsmaßnahmen weltweit und beliebig oft wiederholen, in der Gewißheit, daß das historische Gedächtnis der Menschen äußerst kurz ist. Bestimmte Erinnerungen, die möglicherweise überlebt hätten, würde ich problemlos modifizieren, indem ich den Inhalt der Geschichtsbücher

in den Schulen der neuen Lage anpassen ließe. Mit sämtlichen mir zur Verfügung stehenden Medien würde ich sie unablässig daran erinnern, welch große Taten sie in der Vergangenheit vollbracht haben und wie sehr sie damit im Recht waren.

Stimmt, vollkommen idiotensicher wäre mein System nicht; hie und da könnten sich kleine Fehler einschleichen. Es könnte vorkommen, daß mein Name oder der meiner Strohmänner in den oberen Etagen in den Schmutz gezogen würde, doch wäre ich mittlerweile der irdischen Bühne, auf der die Spieler meine Befehle ausführen, so entrückt und durch eine hochkomplexe Organisation dermaßen geschützt, daß auf der unteren und mittleren (Regierungs-)Ebene meiner Operation kein ernstzunehmender Widerstand mehr zu erwarten wäre.

Die einzigen echten Probleme kämen von anderen Gruppen, die ebenso schlau, entschieden und finanzkräftig sind wie ich. Wir verfolgten dasselbe Ziel, doch obwohl wir uns bis aufs Messer bekämpften, wüßten wir beide, daß die Menschen unter uns nie etwas davon erführen. Unsere langfristigen Ziele bestünden darin, uns das gesamte verfügbare Kapital anzueignen und größtmögliche, wenn nicht totale Macht auf alles auszuüben, was uns in die Hände fiele – und dabei hätten wir keineswegs nur diesen popeligen Planeten im Kopf. Die Pläne für zukünftige Ausdehnungen unseres Machtbereichs würden einen entscheidenden Aufschwung erfahren, wenn unsere gewöhnlichen, erdgebundenen Speichellecker zu einem leistungsstarken Arbeitstrupp geeint wären, der auch in Zukunft die finanziellen Mittel aufbrächte, die wir brauchten, um unsere (menschlichen?) Ziele zu verfolgen.

Tja, und solltest du mich im Verlauf eines vertraulichen Gespräches darauf ansprechen, warum ich all das machte, wäre die Antwort nicht nur leicht, sondern auch ehrlich:

Ich mache es aus denselben Gründen, wie du deine Arbeit machst. Einmal, weil ich dazu geboren bin und man mir beigebracht hat, wie das System funktioniert, zum anderen, weil ich ein guter Mensch bin, der aufrichtig von der Richtigkeit seines Jobs überzeugt ist. Immerhin habe ich ihn von anderen übernommen, die mir sehr nahestanden. Es sind also dieselben Gründe, aus denen du Klempner geworden bist: weil du als Sohn eines Klempners zur Welt kamst, weil du unter dem Einfluß deines Vaters viel darüber gelernt hast, und weil er dir diesen Beruf ans Herz legte, als gute Art, sich seine Brötchen zu verdienen und anderen Menschen zu helfen, ihre Klempnerprobleme zu lösen, mit denen sie allein nicht fertig werden. Das ist doch eine gute Sache für einen guten Menschen, oder etwa nicht?
Ich kann verstehen, daß euch meine zahlreichen Täuschungsmanöver und Schwindel gelegentlich auf die Nerven gehen; daß es euch zuwider ist, wenn ich euer Leben kontrolliere und euch und euresgleichen hin- und herschiebe wie Figuren auf einem Schachbrett. Aber das ist der Preis für den Erfolg meiner Operation, und die wiederum ist notwendig für euer Wohlergehen und das der ganzen Menschheit. Wenn ich euch erklärte, was ich tue und wie, wäre das genauso, als verriete ich meinem Gegenspieler die nächsten sechs Züge. Ohne Zweifel würde es euch in eine mißliche Lage versetzen. Wir wären alle daran gehindert, dafür zu sorgen, daß ihr euch überhaupt noch bewegen könnt. Sollte dieser Fall eintreten, würde der andere möglicherweise die Partie gewinnen – und seine Ziele sind nicht annähernd so ehrenhaft wie die meinen.
Ich möchte ausdrücklich betonen, daß wir verstehen, wenn ihr darüber klagt, daß ihr zuviel arbeiten müßt und zuwenig dafür zurückbekommt. Hierzu müßte ich – mit der Bitte um Entschuldigung und leider über eure Köpfe

hinweg – in rein technischen Termini antworten. Wir bevormunden euch keineswegs! Um das zu beweisen, spreche ich nur die Worte aus und überlasse die Entzifferung euch.
Unterwerfung bringt Sublimation und Kreativität mit sich – sexuell aufgeladene Gedanken und Handlungen, ohne daß jedoch ein Verlust sexueller Energie über die gesamte Lebensspanne hinweg zu befürchten wäre. Im Gegenteil, Repression erzeugt eine Steigerung, denn die Lust akkumuliert sich und bringt Zinsen wie das Geld auf der Bank. Alles wird eine Spur schärfer, beispielsweise durch entsprechende Kleidung, Phantasie, aufgezwungene Zurückhaltung, schmachtende Blicke und aufreizende Spielchen. Mit anderen Worten, mein System bestraft euch nicht – es belohnt euch. Ihr verliert nicht euer Leben, sondern gewinnt etwas dazu.
Als nächstes könntet ihr einwenden, daß unsere Operation euch notgedrungen verkrüppelt oder gar umbringt. Das trifft wohl zu, aber nur, wenn ihr es wollt! Und wir haben auch Verluste. Unsere mittleren Angestellten, also diejenigen, die nationalen Regierungen vorstehen, unterliegen einem immensen emotionalen Streß. Für das Wohl des Systems müssen sie gelegentlich Dinge sagen oder tun, die gegen ihre eigenen Prinzipien verstoßen, weil sie die Notwendigkeit dazu nicht einsehen. So kann es erforderlich werden, sie zu ersetzen und der öffentlichen Schande preiszugeben. Für den Betroffenen ist das möglicherweise genauso schlimm wie eine Exekution, wenn er eitel und ehrgeizig genug ist, um nach öffentlichem Ansehen zu streben, zu dem ihm das Amt verhilft, und sogar bereit ist, sich dafür zu verkaufen. In jedem Fall ist ihm *heimliche Ehre* gewiß.
Auf dieser und höheren Ebenen sind unsere Leute überdies zunehmend der Gefahr politisch motivierter Entführungen, Attentate, raffiniert eingefädelter Skandale und,

was das Schlimmste ist, unvorhersehbaren Schachzügen irgendwelcher oppositioneller Gruppen ausgesetzt.
Sicher, es ist unangenehm, in der Überzeugung aufzuwachsen, man sei ein freies, selbständiges und einzigartiges Wesen, um dann erkennen zu müssen, daß man in Wirklichkeit nur ein kleines Rädchen ist, über dessen Schicksal mächtige, unsichtbare Demagogen verfügen, die sich für überlegen und daher für rechtmäßige Herrscher des Lebens halten. Es mag herzlos erscheinen, aber ich bitte euch zu bedenken, ob nicht vielleicht etwas Wahres an ihrem Anspruch sein könnte. In diesem Fall wäre es nämlich das beste, wenn ihr eure Hirngespinste gleich wieder vergeßt. Dann werdet ihr gewissermaßen selbst über euer Leben entscheiden und interessante Aufgaben haben, euch an der liebevollen Gesellschaft eurer Familie und Freunde freuen und für einen bestimmten Status arbeiten, durch den ihr Anerkennung, Bewunderung und Zustimmung erlangt.
Im Grunde sind das dieselben Ziele, nach denen auch wir in unserem inneren Kreis trachten. Wenn ihr euch die Alternativen anschaut, werdet ihr sehen, daß es in Wirklichkeit gar kein so schlechtes System ist. Ohne unsere Hilfe wäret ihr nackte, unwissende Affen, die sich ihr Futter im Wald suchen und ständig gegen andere plündernde Stämme zu Felde ziehen müßten, und weit und breit wäre keine vernünftige Medizin in Sicht, um Verletzungen oder Krankheiten zu behandeln. Natürlich bestünde auch die Möglichkeit, in einem unserer Kriege verwundet oder gar getötet zu werden, aber in unserem System hättet ihr eine viel realere Chance, alt zu werden, als eure Vorfahren sie im Dschungel je hatten, und ihr hättet mehr Komfort. Es gäbe Ärzte, die eure Schmerzen lindern könnten, wenn ihr krank wäret, und Lehrer, die euch etwas beibrächten über die Erde und das Universum, über die Menschen und wie sie arbeiten und sich organisieren.

Als Frau könntet ihr darauf verzichten, nur Kinder in die Welt zu setzen und so jeder Möglichkeit beraubt zu sein, ein eigenes Leben zu führen. Es gibt wirklich viele Vorteile an unserem System. Wenn wir wüßten, daß ihr das verstanden habt und innerhalb vernünftiger Grenzen damit umgehen könnt, würden wir uns möglicherweise bereit erklären, euch mehr über uns und unsere Operation zu verraten. Das hieße natürlich, daß wir euch mehr Spielraum geben und weniger Arbeit abverlangen und euch hin und wieder ein paar Freuden gestatten, möglicherweise sogar den einen oder anderen Krieg ersparen könnten.

Wir würden ernsthaft darüber nachdenken, anzuerkennen, daß »Staaten« nur eine Fiktion sind, und euch vielleicht direkter bezahlen – als ehrliche Söldner für bestimmte ökonomische Aufgaben. Wir würden die Möglichkeit prüfen, Bedingungen zu schaffen, unter denen ihr einigermaßen komfortabel und menschenwürdig leben könnt. Dazu gehörte das Recht, kein Blatt vor den Mund zu nehmen, eurem Lieblingsaberglauben anzuhängen, eure Ideen zu verbreiten, euer Leben und das der Menschen, die euch am meisten bedeuten, zu verteidigen. Und ein eigenes kleines Stück Territorium, wo ihr euch sicher fühlen könntet und gerecht behandelt würdet, wenn es zu einem Konflikt mit uns oder euren Nachbarn käme.

Die anderen Gesetze gehen euch wenig oder gar nichts an, weil sie mit dem Management von Geld oder Macht zu tun haben. Das ist nichts Neues, wie ihr wißt. Es war so, seit unsere Spezies das primitive, unstete Leben und die ewige Futtersuche im Dschungel aufgab, um seßhaft zu werden und Städte zu gründen. Damit wurde die Erfindung des Geldes akut und unausweichlich. Und das, was ihr daran »korrupt« nennt, wurde ebenso akut und unausweichlich. Vergeßt nicht, daß es einer eurer größ-

ten Lehrer war, der sagte: »Gebt dem Kaiser, was des Kaisers ist«, und so weiter.
Adam runzelte die Stirn. Auch in den Medien kam dieses Thema andauernd auf den Tisch. Arbeitsethik. Produzieren, etwas leisten – sich abrackern, bis man nicht mehr konnte. Aber die Menschen lebten länger und besser, hatten mehr Spaß, machten neue Erfahrungen und hatten einen größeren Horizont als früher.
Und dann – genau zur richtigen Zeit – tauchte die amerikanische Familiensaga *Roots* auf. Während seiner Entwicklung zum Mann war Kunta Kinte davor gewarnt worden, den halsstarrigen, doch unausweichlich fatalen Mut des Warzenschweins auszuspielen. Er tat es nach seiner Versklavung trotzdem und ertrug tapfer das Schicksal des Warzenschweins. Sein Enkel George jedoch war klüger und richtete den Blick nach vorn, statt sich ängstlich über die Schulter zu sehen. Er schaffte es, egal in welcher Situation er sich befand. Er war der beste Hahnenkämpfer der Gegend und mächtig stolz darauf. Denn es stellte eine Möglichkeit dar, zu Geld zu kommen, und mit Geld konnte man sich die Freiheit erkaufen.
Geld – der beste konditionierende Reiz, den man sich denken konnte. Und aus alledem kam Alex Haley, ein beigefarbener amerikanischer Künstler – ein Intellektueller aus der Oberschicht. Kunta Kinte und Chicken George und Tom hatten ihm den Weg geebnet. Ein Kultivierungsprozeß. Wie der Werbespot mit Lorne Greene (der Kuntas bösen weißen Massa spielte) gleich nach dem Ende der letzten Episode, in der es um – ah, welcher Zufall! – Schäferhunde ging. Ihr Verhalten sei instinktiv, sagte er, man könne es nicht wegzüchten. Aber es ließ sich verändern, indem man ihre Erbfaktoren mit denen anderer Gattungen mischte – und es ließ sich wegprogrammieren. KR! KR! KR!
Ich bin auf dem richtigen Weg, dachte Adam, aber noch

habe ich es nicht geschafft. Der Stein von Rosette fehlt, oder etwas ähnlich Offensichtliches; es liegt direkt vor meiner Nase, aber ich sehe den Wald vor lauter Bäumen nicht. Ich stecke in einem Gewirr von ineinanderverhakten Stämmen; besser, ich warte, daß der Gedankenfluß sie davonträgt und neu ordnet. Ein paar Minuten bewußten Abschaltens könnten helfen. Oder sollte ich es mal mit Numerologie à la Simon Moon versuchen? I.H.R.E. beiden wichtigsten Zahlen sind 5 und 23, und 2 + 3 = 5. Die Quersumme von 1976 ist 23. Während der Horta-Episode bei *Raumschiff Enterprise* befahl Kirk Dr. McCoy, ihn auf der *dreiundzwanzigsten* Ebene zu treffen. In der Computersprache Fortran ist der Asterisk das Multiplikationszeichen; so ergibt sich aus M*A*S*H*, einem Anagramm von *sham* (Schwindel, fauler Zauber), wieder die Summe 1976, unserem großartigen Jubiläumsjahr, das überall in den Medien so fröhlich gefeiert wird.

Und es gibt *The Education of H*Y*M*A*N* K*A*P*L*A*N* mit der Summe 1.076.275.200, wahrscheinlich die Zahl der Weltbevölkerung irgendwann gegen Ende des 19. Jahrhunderts. Hätte besser *The Education of the Entire Human Species* geheißen. Witzbolde! Hier ist noch ein Schlüsseltitel: ein obskurer Film namens *S*P*Y*S*, absichtlich falsch buchstabiert, mit einer Summe von 144.400. Seltsame Zahl. Wahrscheinlich die 144.000 Mitglieder der zwölf Stämme Israels plus eine mysteriöse 400. Vierhundert? *Die* vierhundert! High Society. Oberschicht. Insider? Echt schlau.

Kapitel 19

»23 Skidoo« und so weiter

Was genau war eigentlich die Bedeutung der allgegenwärtigen »23«, die immer mit den Illuminaten in Verbindung gebracht wurde? Zweifellos war es die Ziffer, die zur Hauptsendezeit am häufigsten im Fernsehen auftauchte, ganz gleich, ob es um das Stockwerk, die Nummer des Apartments oder Teigwaren im Mittelpunkt einer Werbung für Chef-Boyardee-Buchstabensuppen ging. Der Gruselschriftsteller Elmore Leonard schaffte den Durchbruch nach dreiundzwanzig Romanen. Richard Bachs *Möwe Jonathan* wurde von dreiundzwanzig Verlegern abgelehnt, um dann dreiundzwanzig Millionen Exemplare zu verkaufen. Es gab dreiundzwanzig »Weight Watchers«-Menüs im Fernsehen und dreiundzwanzig rätselhafte Opfer von Hitzewellen in *The Secret Files of J. Edgar Hoover.*

Und natürlich »23 Skidoo«. Was sonst? Von hundertfünfzig biblischen Psalmen hatte es nur einer zu einiger Bekanntheit gebracht – der dreiundzwanzigste. »Der Herr ist mein Hirte, mir wird an nichts mangeln ...« Er weidet mich ... er führet mich ... Verlockend! Das berüchtigte Symbol der Illuminaten, die Pyramide*, hatte fünf Oberflächen, wenn man das Fundament mitzählte. Das fünfseitige Pentagramm war ihre andere große Nummer. Pentateuch. Pentagon. Die fünf Kreise, Symbol der Olympischen Spiele. Hieß das, daß die Erde

* Shea, Robert und Wilson, Robert Anton: *Illuminatus! Das Auge in der Pyramide*, Sphinx, Basel 1978

von dreiundzwanzig Illuminaten regiert wurde? Oder war er der dreiundzwanzigste, den sie wie eine Kolonie beherrschten? O Mist, Adam! Was soll das? Zurück zur Logik!

Kapitel 20

Profit trotz Armut

Goldy döste nackt inmitten unzähliger kleiner Satinkissen auf ihrem Sofa und wachte halb auf, als er das Zimmer betrat. Sie rekelte sich genüßlich und murmelte: »Hi, Adam. Wie kommst du vorwärts?«
Er ließ sich neben sie fallen und streichelte mit den Fingerspitzen ihren Arm. »Es geht. Aber ich muß dich was fragen. Als ich kam, hast du von mir und meinen Freunden aus der Oberschicht gesprochen. Wenn ich eine große Party mit ihnen feierte, würdest du, na ja, wärst du dann gern mit dabei?«
Sie schüttelte den Kopf. »Bestimmt nicht.«
»Warum nicht?«
»Es täte mir keinen Spaß machen, sie klug daherreden zu hören und mir die ganze Zeit vorzukommen wie eine dumme Kuh.«
»Du würdest dich nicht ausgestoßen fühlen?«
»Ach was, genausowenig wie du, wenn ich meine Freundinnen zu ein paar Bierchen und einer Partie Rommé einlade.« Sie rollte sich auf die andere Seite und umarmte ihn. »Das heißt aber nicht, daß ich dich nicht mag, Adam – wir sind nur ein bißchen verschieden, verstehst du, was ich meine?«
»Klar.«
Sie schmiegte sich an ihn, wandte ihm ihr unschuldiges Gesicht zu und fragte: »Na, wie wär's – hast du Lust auf eine kleine Nummer, Adam? Soll ich dir vielleicht einen blasen?«

Er streichelte sie bewundernd. »Bring mich nicht in Versuchung, Goldy. Ich will nur meinen Gedankenfluß nicht unterbrechen; es läuft gerade so gut.«
»Wie wär's mit einem Häppchen zu essen – ein paar Rühreiern mit Speck?«
»Da würde ich nicht nein sagen«, lachte er.
Während sie Frühstück machte, gab er ihr eine Kurzfassung davon, wie er die Welt regieren würde, wenn er König wäre. Sie hörte geduldig zu, lächelte und nickte gelegentlich. Sie schien genau zu verstehen, wovon er sprach. Dann stellte sie die Teller auf den Tisch und setzte sich zu ihm. Ihre Stimme klang entschuldigend, fast flehentlich:
»Könnte sein, daß ich nicht ganz kapiere, was du da sagst, aber es ist so unheimlich, so ... düster.«
»Wie meinst du das?«
»Na ja«, sagte sie, offensichtlich beschämt über ihre Unfähigkeit, sich auszudrücken. »Es ist, wie mein Daddy immer sagte: ›Wenn du nichts Gutes über jemanden zu sagen weißt, dann sag lieber gar nichts.‹«
Es kostete ihn Mühe, sich seine Irritation nicht anmerken zu lassen. »Etwas Gutes? Über S.I.E.?« fragte er zögernd.
Sie zuckte hilflos die Achseln. Es war völlig klar, daß sie keine Chance hatte, wenn es zu einer Auseinandersetzung mit ihm kommen würde. »Ich meine nur, also du und ich zum Beispiel, wir haben es nicht gerade schlecht, oder? Es geht uns doch eigentlich ganz gut.«
»Klar, Goldy – uns beiden schon. Aber was ist mit all den anderen armen Teufeln auf der Welt?« Dann fiel ihm ein, daß er sich vorgenommen hatte, Goldy zuzuhören, nicht mit ihr zu streiten. Sie hatte wirklich eine bewundernswerte Gabe, Fragen zu stellen, auf die er nie käme.
Sie nutzte sein Zögern, um ihren Standpunkt zu verteidigen: »Ich meine, also diese Leute, von denen du da redest. Vielleicht sind sie gar nicht so schlimm, wie du

glaubst. Vielleicht ...«, und ihre Stimme nahm einen sehnsüchtigen Tonfall an, wie um sich gegen seinen möglichen Gegenangriff zu wappnen, »vielleicht versuchen sie ja nur, uns zu helfen?«

Lächerlich! Doch er hütete sich, ihr seine Verachtung zu zeigen, und blieb äußerlich ruhig. Als er wenig später in sein Zimmer zurückkehrte, erinnerte er sich an seine alte Regel, nämlich immer die Möglichkeit in Betracht zu ziehen, daß Goldy besser durchblickte als er. Aber daß sie versuchten, der Menschheit zu helfen, war ein bißchen stark. Und wie sollten sie das anstellen? Indem sie die Menschen beklauten? Oder in tödliche Gemetzel auf den großen Schlachtfeldern trieben? Das offensichtlich nicht, aber eins steht fest, Adam – du respektierst Goldys Argumentation nicht richtig. Im Grunde willst du nur deine eigenen Ideen bestätigt sehen. Die arme Goldy mit ihrem kindlichen Gemüt – hatte sie ihm nicht einmal sogar diesen pathetischen alten Hut angedreht, wie schön es wäre, wenn es Krieg gäbe und keiner hinginge?

Daß sie versuchen, uns zu helfen. Hmmmmm. Schon möglich, daß die unsichtbaren Manager versuchten, die Menschen zu einem weltweiten, friedlichen Sitzstreik zu überreden, als Beweis dafür, daß sie gelernt hatten, sich nicht gegenseitig zu bekämpfen. Oder daß sie die Kraft hatten, zu erreichen, was sie sich vorgenommen hatten, wenn sie diese Kraft nur richtig einsetzten. Wenn ... wenn sie ihre angebliche Sehnsucht nach Freiheit und Frieden über die uralte, angeborene Lust nach Geld, Macht und persönlicher Vorherrschaft stellten. Vielleicht waren sie dabei, die Menschen zu testen, bis diese demonstrierten – und zwar nicht nur mit leeren Worten und munteren Sprüchen –, daß sie ihre Lektion endlich kapiert hatten, im Kopf genauso wie im Bauch.

Dreißigtausend Jahre oder länger. Jawohl Adam, sieh den Tatsachen ins Auge. Es war denkbar, daß sie selbst diese

Lektion vor undenklichen Zeiten gelernt und dann eingesehen hatten, daß die Menschen Gewohnheitstiere sind, die sich eher von Leidenschaften als von Vernunft und Geist leiten lassen. Das primitive menschliche Denken wird nie ausreichen, um ein Verhalten ohne jede Heuchelei zu steuern. Im Gegenteil, die Menschen besitzen die erstaunliche Gabe, Gutes zu reden und Schlechtes zu tun. Deshalb, ja deshalb brauchten sie Skinner mit seiner operanten Konditionierung, damit sie *lernten*, wie zuvor die Tauben in seinem Labor, was sie tun mußten, um bestimmte Dinge, die sie sich vorgenommen hatten, zu erreichen. Frieden. Integrität. Autonomie. Brüderliche und schwesterliche Liebe ohne Neid oder Eifersucht.

Konditionierung – ächz! Unruhig lief Adam von einem Ende des Raums zum anderen und dachte darüber nach. Versuchen uns zu helfen! Verflucht noch eins, Goldy, du armes, vertrauensseliges Dummköpfchen – wieso mußtest du ausgerechnet damit rauskommen? Und diese andere blöde kleine Frage: »Aber Mann, wenn die wirklich so viel draufhaben, wie du sagst, Adam, wieso haben sie uns dann nicht schon längst allegemacht?« Verdammt! Ein Paradox nach dem anderen! Sie hatte recht, sie hätten die Menschen längst erledigen können, jeden einzelnen, und wann sie wollten; statt dessen spielten sie mit ihnen Schach. Oder Dame oder Russisches Roulette – das hing ganz davon ab, wer sie waren.

Aber die Armut und die Kriege – die Kriege! Mein eigener Vater und seine Freunde in den gräßlichen Schlachten des Ersten Weltkriegs – ein Horror! Nur, sie schienen anderer Meinung zu sein. Mademoiselle aus Armentière, *parlez-vous!* Wie willst du ihn auf der Farm festhalten, nachdem er Paree gesehen hat? Wir haben den Kaiser und die Hunnen geschlagen. Wenn Jonny heimkommt ... Hurra! Hurra! Hurra! Er tritt dem Verein für Kriegsveteranen bei und streicht dessen Vergünstigungen ein.

Genauso lief es übrigens mit dir und deinen Freunden, Adam. Du hattest die Schule satt und konntest es nicht erwarten, in den Krieg aller Kriege zu ziehen. Ein kleiner Angeber, der sich auf die Brust trommelte wie Tarzan, ein Klugscheißer, der darauf brannte, sich in Abenteuer zu stürzen und den Helden zu spielen.
War es wirklich die Hölle? Nun, nicht unbedingt, jedenfalls nicht für mich. Die Hundesöhne haben mich nicht mal in einen echten Kampf ziehen lassen. Sie hetzten mich von einer Funkerschule zur nächsten, und dann kam ein kleiner Zwischenstopp bei der Marine-Corps-Zeitung, unten im guten alten Cherry Point, North Carolina. Mein Gott, dreimal habe ich versucht, in den Intensivkurs reinzukommen, um die Brückenköpfe im Südpazifik zu stürmen und mich mit Ruhm und Ehre zu bekleckern. Oder mit meinem Blut.
Na schön, gestand er sich widerstrebend ein, aber es war eine gute Erfahrung. Ich bekam die Chance, ein gewisses Bewußtsein zu entwickeln und mich selbständig zu machen. Von zu Hause abzunabeln. Ich wurde zwar rundum versorgt, aber es sah doch nach außen so aus, als sei ich ganz auf mich allein gestellt. Und als ich zurückkam, dachte ich nur noch an mein Medizinstudium, nach all der gottverdammten Mathematik, Physik und Elektronik, mit der sie mich in der Armee traktiert hatten. Und ich hatte meinen GI-Schein, der mir sämtliche Türen öffnete und mit dem ich mein Studium bis zum Assistenzarzt finanzieren konnte.
Na prima! Für dich, mein Freund, und die anderen Glückspilze, die von den Schlachtfeldern in Detroit, Chicago und Corpus Christi nach Hause kamen. Aber was war mit den Tausenden, die nicht zurückkehrten? Den Toten und Verkrüppelten? Und was mit Korea, nur wenige Jahre später, und schließlich dem furchtbaren Debakel in Vietnam? Das patriotische Fieber der Jungen hielt

sich in Grenzen, im Vergleich zu dem ihrer Väter. Die neue Generation amerikanischer Jugendlicher beschloß, Onkel Sams Einladung zu mißachten und sich vor dem Krieg zu drücken. Viele gingen einfach nicht hin. Sie verbrannten ihre Einberufungsbescheide, verweigerten den Kriegsdienst und flohen ins Ausland. Im nachhinein stellte man fest, daß sie für den kleinen Verrat weit milder bestraft wurden als jene, die im Krieg den Tod fanden oder zu Krüppeln geschossen wurden. War das etwa das berühmte »Überleben der Tauglichsten«? Oder kriegte man immer das, worum man bat – »Wer suchet, der findet«?

Ja, der größte Teil allen menschlichen Leidens war frei gewählt. Man konnte auf etwas hinarbeiten oder von etwas weg, man konnte sich einfangen lassen oder befreien. Immerhin gab es legale Möglichkeiten, die Bürgerrechte zu verteidigen, aber die Menschen mußten lernen, sie zu nutzen, sonst sah es so aus, als sagten sie, oder besser, demonstrierten durch ihre Untätigkeit, daß sie ihre Rechte eigentlich gar nicht in Anspruch nehmen wollten. Dasselbe Prinzip traf auf das Konsumverhalten zu. Es gab nichts, was man kaufen mußte, wenn man es nicht wollte. Im Grunde war es also gar nicht nötig, sich über Preise zu beschweren.

Genauso sinnlos, wie sich über hohe Einkommensteuern oder Rentenversicherungen aufzuregen, denn die konnte man umgehen, indem man kein Einkommen hatte, und dies wiederum ließ sich bewerkstelligen, indem man ein paar Hektar Land kaufte und sich mit einem einfachen Lebensstandard begnügte, unter Inanspruchnahme von Sozialhilfe und ähnlichen Vorzügen einer sozialen Gesellschaft. All das war vielleicht I.H.R. Versuch, der Menschheit beizubringen, wie sie für sich und durch sich und ohne Geld leben konnte – und trotzdem immer die Chance hatte, den Weg des Geldes einzuschlagen, wenn sie das wollte.

Konnte er es leugnen? Inflation oder nicht, sie besaßen mehr Güter und hatten mehr Entscheidungsmöglichkeiten als je zuvor in der Geschichte. Es schien fast so, als würden die unsichtbaren Meister oder Lehrer, was immer sie waren, die Menschen zwingen, ihre Probleme zu lösen, selbständig zu denken und sich aktiv an Entscheidungen zu beteiligen. War das möglich?
Er brach diese Gedankenkette ab und begann, sich für seinen uncharakteristischen Anfall von Optimismus zu verfluchen. Wie stand es mit den Opfern der Armut? »Die Armen, sie sind stets mit uns . . .« Nur allzu wahr. Und trotzdem konnten die Vorstellungen, die man von den Armen hatte, genauso komisch und realitätsfern sein wie diejenigen, die man sich über die Reichen machte. Das war ein wichtiger Unterschied zwischen ihm und seinen aufgeblasenen intellektuellen und liberalen Freunden. Sie entwickelten ihr Mitleid und ihre Verachtung für die Habenichtse inmitten verschwenderisch eingerichteter Luxuswohnungen, während er tagtäglich mit armen Schluckern zu tun hatte und sie nicht bemitleidete – nicht mehr jedenfalls als sie ihn umgekehrt für den armseligen Wohlstand und das bißchen Prestige, das sein Beruf mit sich brachte. Warum war das so? Weil sie im Grunde genommen, obwohl er sie mochte und sie ihn, nicht tauschen wollten. Sie waren an unterschiedlichen Orten zur Welt gekommen, anders aufgewachsen und hatten verschiedene Wege hinter sich, jeder auf seine Art. Wie würde man sich in Kleidern vorkommen, die einem zu groß oder zu klein waren? Es war immer eine Frage des richtigen Maßes.
Sicher gab es kein größeres Elend auf der Welt als eine Arbeit, für die man nicht qualifiziert war. Adam wußte genau, daß ihm mindestens ein Dutzend Jobs einfallen würden, die ihn todunglücklich machen würden, wenn er dumm genug wäre, sie anzunehmen. Versicherungsver-

treter gehörte dazu, oder Automechaniker, Kassierer im Supermarkt, Programmierer und so weiter. Aber ein Amt, das er wirklich gern übernehmen würde, war das des Präsidenten der Vereinigten Staaten von Amerika. Es erforderte nicht viel Engagement, nur die Fähigkeit, bei einer Regierungserklärung oder in »Krisenzeiten« eine Reihe von bedeutungslosen Platitüden von sich zu geben, während man die eigene Partei mit nichtssagenden Versprechungen und offener Einschüchterung beisammenhielt.

Was konnte leichter sein? Ein professioneller Schauspieler als Präsident war perfekt – und mehr wurde auch nicht verlangt.

Nationale Führer funktionierten ähnlich wie Büromanager. Sie waren nicht verantwortlich für den Ausbruch großer Kriege, für die Verschiebung nationaler Grenzen oder den Ausverkauf internationaler Schiffahrtswege. Außerdem war ohne entsprechendes Kapital ohnehin kein Krieg zu gewinnen, und bankrotte Staaten konnten sich solche Summen nur durch Anleihen beschaffen. Wer lieh ihnen das Geld? Und wer gab, wenn sie Erfolg hatten, die Befehle? Die Banker natürlich.

Goldy erwachte aus einem leichten Schlaf, als Adam sich sanft neben sie legte. »Oh, hi, Adam. Machst du eine Pause?«

»Eigentlich nicht, Goldy«, flüsterte er weich. »Ich komme gut voran, ich habe nur ein Problem. Ich beschäftige mich gerade mit der Psychologie der Wirtschaft – Wohlstand und Armut, verstehst du. Das ist ziemlich trockenes Zeug, und ich laufe Gefahr, meine Leser damit zu langweilen. Es wird also Zeit für ein bißchen Sex, um sie bei Laune zu halten. Das ist ein alter Trick der Illuminaten, den ich in der Marine gelernt habe.«

»Kann ich dir irgendwie behilflich sein?« fragte sie und schmiegte sich einladend an ihn.

Er streichelte ihre Brust und ließ die Hand langsam über den glatten, festen Bauch gleiten. »Ich will dir nur noch ein paar Fragen über die Armut stellen. Also erzähl mal – wie war das, als ihr nichts zu essen hattet und noch auf der Farm lebtet?«

»Gut. Damals, meine ich. Mir war das gar nicht richtig klar, wie arm wir waren, verstehst du. Ich dachte, das wär normal, daß man abends hungrig zu Bett geht und in einem eiskalten Zimmer schläft.«

»Würdest du sagen, daß du damals glücklich warst?«

»O ja, bestimmt. Wir hatten eine Menge Spaß. Na ja, nicht wirklich glücklich, sonst wär ich wahrscheinlich nicht weggegangen. Als ich älter war, sah ich, daß andere Leute regelmäßig zu essen hatten und feine Kleider zum Anziehen und so. Da hab ich dann gedacht, ich geh in die Stadt und verdiene ordentlich Geld.«

»Also hatte John Wayne recht? Im Endeffekt hat alles seinen Sinn?«

»Ja sicher, das weiß ich schon lange.«

»Eine letzte Frage noch, Goldy. Als du wirklich arm warst und darum kämpfen mußtest, deinen Weg in der Stadt zu machen, wie hättest du dich da gefühlt, wenn dir einer zehntausend Dollar in die Hand gedrückt hätte – einfach so, ohne Gegenleistung?«

Sie lachte. »Na ja, hätt mich mächtig gefreut, ist doch klar.«

»Hätte es dir weitergeholfen, was glaubst du?«

»Ach so. Hmm. Ich weiß nicht, Adam. Mein Daddy hat immer gesagt: Ein Dummkopf und sein Geld bleiben nicht lang zusammen. Das paßt auf mich. Damals hing ich noch an der Nadel, hab viel getrunken. Soviel Geld hätt ich in ein, zwei Wochen verpulvert und wär wahrscheinlich dabei draufgegangen. Nein, für mich war es besser, mich selbst durchschlagen zu müssen. Es war hart, aber, na ja, es war auch ein Abenteuer.«

»Danke, Goldy, du hast mir sehr geholfen.«
Sie schlief auf der Stelle wieder ein, und er ging nachdenklich in sein Zimmer zurück.
Na schön, eingefleischte Liberale wie er hatten nicht viel Ahnung von wirklicher Armut, aber Goldy verstand was davon; sie war selbst als Kind armer Leute aufgewachsen. Auch der gute alte Lincoln Steffens und seine reichen Freunde hatten etwas kapiert, obwohl sie selbst nicht aus armen Verhältnissen stammten. Wie Lincolns Freund, der Millionär Joseph Fels aus Philadelphia, der einmal mit einem psycho-philosophischen Problem zu ihm gekommen war: Ist es möglich, Individuen oder wohltätigen Zwecken Geld zu schenken, ohne die betroffenen Personen oder Organisationen zu kränken? Unfähig, darauf eine befriedigende Antwort zu finden, hatten sie sich mit ein paar erfahrenen Freunden zusammengetan und die Frage in Feldexperimenten empirisch getestet. Schließlich kamen sie zu dem Ergebnis, daß eine der besten Möglichkeiten, einen kreativen Menschen zu stoppen oder einem wohltätigen Zweck zu schaden, darin bestand, ihnen viel Geld zur Verfügung zu stellen.
Das lernte auch der Kaufhauskettenbesitzer Edward E. Filene aus Boston, der auf alle möglichen Arten versuchte, seine Angestellten zu bewegen, ihm seine Kaufhäuser wegzunehmen. Er wollte, daß sie sie selbst führten, um mehr Profit daraus zu schlagen. Er schaffte es nicht. Statt dessen mußte er einsehen, daß sie sich nur für ein paar Cents mehr in der Lohntüte interessierten und hin und wieder einem freien Nachmittag extra. Sie wollten keine Bonzen sein, oder, um es anders zu sagen, sie waren eigentlich ganz zufrieden mit ihrem Job, mit ihrer *relativen* Armut.
Vielleicht war das die Moral von der Geschichte. Die Menschen fühlten sich am wohlsten bei Aktivitäten, die zu ihren Wünschen und Möglichkeiten am besten paßten

oder, weil sie von Geburt an faul und träge waren, eine Nummer darunter blieben. Die Umkehr des Peter-Prinzips. Sie gingen, wohin sie wollten, taten, was sie wollten, und es war zwecklos, es zu leugnen. Und es gab viel zu tun – Optionen und Entscheidungsmöglichkeiten, wohin man sah.

Wie die Armen, mit denen er draußen in der Wüste zu tun hatte. Sie jammerten ständig, zu wenig Geld zu haben, so wie Adam auch, so wie jedermann, aber wenn man ihnen die Möglichkeit bot, etwas mehr zu verdienen, erschien ein dümmliches Grinsen auf ihrem Gesicht, und sie gestanden verschämt: »Ach, wissen Sie, ich glaube, ich bin ganz zufrieden mit dem, was ich habe.« Alles, was sie von ihm verlangten, war ein bißchen Respekt und Freundlichkeit, ein neues Rezept oder Unterstützung bei ihrem Antrag auf Sozialhilfe, Arbeitsunfähigkeitsrente, Arbeitslosengeld oder Kriegsbehindertenrente.

Er hatte fast drei Jahre gebraucht, um einzusehen, daß Armut an sich nicht das Resultat geistiger Behinderung war, und selbstlos gewährte finanzielle Unterstützung keine Heilung für Armut oder geistige Behinderung versprach. Diese Erkenntnis hatte ihm geholfen, seine Depressionen loszuwerden. Sie und die Einsicht, daß die meisten Leute in den armen Gemeinden eigentlich glücklich, mit ihrem Leben ganz zufrieden waren. Jedenfalls die wenigen, die nicht gezwungen wurden, etwas anderes zu machen; ein paar gingen auch freiwillig fort.

Die Armen, sie sind stets mit uns ... Die Reichen auch. Und die verschiedenen Schichten der Mittelklasse, aber alle waren in ständiger Bewegung. Das umfassendste Muster, das die Generationen prägte, war zweifellos der Fortschritt von relativer Armut zu relativem Wohlstand. War Kunta Kinte auf seiner Plantage da unten im Süden wirklich unglücklich gewesen, oder tat auch er, was er am liebsten tun wollte? Dieselbe Frage traf auf Chicken

George und seinen Sohn zu, auf Alex Haley und Adam Trasy Solon. Wer zuviel Geld bekam oder wem es zu leicht gemacht wurde, lief Gefahr, unausstehlich und arrogant zu werden, geistig zu verkommen, sich gehenzulassen. Wie sein Freund Sol Alinsky mal gesagt hatte: »Arme Leute sind okay, bis sie ein bißchen Geld in der Tasche haben – dann werden sie zu echten Arschlöchern wie alle anderen auch.«

Das Prinzip der glücklichen Wilden: essen, trinken und bumsen. Harte Zeiten und Kriege spornten die Menschen an – und das meiste davon ging ohnehin auf ihre eigene Kappe.

Hungrige Mäuse laufen schneller. Wie hatte ein berühmter Freund Adams das noch ausgedrückt? »Je mehr Kinder ich habe, um so größere Schulden muß ich machen, und je mehr Schulden ich habe, um so härter arbeite ich – was für mich das beste ist.« Er hatte recht. Die meisten Leute verhökerten ihre Seele an ein Kaufhaus und verbrachten ihr Leben damit, Raten abzustottern. Müßige Hände richteten nur Unheil an, hätte Goldys Daddy gesagt. Spielten dem Teufel in die Hand. John Henry war ein Fernfahrer. Sechzehn Tonnen unter dem Arsch, und was hatte er davon?

Freude trotz Armut und Elend trotz Reichtum, ein Paradox nach dem anderen. Wohin führt das bloß auf deiner Suche nach den skrupellosen Illuminaten, Adam? Wer sind S.I.E., diese schemenhaften Halbgötter, Besitzer der Kaufhäuser der Welt, an die wir uns mit Leib und Seele verkaufen? Wer und wie – vor allem aber, *warum?* Wo liegt des Rätsels Lösung und wo das Rätsel an sich?

»Scheiß drauf«, seufzte er und sang dann leise vor sich hin: »Adam, das ist dummes Zeug, hast zuviel getrunken ...«

Und wer bitte war John Galt?

»Da ziehen mächtig finstere Wolken am Horizont auf, Jasmyn. Machen wir, daß wir hier wegkommen.«

»Ja, wir sollten sowieso umkehren«, antwortete sie beim Anluven und steuerte die Schaluppe in Richtung Küste.

»Übrigens hat sich dein kleines Erdentierchen gut gehalten beim Gottspiel-Manöver. Und auch die Sache mit dem Geld und den Medien hat er schon geschnallt, wirklich, er macht sich.«

»Er wird es schaffen«, antwortete sie ruhig.

Sandol lachte. »Vergiß es. Er wird seine Paranoia nie los. Keiner von denen bringt das fertig.«

Ihr Vertrauen war unerschütterlich. »Er schon. Er ist zu allem fähig. Und im übrigen habe ich immer noch das Recht, ihm einen kleinen Hinweis zu geben, wenn die Zeit dafür reif ist.«

Sandol schüttelte den Kopf. »Mach dir keine Hoffnungen, das nützt gar nichts. Du könntest ihm die ganze Geschichte erzählen, und er würde dich auslachen.«

»Er ist viel klüger, als du glaubst. Wir werden ja sehen.«

»Wo wollen wir heute abend essen?« fragte Sandol, um von dem ungeliebten Thema abzulenken. »Palm Springs, Paris oder Hongkong?«

»Ich esse in San Francisco – und du zu Hause. Ich brauche ein wenig Erholung von dir, Sandol. Deine Eifersucht verpestet mir die Luft.«

Sandol war beleidigt. »Ich dachte, ich mache Fortschritte«, sagte er nach einer langen, angespannten Pause.

»Keine nennenswerten. Geh heute abend nach Hause und komm nächste Woche wieder – Weltzeit. Es wird uns beiden guttun.«

»Hast du vor, ihn wiederzusehen?«

»Da – siehst du, was ich meine? Das geht dich einen Dreck an. Du mußt noch viel mehr an dir arbeiten.«

Kapitel 21

Tyrannei der Instinkte

Plötzlich merkte Adam, daß er die ganze Zeit auf das Krachen eines ohrenbetäubenden Schusses oder einer Bombe mit hochexplosivem Plastiksprengstoff gewartet hatte. S.I.E. wußten, wo er war – daran gab es keinen Zweifel. Und da saß er jetzt und grübelte darüber nach, warum er Goldy gefährdete – die arme Goldy und ihre nicht ganz so unschuldigen Kunden. Er war sicher, daß S.I.E. ihn früher oder später kriegen würden. Wäre es nicht genau ihr Stil, zu warten, bis er kurz vor der großen Entdeckung stand, und dann zuzuschlagen? Bisher hatte es allerdings weder Schüsse noch Explosionen gegeben. Es war etwas anderes.

Sein Nachdenken wurde vom häßlichen Keuchen zweier Hunde direkt vor seinem Fenster gestört. Er bog die Lamellen der Jalousie auseinander und spähte hinaus. Ein kräftiger deutscher Schäferhund und ein riesiger, schwarzer Labrador waren ineinander verkeilt, knurrten wütend, versuchten sich mit ihren scharfen Reißzähnen gegenseitig am Nacken zu packen. Dann machte einer der friedliebenden Passanten den Fehler, dazwischenzugehen, um sie auseinanderzutreiben. Es war ein junger Mann mit Anzug. Das Ergebnis war vorhersehbar. Vor Schmerz laut aufschreiend, sprang er erschrocken zurück, seine Hand war blutüberströmt.

»Du armer Irrer!« murmelte Adam leise. »Was mischst du dich da ein? Diese Geschöpfe wurden zum Kämpfen geboren, und sie sind ebenbürtige Gegner, so wie ein schönes Hochzeitspaar oder Fred und Ginger beim Walzer. Wenn du sie daran hinderst, wozu sie von Natur aus geschaffen sind, machst du erbärmliche, deprimierte und frustrierte Kläffer aus ihnen. Sie würden lieber im Kampf sterben, als auf die Vollendung ihres biologischen Schicksals zu verzichten. Wie die nervösen kleinen Rassepferde, die durchdrehen, wenn man ihnen nicht hin und wieder die Möglichkeit gibt, auf offener Prärie Rinderherden nachzujagen. Dasselbe gilt für Kampfhähne oder Schäferhunde – eigentlich für uns alle. Es ist ein verzweifeltes, mächtiges Bedürfnis, wenn zwei ebenbürtige Kämpfer aufeinandertreffen.«

Das unerwartete kleine Spektakel hatte Adam die Augen geöffnet. Kurz nachdem der Hundekampf beendet war, leuchtete das Licht über der Tür auf. Goldys erster Kunde an diesem Tag war ein robuster, gutaussehender Herr Anfang Vierzig. Sein Gesicht kam Adam bekannt vor, so als habe er es schon einmal in der Zeitung gesehen. Ein Ratsmitglied vielleicht, oder ein Politiker. Wie auch immer. Er machte seine Sache gut und wurde ebenso gut bedient. Mit stiller Bewunderung beobachtete Adam, wie Goldy ihre uralte Kunst betrieb. Hier war eine Künstlerin am Werk, eine echte Meisterin, wie keine zweite dafür geschaffen, sich einem Mann hingebungsvoll und zärtlich hinzugeben. Ein ungebildetes Mädchen von einer armseligen Farm mitten in Georgia. Ihr Vater war Pächter gewesen, hatte – vergeblich – versucht, den roten Lehmboden zu bearbeiten, und die Familie hatte die meisten Nächte mit hungrigen Mägen zu Bett gehen müssen. Doch jetzt, ein paar Jahre später, war Goldy eine erfolgreich aufstrebende junge Frau.

Als ihr finanzieller Berater wußte Adam, daß sie genug auf der hohen Kante hatte, um einen Schönheitssalon oder ein erstklassiges Restaurant zu eröffnen. In der Tat boten sich ihr eine ganze Reihe von interessanten Möglichkeiten, um sich die demütigende Arbeit einer Hure zu ersparen. Aber dazu kam es nicht, denn sie fühlte sich nicht gedemütigt. Sie wurde von Tag zu Tag wohlhabender und tat eine Arbeit, die ihr Spaß machte. Und wenn Adam ehrlich war, mußte er zugeben, daß es ihm und den meisten Menschen genauso ging, trotz des Ärgers und der ewigen Jammerei darüber, wie schlimm alles war.

So wie das große Geld – wie genau, war schleierhaft – eine wesentliche Rolle bei der Reglementierung großer Bevölkerungen spielte, war Selbstdisziplin der Schlüssel zum individuellen Lernen. Es gab keine Möglichkeit, die knurrenden Bestien draußen vor seinem Fenster dazu zu bringen, sich wie niedliche Schoßhündchen zu verhalten. Nichts konnte sie dazu bewegen, mit Ausnahme vielleicht einer grausamen »Konditionierungstechnik« zur Verhaltensänderung, die genauso schlimm, wenn nicht schlimmer war als die Wunden aus dem Kampf. Und selbst wenn sie erfolgreich wäre und die Hunde tatsächlich ihr Verhalten änderten, wäre der intrapsychische Schaden einer derartigen Technik, wie unsichtbar er auch bliebe, mit Sicherheit größer als rein physische Schmerzen oder auch der Tod.

Wir Menschen sind im Grunde nicht viel anders, sagte er sich und nahm seinen einsamen Gang durch das Zimmer wieder auf. Von nebenan drang Goldys lustvolles Stöhnen herüber, doch er hörte es kaum. Der Mensch konnte lernen, aber er ließ sich nichts beibringen. Er brauchte Helden und Schurken, Wolkenkratzer, Tempel und große Shows. Er brauchte Nervenkitzel und Unterhaltung – man mußte ihm Geschichten erzählen. Jesus wußte das, deshalb verpackte er seine moralischen Prinzipien in Gleichnisse. So schenkte man ihm Gehör, verstand ihn, erinnerte sich an seine Geschichten. Abstraktionen bedeuteten den meisten Menschen wenig; nur wirkliche Erscheinungen oder etwas, das ihnen sehr naheging, ein packendes Drama etwa, konnte sie fesseln.

Mit einem belustigten Lächeln erinnerte Adam sich an eine der letzten »Lektionen«, die er kurz vor Ende von dessen Ausbildung mit Telman Durst erlebt hatte. Durst hatte die Prüfungen so gut wie hinter sich und sollte in Kürze sein Diplom vom American Board of Psychiatry and Neurology erhalten. Sicher, er war ein einigermaßen intelligenter und beschlagener Arzt gewesen, wenn auch ein gewisser Hang zur Überheblichkeit nicht zu leugnen war. Er führte sich nicht nur auf wie ein blasierter Oberlehrer, sondern sprach auch ständig durch die Nase. Vielleicht wäre Benadryl die Lösung für Telman Durst, dachte Adam, oder ein gutes Nasenspray.

»Sehen Sie, Dr. Solon«, hatte der junge Dr. Durst doziert, »Harlows Arbeit mit Rhesusäffchen in Wisconsin beweist, daß ein Primatenweibchen, das ohne angemessene Zuwendung seitens seiner Mutter aufwuchs, später nicht imstande ist, normal mit einem Männchen zu kopulieren. Sperrt man es jedoch in einen Käfig ein, läßt es vergewaltigen und zwingt ihm eine Schwangerschaft auf, so erweist es sich in der Folge als grausame und höchst unfähige Mutter seiner eigenen Jungen.«

Adam nickte nachsichtig. »Sehr interessant. Aber sagen Sie mal, woher haben Sie diese Information? Aus welcher Quelle?«

Telman schien überrascht, offenbar fühlte er sich von Adam überrumpelt. »Oh, das kann ich nicht genau sagen, aus irgendeinem ethologischen Magazin, nehme ich an. Ich könnte die Quelle ausfindig machen, wenn es Sie interessiert.«

»O nein, das ist nicht notwendig. Trotzdem vielen Dank!«

Adam war verblüfft gewesen, obgleich ihm so etwas in den vielen Jahren seiner Lehrtätigkeit öfter passiert war. Er selbst hatte Telman die Information gegeben, während einer Supervisionssitzung drei Tage zuvor, und länger

hatte sein Schüler auch nicht gebraucht, um zu vergessen, woher er sie hatte.
Offenbar war es ungeheuer wichtig, daß der Mensch die Illusion behielt, nicht von irgend jemand etwas gelernt, sondern sich alles selbst beigebracht zu haben. Adam wußte noch, wie er sich nachdenklich im Spiegel der Glastür betrachtet, die seinem Schreibtisch gegenüber war, und den Kopf geschüttelt hatte. »Gib's auf, du Dummkopf! Wenn du Professor der Chirurgie wärst, okay – vielleicht könntest du dann einen guten Job machen und den Leuten beibringen, wo und wie sie den Schnitt ansetzen müssen, wie sie Nähte ziehen und gebrochene Knochen wieder hinbiegen, aber Dr. Telman Durst den Unterschied zwischen psychisch gesund und psychisch krank, zwischen besserem und schlechterem Verhalten beizubringen, ist ein sinnloses Unternehmen, völlig hoffnungslos. Selbst wenn er zu dir käme und dich um Rat fragte, wäre es hoffnungslos.«
Aber die Selbstunterweisung war auch nicht besonders zuverlässig, wie er zugeben mußte. Selbst die Oberflieger von Ann Arbor, Söhne und Töchter von Professoren, hatten ihm einmal gestanden, daß sie sich nicht zutrauten, ein offenes Schulsystem zu packen – also einen Unterricht, bei dem ihnen Laboratorien, Bücher und Lehrer zur Verfügung standen, wann immer sie wollten, der ihnen jedoch keine speziellen Aufgaben stellte und ihre Anwesenheit auch nicht zwingend vorschrieb. Was diese Schüler noch immer brauchten, war ein Netz, das sie auffing, Unterrichtsfächer und regelmäßige Klausuren, die sie zum Arbeiten zwangen. Und das sollen die intelligentesten und motiviertesten Kids der Welt sein? hatte sich Adam gefragt.
Ja, es stimmte. Der *sapiens* war wirklich ein der vegetativen Trägheit verfallenes Faultier. Er brauchte Antrieb ohne Zwang, Inspiration ohne Tyrannei, so was Ähnli-

ches wie programmiertes Lernen mit angemessenen Belohnungen für Fortschritte, aber ohne Strafe für den Fall, daß er versagte und das selbstgewählte Ziel nicht erreichte. So was Ähnliches.
Ihre Überzeugungen waren den Vertretern dieser Spezies ebenso teuer wie ihr Leben; tatsächlich waren sie fast mit ihnen identisch, und hatten sie sich einmal gebildet, wurden sie sie kaum noch los. Ein guter Lehrer wußte, daß es unmöglich war, seinen Schülern Überzeugungen aufzuzwingen. Alles, was er tun konnte, war, ihnen verschiedene Optionen anzubieten und sich dann zurückzuziehen, um ihnen die Entscheidung – ihre ganz persönliche Entscheidung – über die weiteren Schritte selbst zu überlassen. Vor ein paar Jahren hatte Adam die Freude und Ehre gehabt, etwas über diese Erkenntnis zu lernen. Es war während der ersten von insgesamt fünf Vorlesungen, die Begegnung mit einer höchst aufregenden und anerkannten Frau. Ja, er erinnerte sich, er hatte gerade einen Vortrag über die Schwierigkeiten der Psychosomatik in der allgemeinen Schulmedizin beendet und sammelte seine Papiere vom Podium, als er eine vertraute Gestalt sah, die durch den Mittelgang auf ihn zuwalzte. Rundlich, dauergewelltes Haar, sprühend vor Intelligenz und Energie – Margaret Mead in Person.
»Dr. Solon, ich warne Sie! Sie müssen aufpassen, was Sie diesen Ärzten erzählen. Einige von ihnen haben noch nie etwas von der Psyche gehört.«
»Das weiß ich, Dr. Mead, aber sie blicken auf eine lange medizinische Tradition zurück. Sie könnten wissen, daß es sie gibt, und damit umgehen, auch ohne ihren Namen zu kennen.«
»Aber es ist ungeheuer wichtig, daß man ihnen *beide* Alternativen zur Verfügung stellt. Anfang der vierziger Jahre erzählte ich jungen Müttern, daß sie gut daran täten, ihre Kinder zu stillen. Ein paar Jahre später merkte

ich, daß ich ihnen sagen mußte, es sei *auch* okay, wenn sie ihre Kinder nicht stillten. Wenn man zu einer öffentlichen Autorität wird, muß man darauf achten, den Leuten die Wahl zu lassen, sonst werden sie nervös.«
Adam nickte. Natürlich hatte sie recht. (Und er war froh darüber – er dachte gar nicht daran, sich mit ihr anzulegen, denn er hätte unweigerlich den kürzeren gezogen.) Menschen mußten immer die Möglichkeit behalten, an das zu glauben, was sie glauben wollten. Jedenfalls bis der Tag kam, an dem leidenschaftslose Vernunft *à la Weishaupt* den Ton angab.
Er blieb stehen und schüttelte den Kopf. Wie war ihm das in den Sinn gekommen? Vom linken Außenfeld? Das war Goldys Idee, nicht seine . . . Und sein Kopf wurde leer.

Kapitel 22

Amerika – eine geplante Strukturentwicklung

Er setzte sich kreuzbeinig auf den Boden und blätterte hastig durch einen kleinen Stapel Texte zur amerikanischen Geschichte. Er sprang von einem Index zum anderen, überprüfte Stichworte und verglich immer wieder Informationen mit Einträgen in der *Encyclopedia Britannica,* vor allem jedoch mit Lincoln Steffens' Ansichten über Menschen und Ereignisse. Dieser große Journalist war schließlich dabeigewesen, mittendrin in der amerikanischen Geschichte, gleich weit entfernt von den Gründungsvätern wie von Adam Trasy Solon, ein halbes Jahrhundert. Forschung, Beobachtung, Interviews, Recherchen. Und selbständiges Denken! Mein Gott, wie unbarmherzig bohrend er Ereignisse hinterfragt, wie ungeheuer genau er Menschen analysiert hatte! Ein Schüler der Geschichte und zugleich ihr engagierter Teilnehmer. Seltsam, unser Zeitgefühl, dachte Adam. Steffens war Washington und Madison ebenso nahe gewesen wie wir heute Woodrow Wilson und Franklin D. Roosevelt. Und trotzdem wirkte in den Büchern und den (natürlich von großen Konzernen gesponserten) *Bicentennial Minutes* im Fernsehen alles so verstaubt. Dabei war es eigentlich gar nicht lange her. Ihm erschien es wie gestern. Und was war in diesen wenigen Jahren alles geschehen: Millionen Hektar Wildnis in eine reiche Nation mit Städten, Industrie und Universitäten verwandelt, ... und trotzdem glaubten die Menschen, sie hätten das alles allein zustande gebracht. Ein kunterbuntes Gemisch von Schurken,

Verbrechern, düsteren religiösen Fanatikern, Glücksrittern, Sklaven, Leibeigenen und Huren – wie geschaffen für den Job, der vor ihnen lag. Geld wies den Weg, und sie rannten ihm ebenso begeistert hinterher wie der Esel der vor ihm baumelnden Möhre. Vorwärts! Vorwärts!
Ein unheimlicher, abwegiger, sogar bizarrer Gedanke schoß ihm durch den Kopf. Das amerikanische Abenteuer – eine Strukturentwicklung? Keine Horden von schnatternden, halbintelligenten Affen, die durch das wilde Land streiften, sondern Menschen, die sich zielgerichtet und nach Plan bewegten – nicht ihrem eigenen, wohlgemerkt, sondern einem fremden Plan, sorgfältig ausgeheckt, und ihnen heimlich aufgezwungen, ohne daß sie etwas von seiner Existenz ahnten? Widerlicher Gedanke!
Er lachte und schrie dann plötzlich die geduldige Wand an: »Wir haben alles selbst gemacht, meine Vorfahren und ich! Wir brauchten eure Hilfe nicht!«
Verraten und verkauft – unwissentlich gezwungen, die Drecksarbeit für jene unsichtbaren Puppenspieler zu machen, die hoch über der Bühne der Welt die Fäden in der Hand hielten. Der alte William hatte recht behalten: Die Welt war eine Bühne, und die Menschen die Schauspieler. Eine Redewendung, sagte man, eine phantasievolle Metapher. Wenn man es aber wörtlich nahm (und Mr. Shakespeare tat es, denn er hatte eine ziemlich umfassende Kenntnis von Menschen und Dingen, so wie Steffens auf seine Art auch), was bedeutete es dann? Wenn nicht ein unlauteres Spiel, dann vielleicht ein Drama auf der Bühne?
Adam stockte bei »unwissentlich gezwungen«. Ein Anathema für jeden freiheitsliebenden, resoluten, selbstbestimmten aufrechten Amerikaner. Er widerstand der darin enthaltenen Implikation, blätterte hastig durch das vertraute Terrain von Steffens' Autobiographie und fand eine Rechtfertigung für seine Theorie. Steffens be-

hauptete, daß man ihnen tatsächlich eine Wahl gelassen habe – ihnen als Volk jedenfalls. Der einflußreiche und beliebte Thomas Jefferson hatte standhaft die Demokratie propagiert, eine Nation von kleinen und unabhängigen Grundbesitzen, überwiegend landwirtschaftlicher Natur, frei von den berüchtigten Schrecken der industriellen Revolution in Europa. Und auf der anderen Seite stand mit fast ebensoviel Gewicht der aristokratische Alexander Hamilton (und Vater George direkt an seiner Seite), der sich für eine oligarchische Regierung mit föderalisierter Macht stark machte, die im wesentlichen von der wohlhabenden, gebildeten »Oberschicht« gelenkt werden sollte. Das war die Wahl gewesen, und die Amerikaner hatten sich letztlich für Hamilton entschieden: Industrialisierung, Geld – und eine Regierung von wenigen.
Die dumme Legende, Washington sei heimlich gegen einen Hochstapler namens Adam Weishaupt, den Begründer der geheimnisumwitterten Illuminatenloge in Bayern, ausgetauscht worden, war lächerlich. Aber ein Hinweis? Auf eine Fassade, gleich welcher Art, auf die versteckte Blaupause, die einem unweigerlich im Kopf herumspukte? »Verflucht noch mal«, murmelte er und überdachte rasch die Mythologie des sogenannten Unabhängigkeitskrieges, die Geschichte im allgemeinen und die amerikanische im besonderen. Die Idee war gar nicht so ketzerisch, tröstete er sich; selbst Steffens war im Verlauf seiner Recherchen in den besten Universitäten Europas rasch zu dem Schluß gelangt, daß die Geschichte geradezu danach schrie, umgeschrieben zu werden. Um es klipp und klar zu sagen, die amerikanische Geschichtsschreibung war eine kaum verhüllte, komische Dramatisierung dessen, was eine kleine Schlamperei am Anfang anrichten kann: eine grundlegende Wende in den Überzeugungen und der nationalen Selbsteinschätzung späterer Generationen.

1775, als die Bürger Virginias versuchten, eine friedliche Übereinkunft mit England auszuhandeln, sprang der junge Patrick Henry (ein Geheimagent der Erleuchteten?) auf und hielt seine berühmte Rede, in der er behauptete, der Tod sei der Sklaverei vorzuziehen. Die einzigen Sklaven, die es zu jener Zeit gab, waren die Schwarzen draußen auf den Feldern, und selbst die hatten es besser als in Afrika, wo sie verhungert wären.

Weniger als einen Monat später wurden in der berühmten Schlacht von Lexington-Concord acht der insgesamt siebenundsiebzig Freiwilligen (ja, richtig, sie waren alle aus freien Stücken gekommen), die sich dem siebenhundert Mann starken britischen Verband entgegenwarfen, getötet und weitere zehn verwundet. Die Briten erlitten etwa doppelt so hohe Verluste. Am Ende gab es auf beiden Seiten weniger als dreißig Tote und dreißig Verwundete. Alles tapfere Gladiatoren, genau wie die beiden Hunde, die eben unter seinem Fenster ihre Meinungsverschiedenheiten auf die ihnen von Gott gegebene Art ausgetragen hatten. Oder wie Kunta Kinte, der furchtlose Mandingokrieger. Mehr Menschen waren in den amerikanischen Boxringen gestorben als in dieser so phantastisch beschriebenen ersten Schlacht des amerikanischen Unabhängigkeitskrieges. Der einzige Grund, aus dem man heute noch davon redete, war, daß sie so einen ungeheuren Niederschlag in der Presse und in den tonangebenden Geschichtsbüchern gefunden hatte.

Verdammt, fuhr Adam hastig fort, nehmen wir die berühmte Schlacht von Ticonderoga. Sie entpuppte sich als persönliche Auseinandersetzung zwischen einem ehrgeizigen jungen Mann namens Benedict Arnold (verfluchter Verräter!) und einem üblen Schurken namens Ethan Allen. Keiner von beiden handelte im Auftrag des Kontinentalen Kongresses. Das war Krieg?

Und da gab es die schillernde Gestalt des alten Generals

»Mad Anthony« Wayne, so genannt wegen des Befehls, den er seinen Truppen vor der Schlacht von Stony Point gab: Die Soldaten wurden angewiesen, ungeladene Musketen mit aufgepflanzten Bajonetten zu schultern, doch keinen Schuß abzugeben. Bei Zuwiderhandlung drohte die Todesstrafe durch den nächststehenden Offizier. Wayne wollte das Fort allein mit Hilfe eines grandiosen Bluffs stürmen. Mein Gott, dachte Adam verächtlich, kein Wunder, daß sie ihn »den Verrückten« nannten, was für eine unglaublich langweilige Art, in die Schlacht zu ziehen! Im Fernsehen oder im Kino nebenan gibt es zehnmal Besseres zu sehen. Eine prima Katharsis für uns potentielle Killer! Das war auch so eine brennende moralische Frage der Zeit: Gab es zuviel Gewalt im Fernsehen? Zuviel Sex in den Kinos? Im Gegenteil, vielleicht war die Dosis genau richtig – schon mal drüber nachgedacht? Konnte es sein, daß S.I.E. die lebenswichtigen Bedürfnisse der Menschheit genau kannten, besser als diese selbst, und die Reize, mit denen sie das amerikanische Volk traktierten, ebenso gut zu mischen verstanden wie ein Chemiker seine Substanzen oder ein Gärtner seinen Flüssigdünger? Vielleicht war eine Über- oder Unterdosis gar nicht möglich. Da haben wir es wieder, dachte Adam, werden wir tatsächlich gezüchtet?
Der große Seeheld der Revolution, der gefürchtete John Paul Jones, war da schon viel besser für die Rolle geeignet als der alte »Mad Anthony«. Am Beginn seiner Karriere diente er als Erster Offizier auf einem Sklavenschiff. Dort wurde er des Mordes angeklagt, nachdem er einen Matrosen wegen angeblicher Faulheit zu Tode hatte peitschen lassen. Er floh und nahm schließlich einen Job in der neuen kontinentalen Marine an, um einer weiteren Mordanklage zu entkommen. Als der Amerikanische Unabhängigkeitskrieg zu Ende war, heuerte er als Admiral in der russischen Marine an, wo seine glorreichen Siege

über die Türken jedoch von der Weltöffentlichkeit kaum beachtet wurden, armer Kerl!
Waren es wirklich Kriege, fragte er sich plötzlich, oder nur überbewertete Kissenschlachten, die von den Medien zu etwas aufgebauscht wurden, das sie nie waren? Extrablatt! Lesen Sie! Joe Doaks kriegt Staubkörnchen ins Auge! Wie war es in Maine? Wie in Alamo? Kriegserklärung! Nun gut, das war das grundlegende Prinzip; wenn es in der Zeitung erschien, war es automatisch eine Nachricht. Und so verwandelte sich ein kleines Geplänkel vor der Küste in das historische »Boston-Massaker« und eine unbedeutende Auseinandersetzung zwischen Halbwüchsigen in die berühmte »Boston Tea Party«.
Und so wurde ein engagierter und nützlicher Präsidentschaftsbewerber zu einem nationalen Helden – indem er seine unberittenen »Rough Riders« in einen farbigen, doch vollkommen erfundenen »Krieg« führte, der nur in den Zeitungen und in den Köpfen der Leute existierte. Wie war es in Maine? Ein Krieg, den der gute alte Steffens aus gutem Grund nur dadurch anerkannte, daß er ihn geflissentlich überging. Er unterhielt sich an der angeblichen Front mit Teddy, aber nur über Politik. Mit keinem Wort ging er auf Kanonendonner, blutige Schlachten, das Erstürmen eines Hügels oder Verluste ein.
Teddy Roosevelts wohldokumentierter kleiner »Krieg« war ein Ulk, ein Spielchen mit berühmten Kriegsberichterstattern, ein Jux, mit dem er sich und seinen alten Kumpeln unter der karibischen Sonne die Zeit vertrieb. Er diente ausschließlich dazu, ihm den Weg zum Gouverneursposten von New York und später zur Präsidentschaft zu ebnen. Franklin Delano Roosevelt, damals Untersekretär der Marine, schickte die Flotte ohne jede Weisung (jedenfalls, soweit bekannt war) nach Manila, das ohne Blutvergießen eingenommen wurde. Und Guam fiel

nach einem einzigen Schuß von einem amerikanischen Kriegsschiff, das über den Rumpf eines spanischen Kriegsschiffes feuerte. Dessen Kommandant hielt den Schuß für einen freundschaftlichen Salut, denn niemand hatte ihm gesagt, daß sich sein Land im Krieg befand. Er war nicht einmal bewaffnet, um zurückzuschießen. Ein phantastischer Krieg, dachte Adam ironisch, und die See war wirklich rot vor Blut. Ha!

Tatsächlich waren Ereignisse nur so wichtig oder unwichtig, wie sie von den Medien dargestellt wurden. Ein kleines Beben entlang des San-Andreas-Grabens, ein paar zerborstene Fensterscheiben, zwei oder drei kleinere Brände, einige eingestürzte Toilettenhäuschen, und schon machten die Boulevardzeitungen das große Erdbeben von San Francisco daraus. Genauso verhielt es sich mit Mrs. O'Learys fabelhafter Kuh und dem ebenso fabelhaften Brand von Chicago. Mit der Johnstown-Überschwemmung. All den schrecklichen Kriegen. Hiroshima und Nagasaki. Und man fing an, sich über andere große Ereignisse Gedanken zu machen: Charles Manson *(Son of Man)*, die Kennedy-Morde. Watergate (ein ziemlich stumpfsinniges Szenario). Patricia Hearst. Und so weiter. Und jetzt religiöse Gehirnwäsche und Deprogrammierung. Internationaler Terrorismus. Eine Revolution, die gar nicht stattgefunden hatte? Erinnere dich, Adam!

Der 7. Januar 1976, eine Fernsehsendung über die Zweihundertjahrfeier der amerikanischen Unabhängigkeit, in der das historische Heldentum gefeiert wurde. Der Reporter vor Ort hielt seine engagierte Rede mitten unter den geschäftigen, wohlhabenden und glücklichen Bürgern der Stadt Boston. Dramatisch beschrieb er das erste Aufeinandertreffen der Freiwilligen und der Rotröcke, während der Kameramann die Wege abfilmte, die sie damals marschiert waren. Ein paar Schüsse fielen, ein paar tapfere Helden starben, und damit war die Schlacht gelaufen. Genau wie die Schlachten in *Der längste Tag* und *Du warst unser Kamerad.* Sie sah überhaupt nicht nach Schlacht aus, trotz des Aufwands, der darum betrieben wurde. Ließen S.I.E. jetzt also die Katze aus dem Sack und gaben zu, daß alles nur großangelegte Bauernfängerei gewesen war?

Und der Bürgerkrieg – dasselbe Muster? Seine Geschichte wurde mehr als deutlich in Filmen wie *Vom Winde verweht* oder *Roots,* wo die wirklichen Kriege stattfanden. Eine Schlüsselszene: Irgendwer verkündet, daß das große Fiasko begonnen hat, und alle jungen Hitzköpfe überschlagen sich vor romantischem Eifer. »Den Yanks werden wir es zeigen!« – »Ich schieße diese Aufrührer einfach über den Haufen!« Einige von ihnen fanden zweifellos den Tod, und zwar jene, die darauf bestanden, wie der junge Held und frischgebackene Ehemann von Scarlett O'Hara. Horden tapferer Yankees und furchtloser Südstaatler ließen ihren Instinkten freien Lauf und droschen aufeinander ein.

»Du sollst nicht töten!« Interessantes Buch, diese Heilige Schrift, dachte Adam. Sie stellt beide Seiten des ewig gleichen moralischen Dilemmas dar und überläßt die Entscheidung uns. Wir können alles daraus entnehmen, was wir brauchen. Zuweilen wirkte sie etwas albern: »Wer durch das Schwert lebt, kommt durch das Schwert um.« Das war keine Drohung, sondern eine Feststellung. Ein angemessenes Versprechen. Wer kämpfen wollte, würde immer irgend jemanden finden, mit dem er sich anlegen konnte, wie die ineinander verbissenen Hunde auf dem Bürgersteig oder die Kampfhähne in Roots. Wie im Bürgerkrieg.

Doch der größte Teil war reine Show. Die Illuminaten führten ihre Armeen in zehn Meilen Abstand und gegensätzlichen Richtungen voneinander fort, bauschten jedoch kleine Scharmützel, auf denen ihre Soldaten gele-

gentlich bestanden, zu einer Riesensache auf. Viel Lärm um nichts – der echte Krieg fand in Zeitungen, Geschichtsbüchern, Romanen und Filmen statt.
Ja, seufzte er, Kampfhunde müssen kämpfen. Steffens hatte über ein komisches und äußerst aufschlußreiches soziales Experiment mit radikalen Roten und Bullen in New York demonstriert, wie Gladiatoren in die Arena gelangten, wie sich Masochisten und Sadisten suchten und fanden, wie Vergewaltiger und Opfer buchstäblich zusammenarbeiten, um ihr Schicksal zu erfüllen. Er hatte die Polizei einfach angewiesen, die aufgebrachten Krawallmacher nicht anzugreifen, und als der friedliche Tag zu Ende ging, verfluchten ihn die Roten, weil er ihnen die Gewalt und damit ihren Spaß vorenthalten hatte.*
O Gott, dachte er, wir sind ja wirklich von großartigen Schauspielen umgeben. Ein einziger Zirkus, aufgeführt von unbekannten Bösewichtern – oder Wohltätern. Wir haben nie erfahren, wer Janis Joplin und Jimi Hendrix das reine Heroin andrehte, das sie umbrachte, doch verlieh der Tod der beiden Künstler der Administration, die behauptet hatte, der Drogenmißbrauch sei ihr Problem Nr. 1, immerhin eine gewisse Glaubwürdigkeit. Paranoia? Möglich, aber es ist doch mehr als verwunderlich, daß ein Dealer auf dem hartumkämpften Drogenmarkt reinen Stoff verkauft, ohne ihn als solchen zu deklarieren, noch dazu zum regulären Straßenpreis. Und die Moral von der Geschichte: Wenn man ein berühmter Star ist, sollte man seinen Dealer verdammt gut kennen. Oder sind Janis und Jimi gar nicht tot, sondern haben ihren Auftrag erledigt und leben heute in Argentinien oder in irgendeiner anderen Galaxie?
Immer weiter quälte er sich durch seinen geistigen Höllenmarathon. Die linke Gehirnhälfte rang unbarmherzig mit dem großen Rätsel, die rechte verfluchte leiden-

* *The Autobiography of Lincoln Steffens*, S. 631

schaftlich und hingebungsvoll die Götter, die ihn auf so sadistische Weise marterten. Es muß doch einen leichteren Weg geben, ein Buch zu schreiben, stöhnte er leise. Warum auch nicht? Ein Großteil der Musik und Literatur von heute war wahrscheinlich mit Hilfe von Computern entstanden. Der große elektronische Zauberer im Himmel betrachtete Musik und Sprache gleichermaßen ungerührt und behandelte sie ebenso unbeteiligt und systematisch wie jede andere Anordnung von harmonischen Klischees oder zusammenhängenden numerischen Sequenzen. Die Handlung einer Story war eine Formel, und eine »Formel« war eine mathematische Bezeichnung. Es wäre wirklich nicht schwer. Aber er wußte, daß sein Enthüllungsbuch über die Illuminaten nicht von einem Computer geschrieben würde, obgleich das sicherlich möglich war. Warum druckten sie es nicht einfach aus und ersparten ihm all die Mühe? Doch halt, wie war das noch – er mußte selbst dahinterkommen, nicht wahr? Danke, Buddha; danke, Roc Gonman.

Er legte eine Denkpause ein und spähte durch die Jalousie auf die dunkle Straße. Auf der anderen Straßenseite erlosch die Reklame eines Kinos, doch das Bild blieb ihm im Gedächtnis. Dustin Hoffman in *Die Unbestechlichen.* Das Fiasko von Watergate – als hätte tatsächlich je einer geglaubt, daß der Präsident der Vereinigten Staaten – oder irgendwer anders – dämlich genug wäre, seine Verbrechen auf Band aufzunehmen und dann zu vergessen, sie zu löschen . . . Quatsch! Billiges Theater, schlicht und ergreifend.

Dustin? Nicht nur ein Begriff, sondern ein einzigartiger Begriff. Wahrscheinlich der einzige Dustin auf der Welt, bis er sich zum Star mauserte und unzählige kleine Jungen nach ihm benannt wurden. Warum ausgerechnet Dustin? Konnte ein Anagramm sein. Instud. Studin. Indust. Verdammt – *Nudist!* Ein Hoffman war ein Mann in seinem eigenen Hof ... Ein Nudist auf seinem Territorium? Tausende von Namensvettern sorgten dafür, daß das Wort millionenmal am Tag ausgesprochen wurde, und speisten so eine Reihe von Symbolen in das Unterbewußtsein der Massen. Dort wurden sie automatisch zerlegt und auf alle möglichen Arten neu zusammengesetzt. Eine neue Generation – von Nudisten.

Er setzte sich abrupt hin, griff nach Bleistift und Papier und begann, mit Worten und Buchstaben herumzuspielen. Der Mensch trieb in einem Meer von visuellen und akustischen Symbolen, und die meisten davon trafen durch die Medien auf seine Sinne. Millionen von Informationsfetzen am Tag, aus Zeitungen, Bildschirmen, Magazinen, Filmen, Straßenschildern – alle künstlich erzeugt. Ein bewußtes Programm? Möglich.

Heston. Es gab nur einen Heston, von dem er je gehört hatte – auch er ein Begriff. Teshon. Onhest. *Honest!* Ein ehrlicher Scharlatan. Sehr passend für jemand, der biblische Rollen so gut spielte wie er.

Als nächstes kritzelte er *Sigmund Freud* auf sein Blatt und erkannte sofort den »Guru«. Aufmerksam starrte er auf die Buchstabenfolge und zerlegte sie in Silben: Sig Mund Freud. Himmel! Wortwörtlich übersetzt: Sieg, Mund und Freude. Ein Sieg für die Freude des Mannes. Perfekt für einen Mann, der sein Bestes getan hatte, um das westliche Bewußtsein auf orale »Perversionen« einzustimmen und diese hoffähig zu machen. Adam kratzte sich nachdenklich am Kopf. Verdammt. Das Problem war, wie hatte Sigmunds Mutter wissen können, welchen Namen sie ihm geben mußte? Finde das heraus, mein Freund, sagte er sich (und tat es ein paar Tage später).

Große, häufig ausgesprochene, einzigartige Namen. Filmstars, politische Helden, Gauner. Er versuchte es mit dem freundlichen Besucher eines anderen kleinen Planeten, Gore Vidal. Wörtlich »vitales Blut«, mit dem reinen

Anagramm *ergo valid.* Nicht übel für einen engagierten Burschen, der offen zugibt, etwas von einem Messias zu haben. Weiter zu historisch bedeutsamen Persönlichkeiten. Spiro Agnew *gains power.* Roosevelt war ein *sole voter,* was seine Beobachtung, es gäbe keine Zufälle in der Politik, das Ganze sei ein abgekartetes Spiel, zweifellos bestätigte. Edward R. Murrow ergab *rumour rewarded.* De Gaulle – ein Riese unter Riesen. Gaullede. Lagulede. *La deluge?* Ludwig XIV.: *»Après moi la deluge.« La deluge* – perfekt, bis auf ein kleines Geschlechtsproblem, daß ohne jede Bedeutung wäre, falls de Gaulle sich als verkleidete Jeanne d'Arc entpuppte. Mann! Jetzt reichte es aber – zurück an die Arbeit.

Das Projekt Amerika war in der Tat die strukturierte Entwicklung eines Territoriums. Vergangenheit und Gegenwart als Bühnenstück im Straßentheater. Das europäische Theater militärischer Operationen. Das pazifische Theater – lieber Himmel! Die schamlosen Hundesöhne entblödeten sich ja nicht mal, Werbung für ihre diversen Coups zu machen. Und was war mit den Raketensilos im Nordwesten? Wenn sie nicht für einen echten Krieg bestimmt waren, wozu dann? Vorratslager für außerirdische Kolonialisierung?

Kapitel 23

Geld regiert die Welt

Langsam fand Adam wieder auf die Erde zurück. Und gab es etwas Irdischeres als den guten alten amerikanischen Dollar? Hamilton hatte jede Menge besessen, zumindest unbegrenzten Zugang dazu gehabt. Er fädelte den Kredit ein, den die Bank of New York der Regierung gewährte, um die Anfangsgehälter der ersten Präsidenten und Kongreßmitglieder zu finanzieren.* Heute noch rühmte sich die Bank, die Filialen in aller Welt betrieb, dieser Tatsache in ganzseitigen Anzeigen des *New Yorker*. Hamilton hatte darüber hinaus seine Hand bei der Zentralisierung der Staatsschulden im Spiel gehabt, die seitdem ins Unermeßliche gestiegen waren. Und wem schuldete die Regierung sie? Dem amerikanischen Volk? Nur zum Teil, und niemand schien zu wissen, wieviel oder bei wem man mit dem Rest in der Kreide stand. Bei Banken und Bankiers natürlich – den großen, unsichtbaren, internationalen Geldverwaltern.

Hamilton hatte auch mitgeredet, als es darum ging, die Staatsgrenzen zu ziehen, ökonomische Gesetze aufzustellen, regierungseigene Landgebiete festzulegen und Straßen zu bauen, lauter Projekte, die es den exzentrischen Dollarmanipulatoren J. P. Morgan, Jay Gould und James

* Die Bank gewährte der U.S.-Regierung am 13. September 1789 den sogenannten »Temporary Loan of 1789«, der sich auf $191.608,81 belief. Dieser Deal, an dem auch die Bank of North America beteiligt war, wurde von Hamilton arrangiert, der Zinssatz betrug 6%, die ganze Transaktion war illegal.

B. Dill (den Steffens als »aufrechtesten Mann, den ich je getroffen habe« bezeichnete) schließlich ermöglichten, Milliardensummen zu unterschlagen. Und er war bei der Aufstellung des *Federal Reserve Board* beteiligt gewesen (einer privaten, keiner Bundesbank), der eine heikle Rolle bei der Festsetzung von Währungen spielte und später auf geschickte Art der Kontrolle und dem Einfluß der Warburgs und damit der Bankinteressen der europäischen Rothschilds ausgeliefert wurde.*

Eine unglaublich vorteilhafte Position, dachte Adam. Stell dir vor, was *du* mit einer solchen Rückendeckung anstellen könntest. Verdammt noch mal, ein Vater war in der Lage, für seinen sechsjährigen Sohn eine wirtschaftliche »Depression« herbeizuführen, indem er die Anzahl der Pennies bei der allwöchentlichen Taschengeldausgabe senkte. War er dazu noch Besitzer des einzigen Süßwarenladens im Ort, konnte er zugleich eine »Inflation« bewirken, indem er die Preise für Kaugummis von einem auf drei Cents hochschraubte. Dasselbe fand auf einer höheren Ebene durch Kontrolle über den Dollarfluß und die Preise statt. Großartig, gratulierte er sich ärgerlich. Ich habe zwar noch nie einen Kursus in Wirtschaftswissenschaften besucht und kann kaum mit meinem Haushaltsgeld umgehen, bin aber trotzdem über Nacht zu einem der führenden Wirtschaftstheoretiker der Welt geworden. Geld als positiver konditionierender Reiz bei der Erziehung einer Spezies. Eine erstaunliche These, belegt durch eine Beobachtung aus dem alten Organ der Illuminaten, dem *Reader's Digest*: In Japan begrüßten sich die Menschen mit einem herzlichen: »Na, verdienst du auch was?«

Tja, sagte sich Adam und schnalzte leise mit der Zunge, es gibt doch tatsächlich ein paar höchst überzeugende Indizien dafür, daß Mr. Hamilton mit einem Stapel An-

* Allen, *Insider,* a. a. O.

weisungen herkam, wie er vorgehen sollte, und einer Menge Cash, um dieses auf den ersten Blick private Programm in die Tat umzusetzen. Eine Durchleuchtung seines Hintergrundes, der Familiengeschichte und seiner ausländischen Geschäftsbeziehungen konnte aufschlußreich sein. Wahrscheinlich würde sie über die Geschichte der Krupps zurückführen auf die Habsburger, die Bankiers in Genua, die frühen Päpste und die öffentlichkeitsscheuen Essener der christlichen Ära (die, obgleich hingebungsvoll und asketisch, große private Reichtümer anhäuften, möglicherweise die Goldbarren, auf denen das moderne Bankwesen aufbaute), und weiter zurück auf Alexander, Salomon und andere »prä-historische« Cromagnon-Geldbarone vor ihnen – mächtige, geheimnisumwitterte und intelligente Drahtzieher einer angeblichen Vergangenheit, die sich geschickt aus dem Alltagsgeschehen heraushielten, heute die anonymen, leisen Engel (der Finsternis oder des Lichts?) hinter der größten (oder einzigen) Show der Welt.
Das Problem aber war, daß er den persönlichen und geschäftlichen Werdegang Hamiltons in der *Encyclopedia Britannica* längst nachzuschlagen versucht hatte, nur um festzustellen, daß ihre dreihunderttausend Stichworte zu fast jedem Thema unter der Sonne nichts, aber auch gar nichts über den finanziellen Hintergrund eines der bedeutendsten Gründer Amerikas enthielten. Soweit Adam im Bilde war, konnte das nur heißen, daß der Öffentlichkeit, gewöhnlichen Sterblichen mithin, Geschichtsprofessoren eingeschlossen, sämtliche Quellen zur Geschichte des Landes sorgfältig vorenthalten wurden.
Spärliche Hinweise also. Bruchstücke allenfalls. Soweit er wußte, waren Lincoln Steffens und Professor Quigley die einzigen Lebewesen gewesen, die je bis in Rufweite des äußeren Bereichs um den Inneren Kreis vorgestoßen waren. Und Wunder über Wunder – Quigley äußerte sich

ganz und gar nicht negativ über die berüchtigten »internationalen Bankiers«. Als kosmopolitische Weltbürger waren sie alles andere als fahnenschwingende, erznationalistisch gesonnene Patrioten. Sie übten »einen konstanten, allerdings nachlassenden Einfluß für den Frieden aus ...« (Aber hatten sie nicht später ihr Geld in Adolf Hitlers Kriegsmaschinerie gesteckt?) Quigley nach zu urteilen, waren sie bemerkenswerte Kriegsgegner, »zivilisierte«, kultivierte und großzügige Förderer von Kunst, Wissenschaft und Bildung, Begründer »einer Gruppe von Gesellschaften, die uns heute noch umgeben«.*

Einige dieser bemerkenswerten Bankiersfamilien führte er schwarz auf weiß an: Baring. Lazard. Erlanger. Warburg (deren Beziehungen zum American Federal Reserve Board besonders interessant waren). Schroder. Seligman. Speyers. Mirabeaud. Mallet. Fould. Als prominenteste und bekannteste natürlich die Morgans und Rothschilds, die sich beide später durch Heirat und wahrscheinlich durch gemeinsame Geschäftsinteressen mit den Rockefellers verbrüderten. (Aber sie alle waren sichtbar und gehörten daher *nicht* dem Inneren Kreis an.)

Sie waren keine gewöhnlichen Bankiers, vor allem vermutlich wegen ihres ausgesprochenen Internationalismus. Nicht umsonst war das Stück Land für die Vereinten Nationen im Wert von acht Millionen Dollar vom Rockefeller-Clan gestiftet worden. Auch der intime Umgang mit Regierungen und Nationalschulden, selbst (oder *speziell*) in den unterentwickelten, »risikoarmen« Ländern der Dritten Welt, war nicht weiter verwunderlich. In finanziellen Angelegenheiten hatten sie schon immer als scharfe Hunde gegolten; sie legten Standards zugrunde und wandten Methoden an, die Laien (wie mir, dachte Adam beinahe stolz) unerklärlich waren. Ebenfalls nicht verwunderlich war ihre absolute Geheimhaltung,

* Quigley, a.a.O. S. 51-52

vor allem, was ihren finanziellen Einfluß in internationalen politischen Belangen anging. So peinlich sie auf ihre Geschäftsinteressen achteten, so sorgfältig trachteten sie danach – auch heute noch – ihre Anonymität zu wahren. Und stets hingen sie am Gold!

Die Verbindung zwischen Kapital und dem Umgang mit Nationen schlug sich immer wieder in bezeichnenden Begriffen wie »Geldpyramide« (das große alte Symbol der Illuminaten, das sich auf jeder einzelnen Dollarnote wiederfand, mit dem allwissenden Auge über der Spitze), »Bankensolarsystem« und »Geldmacht« nieder.

Ach ja, seufzte er, allmählich etwas philosophischer, was Geld, Regierungen und Geschichte anging, wer machte sich schon klar, daß große amerikanische Namen wie Edward Grenfell, Elihu Root und John Foster Dulles aus dem Wirbel finanziellen Einflusses entstanden waren, der sich auf den Sitz der J.-P.-Morgan-Gesellschaft in der Wall Street Nr. 23 konzentrierte? Um die Jahrhundertwende waren die Bürger der Vereinigten Staaten von Amerika noch leicht entsetzt, als sie hörten, Washington, D.C., sei nichts anderes als die »Mätresse« der Wall Street, bis Präsident Herbert Hoover die Hauptstadt der Nation zu einer »ehrbaren Dame« machte, indem er die beiden Städte im heiligen Bund der Ehe vereinte. In aller Öffentlichkeit, mit den angesehensten Wirtschaftsbossen als Trauzeugen!

Daß S.I.E nationale Regierungen vollkommen beherrschten, war weder eine phantastische, noch eine paranoide Spekulation, sondern ein offenes Geheimnis, eine allgemein bekannte Tatsache. Die Öffentlichkeit glaubte zwar, daß die Staatsschulden dem amerikanischen Volk geschuldet wurden *(»Buy Bonds!«)*, doch traf dies höchstens auf ein Fünftel der gesamten Schuldenlast zu. Das übrige stundeten die Federal Reserve Bank, kommerzielle Banken und Sparkassen auf genossenschaftlicher Grundlage, Versicherungsgesellschaften, Konzerne und andere Geldgeber. Wieder einmal rief Adam sich den Unterschied zwischen besitzen und kontrollieren ins Gedächtnis zurück. Selbst, wenn die Insider nur zehn Prozent des gesamten Kapitals in ihren Klauen hatten, konnten sie – durch eiskalten Betrug an der Mehrheit der Gläubiger – die Mechanismen der Regierung nach Belieben steuern. Offensichtlich gingen S.I.E. jedoch kein Risiko ein; eine kurze Analyse des Federal Reserve Board und des übrigen Bankwesens würde zweifellos offenbaren, daß sie im wahrsten Sinne des Wortes ebenso *besaßen* wie kontrollierten.

Offene Korruption? Nicht, wenn man Steffens Glauben schenken wollte – dann ganz und gar nicht. Adam überflog noch einmal die fragliche Stelle in der Autobiographie des Kommunistenfreundes, Jefferson-Anhängers und eingefleischten Demokraten. Danach war die formale Verschmelzung von Kapital und Regierung genau das richtige für das Land, wenngleich die Gründe dafür weder dem Präsidenten noch den Wirtschaftsbossen bewußt waren, »da es nicht ihrer Denkungsart entsprach(!)«. Adam zog die Brauen hoch, ging zurück und las es noch einmal. *Nicht ihrer Denkungsart entsprach*? Nicht einmal amerikanische Präsidenten und Wirtschaftsbosse waren eingeweiht? Doch dann entspannte er sich: genau dasselbe hatte er damals, als sie die Vernetzungstheorie diskutierten, zu Bairny gesagt. Was immer es war, es geschah über die Köpfe der höchsten öffentlichen Figuren in Regierungs- und Finanzkreisen hinweg. Möglicherweise ahnten sie, worum es ging; FDRs Bemerkung, es gäbe keine Zufälle in der Politik oder Churchills sonderbare kleine Beobachtung, nationale Führer seien nur dazu da, Lücken auszufüllen, legten diesen Schluß nahe. Sie erklärten vielleicht auch Winnies elegante Kriegserklärung gegen den japanischen Kaiser, die er mit »Ihr gehorsam-

ster Diener« unterzeichnet hatte. Es war ein Ritual, keine Kriegserklärung und kein wirklicher Krieg. Theater, nichts als Theater.
Doch wenn eine Verbindung zwischen dem amerikanischen Kapital und der amerikanischen Regierung nicht der Denkungsart von Präsidenten und Wirtschaftsbossen entsprach, was hatte sie dann in Lincoln Steffens' Kopf zu suchen? War er, als er endlich dazu kam, die Geschichte seines Lebens zu erzählen, von den Insidern selbst ins Vertrauen gezogen worden und auf diese Weise zu einem Verständnis des Systems gelangt, das den reichsten und mächtigsten Wesen der Welt, Industriekapitänen, Königen und Milliardären, *nicht* bekannt war? Möglich. Steffens galt als äußerst vertrauenswürdig; er hätte niemals seine Quellen preisgegeben. Es konnte durchaus zutreffen, daß er, wie der anerkannte, hochgebildete Professor Quigley, aus ungeklärten Gründen das Vertrauen des Innersten Kreises gewonnen hatte. Doch es blieb ein ziemlich eklatanter Widerspruch. Adam stöhnte und flehte seine leere Wand um Beistand und Erleuchtung an.

Steffens: Eine lebenslange, scharfsinnige Analyse der Welt, gewöhnlich aus der Sicht eines Eingeweihten, die ihn zu ein paar ziemlich verrückten und interessanten Schlüssen brachte. Die Väter der amerikanischen Nation, die Baumeister der Verfassung, hatten keineswegs die Absicht, eine demokratische Regierung zu etablieren.* Die Geschichte der Welt schrie danach, von Anfang bis Ende neu geschrieben zu werden.** Während seines »Ethik«-Studiums in Berlin suchte er nach einer Wissenschaft des Verhaltens, ohne damals zu erkennen, daß es eine solche Wissenschaft *gab*, und daß die Menschheit schon seit langer Zeit von ihr profitierte. Die großen,

* *The Autobiography of Lincoln Steffens*, a.a.O. S. 125
** Ebd. S. 126

bösen Bonzen, Helfershelfer der Illuminaten, beschrieb er als »äußerliche Gauner, die jedoch im Kern ehrliche Männer waren«.* Einer von ihnen, James M. Dill, (Anagramm von *J.A.M.S. billed*) hatte sich in einer Untersuchung ihrer unerschöpflichen Trust- und Kapitalquellen dafür ausgesprochen, »ihnen den Weg zu bereiten«; sollten sie sich aber als anti-sozial entpuppen, wollte er sie zu ihren Ursprüngen zurückverfolgen und ihre Quellen verschließen.** Das klang reichlich naiv.

Es war Dill, der Steffens darauf brachte, daß hinter der öffentlichen Wall Street noch eine andere lag, von der er trotz seiner ehemaligen Stellung als Wall-Street-Reporter keine blasse Ahnung hatte. Nicht einmal die Wall-Street-Angestellten selbst stellten sie sich so vor, wie sie war.*** Später sprach Steffens wieder von den Marionetten der Manager und Bürgermeister, die nach der Pfeife der Banker oder »Bankerbosse« tanzten. Spielte offen auf eine unsichtbare Regierung hinter der »konstitutionellen Fassade« an. Sein Freund Jacob Riis, ein bekannter Reformjournalist, hatte ihm die Dynamik des politischen Dschungels schlicht so erklärt: »Gott lenkt.«**** Nur – welcher Gott war das?

Steffens beschimpfte New Jersey als »Hinterhofstaat« und »Trustfabrik« und beschrieb *en détail,* wie sich Alexander Hamilton diese Tatsache geschickt zunutze machte.***** Den U.S.-Senat bezeichnete er als »Kammer der Bosse«, wo der eine Senator die politische Maschine seines Staates repräsentierte und ein anderer das Big Business – dem der Politiker unweigerlich unterstand. »Eine Kammer von Verrätern« – dafür hielt er sie

* Ebd. S. 194
** Ebd. S. 196
*** Ebd. S. 199
**** Ebd. S. 257
***** Ebd. S. 495

damals.* Zugleich nannte er den »Sensationsreporter« Hearst einen weisen Mann, der »so weit geradeaus blickte, wie er konnte, und er sah ziemlich weit, weiter als ich damals ...«** *Weiter als ich damals?* Damals? Was bedeutete das für später, was hatte Lincoln erfahren, das ihm einen Vorsprung vor den anderen verschaffte?

Lebenslanges Wühlen im Dreck, und das war dabei rausgekommen, die Politik der Industriekapitäne. Die meiste Zeit seines Lebens war es der alte J. P. Morgan, der »als Boß der Bosse und höchster Souverän Amerikas auf dem Thron saß«.*** Im Alter gelangte Steffens zu der Einsicht, daß all die üblen Arrangements ihren Sinn hatten. Politik und Geschäftemacherei mußten eins sein. Mit allen Methoden, wenn nötig sogar mit Bestechung und Korruption, sollten Geschäftsleute Regierungen kaufen und selbst regieren.**** Einmal versicherte er sogar einem von Skrupeln geplagten Andrew Mellon: »Man kann nicht einmal eine Eisenbahngesellschaft leiten, ohne die Regierung zu korrumpieren und zu übernehmen.«*****

Die Äußerungen des großen Journalisten zum Krieg, die in schrecklichen persönlichen Erfahrungen ihren Ursprung hatten, waren genauso schockierend. Haßte das amerikanische Volk etwa den Krieg? Nein, ganz im Gegenteil, entdeckte er, als er von Präsident Wilson und Colonel House ausgeschickt wurde, um die Bürger auf den Frieden vorzubereiten. Sie waren außer sich – sie wollten keinen vernünftigen Frieden, sie wollten tote Deutsche. Ihre Tränen, ihre Verzweiflung, als sie von dem bevorstehenden Waffenstillstand hörten, waren so

* Ebd. S. 504
** Ebd. S. 541 f.
*** Ebd. S. 590
**** Ebd. S. 606
***** Ebd. S. 609

bewegend, daß Steffens es nicht über sich brachte, grausam zu sein und ihnen ihre blutige Rache zu verweigern!* Aber hatten sie denn wirklich Rache nehmen können – oder hatte man sie nur dazu gebracht, das zu glauben?
Krieg. Krieg. Die Große Russische Revolution – der berüchtigte rote Terror – war so glatt über die Bühne gegangen, als handelte es sich um ein Schachspiel zweier Meister. Eisenbahn- und Telegraphenamt stellten die Weichen, indem sie den Zug des Zaren zu seinem schicksalhaften Treffen mit den »revolutionären« Demokraten umleiteten und die Gleise hinter ihm blockierten. Schon war alles geritzt. Insgesamt eine äußerst ruhige und friedliche Art von Rebellion, unbeschadet aller *Krieg-und Frieden-* oder *Dr. Schiwago*-Versionen.** Und wie war es mit den anderen Kriegen?
Merkwürdiges Buch, dachte er, legte es beiseite und streckte sich. Und was für ein seltsames Ende. Eine komische, ziemlich unbeholfene Zeichnung auf der letzten Seite. Nicht etwa ein Bild eines spitzbärtigen, weisen, alten Mannes, sondern das eines nackten kleinen Kindes, das sich vom Leser abwandte und in die Seite hineinging – in die Zukunft? Dazu die Schlußzeilen der Kaplan-Biographie, ein Zitat des großen alten Journalisten, der seinem jungen Sohn erklärt: Wenn ein Junge zu reiten und zu schwimmen versteht, kann er jederzeit entkommen im Dunkel der Nacht – oder sogar am hellichten Tag? *Entkommen?* Wem und wohin? Inkognito, verkleidet; gut möglich, daß ihm am hellichten Tag die Flucht gelänge. Steffens war bei seiner Analyse des Systems auf etwas gestoßen – auf etwas Großes.
Aber warum akzeptierten diese guten Männer, Steffens und Quigley, so bereitwillig den Würgegriff, mit dem S.I.E. die hilflose Bevölkerung der Welt in Schach hiel-

* Ebd. S. 774 f.
** Ebd. S. 752 f.

ten? Adam sah sich das genauer an. Quigley selbst zitierte den internationalen Finanzier Walter Rathenau, der es schon 1909 offen ausgesprochen hatte: »Dreihundert Männer, alle persönlich miteinander bekannt, halten das wirtschaftliche Geschick Europas in den Händen und bestimmen Nachfolger nur aus ihren eigenen Reihen.« Und mehr als ein halbes Jahrhundert zuvor hatte der große englische Schatzkanzler im Kabinett Palmerston lauthals verkündet, die Lösung der gesamten Situation sei äußerst simpel: Die Regierung sollte bleiben, wo sie war, und »die Geldmacht weder bedrängen noch in Frage stellen«. Ganz zu schweigen von Montagu Normans bescheidenem Anspruch auf »die Hegemonie der Welt«, zu einer Zeit, als J. P. Morgan und er die Finanzwelt beherrschten (etwa 1913–30).*

Dann war da noch Steffens' gute Freundin und Mitstreiterin Ida Tarbell, die einen Großteil ihres Lebens der Aufgabe gewidmet hatte, ein Monumentalwerk über die Standard Oil Company zu schreiben. Und was war dabei herausgekommen? Nichts. Wie ernst es ihr mit ihren Enthüllungsversuchen auch gewesen sein mochte, ihr Buch hatte nichts bewirkt. Es war so wie Teddy Roosevelts leere Drohung, die Trusts an die Kandare zu nehmen – alles nur Schall und Rauch, ein kleiner Knallfrosch, der von Zeitungen und Geschichtsbüchern aufgeblasen wurde, bis er sich anhörte wie ein Molotowcocktail. Kein Konzern, kein Monopol, kein internationales Kartell war je verknackt worden, jedenfalls nicht ernsthaft. Das Big Business hatte einfache Nationen an Macht und Reichtum längst überflügelt, und trotzdem schafften seine Manager es immer wieder, die Illusion aufrechtzuerhalten, daß sie Regierungen unterstanden. Wie? Nun, mit ausführlich zitierten Nörgeleien und Beschwerden über Regierungskontrollen natürlich.

* Quigley, a.a.O. S. 62

Das war eine Art, I.H.R.E. Macht zu verbergen. Die andere war ein einfacher Zaubertrick: Mal sah man sie, dann wieder nicht. Teufel auch, jeder, der sich die Mühe machte, Roosevelts Kampagne gegen die Trusts unter die Lupe zu nehmen, sah auf den ersten Blick, welch scheinheiliges Manöver das war. Hin und wieder inszenierten sie einen kleinen Schlag wegen unerlaubter Preisabsprachen, etwa beim Bäckerskandal in Arizona. Dann erweckten sie mit dicken Schlagzeilen und ausführlichen Fernsehberichten die Illusion massiver Kontrollen über die Trusts. »Ha!« sagten die Bürger und klopften sich auf die Schultern, »endlich hat es mal einen großen Fisch erwischt. Wir haben Gesetze! Das wird sie Mores lehren und potentielle Nachahmer ein für allemal abschrecken.« Doch die Geldmenge, um die es ging, war lächerlich, und der Einfluß der legalen Aktion auf große Konglomerate gleich Null. Echt schlau.

Adam lächelte, als er sich an seine kurze Begegnung mit Larc Growlpiler, dem Vorstandsvorsitzenden von Dow Chemical erinnerte. Es war schon einige Jahre her, 1972 in Washington. Growlpiler hatte erklärt, daß er davon träume, sich mit dem gesamten Dow-Imperium auf eine Insel zurückzuziehen, wo er, unabhängig von nationalen Verpflichtungen oder Gesetzen, Geschäfte mit allen Völkern der Welt machen konnte, an niemanden gebunden, frei, zu kaufen und zu verkaufen wie ein echter Weltbürger. Nun, Sir, dachte Adam verstimmt, Dow steht es sowieso frei, das zu tun, genau wie allen anderen multinationalen (und supranationalen) Konzernen. Es sind die Regierungen, die gebunden sind ... Sabbernde Speichellecker der großen Bosse.

Und warum hatte Growlpiler seinen Traum in aller Öffentlichkeit verkündet? Um abzulenken natürlich. Um eine Hoffnung zu formulieren, die die Tatsache verschleiern half, daß sie schon längst erreicht war. Aber ... aber ... aber? Vollends verwirrt schüttelte er den Kopf. Was

war mit Mr. Growlpiler selbst – war er etwa ein skrupelloser, eiskalter Lump? Ganz und gar nicht! Sanft, mitfühlend, höflich und gesetzestreu, hätte er niemals Napalm nach Südostasien verkauft, um damit unschuldige Frauen und Kinder zu verbrennen. Wo kamen dann all diese exotischen Stories her? Aus den Zeitungen, aus Fernsehen und Radio; es war öffentlicher Klatsch und Tratsch. Aber warum, warum bloß?
Erschöpft und ratlos breitete er die Arme aus. Nichts von alledem ergab einen Sinn. Es paßte einfach nicht zusammen. Es sei denn, man war bereit, sich mit dem alten Profitgier-Motiv abzufinden. Profit und Macht. Oder die Nummer mit dem übersteigerten Ego. Denn was fängt eine Person oder ein Unternehmen mit Millionen und Milliarden Dollar Profit an, außer sie wieder anzulegen und noch mehr Geld zu scheffeln – aus reiner Freude an diesem Spiel? War es das?
Immer wieder rannte er gegen eine steinerne Wand an: Geld. S.I.E. hatten so unglaublich viel davon und schätzten es offensichtlich so gering, warum in Dreiteufelsnamen bunkerten sie dann immer mehr? Immerhin war es Tausende von Jahren her, daß S.I.E. die Kunst der alchimistischen Transformation von niederen Metallen in Gold perfektioniert hatten; ein unerschöpflicher Vorrat mußte ihnen zur Verfügung stehen. Kein Wunder, daß die Weltwirtschaft sich immer noch am Goldpreis orientierte, und daß internationale Banken und Finanziers, das Ostküsten-Establishment – die Cliveden-Set-Typen – auch heute noch dafür sorgten, daß es so blieb. Trotzdem stellte sich die Frage, welchem Zweck das Geld eigentlich diente, wenn S.I.E. doch genau wußten, daß es im Grunde wertlos war und nur deshalb einen Wert besaß, weil die Menschen daran glaubten. Konditionierender Reiz. Verstärkung, Belohnung offenbar. Eine andere vernünftige Erklärung schien es nicht zu geben. Aber wozu?

Das Bankgewerbe ist wie eine Religion, dachte er, oder wie andere schlechte Angewohnheiten. Wenn man früh genug süchtig wird, kommt man möglicherweise sein Leben lang nicht mehr davon los. Bei uns haben sie schon in der ersten Klasse angefangen. Sie schenkten uns ein eigenes kleines Sparbuch und sorgten dafür, daß wir jeden Dienstagmorgen mit unseren lausigen paar Pennies antrabten und zuguckten, wie unser Guthaben wuchs. Kleine Kapitalisten haben sie aus uns gemacht, die vom System verschluckt wurden, ehe sie merkten, wie ihnen geschah. Gebt uns ein Kind, bis es sechs wird, und wir machen einen lebenslänglichen Katholiken oder Kapitalisten aus ihm. Brutal schlau, diese Insider.
Brutal!

»Wie war's zu Hause?« fragte Jasmyn munter, als Sandol den kuppelförmigen Raum betrat.
»Schön und friedlich wie immer«, antwortete er und versuchte vergeblich, sich seine Bitterkeit nicht anmerken zu lassen. »Aber ich habe dich vermißt. Hast du ihn wiedergesehen?«
Sie sah ihn an und antwortete mit monotoner Stimme: »Deine Eifersucht ist ein grober und primitiver Gesetzesbruch, Sandol. Ich war immer viel zu nachsichtig mit dir.«
»Ich weiß«, nickte er traurig. »Sie beeinflußt mein gesamtes affektives System; es ist für rationale Regulierung nicht mehr empfänglich. Was wirst du mit mir machen? Mich auf die Erde verbannen?«
»Laut Gesetz ist das die einzig mögliche Strafe für chronische Gesetzesbrecher, Ketzer und disfunktional Behinderte.«
»Ah«, sagte er. »Aber ich glaube, daß dir meine Eifersucht gefällt.«
Jasmyn war empört. »Das wäre ebenso primitiv wie die Eifersucht selbst.«

»Trotzdem . . .«
Sie wandte sich langsam, nachdenklich ab und räumte dann zögernd ein: »Es wäre ratsam, sich nicht gegenseitig zu verraten.«
»Ja, wir brauchen mehr Zeit, vielleicht auch professionelle Hilfe.«
Jasmyn warf ihm einen schnellen Blick zu. »Wenn ich ihn richtig verstanden habe, macht er keine Paartherapie mehr. Es bleibt uns nichts anderes übrig, als unser Problem selbst zu lösen.«
Sandol nickte. »Ich hatte schon lange den Verdacht, daß wir deswegen hierhergeschickt wurden. Ich werde also daran arbeiten, dich zu begehren, ohne dich zu brauchen. Einverstanden?«

Kapitel 24

In guten Händen?

Ehe er sich versah, war es schon wieder dunkel geworden, und er stärkte sich mit einem kräftigen Schluck für die künftigen Anstrengungen seiner Exerzitien. Ein gefährliches Prinzip, diese künstliche Stimulation des Geistes mit toxischen Aufputschern, aber für ihn war es manchmal genau das richtige. Die Kids hatten ihre eigene »Bewußtseinserweiterung« mit LSD, Peyote oder Haschisch, die meisten schienen sich allerdings damit zu begnügen, alles einzuwerfen, wie es gerade kam, und nur wenige schafften, was Leary unter »Bewußtseinserweiterung« ursprünglich verstanden hatte. Adam spürte, wie sein Herzschlag schneller wurde und eine neue Welle von Energie ihn durchströmte.

Er blickte auf den Monitor und sah, daß Goldy ihre Arbeit beendet hatte und sich mit einer hübschen jungen Rothaarigen vergnügte, die Adam nicht kannte. Geselliges Beisammensein nannte man so was wohl. Er dachte flüchtig daran, sich ihnen anzuschließen, besann sich dann jedoch eines Besseren. Er wollte seine neugewonnene Energie nicht mit leichtfertigem Bumsen vergeuden. Immerhin hatte er mit Leuten zu tun, die bis zum äußersten entschlossen, systematisch und diszipliniert waren. Bis er des Rätsels Lösung gefunden hatte, blieb ihm keine andere Wahl, als weiterzumachen. Erst die Arbeit, dann das Vergnügen!

Der weiße, angelsächsische Amerikaner, das mächtigste Geschöpf, das die Welt je gesehen hatte, mächtiger als der

Tyrannosaurus Rex oder das Mammut, mächtiger noch als der Säbelzahntiger. Und der Ursprung dieser Macht mußte dann wohl im westlichen Europa liegen, vor allem in England. Im 19. Jahrhundert war Britannien sehr effizient von einer kleinen Gruppe regiert worden, der sogenannten »gehobenen Gesellschaft«, die aus gerade sechs Familien, ein paar ausgewählten Verbündeten und einem gelegentlichen Rekruten von Balliol, dem New College in Oxford oder dem Trinity College in Cambridge bestand. Steffens' berühmter Protegé Walter Lippmann gehörte dazu. (Was Adam an diesen Fernsehthriller erinnerte, der vor einigen Jahren seine Aufmerksamkeit geweckt hatte, *Brotherhood of the Bell* – ein Hinweis? Ein auf den Kopf gestellter Hinweis?) Dieser Kreis herrschte tatsächlich ohne jede Einschränkung, kontrollierte die konservative ebenso wie die liberale Partei und sorgte dafür, daß es zwischen beiden höchstens äußerliche Unterschiede gab. Im Mittelpunkt standen John Ruskin und der Diamantenkönig Cecil Rhodes. Eine Geheimgesellschaft bezeichnete sie als Zirkel von Eingeweihten, denen es vor allem darum ging, die Wohltätigkeit der englischen Oberschicht auf die ganze Welt auszudehnen – ob die damit einverstanden war oder nicht! In der Tat waren diese Leute weltweit verbunden durch brüderliche, internationalistische Organisationen wie die Round Table Group, das Royal Institute of International Affairs und später auch den amerikanischen Council on Foreign Affairs, der bekanntlich den Unmut der Birchers auf sich gezogen hatte. Eng verknüpft mit den Astors, Rhodes' und Milners war der elitäre »Cliveden Set«: Männer mit weitreichendem politischen Einfluß, die überall mitmischten. (Adam konnte der Versuchung nicht widerstehen und bildete das Anagramm *decent lives*. Er war amüsiert, doch die wahre Bedeutung sollte ihm erst später aufgehen.)
Ja, sie kontrollierten unglaubliche Reichtümer, Zeitun-

gen, Universitäten, beherrschten gar das Royal Institute of Foreign Affairs. Sie unterstützten Neville Chamberlain und dessen Getreue bei ihrer Beschwichtigungspolitik gegenüber Hitler, knüpften jedoch offensichtlich auch Verbindungen zum deutschen Oberkommando. Die Round Table Group hielt über den großen Teich hinweg Händchen mit J. P. Morgan and Company in New York, der beim Aufbau des Institute for Advanced Studies in Princeton eine bedeutende Rolle spielte. (Es wurde nach dem etablierten englischen All Soul's College entworfen und mit dem Segen und dem Kapital der Carnegies und Rockefellers fertiggestellt.)

Dieser amerikanische Zweig der britischen Finanzelite übte über fünf Zeitungen bedeutenden Einfluß aus: die *New York Times*, die *New York Herald Tribune*, den *Christian Science Monitor*, die *Washington Post* (durch die Watergate-Affäre weltweit bekannt) und den mittlerweile eingegangenen *Boston Evening Transcript*. Sie alle hinterließen bestimmte Impressionen im Bewußtsein des amerikanischen Volkes.

Um 1925, als Lionel Curtis am Ruder war, wurde diesen beiden ein drittes internationales Netzwerk hinzugefügt, um die Reichweite ihres Einflusses noch weiter auszudehnen. Das internationale Geflecht schloß jetzt die Niederlande, China, Frankreich, Japan, Rußland, Kanada, Australien und Neuseeland ein, und alle drei Organisationen operierten mit beträchtlicher finanzieller Unterstützung durch die allgegenwärtigen, wenngleich letztlich unsichtbaren »internationalen Bankiers«, dem inneren Kreis der Illuminaten. Mit welchen Zielen? Guten, wie es hieß, obwohl Adam sich tapfer gegen diese Quigley-Version von Währungsmanipulation auf höchster Ebene zu wehren versuchte. Quigley zufolge lag diesen Herren wirklich daran, Frieden zu schaffen, »unterentwickelten Ländern« zu helfen, indem sie vernachlässigte Minderheiten

unterstützten, und ganz allgemein die Welt mit Hilfe ihrer guten, alten, angloamerikanischen Zivilisationsstandards auf eine höhere Ebene zu heben.
Ihr komplexer und quasi geheimer Einfluß mittels der Vernetzung von Presse, Universitäten und der Außenpolitik vieler Nationen scheint noch größer gewesen zu sein, als sie öffentlich zugaben, doch ihre guten Absichten wurden massiv bezweifelt und sogar öffentlich angegriffen – durch das Reece-Komitee des Senats, das die Aufgabe hatte, die verzwickten Geschäfte der Fords, Rockefellers und anderer von der Steuerpflicht befreiter Gesellschaften zu untersuchen; durch die John Birch Society, die sie als hochgradig verräterische, kommunistische Tarnorganisation bezeichnet hatte und bis heute daran festhielt, (Nelson Rockefeller ein Kommunist? Blödsinn!), und durch den Senator Richard M. Nixon, der behauptete, Douglas Mac Arthurs Entlassung durch Truman sei ein Akt der Anbiederung an den Kommunismus gewesen.
Ungefähr zur gleichen Zeit ließ Senator William Jenner die Katze aus dem Sack. Er erklärte vor dem Senat: »Heute befindet sich dieses Land in der Hand eines geheimen und erlesenen, inneren Kreises, der von der Sowjetunion gelenkt wird ... Unsere einzige Chance besteht darin, Präsident Truman des Amtes zu entheben und herauszufinden, wer diese geheime, unsichtbare Regierung bildet, die unseren Staat so geschickt auf den Pfad der Selbstzerstörung geführt hat.«*
Mein Gott, stöhnte Adam, sie machen uns also auf zweierlei Arten fertig – was für ein Chaos! Gute Absichten oder schlechte Absichten, das ist die Frage. Fangen wir noch mal von vorn an. Das Kapital beherrscht die Regierungen, überall auf der Welt, und Lincoln Steffens kannte sich mit dem Kapital und den Regierungen aus

* Quigley, a.a.O. S. 977 f.

wie kein zweiter. Kommen wir auf ihn zurück. Ja, es scheint, als sei er bis in den inneren Kreis vorgedrungen und habe dabei ein paar recht merkwürdige Ansichten über die Ethik gelernt. *Es gibt keine Ethik!* Versuch nicht ethisch zu sein, sondern intelligent! Bestechung und Korruption sind *Gottes Wille*, und Reformen, die Gutes wollen, Teufelszeug. »Die Schuldigen sind den Unschuldigen auf so mannigfache Weise überlegen ... Bestechung ist in einem sehr strenggläubigen Sinn ein göttlicher Akt.«*
Ganz offen billigte er das von Herbert Hoover in die Wege geleitete Bündnis zwischen Bundesregierung und Wall Street, obgleich die Frucht dieser Verbindung nicht kräftig genug war, um das Land aus der Depression der dreißiger Jahre herauszuführen. Verdammt! Die Depression ... »mit Ursachen, die über ihre Vorstellungen und ihr gewohntes Denken hinausgehen«.** Verdammt! Eine wirtschaftliche Depression, *deren Ursachen über die Vorstellungen und das gewohnte Denken von Präsidenten und Milliardären hinausgehen*? Welche Ursachen waren das, und von wem wurden sie erzeugt? Von Bankiers natürlich, Großbankiers. Selbst Henry Ford mußte große Überschüsse horten, um seine Operationen vor den Banken zu schützen, »... die hinter ihm her waren wie hinter jeder Industrie, jedem Geschäftszweig.«***
Plötzlich fiel Adam ein Interview von Dick Cavett mit den vier führenden Verlegern des Landes ein, das er vor kurzem im Fernsehen gesehen hatte. Ihre größte Sorge, die sie immer wieder zur Sprache brachten, lautete: »Irgendwer kauft unsere Unternehmen auf, und wir wissen nicht einmal, wer.«
Na schön, das Großkapital besaß die Staaten der Welt, und die Banken besaßen das Großkapital. Vierhundert

* Steffens, a.a.O. S. 862
** Ebd. S. 865
*** Ebd. S. 854

supranationale Geschäftsunternehmen, deren Ressourcen größer waren als die der Regierungen, und alle unter der Kontrolle von Banken. Seltsam. Frage: Wer kontrollierte die Banken? Nicht die Aktionäre, das jedenfalls stand fest. Sie hielten Papiere, hockten auf ihren Ärschen und sammelten Coupons. »Besitzen« war eine Sache, und Kontrollieren eine andere. Große dramatische (Ersatz-) Schlachten passierten heutzutage nur im Film und im Fernsehen. Wer kontrollierte die Riesenkonglomerate überall auf der Welt? Darauf konnte es nur eine Antwort geben. Nur eine.

Alle Bestandsaufnahmen von Zusammenschlüssen großer Konzerne liefen ins Leere oder erreichten irgendwann einen Punkt, wo jede weitere Aufzählung sinnlos wäre. Ein solcher Grad an Komplexität wurde mit Bedacht erzeugt, um das Ganze dem Zugriff intelligenter Köpfe zu entziehen. Er ging über ihre Vorstellungen hinaus!

Hier war er wieder bei dem im wahrsten Sinne des Wortes undurchdringlichen Dickicht internationaler Währungssysteme gelandet und, eng damit verknüpft, den ebenso unerforschlichen Organisationen international führender Konzerne und Finanzverbände. Die meisten Leute gingen der Auseinandersetzung damit aus dem Weg, indem sie Zuflucht zum vertrauten Mechanismus der Verweigerung nahmen. Sie lehnten es einfach ab, sich damit zu beschäftigen. Sicherlich war das gerechtfertigt; es reichte, die hellsten Köpfe zu verwirren, um alles weitere Nachdenken darüber zu verhindern.

Während die einen eifrig beschäftigt waren, das Unverständliche zu negieren, wurden von den anderen große Anstrengungen unternommen, um die Illusion finanzieller Instabilität, Verwundbarkeit und gelegentlich sogar Impotenz großer Konzerne aufrechtzuerhalten und den damit verbundenen Anschein von Zahlungsfähigkeit und Entschlossenheit auf seiten der Regierung zu wahren.

Diese doppelte Täuschung war lächerlich, da sie ein Bild unvorstellbar reicher Megakonzerne (Chrysler, General Motors) zeichnete, die hilflos zappelnd darauf warteten, daß eine durch und durch bankrotte nationale Regierung sich ihrer erbarmte und ihnen aus der Patsche half.
Daher die Frage: Hatte Lee Iacocca die Firma Chrysler tatsächlich »gerettet«, oder war das Unternehmen absichtlich in Gefahr gebracht und dann mit Methode und Mr. Iacocca als Strohmann befreit worden, damit dieser strunzen konnte: »Der Stolz ist wieder da!« und die inspirierende Botschaft des amerikanischen Traums wieder einmal bestätigt wurde?
Für ein solches Stück war ein Held unumgänglich. Kein Großkonzern, der wackelte, kämpfte und dann überlebte, konnte sich des Interesses der Massen unbegrenzt lange sicher sein. Er brauchte einen deutlich sichtbaren Protagonisten, der sich in dieser Art von Straßentheater als Held oder Schurke identifizieren ließ, um den Zuschauern eine authentische dramatische Bedeutung zu vermitteln. Das war ein Standardprinzip aller Science-fiction-Autoren. Eine Nation, ein Unternehmen allein, konnte keine effektive dramatische Figur abgeben. Die Amerikaner mochten sauer auf Rußland sein, aber sie brauchten Chruschtschow, um wirklich zu hassen. Man konnte in Deutschland eine militärische Bedrohung sehen, aber es bedurfte eines Adolf Hitler, um das Bedürfnis nach Angst zu befriedigen. Alles in allem war Hitler ein professioneller Clown im Dienst unsichtbarer Kapitalmanipulatoren, der als lohnende Zielscheibe für den Haß und als ländergreifendes lehrreiches Beispiel fungierte.
Wie also paßte der kleine Mann auf der Straße mit den Großkonzernen zusammen, erhaben und entrückt, wie sie waren? Adam zumindest fühlte sich nicht im geringsten mit ihnen verbunden. Wie liebte man Lipton's Tea Company? Und wie konnte diese Firma solche Gefühle

erwidern, es sei denn in der Art eines skrupellosen Zuhälters, der ein armes Mädchen vom Land ausnutzt?
Jedermann, so David Hapgood in *The Screwing of the Average Man*, arbeitete letztlich irgendwie für die Hartford Insurance Company, für A.T.T., I.T.T., Shell Oil oder U.S. Steel. Wieder einen Tag älter und tiefer in der Kreide, mit Leib und Seele an das Unternehmen verkauft. (Jetzt konnte sich Adam an den Namen Hapgood erinnern. Er war mehrmals in Steffens' Autobiographie aufgetaucht, ein Reporter für das alte *McClure's*-Magazin. Adam vermutete, daß der junge David der Enkel oder Großneffe des alten Hapgood war und für die Insider arbeitete. Sie verschafften ihm einen Haufen Akten und Fakten, und er machte daraus eine Horrorstory über die Multis und ihre verschwörerischen Machenschaften. Aber warum?)
Nun, die Gesellschaften und der kleine Mann auf der Straße waren nicht gerade ineinander vernarrt, hatten jedoch eine gewisse Beziehung zueinander, ähnlich den Mitgliedern eines Vereins für Brieffreundschaften. Sie schickten einem Computerauszüge, mit Löchern und seltsamen Nummern gekennzeichnet, und man revanchierte sich jeden Monat mit einem Eimer voll wertvoller grüner Scheinchen. Manchmal stellten sie sich an wie ein hysterisches junges Mädchen, das zum ersten Mal gebumst wird. Impulsiv. Schüchtern und neckisch. Explosiv, verführerisch, unergründlich und verdammt unberechenbar. Es war, als versuchten sie, eine bestimmte Art von Antwort aus ihm herauszulocken, oder ihm etwas ... etwas zu sagen. Adam massierte sich nachdenklich die Schläfen. So sperrte ihm die Universal Charge Card Company wegen Überziehung die Karte, und zehn Tage später offerierte sie ihm ihre 10.000-Dollar-Platin-Kreditkarte.
Ein anderes Beispiel: Drei Monate, nachdem er sich darum bemüht hatte, bekam er eine Kreditkarte von der

Avis Rent-A-Car, zusammen mit einem Fragebogen, der sich nach bestimmten persönlichen Daten erkundigte, und der Bitte, den »Namen der Leihwagengesellschaft« anzugeben. *Als wüßte sie ihren eigenen Namen nicht*! Die Sache war die: Er hatte vor drei Monaten eine Hertz-Karte beantragt und dann eine Avis-Karte gekriegt. Da steckte Methode drin. Ein Test, um das Erinnerungsvermögen zu checken? Oder war Nummer zwei geschäftstüchtiger? Steckten vielleicht in Wirklichkeit beide unter einer Decke, so wie die fünfzig großen Ölfirmen von Amerika in Wahrheit ein einziges Unternehmen waren? Wie die Liebe, wie Gott: Sicher gab es Millionen von Konzernen, aber trotzdem war alles eins.
Nur wußte er genau, daß Unternehmen dieser Größenordnung weder hysterisch noch launisch sind. Wer immer sie waren, was immer sie vorhatten – S.I.E. verstanden eine ganze Menge von Organisation und Methode. Gingen wissenschaftlich an die Sache ran. Logistisch. Setzten ihre rationalistischen Prinzipien sorgfältig differenziert für die Entwicklung von Waffen und Kriegsstrategien, wirtschaftliche Einschätzungen, Marktforschungsanalysen und sogar die Spiele der Menschen ein – zur Bestimmung (und Konditionierung?) menschlichen Verhaltens im allgemeinen. Und die Computertechnologie mit ihrer enormen Speicherkapazität, ihrer blitzschnellen Verarbeitung von Informationen bildete das Zentralnervensystem der ganzen Operation. Welch unglaubliche Datenbanken standen I.H.N.E.N. zur Verfügung, welch ausgefeilte, professionelle Persönlichkeitsprofile konnten ihre Großrechner über jeden einzelnen Bürger erstellen, indem sie aus dem Fundus detaillierter persönlicher Informationen schöpften, die er ihnen als Benutzer einer Kreditkarte lieferte. Dies in Kombination mit anderen Arten, Geld auszugeben, öffentlichen Daten, Krankengeschichten, Einkommensteuererklärungen, Wehrdienstunterlagen,

Arbeitszeugnissen, Schulfächern und allgemeinen Bewertungen, addiert und mit entsprechenden Daten der Gesamtbevölkerung aus Vergangenheit und Gegenwart verglichen, konnte mit Leichtigkeit eine solide Grundlage für die Diagnose des gegenwärtigen Status bilden und wie versicherungsstatistische Vorhersagen bei der Einschätzung der Zukunft behilflich sein. Und das wiederum paßte sehr gut zu dem großen alten katholischen Konzept vom allwissenden Gott, der jeden einzelnen Menschen kannte, egal ob er der Vergangenheit, Gegenwart oder Zukunft angehörte. Verflucht noch mal, es war nichts anderes als Marktforschung. Wie die auf versicherungsstatistischen Grundlagen basierenden Voraussagen über Langlebigkeit und Herzinfarktquoten im Jahre 2001.

Wie oft, fragte sich Adam, hatte er über den Computer gelacht und ihn als kaum mehr als eine überdimensionale Rechenmaschine bezeichnet? Das war das, was er glauben wollte, verständlicherweise, denn wer außer Mr. Spock vom Raumschiff Enterprise hätte sich schon mit der Vorstellung anfreunden können, von einer Maschine ausgetrickst zu werden?

Wunschdenken, gestand er sich schließlich mit einem nervösen Seufzer. Die Übertragungsgeschwindigkeit neuraler Impulse von Säugetieren wurde in Sekunden gemessen oder in Bruchteilen von Sekunden, Computeraktivitäten dagegen in Nanosekunden, das war *ein Milliardstel* von einer Sekunde. Bei solchen Geschwindigkeiten und genügend Hardware hätte ein Computer keine Probleme, schneller zu denken als fünf Milliarden Menschen, die nie zum Denken kamen, es sei denn über das, was sie in Zeitungen lasen oder auf dem Bildschirm sahen. Sie dachten dasselbe, aber nicht zusammen – sie waren nicht gekoppelt.

Plötzlich erinnerte er sich an Norbert Wieners Lob über die unglaublichen kognitiven Fähigkeiten des Computers.

Er wurde so programmiert, daß er den Menschen überlegen war, und so mochte ihre Kritik an ihm Berechtigung haben, kam jedoch zu spät, um noch relevant zu sein. Der Computer führte etwas aus, das für sie schlicht und einfach ein unverständliches Programm war. Basta.
Was nichts über die Ziele dieses Geheimprogramms aussagte. Es mußte irgendwas mit der Konditionierung des Massenbewußtseins zu tun haben, wobei Geld als wichtigster Verstärker oder konditionierender Reiz fungierte, Medien und Postwesen dagegen als Hauptkommunikationsleitungen zwischen den Konditionierenden und den Konditionierten oder »Objekten« des Experiments.
Die Handlung verdichtete sich. Menschliches Verhalten, subjektive menschliche Erfahrung wurde zum Gegenstand wissenschaftlicher Regulierung. Menschen wurden eingestellt und gestimmt wie ein Klavier. Funktionierte es tatsächlich so?
Es war, als setzten sie ein paar Schimpansen in einem begrenzten Territorium unter freiem Himmel aus und überließen sie sich selbst. Was passierte? Sie spielten, kloppten sich, grunzten sich an, fraßen, verrichteten ihre Notdurft, kopulierten und zeugten Junge. Nach einiger Zeit entstand so etwas wie Überbevölkerung, und die Affen waren gezwungen, sich zu bekämpfen und gegenseitig zu töten, um Futter und Lebensraum zu sichern. Eine starke Führung, Despotismus genannt, wurde unumgänglich. Krankheiten breiteten sich aus. Die Starken überlebten, die Schwachen und Jungen gingen schnell ein. Eine solche Entwicklung stimmte die Leiter des Experiments traurig. Sie versuchten, ihnen Landwirtschaft beizubringen, Medizin, Gesetze, Geburtenkontrolle, andere ökologische Prinzipien – und Moral. Manche der Versuchskaninchen zeigten Funken von Intelligenz und lernten etwas. Die meisten aber waren dickfellig und zogen unmittelbare Lustbefriedigung einer Arbeit vor,

die ihnen ein längeres, abwechslungsreicheres, kreativeres und interessanteres Leben und letztendlich auch mehr Spaß hätte bieten können.
Die Leiter des Experiments erkannten auch, daß nicht alle gleich viel lernten und immer nur so schnell, wie sie wollten. Es hatte keinen Zweck, sie auszupeitschen, zu foltern oder einzusperren – all dies war versucht worden und hatte zu nichts geführt. Außerdem waren sie nicht so grausam. Nein, der Trick bestand darin, die Schimpansen dazu zu bringen, lernen zu wollen, und ihnen zugleich das Gefühl zu vermitteln, es freiwillig zu tun. Deshalb reicherten die Menschen ihre Umgebung mit interessanten Problemen in Form von unterhaltsamen Spielen an, forderten sie heraus, gaben ihnen Anhaltspunkte, damit sie die speziell für sie entwickelten Aufgaben meisterten, belohnten sie, wenn sie den richtigen Knopf drückten, und ließen sie in Ruhe, wenn sie versagten. Und selbstverständlich wurden sie gefüttert und – in Maßen, alles andere wäre ein zu großer Eingriff in ihr Leben gewesen – voreinander geschützt.
Nun, dachte Adam, dann brauchten wir diese Anordnung ja nur auf uns zu übertragen: Wir sind die Schimpansen, und S.I.E. die – die was? MBs könnten wir sie nennen, Mörderische Befehlshaber oder Mitfühlende Beobachter. Welches von beiden? Ein neues Rätsel! Wenn es eine Art Skinnersches Konditionierungsprogramm war, welches waren dann die effektivsten Verstärker für das menschliche Tier? Das konnte nicht allzu schwierig sein, es lag genau auf seiner beruflichen Linie. Er griff nach seinem Notizbuch und einem Kugelschreiber und begann zu schreiben: Zuordnung zu Artgenossen ... Geld ... Prestige und andere Egobedürfnisse ... Problemstellungen, die Emotionen wecken und abbauen ... Sex und andere physische Genüsse ... Unterhaltung, die einen zum Lachen bringt ... Die Chance, zu sehen, zu hören, die

angeborene Neugier zu befriedigen ... Freiwilliges Lernen. Nicht schlecht. Das genügte vorerst.

Er steckte den Kopf durch die Tür. Goldy räkelte sich auf dem Sofa und schaute Fernsehen. Er warf einen Blick auf den Bildschirm und bemerkte abwesend, daß das Orchester der *Donnie and Marie Show* die Initialen ihres Dirigenten auf allen Musikinstrumenten stehen hatte.
Er unterbrach sie leise und bat: »Hör dir das mal kurz an, Goldy, und dann sag mir, ob diese Dinge wünschenswert sind, ob du und andere Leute bereit wären, etwas dafür zu tun.«
Als er fertig war, dachte sie einen Augenblick nach und sagte dann: »Klar, Adam, allesamt. Aber das Wichtigste, finde ich, ist doch, daß man am Leben ist.«
Verdattert zog er sich in sein Zimmer zurück und setzte ihre Bemerkung ganz oben auf die Liste. Und damit war er bei der Frage nach den effektivsten abschreckenden konditionierenden Reizen. Schmerz. Krankheit. Eintönigkeit und Passivität. Senilität und Tod. Tod, der wichtigste Konditionierungsstimulus. Vergessen, Nichtexistenz. Aber vielleicht war das gar nicht so übel. Warum sollte man weiterleben, wenn man doch nichts anderes tat, als Sauerstoff in Kohlendioxid zu verwandeln und Proteine in Harnstoff? Er erinnerte sich an eine schreckliche Geschichte, die er vor ein paar Jahren im *Life*-Magazin gelesen hatte. Es ging um eine Gruppe von uralten Menschen irgendwo in Rußland auf dem Land. Einige waren hundertfünfzig Jahre oder älter. Mürrisch und gelangweilt liefen sie herum und beklagten sich, weil sie das Leben satt hatten und doch nicht sterben konnten. Um dasselbe Thema ging es in dem Film *Zardoz*, wo ein umgekehrter Messias auftauchte und den Menschen den Segen des Todes schenkte. Wenn das Leben für die Lebenden gemacht war, für jene, die es wirklich nutzen

wollten, konnte es dann nicht sein, daß sie erst dann starben, wenn sie sterben wollten? Vielleicht war es notwendig, daß die Menschen an ein tödliches Vergessen glaubten, um das Beste aus der kurzen Zeit machen zu können, die ihnen angeblich vergönnt war.

Ja, dachte er, vielleicht werden wir wirklich gezüchtet, nicht ausgebildet oder trainiert. Vielleicht bringen wir uns selbst was bei, unter dem Einfluß eines Systems, das in jedem guten Labor für Verhaltensforschung an Tieren als Standardverfahren gilt. Dort wird der gute Primat, egal, ob Rhesusäffchen, Schimpanse oder Mensch, mit Feuereifer schwere körperliche Arbeiten verrichten, um sich das Privatleben erkaufen zu können, höhere Problemstellungen und psychische Aufgaben zu lösen. Bei uns heißen diese Belohnungsmarken »Geld«. Wir graben Löcher in die Erde, waschen Geschirr ab oder kellnern, damit wir genug verdienen, um uns eine elektronische Rechenmaschine, ein Mikroskop oder Teleskop, ein Medizin- oder Jurastudium, den Besuch einer Fachhochschule leisten zu können. Wir müssen wirklich eine besondere Spezies sein, wenn man bedenkt, mit welcher Geschwindigkeit neue Technologien und Informationen zu uns gelangen, die nicht im geringsten durch eine mögliche egoistische Behinderung I.H.R.E.R.seits, sondern nur durch unsere eigene Unfähigkeit, sie anzuwenden, gebremst wird. Aha, da haben wir es, wir! Oder sind S.I.E. es doch?

Wenn es tatsächlich ein solches Programm gab, zielte es dann auf eine Unterwerfung oder auf eine Verbesserung der menschlichen Spezies ab? Das hatte Adam in seinem großartigen Buch bereits beantwortet, indem er sich für letzteres entschied. Mehr Bildung. Kultiviertere Gesetze. Reduzierte Strafen. Der allmähliche Zusammenschluß von geteilten Staaten zu größeren und friedlicheren Blökken. Aber Teufel auch! Das war die überlieferte Geschichte. Was hatte er mit eigenen Augen gesehen?

Es hatte große Umwälzungen gegeben in den letzten drei oder vier Jahrzehnten, erinnerte er sich. Nicht nur, daß die Menschen mehr Geld hatten, sie besaßen auch einen größeren Wortschatz, waren insgesamt intelligenter. Die visuellen und motorischen Reflexe, aber auch das Verständnis innerhalb einer Bevölkerung als Ganzes hatten zugenommen. Die Unterhaltungsliteratur war gewachsen, professioneller und komplexer geworden. Filmszenen und Fernsehspiele dagegen schneller und kürzer – verdecktes tachistoskopisches Training für die ahnungslose Masse. Man konnte sie nicht mehr so leicht für dumm verkaufen. Im Zweiten Weltkrieg hatten die Leute den Wochenschaubericht noch geschluckt, in dem Adolf Hitler seinen närrischen kleinen Tanz aufführte, als er hörte, daß Paris »gefallen« war; heutzutage würde I.H.N.E.N. das keiner mehr abnehmen.
Die jungen Leute waren größer, stärker und gesünder als früher. Man sah nicht mehr diese gräßlichen roten Quarantänemarkierungen an den Türen, Scharlach war bezwungen, ebenso die Pocken, Diphtherie, Polio und Bronchopneumonie. Die Menschen lebten länger. Verdammt! Als er klein war, hatte er fast jeden Tag eine Beerdigungsprozession gesehen, und etwa jede fünfte Frau war schwanger gewesen. Schwarze genossen heute mehr Freiheiten und Weiße auch. Die Technologie hatte Hochkonjunktur, und der Wirtschaft war es nie bessergegangen. Ja, sah ganz so aus, als würden sie geführt. Sie fingen sogar an, das Sonnensystem zu erkunden, und von da – *quo vadis?* Er dachte daran, ob er eines Tages seinen Dienst als Psychiater in einem durch die Milchstraße schwebenden Raumschiff tun würde.
Träum nur weiter, du Holzkopf! Er griff nach einem Buch von Skinner und wog es in der Hand, ohne es aufzuschlagen. Er hatte fast sein ganzes Leben in der Gesellschaft Pawlows und Skinners verbracht und kannte

sich mit operanter Konditionierung, Verhaltensänderung und Gehirnwäschetechniken aller Schattierungen bestens aus. »Eine andere Bezeichnung dafür«, dachte er grimmig, »wäre immer noch die Big-Brother-Nummer. Was für ein mieses Geschäft.« Man drückte einen Alarmknopf, wenn man dem jungen Hund sein Futter zeigte, und er fing an zu sabbern. Nach kurzer Zeit hatte man ihn so weit, daß er sabberte, sobald man den Alarmknopf drückte (und sparte dabei eine Menge Hundefutter). Und die Menschen reagierten genauso, waren nur etwas mehr auf Sprache fixiert. Statt Alarmknopf tat es bei ihnen eine Schlagzeile hier, ein Fetzen Musik dort, eine Präsidentenansprache heute und eine neue Quizsendung morgen: All das addierte sich zu einem Programm, auf das die Menschen ebenso reagierten wie der junge Hund. Gehorsam marschierten sie los, zum Takt des Himmlischen Masterprogramms.
Zum Teufel damit, dachte Adam. Plötzlich erschien ihm alles vollkommen sinnlos. Wie bekämpfte man ein derartiges System? Indem man eine Lichtung in die große Wildnis des nördlichen Idaho schlug und von den Früchten des Feldes lebte, außer Reichweite ihrer verfluchten konditionierenden Reize, wo man seine eigenen Gedanken denken und sich so verhalten konnte, wie man wollte? Wildnis – die letzte Zuflucht des freien Mannes? Seine letzte Chance auf ein Leben in Selbstbestimmung und menschlicher Würde? Bewußtseinskontrolle. Brutale und willkürliche finanzielle Ausbeutung. Die amerikanische Versicherungsbranche hockte auf einem Überschuß von mehr als einer Milliarde Dollar. Alles – und mehr, viel mehr – bequem erreichbar für das System, das damit sein weltweites Computerwerk fütterte, Kontrolle durch die Massenmedien ausübte und die abscheuliche Kriegsmaschinerie militanter Staaten finanzierte.
Mord und Wahnsinn und Korruption – ein stinkender

miasmatischer Sumpf, diese Welt. Und mittendrin, da, wo es am schlimmsten war, sein altes Idol Lincoln Steffens, enger Vertrauter von Präsidenten, Königen und internationalen Bankiers. Wie konnte er gegen Ende seines Lebens zu dem Schluß kommen, daß das einzige, was mit der Welt nicht stimmte, das war, was die Menschen dachten? Was sie *dachten*, stimmte nicht mit ihr. Hatte der große Journalist es geschafft, die korrupte Allianz zwischen schmutziger Politik und den Schlitzohren des Big Business bis zu ihren Ursprüngen zurückzuverfolgen und die Drahtzieher hinter den Kulissen ausfindig zu machen? Die Illuminaten selbst? Und wenn ja, wieso nahm er die Sache dann so gelassen? Hatte er sich mit ihnen arrangiert? »Alles in Ordnung mit der Welt«, hatte Steffens gesagt. »Es ist die beste aller möglichen Welten, eine Welt in vollkommener Harmonie.« Und das war nichts anderes als die Variation des immer gleichen Themas, des Leitmotivs des Establishments. Oder verdiente die Menschheit es einfach nicht besser?
In einem Anflug von Verzweiflung griff er nach einem Stapel Bücher und schleuderte sie quer durch das Zimmer. Scheiß drauf! Es gab keine fehlende Verbindung, keine verborgene Lösung: Alles war genau das, was es zu sein schien.
Der Whiskey brannte im Hals. Er lehnte sich mit dem Rücken gegen die Wand und starrte mürrisch und gedankenverloren auf die Stapel treuloser gelehrter Wälzer, die ihn in eine Sackgasse nach der anderen geführt hatten. Ein unendliches Labyrinth für menschliche Ratten, ein frustrierender Irrgarten ohne Ausgang und ohne Antwort. Waren sie wirklich Ratten in einem Labyrinth – nein, in einer Skinner-Box? Jedesmal, wenn Menschen Geld abhoben oder einzahlten, Kreditkarten benutzten, ihren Wagen volltankten, Lotto spielten, Fragebögen ausfüllten – buchstäblich jede einzelne ihrer Aktivitäten

wurde sorgfältig registriert und im Großen Computer gespeichert. Jede Reaktion numeriert, bewertet und entsprechend belohnt oder ignoriert. Sie glauben es nicht. Gucken Sie sich irgendeine x-beliebige Bankautomatenwerbung an. Die Bedingungen sind die gleichen wie in jedem guten Tierforschungslabor. Gehen Sie an den Automaten, stecken Sie ihre Karte in den dafür vorgesehenen Schlitz, drücken Sie die richtigen Tasten, und schon schieben sich die knisternden Scheinchen (die Sie durch ehrliche Arbeit verdient haben) heraus.

Goldy und ihre rothaarige Freundin lagerten zwischen den Satinkissen und sahen fern. Er verfolgte mit einem Ohr den Ton, der schwach durch die Tür drang. Es war eine Burger-King-Werbung: »Sie kriegen ihn genau so, wie Sie ihn wollen!«

Sicher.

Klare Sache.

Diese Schweinehunde, die hinter dem großen Geld her waren, lasen einem jeden Wunsch von den Augen ab – solange der Preis stimmte. Bestes Beispiel: »Wir sind erst zufrieden, wenn Sie es sind!«

Oder der Spruch der Valley National Bank: »Wir tun alles für Sie!«

Wir sind in guten Händen. Sie sind zu allem bereit, sobald wir es sind.

Und bei McDonald's: »Alles nur für Sie!«

»Sie wollten ihn – Sie haben ihn – Toyota!« Wenn wir etwas wollen, brauchen wir also nur darum zu bitten, dachte Adam, und schon kriegen wir es. Das ist eine Menge Macht; wir müssen ziemlich wichtig sein. So was Ähnliches wie Engel, nur eine Stufe unter den Göttern selbst. Können wir daran zweifeln, nach all den einlullenden Sprüchen, mit denen man uns im Fernsehen traktiert? »Sie – sind – der – Richtige. Der – einzige – bei – McDonald's!« O ja, sie tun alles für uns.

Er seufzte nachdenklich. Sie überhäuften den Mann auf der Straße mit Freiheit und Würde. Das Leitmotiv der *Mary Tyler Moore Show:* Sie wird es schaffen. »Laverne und Shirley« – fast geklaut von der Burger-King-Werbung: »Wir machen es auf *unsere* Art – wir machen es auf *unsere* Art ...« (Wie sonst?) Was für eine grandiose Verschwendung von Zeit und Energie! Millionen von Dollar rausgeworfen für Deos, Klopapier, Rasierschaum, Kotex, Lysol und tausend andere unnütze Sachen. Alle? Alle ganz offensichtlich überflüssig, und trotzdem waren sie da und gehörten zum Programm. »Jetzt reicht's mir aber«, grunzte er wütend. »Genausogut könnte ich meine Chips einlösen und in einem Heim für Glatzköpfe verschwinden.«
Vielleicht lag er falsch, doch ihm erschien das alles wie ein Riesenwitz. Träge griff er nach einer Ausgabe des *Time Magazine* vom 23. März 1976. Als erstes stieß er auf eine ganzseitige Anzeige von Texaco. Darin wurde die amerikanische Öffentlichkeit aufgefordert, nicht zuzulassen, daß die Politiker die fünfzig zusammengeschlossenen Ölfirmen zerstückelten, die angeblich da draußen einen höllischen Konkurrenzkampf für die Bürger des Landes ausfochten. Weiß der Teufel, was das soll, dachte Adam. Erinnert mich an die Zeit, als die Kids noch klein waren. Sie stürzten sich auf mich, bis ich am Boden lag, und bearbeiteten mich mit ihren Schmetterlingsfäustchen, während ich sie anflehte: »O bitte, tut mir nichts!« Genauso betteln jetzt die Ölfirmen, wir sollen sie vor Uncle Sam beschützen.
Auf der nächsten Seite kleinere Anzeigen für Elektrorasenmäher und Absatzschutzfolien aus Polyurethan. Dann kam Betty Ford, die begeistert von dem acht Generationen alten Wunder Amerikas schwärmte, als wäre das echte Geschichte; dabei war Adams Großvater schon auf der Welt, als die Gründungsväter noch zugange waren.

Ein schlauer Trick! Jedesmal, wenn sie die *zwei Jahrhunderte* hochspielten, verschleierten S.I.E. die Tatsache, daß alles vorprogrammiert war, und nährten die angenehme Illusion, die Menschen hätten das selbst zustande gebracht und buchstäblich über Nacht.
Und noch ein typisches Beispiel für ihr gerissenes Vorgehen: Russische und amerikanische Diplomaten stritten sich darum, wieviel gehirnzersetzende Mikrowellen die Roten auf die amerikanische Botschaft richten durften. Und das glaubten die Leute, oder nicht? Wer dachte sich bloß solche Szenarien aus? Die besten Drehbuchschreiber von Hollywood wahrscheinlich.
Der Affe sah etwas und machte es nach. Der Mensch war nicht anders. Der kometenhafte Aufstieg und Fall des Komikers Joe Penner (*penner* – einer, der schreibt) in den dreißiger Jahren – noch so ein jäher Sturz. Jeden Sonntagabend sein großer Spruch: »*Hyuck, hyuck, hyuck – ya wanna buy a duck?*« Und so begrüßten sich am nächsten Morgen Millionen von Amerikanern in der Schule oder bei der Arbeit mit ihrer eigenen Version seiner unsterblichen Zeile: »*Hyuck, hyuck, hyuck – ya wanna buy a duck?*« Wehrlose Opfer all des Blödsinns, den S.I.E. auf die Mattscheibe brachten. Himmel, was für eine Farce! Ein paar gut plazierte Werbespots im Fernsehen, und man konnte sich dumm und dämlich verdienen mit dem Verkauf von karamelüberzogener Kamelscheiße.
Es war hoffnungslos. Fünf Milliarden zurückgebliebene Anthropoiden mit der zweifelhaften Gabe der Sprache und einem sporadisch aufflackernden Gefühl für Stil. Es lebe Sokrates und sein Schierlingscocktail!
Minuten vergingen, während er auf seinen mit Büchern übersäten Teppichboden starrte. Schließlich saß er einfach nur noch da, den Blick ins Leere gerichtet. Er schlief nicht, er war nicht müde, war weder betrunken noch nüchtern. Langsam versank er in einen seltsam angeneh-

men Zustand der Stille und – Ergebenheit. Eine Stunde verging ...

»Jetzt ist es soweit, Sandol! Er ist kurz davor, alles aufzugeben, dabei ist er so nahe dran! Zeit für den entscheidenden Anstoß. Er hat die Rolle des Geldes kapiert, die pädagogische Funktion der Medien und sogar die der vermeintlichen Kriege. Ein kleiner Schubs, und er hat es geschafft!«

Sandol kämpfte gegen die aufsteigende Panik an. »Wenn er es schafft, bin ich meine fünf Millionen los. Aber was wirst du außerdem gewinnen?«

Jasmyn wandte sich ihm mit einem kaum merklichen Lächeln zu. »Du meinst, ob ich ihn gewinnen werde?«

Er riß sich zusammen. »Ja. Und wenn du ihn willst, sollst du ihn haben. Ich – werde – mich – an – deinem – Glück – freuen!«

»Du würdest dich hier ganz gut machen, Sandol. Ich bin sicher, daß sie zu dir aufschauen würden. Zumindest weißt du – im Gegensatz zu ihnen –, wofür man kämpfen muß.«

»Dann wirst du dich für ihn entscheiden?«

Entnervt gab sie nach: »Eine Zeitlang vielleicht. Dann eine Weile für dich und dann für einen anderen. Beziehungen gehen niemals zu Ende – sie ändern sich nur.«

Sandol schwieg nachdenklich. Sie stellte Adam scharf und übermittelte ihm auf höchster Frequenz: »Du hast es geschafft, Adam! Du bist da!«

Kapitel 25

Der grosse Messingring

Klick.

Adam rutschte ein wenig nach hinten und lehnte den Kopf gegen die Wand.

Klick. Klick.

Was zum Teufel geht hier vor? Er zuckte unruhig und horchte auf.

Klick. Klick. Klick. Und mit jedem Klick flackerte für Sekundenbruchteile ein Bild auf.

Die Dschungelhochzeit einer Neandertalprinzessin mit einem missionarischen Supermann aus dem Sonnensystem Cetus I oder von den Plejaden. Klick. Ihre Nachkommen systematisch gekreuzt mit computergesteuerten Befruchtern aus der dritten Galaxie von links. Klick. Ein Trupp importierter Cromagnons, die zum alten Sumer marschieren, wo man sie in Landwirtschaft unterwies und sich selbst überließ. Klick. Gilgamesch, königlicher Sohn einer Neandertalmutter und eines außerirdischen Gottes. Klick.

Gefährten aus dem Weltraum. Klick. Beziehungsreiche Andeutungen in Filmen wie *Network, Raumschiff Enterprise* und *The Questor Tapes*.

Die Gefährten:

> Sie schenken euch den Tag
> Sie führen euch den Pfad
> Sie lassen euch allein
> Was bleibt, ist eure Tat

Klick. Wir machen es auf unsere Art, auf unsere Art. Klick. »Mutter! Ich mache es lieber selbst!« Klick. Die einzige Wahl.
Klick. Ein tosender Fluß von Milliarden knisternder amerikanischer Dollar, die Jahr für Jahr in die Schatztruhen der Bonzen strömen.
Klick. Clevere Hongkonger Geschäftsleute zahlen eine Million Dollar im Jahr für die Hafenfassade aus und geben in fünf Sprachen heraus.
Klick. Ein riesiges elektronisches Gehirn in den Wolken über dem mächtigen Gipfel des Olymp; seine empfindlichen Tentakel spannen sich um die Welt, absorbieren, holen sich Informationen aus den verborgensten Ecken und Winkeln der Erde, integrieren sie und spucken eine Milliarde Impulse pro Sekunde durch das motorische Netzwerk aus – direkt in die Medien.
Klick. Ein störrisches Maultier läuft widerwillig einer Möhre hinterher, die vor seiner Nase baumelt.
Unsere sagenhaften galaktischen Ahnen, die die blonden Jungfrauen Israels fanden und uns hervorbrachten. Klick. Gentechnologie.
Interplanetarisch Verstoßene, Wahnsinnige und Kapitalverbrecher, seit Jahrtausenden im galaktischen Coventry. O nein, umsonst versuchen wir, sie zu rufen – sie antworten nicht. *Sie* werden *uns* rufen, wenn wir soweit sind.

Klick. Klick. Geld regiert die Welt – ein notwendiges Übel!
Klick. Säugetiere in einem Labyrinth. Optionen und Alternativen – friß oder stirb!
Klick. Klick. Moses und die Massen. Platon und die menschliche Herde.
Steffens über das Festhalten an Denkgewohnheiten.
Klick. Organisation.

Klick. Marionettenkonzerne und Marionettenvorsitzende.
Klick. General Sarnoff, sind Sie da oben?
Klick. Marionettenstaaten und Marionettenfürsten.
Klick. Klick ...
Die ganze Welt eine Bühne und wir die Schauspieler ...
Klick.
Glaubt nicht, was in den Zeitungen steht ... Klick! Auch wenn es das einzige ist, was ihr habt.
Klick. Das europäische Theater militärischer Operationen. *The show must go on*!
Klick. Marionettenarmeen, die Zuflucht der Armen und die größte Schule der Welt.
Klick. Marionettengeneräle und Admiräle aus Gips.
Klick. Von Gesellschaften, Fusionen, Koalitionen in geometrischer Progression zu Zusammenschlüssen, Trusts, Kartellen, verständlich nur für den Computer und seinen Meister am Terminal. Ökonomische Obergrenze gleich Null. Jenseits unseres Horizonts.
Klick. Margaret Mead und »Man muß ihnen die Wahl lassen!«
Klick. Freie Wahl und die Möglichkeit dazu.

Margaret Mead und der Club of Rome – 250 griechische Städte zur Zeit Perikles'.
Klick. Lumanier und Cromagnons. In Quantensprüngen werden Darwin und die menschliche Bio-Evolution überwunden, mit freundlicher Genehmigung unserer Sternenahnen, den Propheten des Alten Testaments.
Klick. Strategie der Götter. B. F. Skinners Konditionierung der menschlichen Spezies jenseits von Freiheit und Würde mit Hilfe des Mastercomputers.

Klick.

Datenbänke, Volkszählung, Bankkonten, Kreditkarten und Einkaufslisten. Klick. Der Mensch in der Skinner-Box. Klick. Nein – auf einem Skinnerball! Klick. KR. Drücken Sie diesen Knopf oder jenen. Klick. Es ist Ihre Entscheidung.
Klick. Belohnung oder Strafe. Klick.
Also mach es auf deine Art, auf deine Art.
Klick. Sie sind in guten Händen.
Klick. Er hält die ganze Welt in seinen Händen, er hält die ganze Welt in seinen Händen. Er hält dich und mich, Bruder . . .
Klick. Luftangriffe über London, Berlin und Bremen. Klick. Präzise kontrollierte Stadtsanierung im großen Stil.
Adam hockte da wie betäubt, betrachtete den Strom der Bilder und lauschte aufmerksam, während die langsam klickenden Visionen in ein leises, stetiges Summen übergingen. Flatternde Lochkarten, ein kaleidoskopischer Ausdruck . . .

O Gott!

Er rutschte vollends zu Boden und gab sich dem Ganzen hin, nahm es, wie es kam, und jeder Klangfetzen, jedes Energieteilchen stieg ihm zu Kopf, schlug Wurzeln, trieb Knospen, barst schließlich in einem orgiastischen Sturm vibrierender Erregung.

O Gott!

Langsam richtete er sich auf, schob sich mit dem Rücken an der Wand nach oben, blind und fassungslos, erstarrt bis auf ein feines Beben, das durch ihn hindurchtanzte.

O mein Gott!

Eine Stunde verging. Er stand da wie versteinert, alle Sinne nach innen gekehrt. Er sah und er hörte, doch keine Regung war ihm anzumerken. Und so schuf er den größten Jackpot aller Zeiten – und absorbierte ihn.

O mein GOTT!

Ein dumpfer Donner rumpelte durch seinen Schädel, sekundenlang erlosch das Licht, flammte wieder auf – doch er fiel nicht in Ohnmacht.
Er öffnete die Augen. Goldy stand vor ihm und starrte ihn erschrocken an.
»Adam, bist du okay? Was ist los, Schatz?«
Er umfaßte mit beiden Händen ihr bekümmertes Gesicht, und in seinen Augen spiegelte sich der Schock der Erkenntnis, als er heiser flüsterte: »Goldy, ich war in einem Krieg, als ich jung war.«
»Ich weiß, Adam. Du hast es mir erzählt. Du warst bei der Marine.«
Er schien sie nicht zu hören und wiederholte nur immer wieder: »Ich war in einem Krieg, war in einem Krieg . . . und . . . und . . .«
»Und was, Adam? Was ist los mit dir? Bist du am Ausklinken oder was?«
Langsam breitete sich ungläubiges Erstaunen auf seinem Gesicht aus, und schließlich sagte er: »Aber . . . es . . . gab . . . gar . . . keinen!«
»Huh?« fragte sie verwirrt.
Er warf den Kopf zurück und brach in schallendes Gelächter aus. Dann hob er sie vom Boden auf und wirbelte in einem närrischen Freudentanz mit ihr durchs Zimmer.
»Danke, Goldy – danke! Ohne dich wäre ich nie draufgekommen!

Verdutzt, doch von seinem plötzlichen Freudenausbruch angesteckt, löste sie sich von ihm und hüpfte aufgeregt von einem Bein aufs andere, während ihre großen weichen Brüste sanft hin und her schwangen. »Worauf bist du gekommen, Adam, los, sag schon, was ist es?«
»Kann ich dir im Moment nicht erklären, Goldy, aber ich sage dir, es ist unglaublich!«
Hastig schlüpfte er in seine Kleider, wandte sich zur Tür und rief über die Schulter: »Ich erzähl's dir später. Du bist ein Engel, und ich liebe dich! Aber jetzt muß ich los – es druckt immer noch aus! Paß auf meinen Wagen auf, okay? Bis später.«

Jasmyn lachte vor Freude, klatschte in die Hände und tanzte im Zimmer umher. »Er hat's geschafft! Er hat's geschafft! Ich wußte es!«
Zum ersten Mal seit Tagen lachte auch Sandol wieder, so ansteckend war ihre Erregung. »Ich bin perplex! Es ist wirklich unglaublich.«
»O ja, ja, ja!« rief sie aufgeregt. »Aber wir müssen es sofort melden. Unser Sicherheitssystem hat ein Leck!«
»Vielleicht, aber das macht nichts«, grinste er. »Es sei denn, du willst auch die restlichen 4.999.999.999 Erdbewohner einweihen!«
»Ach was«, lachte sie. »Soweit wird es nie kommen. Aber wir können nicht mehr behaupten, unser System wäre perfekt!«
»Und was fangen wir jetzt mit deinem Liebling an?«
Triumphierend wandte Jasmyn sich ihm zu und lächelte warm. »Sandol, ich sehe es an deinen Augen – du bist nicht mehr eifersüchtig auf ihn. Du magst ihn!«
»Grenzenlose Bewunderung kommt der Sache schon näher, Jasmyn. Stimmt, ich bin nicht mehr eifersüchtig. Aber was wird er jetzt machen?«
»Uns überraschen, hoffe ich. Komm, wir schauen mal nach!«

Kapitel 26

Planetarisch programmiertes Lernen

Fast platzend vor der Bedeutung seiner Entdeckung, marschierte Adam mit langen Schritten ein paar Blocks östlich, bog dann nach Norden ab, durchquerte die Stadt und gelangte schließlich in die mondbeschienene Wüste.
Mit unglaublicher Geschwindigkeit absolvierte er mehrere Stadien akuter Paranoia.
Nun, nachdem er ihr Geheimnis kannte, konnte er sie erpressen und enorme Geldsummen kassieren. Doch nein, um Gottes willen – dafür waren sie viel zu mächtig, sie würden ihn umbringen! Er mußte dichthalten, um am Leben zu bleiben.
Himmel! Sie hatten die ganze Menschheit in ihrem Käfig, in einem einzigen riesigen Labyrinth! Die armen Irren, die hin und her flitzten und auf die Knöpfe drückten – fünf Milliarden bedeutungslose Nummern, Ratten in einer Skinner-Box. Und Adam war so gut wie sicher, daß sie jeden seiner Gedanken, jeden seiner Züge im voraus kannten.
Doch als er die Wüste erreichte, waren die letzten Anflüge von Paranoia verflogen. Er hatte nicht nur einen ganzen Roman im Kopf, sondern war auf dem Weg zu einem völlig unerwarteten inneren Frieden, ja Optimismus. Das war's, dachte er. Mehr gibt es nicht; es ist alles geregelt. Das galt für Überbevölkerung und Geburtenkontrolle ebenso wie für Umweltverschmutzung, Öl- oder Kaffeeknappheit, schwindende Ressourcen, korrupte Regierungen, Kriminalität auf der Straße, die Energie-

krise und die Raumfahrt. Alles Theater. Es war alles bekannt, geplant und sicher: Das Wetter, Terroranschläge, diverse andere Schrecken und Skandale. Profumo, Wilbur Mills, Patti Hearst – alles!
Aber was soll ich dabei? fragte er sich. Oder spielte das keine Rolle? Immerhin konnte er jetzt ruhig sterben, denn er hatte erkannt, daß das Leben kein aussichtsloser Dschungel war, sondern ein wunderbarer Plan. Welche Rolle er darin spielte, war völlig unwichtig. Doch wenn er darüber schriebe, würde er manches in Bewegung setzen. Das Buch würde einschlagen wie eine hübsche kleine Megatonnenbombe. Verdammt! Er hatte keine Lust, Prophet oder Messias zu spielen – das überließ er lieber Gore Vidal. Und daher würde er wahrscheinlich »ermordet« wie die anderen, oder in einen Skandal à la Watergate, Wilbur Mills, Jack Profumo oder Chappaquiddick verstrickt. Dann wäre er wenigstens zu etwas nütze gewesen: die Massen zu erziehen, sie zu unterhalten, ihnen ein paar Hinweise zu vermitteln.
Auf diese Weise verdiene ich mir wohl meinen Fahrschein in den Himmel, grübelte er weiter. Alles, was ich brauche, ist eine kleine kosmetische Operation, eine andere Frisur, etwas Jugendelixier und eine neue Identität. Dann müßte ich eine Weile untertauchen (könnte sowieso Urlaub gebrauchen) und würde mich irgendwann heimlich in die Szene zurückschleichen, um zusammen mit meinen himmlischen Freunden zu versuchen, andern zur selben Erkenntnis zu verhelfen, nur eben auf ihre eigene Art. Wie James Bond ohne Risiko. Schauspieler also!
Aber war es überhaupt möglich, daß er in seinem Buch große Geheimnisse ausplauderte? S.I.E. verriet? Für S.I.E. wäre das sicher kein Problem. Sollte die Zeit für das Buch noch nicht reif sein, würde es einfach in der Versenkung verschwinden, vielleicht um irgendwann, wenn die Menschheit soweit war, »entdeckt« zu werden.

Wenn er aber Glück hatte und den Nagel auf den Kopf traf, würde es jede Menge provozierende Interviews im Fernsehen geben, angefangen von der *Today Show* über *Good Morning, America* bis hin zu Johnny Carsons *Tonight Show*. Die Sensation wäre perfekt. Er und seine Enthüllungen würden verspottet, beklatscht, gescholten, umschmeichelt, vergöttert und rundheraus diskreditiert werden. Aber beide Seiten kämen zur Sprache, so wie es sein mußte bei einem gut vorbereiteten Kurs in programmiertem Lernen, und jeder mußte selbst entscheiden, seinen eigenen Schluß ziehen: Schwindel, Betrug oder überraschende Wahrheit?
Er fragte sich, wie man sein Buch dann aufnehmen würde. Wäre es ein kindisches, romantisches Hirngespinst, auf das die Intellektuellen mit einem Aufschrei reagierten oder ein Licht, das die ganze Welt erleuchtete und die schlummernde Spezies aufrüttelte? Bedeutungsloser Schund oder das größte Werk in der Geschichte der Menschheit? Die Antwort lag – wie konnte es anders sein – beim Leser.
Adam stand zwar am Rande des Wahnsinns, war aber trotzdem realistisch genug, um zu wissen, daß seine enthusiastische Sicht dieses, zugegeben, verwirrenden Themas nur eine Rohfassung war, ein richtungweisender, doch primitiver Durchbruch. Bestimmt würde eine Flut von weiteren Publikationen auf diesen ersten Triumph folgen: Aufsätze von Experten in allen Fachgebieten, von Wirtschaftsfachleuten, Regierungsbeamten, Archäologen und Geschäftsleuten. Sie alle würden wertvolle Beiträge zur Erhellung dieses bemerkenswerten Phänomens liefern können. Immerhin betraf es die ganze Menschheit. Ja, alles stand in I.H.R.E.R. Macht. Aber wer waren S.I.E.? Und wo? Was waren S.I.E.? Menschliche Wesen? Cyborgs? War er je unwissentlich einem von ihnen begegnet, hatte mit ihm gesprochen? Mit der Frage nach

dem Wie und Warum war er zwar insgesamt der Sache nähergekommen, aber vieles blieb im dunkeln. Sie waren so gerissen, daß sie sogar das überzeugende Bild einer wütenden Konkurrenz zwischen den großen Ölfirmen und den Multis aufrechterhielten. Und sie verfügten über ausgeklügelte Methoden, desorganisiert und unantastbar zu erscheinen, ein Beispiel war das absichtlich doppelte Verschicken von bestimmten Briefen an dieselbe Adresse, die mit einer Entschuldigung versehen waren, für den Fall, »daß Sie dies schon erhalten haben«.

Die großen Stromausfälle in den Städten, New Yorks ewige Finanzkrise – alles nur ein Drehbuch. Die bewußt kalkulierten unterschwelligen Botschaften auf dem Bildschirm – im Fernsehen war nichts zufällig, nicht einmal die Einblendung mit dem Hinweis »Bildstörung«. Nichts flimmerte über die Mattscheibe, das nicht ausdrücklich gebilligt war, und alles diente einem Zweck, wie in dem Science-fiction-Film über die Erdbewohner, die langsam mitkriegten, daß sie in einer Skinner-Box existierten. Das war weder Zufall noch Fiktion gewesen, wie er jetzt wußte. Es war die Wahrheit. Oder der persönliche Werbebrief des *Fortune Magazine:* »Lieber Dr. Solon . . . Haben wir Sie endlich gefunden? Wo haben Sie die ganze Zeit gesteckt?« Was für ein Blödsinn! Es gab keine Flucht vor ihnen, es schien nur so.

Ach ja. Selbst dafür sorgte das System. Ein Schwall von Möglichkeiten, der den Leuten weismachen sollte, sie operierten »außerhalb des Systems«, aber das war natürlich Humbug. Es gab kein »außerhalb« dieses *Systems Sapiens*. Jeder einzelne war bekannt, identifiziert und registriert. Jeder wurde überwacht, ja, und so unglaublich es klingen mochte, aufgezogen und ernährt. Beschützt. Nicht unbedingt auserwählt, aber kultiviert. Die Menschen wurden geführt, entsprechend ihrem eigenen Rhythmus und sicher nicht so schnell, wie sie hätten sein können oder wie sie möglicherweise selbst gewollt hätten. Aber freiwillig. Es gab jede Menge Belohnungen, mit denen man sie lockte, doch keine Strafen, wenn sie bockig wurden. Nur diejenigen, die sie sich selbst auferlegten, indem sie sich zwischen passivem Vegetieren und aktivem, selbstbestimmtem Teilnehmen entschieden. Doch wenn sie ihren Instinkten nachgehen wollten, so war das ihre Sache – es folgten jedenfalls keine Strafen. Das Ganze war so etwas wie eine unbewachte Gefangenschaft: Sie ließ ihnen sämtliche Freiheiten, die sie verkraften konnten.

Und in all dem hatte die emotional unterentwickelte menschliche Spezies mit zahllosen regionalen Chauvinismen zu kämpfen. Die spezielle Verzückung des Patriotismus war nichts anderes als eine erweiterte Form des Herdentriebs. Ja, dachte Adam, unser persönlicher Sinn für Werte beginnt mit unserer Beziehung – und Identifikation – mit der Familie, dann dem guten, alten Kindergarten, der Schule, der Uni, Heimatstadt, Region und Nation. Trotzdem haben wir es bis heute nicht geschafft, eine Identifikation mit der Einen Welt zu erreichen.

Zwar waren die Menschen nicht darauf vorbereitet, doch bestand zumindest die Möglichkeit, daß das ihnen innewohnende Bewußtsein ihrer galaktischen Nachbarn diese Bewegung katalysierte und den Planeten einigte – wenn auch vielleicht nur aus einem falsch verstandenen Verteidigungsbedürfnis heraus. Die bloße Vorstellung, sich auf irgend etwas einzulassen, das die entfernteste Ähnlichkeit mit einem »Krieg der Sterne« hätte, war purer Unsinn. Man konnte es gar nicht oft genug sagen: Wenn sie uns hätten schädigen wollen, hätten sie es schon vor Tausenden von Jahren tun können. Die irdische Technologie war absolut primitiv im Vergleich mit der ihren. Filme, die nach dem Holocaust entstanden, hatten daran erinnert, was hätte passieren können, wenn die Menschheit sich

selbst überlassen worden wäre. Glücklicherweise war das nicht der Fall. Welch frohe Botschaft: Es würde nie zu einem Atomkrieg, Holocaust oder Weltuntergang kommen. Die Menschheit war in guten Händen.
Ein »Außerhalb« des Systems war unmöglich. Ich fresse einen Besen, wenn die John Birch Society in Wirklichkeit nicht nur eine loyale und witzige Fassade für die Insider ist, dachte er belustigt, gerade weil sie sie so verbissen bekämpft. Möglich, daß ihre anachronistischen Mitglieder tatsächlich daran glaubten, doch die oberen Etagen werden garantiert von der Ford- oder Rockefeller-Foundation finanziert, die wahrscheinlich auch an ihrer Gründung beteiligt waren.
Aber war das System wirklich so perfekt? Sie sorgten für Helden und religiöse Führer, zu denen die Leute aufschauen, denen sie nacheifern konnten, und unzählige Lumpen, an denen sie ihre Wut auslassen konnten. Kaum waren die gelangweilten Massen den bösen Kaiser Wilhelm und seine Hunnen leid, stampften S.I.E. den größten Halunken aller Zeiten aus dem Boden, Adolf Hitler. Inbegriff des Bösen, schlimmer noch als Nero. Und alles nur, um die Bedürfnisse der Leute zu befriedigen, die selbstgerecht mit dem Finger auf ihn zeigen konnten. Nach Jahren, in denen dieser Wahnsinnige mit seiner Bande von halbwüchsigen Raufbolden im Hofbräuhaus herumgelungert und schwülstige Reden gehalten hatte, gelangte er nun über Nacht zu großem Einfluß und sehr viel Kapital. Woher war das Geld des kleinen Führers gekommen, und wer hatte die Sache eingefädelt?
Er selbst hatte erlebt, daß der *Glaube* daran mit dazu beigetragen hatte, den Antisemitismus, der sich in den USA gehalten hatte, abzubauen, so daß Antisemiten und Anti-Heiden sich jetzt in etwa die Waage hielten. S.I.E. hatten für beides gesorgt, um die Bedürfnisse nach Angst und Schrecken zu befriedigen. Es gab Kommunisten. Ju-

den. Die Zeugen Jehovas. Schwarze. Tommies. Den Papst. Katholiken. Protestanten. Es war in der Tat für alles gesorgt. Die Menschen konnten in ihrem Haß und in ihrer Verachtung geradezu aufgehen – Balsam für die Massen. Vielleicht war es tatsächlich die bestmögliche aller Welten – oder die beste, die die Menschheit verdiente!

Und das chronische schlechte Gewissen, das einen befiel, wenn er mehr Geld als andere verdiente, konnte man getrost vergessen! Es war keineswegs so, daß Menschen um eine bestimmte Geldsumme konkurrierten. Es war wie Siebzehnundvier in Las Vegas. Jeder spielte unabhängig von den anderen gegen die Bank. Im irdischen System gehörte »die Bank« den Insidern, und deren Geldvorräte waren unerschöpflich. Also nahm keiner einem anderen ein Krümelchen weg, wenn er ein paar Millionen mehr verdiente als er.

Tja, die Alten – diese Anderen – hatten das alles schon lange hinter sich. S.I.E. kannten jeden schmutzigen Trick der Welt. Jede Ersatzreligion, jeden Schwindel. Die Schrecken der Tyrannei waren ihnen ebenso geläufig wie das abgrundtiefe Chaos der wahren Demokratie. Das System, das S.I.E. sich ausgedacht hatten, um die scharfen Gegensätze miteinander zu versöhnen, war ein Meisterwerk psychologischer Führung. Es war auf jeden einzelnen abgestimmt, auf seine speziellen Bedürfnisse, Fähigkeiten und Interessen zurechtgeschnitten. Dadurch war er in der Lage, Tag für Tag frei zu *wählen*, so weit zu gehen, wie er wollte, wohin er wollte und alles ohne jede Einschränkung. Um es zu erreichen, mußten die Menschen es nur wirklich wollen. Blumige Erklärungen allein reichten nicht aus, sie waren nur leere Versprechungen, nein – jeder mußte sich im Labyrinth des Lebens bewähren. Gräßliche Hindernisse versperrten zuweilen den Weg, doch hatte er die erst einmal bewältigt, entpuppten

sie sich als reine Phantome. Es galt nicht, Ungeheuer zu bezwingen, sondern Dinge zu tun – mit Leidenschaft, Elan und Humor. Das war es, was alle taten, und was sie unweigerlich dahin führen würde, wo sie hinwollten.
Es war nur allzu wahr! Man konnte niemandem etwas beibringen – nur lernen. Die Insider hatten das empirisch festgestellt, aber vor wieviel Tausenden von Jahren? Vor wie vielen »Ernten«? Und wann hatten sie endlich eingesehen, daß weder Gefangenschaft noch Züchtigung, weder Enthauptung noch Propaganda, noch Versprechungen auf diverse posthume Himmel und Höllen den wunderbaren Starrsinn des menschlichen Tieres zu brechen und ihn zur Wahrheit zu führen vermochten? Möglich, daß ein paar konditionierende Reize wie formales Lehren oder die Flut von unterschwelligen Botschaften auf der Mattscheibe es auf den richtigen Weg brachten, doch letztlich ergab sich ein goldenes, unwiderrufliches Prinzip: Jeder lernte nur das, was er lernen konnte und wollte, und das auf seine Art und nach seinen Fähigkeiten. Ihr ausgeklügeltes System bezweckte nichts anderes. Alternative Entscheidungsmöglichkeiten, abgestimmt auf die Fähigkeiten und die Grenzen von Individuen und Bevölkerungen. Und bald war es soweit, daß eine neue Ernte glücklicher Arbeiter auf fremde und größere Aufgaben unter den Sternen angesetzt werden konnte. Danach würden S.I.E. die Erde auf den Kopf stellen, für eine Velikovskische Zerstörung aller archäologischen Daten sorgen, neue Schößlinge aussetzen und das gesamte Programm von vorn abspulen. Was für ein Garten!
Aber die Menschen hatten das Recht, sich darüber zu beschweren und zu jammern, denn auch das war Teil ihres instinkthaften Vermächtnisses. Sie hatten ein phantastisches Talent dafür, zu nörgeln und sich selbst zu bemitleiden. Doch das schlimmste subklinische Symptom, das die menschliche Spezies je befallen hatte, jetzt

oder in der Vergangenheit, war die Langeweile. Dieser Zustand führte unausweichlich dazu, daß sie durchgängig weniger leistete, als es ihren Fähigkeiten entsprach. Und die Einbildung, ein hilfloses Opfer äußerer Umstände zu sein, war eine der verbreitetsten menschlichen Neurosen.

Adams Gehirn arbeitete auf Hochtouren, während er unbeirrt durch die im Mondlicht schimmernde felsige Wüstenlandschaft marschierte. Er wußte zwar relativ wenig über S.I.E., war aber imstande, manches einigermaßen klar zu beurteilen. Sie standen jenseits nationaler Verbindungen, ethnischer Zugehörigkeiten oder formaler Religionen. Ihre vorrangigsten Ziele waren Frieden, Internationalismus (wenn nicht Interplanetarismus), aktive Kreativität und – Wachstum. Sie hatten vor langer Zeit erkannt, daß Arbeit das einzig wirksame Gegengift gegen das chronische Siesta-Syndrom war. Wahrscheinlich setzten sie darauf, daß gute Arbeiter sich und dem System zu mehr Kapital verhalfen und die besten Arbeiter zufriedene Arbeiter waren. Sie hatten zwar alles im Griff, hielten aber wegen ihrer einfältigen, emotionalen Bindungen an dieses archaische Phänomen ihre Fiktion von Nationen aufrecht.

I.H.R.E. grundlegende Methode bestand in freiwilliger operanter Konditionierung oder programmiertem Lernen, hauptsächlich mit Hilfe der Massenmedien, während die Kommunikationssysteme, ohne daß irgend jemand etwas davon mitkriegte, in regelmäßigen Abständen überall auf der Welt Prüfungen abhielten. S.I.E. waren barmherzig, unendlich geduldig, liebevoll, beschützend und kultivierten ihre sterblichen Anbefohlenen mit einer perfekten Mischung aus Charme, Verführung, Entschiedenheit und Strenge.

S.I.E. waren zumindest menschlich, wenn nicht übermenschlich. Superwissenschaftler, Genetiker, Geschäftsleute, Bürokraten, Ethiker und Linguisten, die der Vernunft eindeutig den Vorrang vor der Leidenschaft einräumten. Adam Weishaupt: der Mann mit dem weisen Kopf.

S.I.E. gaben sich nicht zu erkennen, mischten sich jedoch von Zeit zu Zeit unter die Menschen, einmal, um ihr Programm auf alle möglichen Arten vorwärtszubringen, zum anderen, weil es ihnen Spaß machte. Sie legten besonderen Wert darauf, Anhaltspunkte zu geben und indirektes Lernen zu fördern. Das bekannteste Modell, mit dem sie sich vergleichen ließen, waren die griechischen Götter auf den Emporen des weltlichen Theaters, die wohlwollend auf die hektische Betriebsamkeit ihrer sterblichen Günstlinge hinabsahen, ohne jedoch Zwang auszuüben. Ein weiterer Vergleich fand sich in dem vertrauten christlichen Konzept von Engeln oder Botschaftern jener höchsten Autorität, die gemeinhin als »Gott« bezeichnet wurde.

Den Menschen nicht unähnlich, waren auch sie dem stumpfen Grauen der Langeweile ausgeliefert, das ihren ausgeprägten Sinn für Voyeurismus erklärte. Sie beobachteten die komischen Kapriolen der Menschen wie diese einen Stierkampf oder eine Sexshow. Aus I.H.R.E.R. Sicht war die menschliche Spezies nur weniger primitiver Emotionen fähig, wohingegen sie selbst eine Vielzahl ganz unterschiedlicher Empfindungen erlebten – alle positiv?

I.H.R.E. Zahl war gering, doch galten sie als hochorganisiert und -spezialisiert. Rationale Auseinandersetzungen waren erlaubt, wurden sogar gefördert, nicht aber willkürlicher Ungehorsam. Weder Gesetze noch Gerichte waren notwendig, da alle das Gesetz kannten, es respektierten und freiwillig einhielten. Den einfachen Sterblichen gaben sie die Möglichkeit, ihnen nachzueifern, indem sie ein fortwährendes Straßentheater inszenierten, das sie über die Medien verbreiten und dramatisieren ließen. Sie standen für Ruhe und Ordnung, ohne mit Strafen zu drohen, denn sie hatten beschlossen, diese den Menschen selbst und ihren eigenen Vorstellungen zu überlassen.

I.H.R.E. Arbeit war ernst, aber nicht düster, im Gegenteil: Sie besaßen einen ausgeprägten Sinn für Humor, und sie konnten sich sogar leisten, über Krankheit, Tod und menschliche Tragödien zu flunkern, weil sie Dinge darüber wußten, die den Sterblichen verborgen waren. Ihre J.O.K.E.R.-Abteilung lief zu Hochform auf, wenn es darum ging, pädagogische Situationen zu schaffen, die durch konzentriertes Unheil eine Katharsis bewirkten, und sie liebten ihre Arbeit über alles. (Robert Benchley, George Plimpton, Bill Cosby, George Burns, Dinah Shore und Carol Burnett waren nur einige ihrer unteren Chargen.)

Sex hielten S.I.E. für ein unbedeutendes Vergnügen und eine der niedrigeren Kunstformen. Sie praktizierten alle den Menschen bekannten Perversionen und noch einige mehr, aber beiläufig und mit Humor. Für sie hatte Sex nichts mit der menschlichen Vorstellung von Liebe zu tun; es gab weder Ehen noch Neid oder Eifersucht unter ihnen. Und auch Selbstmitleid, Jammerei, Gewissensbisse, Schuldgefühle oder andere schmerzhafte Empfindungen waren ihnen fremd. Jeder war sich selbst und natürlich dem System verantwortlich. Sie schätzten das Leben anderer und erfreuten sich stellvertretend daran, so wie die Menschen ihr eigenes Dasein genossen.

Schwangerschaften wurden freiwillig und eugenisch geplant; die Kindererziehung unterlag strengen Gesetzen.

Obgleich sie das gesamte Kapital der Welt beherrschten, waren sie keine Materialisten. Sie kannten keine Genußsucht, denn ihre größte Lust bestand in der Lösung von Problemen. »Asketisch« war vielleicht ein zu strenger

Ausdruck. Nicht, daß sie sich bewußt geißelten, aber sie tranken, aßen und bumsten sich eben nicht zu Tode. Sie mieden Drogen, wußten jedoch hin und wieder einen feinen Brandy oder ein gutes Glas Wein zu schätzen.
Am liebsten beschäftigten sie sich mit Aktivitäten des Geistes. Sie liebten Rätsel und waren leidenschaftliche Schachspieler. Sie neigten zu Voyeurismus und Exhibitionismus. Natürlich diente es einer guten Sache, daß sie die Menschen mit Argusaugen beobachteten, aber sie hatten auch ihren Spaß daran. Am liebsten entwarfen, produzierten und inszenierten sie ihre unzähligen theatralischen Spektakel. Und wahrscheinlich waren sie auf die eine oder andere Art unsterblich.
Plötzlich war Adam wie besessen von dem unirdischen Gefühl, daß, obwohl gänzlich unerklärlich und unausgesprochen, auch das menschliche Leben inszeniertes Theater war – so wie Kriege, Epidemien, Katastrophen und Attentate –, zugewiesene Rollen, Szenen eines Bühnenstücks. Und das ergab natürlich nur dann einen Sinn, wenn man beschloß, sich dem Mystischen und Metaphysischen zu öffnen, und damit konnte ein guter Psychiater einfach nicht seine Zeit verschwenden. Wenn alle vorbestimmte Rollen spielten, müßte die Zuweisung dieser Rollen vor der Inkarnation erfolgen, mit einem radikalen Löschen der Erinnerung verbunden, damit die sterbliche Erfahrung als *real* empfunden wurde, nicht als abstraktes Phänomen, an das man sich routinemäßig erinnerte. Seth hatte das sehr deutlich erklärt. Ein reicher Mann kann sich nicht klarmachen, was es heißt, arm zu sein, wenn er in alte Kleider schlüpft und für eine Weile in ein heruntergekommenes Viertel zieht. Er würde trotz allem wissen, wieviel Geld er auf der Bank hatte, und daß er jederzeit in seine Villa am Stadtrand zurückkehren konnte. Nur wenn das Wissen um solche Dinge gelöscht war, würde die Erfahrung der Armut echt und sein un-

aussprechlicher Geist – sein Bewußtsein? – auf die eine oder andere Art verändert, möglicherweise korrigiert werden.
Immerhin war die jetzt bekannte Doppelhelix-Struktur der DNS als Hauptbestandteil säugetierischer Chromosomen nur die physische Schablone des eigentlichen, individuellen Ichs (Geist, Seele – wie man wollte). Menschen, die biologische Wissenschaft, vor allem Medizin studiert hatten, waren mit dem Prinzip, die Funktion folge der Form, dermaßen indoktriniert worden, daß sie nur selten auf die Alternative kamen, daß nämlich Bewußtsein Substanz erzeugte, das Ich den Körper.
Davon abgesehen hatten sie sich offensichtlich dafür entschieden, mit Wesen zusammenzuleben, die wie sie selbst waren, oder jedenfalls ähnlich genug, um sie an das Schlimmste und das Beste zu erinnern, zu dem sie fähig waren. Bekundungen moralischer Intentionen brachten überhaupt nichts. Der bemerkenswerte Verschleiß von irdischer Lebenskraft zwang sie, sich mit sich selbst auseinanderzusetzen, sich bewußtzumachen, wo sie Erfolg hatten und wo sie noch an sich arbeiten mußten. Adam kam zu dem Schluß, daß es kein Verbrechen gab, zu dem er nicht fähig gewesen wäre, und nur die Tatsache, daß andere den Auftrag dazu erteilten, hielt ihn davon ab, sie zu begehen.
Nun ja, dachte er, das wäre eine Sache, bei der ich gern mitmachen würde. Nein, ich bin schon dabei – es gibt keine Möglichkeit, sich da rauszuhalten. Sollte ich ihnen zu erkennen geben, daß ich befördert werden will? Oder erwarten sie, daß ich das selbst besorge? Sollte ich mich irgendwie bewerben oder warte ich, bis S.I.E. mich aufrufen? (Viele sind berufen, wenige aber auserwählt. Wir sind bereit, wenn Sie es sind.)
Vielleicht passiert auch keins von beiden. Ihre Sicherheitsvorschriften sind offenbar ziemlich streng, aber ich

glaube nicht, daß sie auf feierlichen, mit Blut unterzeichneten Treueschwüren oder dämonischen Initiationsriten oder derartigem Mist bestehen. Man kommt einfach nicht weiter, bis man den entsprechenden Grad in ihrem andauernden Intelligenz-, Fähigkeiten- und Wahrnehmungstest erreicht hat. Ich sollte besser auf die komischen kleinen Fragebögen von *Time, Newsweek* und *Sceptic* und von den großen wissenschaftlichen Organisationen aufpassen, denen ich angehöre; muß unbedingt die Augen besser offenhalten!

Er sah sich in der stummen silbernen Wüste um. Die vornehmen Brillantfalter hatten sich alle in ihre gemütlichen Granitspalten verzogen, und sogar das heisere Heulen der Kojoten war verstummt. Nur die feierlichen Kandelaber-Kakteen, die mit erhobenen Armen dastanden wie in unaufhörlicher Ehrerbietung erstarrt, schienen über den stillen Zauber der Wüstennacht zu wachen.

Wieder kehrten seine Gedanken zum System der Insider zurück, und er ertappte sich bei der Frage, ob sie persönliche Spione hatten, die sie auf vielversprechende Kandidaten ansetzten. Für solche Typen wäre es ein leichtes gewesen, sich in fast jeder Verkleidung an ihn ranzusägen, egal ob als Patienten, Personal oder beides. Jeder wußte, daß er eine ausgesprochene Schwäche für Frauen hatte. Gilth Ypres? Er kannte und vertraute ihm seit fast zwanzig Jahren. Mit Kate Nay, Deb Suners und Geneva Spears war er seit zehn Jahren befreundet. Roc steckte ganz offensichtlich unter einer Decke mit ihnen, aber was war mit Bairny? Er hatte das sichere Gefühl, daß sie in Ordnung war. Und die Sapinet-Zwillinge . . .? Sie waren urplötzlich aufgetaucht und hatten eine Menge unschuldiger kleiner Fragen gestellt.

Seine eigenen Leute – Kono, Dan und die übrigen – waren okay, doch vor seinen »Patienten« mußte er sich besser in acht nehmen. Vor allem vor der Selbstmörderin

Theda Camian (Anagramm von *death maniac*) und diesem charmanten schwulen Stänkerer Doby Clandas (*body scandal*), der vergeblich versucht hatte, ihn zu verführen. Anagramme, die Kunst, Buchstaben zu verbinden. Verdammt, vielleicht war sogar die Sprache vorprogrammiert. Ein Kinderspiel. Man brauchte nur Janis Joplin oder Bob Dylan – oder sogar John Denver – ein paarmal »cool« oder »geil« im Fernsehen sagen lassen, und schon machten Tausende von Kids es ihnen nach. Wenn Alkibiades Flöte spielte, spielte jeder. Vor fünfundzwanzig Jahren hatten unzählige Mütter ihre Kinder Dennis genannt – nach dem damaligen Komiker *Dennis the Menace* (Dennis: Anagramm von *sinned*). Wie schön für dich, Adam, deine Paranoia macht wirklich riesige Fortschritte!
Das zumindest war jetzt überflüssig. Wie Bairny gesagt hatte, sie wußten sowieso alles, warum also irgendwas verbergen? Entspann dich und genieß es. Du bist bereits berufen – bleibt nur noch abzuwarten, ob du auch auserwählt wirst. Viel Glück, und vergiß nicht: Das Königreich des Himmels läßt sich nicht im Sturm erobern.
Er glaubte nicht, daß es direkten Kontakt zwischen ihm und I.H.N.E.N. geben würde. Aber er konnte erwarten, einen Auftrag zu bekommen, oder passierte das auch automatisch? Denkbar, daß schon dieses Buch eine solche Aufgabe war, ohne daß er es ahnte. Schlüsselfrage: Wußten die wirklich großen Darsteller in dieser Show – Nelson Rockefeller, Dick van Dyke, Richard Nixon oder Patricia Hearst – welche Rolle sie spielten, und weshalb? Oder hatten sie keine Ahnung? Am besten versuchte er erst gar nicht, dahinter zu steigen – es gab zu wenig Informationen. Würde nichts bringen.
Als er weiterging, schien es ihm, als sei das große Spiel des Lebens jetzt beendet – als brauchte er sich nur noch zurückzulehnen und zu beobachten, wie die menschliche

Komödie sich vor seinen Augen entfaltete. Doch das war eine Illusion. In diesem Augenblick wollte er nur noch nach Hause, Candy und Brian sehen, sich den Schweiß und den Staub vom Körper waschen, gut essen und – sich ausschlafen.

Die ersten Sonnenstrahlen färbten den Horizont rosig, als er um das Haus herumging und die Terrasse betrat, wo Candy und Brian im selben Schlafsack aneinandergekuschelt die Nacht verbracht hatten. Hundemüde und von einem reinen Glücksgefühl durchströmt, ließ er sich in einen Liegestuhl fallen und sah auf den See hinaus, der im Licht der frühen Sonne einer funkelnden Fläche aus gehämmertem Gold glich.

Candy wachte als erste auf, dann auch Brian. Beide blieben einen Moment ruhig liegen und starrten ihn an. Er wirkte erschöpft, doch seine Augen glühten wie Feuer, und ein triumphierendes Lächeln erfüllte sein Gesicht. Im selben Augenblick wußten beide, daß er gefunden hatte, was er suchte. Brian stützte sich auf einen Ellenbogen und fragte gespannt: »Und? Wie war es? Kannst du es uns erzählen?«

Adam nickte langsam. »Ja, das kann ich, und ich werde es tun. Die Frage ist nur, ob ihr es glaubt. Wahrscheinlich nicht!«

Jetzt setzte sich auch Candy auf, und ihr hübsches Gesicht strahlte begeistert: »Versuch es doch, Daddy! Versuch es einfach!«

Er hob abwehrend die Hände, schüttelte den Kopf und lächelte noch breiter. »Es ist so simpel, daß ich gar nicht weiß, wo ich anfangen soll. Es sind . . . na ja, gute Nachrichten. Ich meine – die Guten haben gewonnen!«

In den nächsten beiden Stunden erzählte er ihnen alles. *Homo sapiens* – die letzte Frucht unserer eigentlichen Ahnen aus dem Weltraum. Die Lüge von den Kriegen. Die Medien als konditionierende Reize und Amerika als

geplante Strukturentwicklung. Menschliche Geschichte als inszeniertes Spektakel. Sie saßen mit offenen Mündern da und hörten zu.
»Das wär's«, schloß er. »S.I.E., die Urväter, diejenigen, die zuerst da waren, haben uns im Sack. Wir sind ihre Früchte ...«
»Programmiertes Lernen?« fragte Brian mit blitzenden Augen.
Adam nickte. »Aber alles auf freiwilliger Basis: Es gibt keine Strafen, nur Belohnungen.«
Candy war entsetzt: »Und keiner kann da raus?«
»Nicht einer«, lächelte er müde. »Es gibt kein Entrinnen. Aber ich kann mir auch nicht denken, warum sich jemand diesem System entziehen wollte, es sei denn, er kapiert nicht, um was es geht.«
Einen Augenblick lang herrschte Schweigen, dann sagte Brian: »Ich weiß nicht genau, ob ich – wir – kapieren, um was es geht. Es ist zuviel auf einmal. Ungeheuerlich. Es ist total das Gegenteil von dem, was man immer, immer ...«
Adam nickte. »Total.«
Candy staunte. »Und du meinst tatsächlich, all die Kriege waren nur Schwindel? Das verstehe ich nicht. Wieso?«
Noch einmal erklärte er ihr die affirmative Funktion des Krieges und setzte dann hinzu:
»Aber es gibt andere Wege, dasselbe Ziel zu erreichen. Die große Abwanderung der amerikanischen Jugendlichen nach Kanada, Mexiko, Südamerika und Europa, um der Einberufung in den Vietnamkrieg zu entgehen, bewirkte ebenfalls eine Interkulturation großen Ausmaßes. Sie warf die jungen Burschen auf sich selbst zurück. Der freiwillige Verzicht auf den Krieg brachte also hier dieselbe Stimulation, Inspiration, Erregung, bewirkte dieselbe Lektion wie zuvor der Krieg.
Krieg! Kriegsspiele waren es! Herrgott, ich war vier Jahre

lang mittendrin, und ich habe keinen Krieg gesehen! Das einzige, was ich davon hatte, war eine Abwechslung von der Langeweile der Schule. Die Loslösung vom Elternhaus und von meiner Kindheit, die wir alle damals dringend brauchten. Disziplin, die Chance, für mich selbst zu sorgen. Ein Ausbildungsgang nach dem anderen und alles vom Besten. Heldentum, die Möglichkeit rumzustrunzen. Alkohol, Frauen, eine tierisch gute Zeit. Kostenlose Reisen, andere Vorteile. Angebliche Wasserminen in der Irischen See. Ein entferntes nächtliches Bombardement über London, doch hatten sie die Freundlichkeit, die Luftschlacht über England während meines zweiwöchigen Aufenthalts in Bristol zu unterbrechen.
Mein Gott! Es war nichts als eine riesige Komödie, wunderbar produziert, herrlich in Szene gesetzt, alles nur für uns. Es klappte! Und kaum war es vorbei, fingen sie an, uns Hinweise zu liefern: *Hogan's Heroes, Mr. Roberts, Die Caine war ihr Schicksal* oder *M*A*S*H = SHAM =* 1976. Toll, was?«
»Um Gottes willen!« flüsterte Candy. »So eine verrückte Theorie habe ich in meinem ganzen Leben noch nicht gehört!«
»Klingt ziemlich abgefahren, ich weiß«, fuhr er gelassen fort und zügelte seine Begeisterung. »Aber ich kann trotzdem keine Schwachpunkte darin entdecken. Beim besten Willen nicht. Der Hundertjährige Krieg, der Dreißigjährige Krieg, die Luftschlacht über England, die Schlacht um Berlin, Napoleons Krieg gegen Rußland – phantastisch! Alles inszeniert. Vollkommen glaubwürdig und aus den edelsten Motiven. Egal, ob mit oder ohne Militär, wir hatten teil an der größten Akademie aller Zeiten. Das ist die Erde, funktioniert in etwa so wie ein Skinnerball und heißt System Sapiens. Was meint ihr?«
Brian drehte sich nachdenklich seinen ersten Joint, lächelte spöttisch und sagte dann herausfordernd: »Wenn

S.I.E. alles vollkommen unter Kontrolle haben mit ihren genau abgestimmten Lehrprogrammen, warum ist dieses gute Kraut in unserem so freien Land dann illegal? Aus medizinischer Sicht ist es vollkommen unschädlich, das hast du selbst hundertmal gesagt. Trotzdem werden im ganzen Land Jungs eingebuchtet, weil sie das Zeug besitzen oder damit handeln. Und du! Du bist aus dem Gesundheitsdienst der Uni geflogen, nur weil du im Fernsehen den Marihuana-Bericht der Nixon-Kommission zitiert hast.«

Adam grinste. »Guter Einwand. Damals war ich einfach noch zu naiv, um zu sehen, was los ist. Marihuana wird mit voller Absicht kriminalisiert, denn es hat zwei unterschiedliche soziopsychologische Funktionen. Die eine kennst du aus eigener Erfahrung. Moralisch und intellektuell bist du ein überzeugter Pazifist, und doch erliegst du immer wieder dem Trieb, zu rebellieren und zu kämpfen – er entspricht deinem Alter und deinem Geschlecht. Es ist ein harter Konflikt für junge Typen für dich, trotzdem hat das System vorgesorgt. Du brauchst Abenteuer, mußt Risiken eingehen, Dinge selbst in die Hand nehmen, das System bekämpfen und der Gefahr ins Auge sehen. In der Vergangenheit stillten Alkohol und Krieg diese Bedürfnisse für viele. Doch heute ist Alkohol legal, und der Krieg verkauft sich nicht mehr so gut wie früher. Da kommt die harmlose – und glücklicherweise illegale ›Friedensdroge‹ ins Spiel. Sie bietet eine Möglichkeit, Widerstand zu leisten, Risiken einzugehen und Geld zu verdienen. Du wirst zum Reisen inspiriert, lernst etwas über Pharmakologie und eine Menge über Jura, vor allem das Grundgesetz. Eine bewundernswerte pädagogische Taktik!«

»Aber die buchten sie tatsächlich ein, in richtigen Gefängnissen, und ganz schön miesen!« protestierte Brian.

»Ich weiß«, räumte Adam ein. »Ist das nicht schrecklich?

Ich hätte schon längst dahinterkommen müssen, obwohl – in Ansätzen habe ich es ja schon vor zwanzig Jahren geahnt. Damals habe ich in einem Buch über die jungen Leute geschrieben: ›Die Jugend braucht die Möglichkeit, zu rebellieren und das System in Frage zu stellen, aber es muß eine ehrliche Sache sein. Ein Kräftemessen nur zum Schein würde ihre Bedürfnisse nicht befriedigen und nur zu Frustration führen.‹ Deshalb gibt es echte Bullen und echte Knäste, verstehst du!«

Candy unterbrach das verblüffende Schweigen ihres Bruders: »Und die andere Funktion?«

»Ach ja, Wirklich genial. Die Illegalität der Drogen verschafft aggressiven jungen Geschäftsleuten, die sonst gegen die Tabakindustrie und die Pharmakonzerne keine Chance hätten, ein neues Feld der Betätigung. Große Konzerne können zwar Abgeordnete kaufen und das FDA* schmieren, aber sie können sich nicht leisten, mit illegalen Drogen zu handeln. Also wird dieser profitable Markt auf einem silbernen Tablett einer ganz neuen Generation von intelligenten, engagierten, geschäftstüchtigen und aggressiven Dealer-Bossen von morgen präsentiert. Und ihr wißt ja, wie die meisten dieser jungen Drogenhändler sind: gebildet und durchtrieben, gut erzogen, moralisch, sensibel, interessant – gute Leute alles in allem. Das letzte, was sie gebrauchen können, ist die Legalisierung dieser wunderbaren illegalen Drogen. Unser böses System hat klugerweise dafür gesorgt, daß diese ungewöhnlichen Tugenden sich auf dem aufregenden Markt von Marihuana, Kokain und Heroin ungehindert entfalten können.«

Brian musterte ihn eindringlich und wandte dann, fast traurig, den Blick ab. »Okay. Alles, was du gerade gesagt hast, trifft zu. Aber mir nimmt es wirklich den Spaß an der Sache.«

* FDA: Food and Drug Administration; amerikanische Gesundheitsbehörde (A.d.Ü.)

Adam lachte und klopfte ihm ermunternd auf die Schulter. »Das glaube ich. Aber es gibt haufenweise andere Möglichkeiten, sich zu beweisen. Ich meine, sogar etablierte Bereiche wie Jura, Medizin oder Technologie können sehr aufregend und lukrativ sein, wenn man sie in diesem Sinne angeht.«

Auch Candy wirkte sehr bedrückt. »Heißt das, daß du jetzt alles mit deinem System rechtfertigen kannst – all die Ungerechtigkeiten, die auf der Welt passieren?«

»Im Gegenteil. Es heißt nur, daß die Garantien unseres Zusatzartikels zur Verfassung auch heute noch lebendig sind. Dem System liegt nichts daran, jemandem sein Spiel zu verderben – weder Bösen noch Braven. Es steht uns vollkommen frei, unsere Idole anzubeten und die Symbole unserer Wahl zu verehren, seien es Sterne, Kreuze oder Hakenkreuze. Wir können unsere eigene Wahrheit suchen, und dazu gibt es eine Unzahl von Möglichkeiten. Jeder von uns darf ungehindert seinen freiwillig erwählten Götzen anbeten, ganz gleich, ob er Jesus, Jethro oder Johnny Unitas heißt.«

Er streichelte ihr beruhigend über den Arm und fuhr fort: »Im Moment wissen wir nicht, was wirklich los ist auf der Welt; wir wissen nur das, was uns sorgfältig ausgewählte Medien vorsetzen, stimmt's? Aber ich glaube, was ihr euch in Wirklichkeit fragt, ist, ob ich nun tatsächlich alles unter den einen Hut meiner neuen Illusion bringen kann oder nicht.«

»So wollten wir es nicht ausdrücken, aber . . . na ja, wie ist das mit den Bullen und wie sie zum Beispiel mit den armen mexikanischen Einwanderern umspringen?«

Er nickte. »S.I.E. belohnen sie dafür, daß sie den Mut haben, Risiken auf sich zu nehmen, um mehr Geld zu verdienen.«

»Belohnen sie – mit Gefängnis?«

»Es heißt nur Gefängnis, so wie das Marine Corps Militär

heißt, aber es ist bei weitem nicht so schlimm, wie es aussieht.«

»Was dann?«

»Zunächst einmal sind die bundesstaatlichen Gefängnisse gar nicht so übel. Sie sind sogar ziemlich gemütlich, das Leben da drin ist einfach, und ich glaube, die meisten illegalen Einwanderer hatten es noch nie so gut. Sie kriegen die Möglichkeit, Englisch zu lernen, und erhalten einen ersten Einblick in kaufmännisches Denken und Landwirtschaft. Dann werden sie entlassen und können sich mit besseren Voraussetzungen als zuvor auf dem verbotenen Landarbeitermarkt bewerben.«

»Quatsch!«

»Keineswegs. Ich habe es mit eigenen Augen gesehen. Und unsere mittelständischen Chicano-Arbeiter sind echt sauer über die Konkurrenz, auch wenn sie schon seit Jahren von den Feldern weg sind und in Büros arbeiten.« Er unterbrach sich, dachte einen Augenblick nach und fuhr dann fort: »Es funktioniert überall so, egal in welchem Teil des Systems. Belohnungen erhält derjenige, der sich anstrengt, der etwas leistet. Um die Jahrhundertwende entfachte Charles Evans Hughes eine Kampagne gegen die Korruption in großen Versicherungsgesellschaften – eines I.H.R.E.R. lebenswichtigen Organe. Er ermittelte gegen sie und bekämpfte sie monatelang mit Zähnen und Klauen. Und haben S.I.E. ihm was getan? Nein – sie ernannten ihn zum Präsidenten am Obersten Bundesgerichtshof, hätten ihn um ein Haar sogar zum Präsidenten der Vereinigten Staaten gemacht. Dasselbe war dem Klempner passiert, der herkam, um unseren Faulbehälter zu säubern. Montgomery Ward hatte ihm zu hohe Rechnungen für irgendwelche Waren ausgestellt, drohte mit einer Klage und wollte ihn nicht mehr beliefern. Also nahm er sich einen Anwalt, brachte *sie* vors Gericht und gewann. Zehn Tage später schickten sie ihm eine VIP-Karte mit unbegrenztem Kredit. Man wird dafür belohnt, daß man etwas versucht, daß man selbständig denkt und handelt.«

Brian brach sein verblüfftes Schweigen und mischte sich wieder ein:

»Aber was ist mit deinem Buch? Werden sie nicht furchtbar sauer sein, wenn sie merken, daß du sie durchschaut hast?«

»Das habe ich heute nacht auf dem Weg hierher auch befürchtet. Aber es war nur ein kleiner Paranoia-Anfall. Nein, ich glaube, sie *wollen*, daß ich sie entlarve. Alles, was die Menschen bewegt, sie aufhorchen läßt, ihnen neue Anhaltspunkte gibt, ist in ihrem Interesse. Und schaden kann ich ihnen ohnehin nicht. Von mir haben sie soviel zu befürchten wie Michael Spinks von Don Knotts – nämlich gar nichts!«

Brian war immer noch nicht überzeugt. »Tja, trotzdem, sie sind ganz schön hart. Immerhin lassen sie zu, daß wir uns zu Tode schuften ...«

»Was gar nicht nötig ist! Oder hast du je einen Menschen verhungern sehen? Man kann nichts tun und trotzdem leben; es gibt Arbeitslosenhilfe, Fürsorge, Veteranenwohlfahrt – unerschöpfliche Quellen für Leute, die sich für diesen Weg entscheiden. Doch die meisten sind der Meinung, daß es uns guttut, wenn wir arbeiten und auf eigenen Füßen stehen. Es ist, wie wenn man einen Hund baden will: Erst jagt man ihn durchs ganze Haus, aber wenn es vorbei ist, stolziert er herum, als wäre es von Anfang an seine Idee gewesen.«

»Mein Gott, das ist mir einfach zuviel auf einmal. Aber ich glaube, du bist einer heißen Sache auf der Spur, Daddy ...«

»Sie wird die ganze Welt erschüttern, wart's nur ab«, antwortete Adam bescheiden.

Brian war verwirrt, doch er versuchte zu verstehen.

»Dann meinst du also, sie hätten nichts dagegen, wenn du dein Buch schreibst?«

»Nein, bestimmt nicht. Ihre Sicherheitsvorkehrungen sind perfekt. Sobald eins ihrer Unterprogramme planmäßig entdeckt wird – denk nur an die unterschwelligen Botschaften im Fernsehen –, wird es durch ein anderes ersetzt. Sie sind uns stets einen Schritt voraus.«

»Und du glaubst wirklich, daß alles so geplant war?«

Adam legte nachdenklich den Kopf auf die Seite und zog eine Grimasse, als glaubte er seinen eigenen Worten nicht. »Wenn ich mir alles so überlege und die Präzision und Komplexität sehe, die dem Programm zugrunde liegt, glaube ich, daß es schon vor urdenklichen Zeiten in Bewegung gesetzt wurde und dann sich selbst überlassen wurde, bis es sein von Anfang an geplantes Ziel erreichte.«

»Das ist verrückt.«

Er nickte zustimmend. »Ja, ich weiß.«

»Aber ... aber ...«, stammelte Brian, »die Leute von G.R.I.P.E. – was willst du ihnen auf der Vierteljahresversammlung erzählen?«

»Auch darüber habe ich auf meinem Weg nach Hause nachgedacht, Brian, und es gibt nur eine Antwort: die Wahrheit.«

»Sie haben versucht, dich umzubringen!« explodierte Brian.

»Nein. Es war so, wie Bairny sagte – nur ein besoffener Cowboy. Die schießen auf alles, was sich bewegt – oder auch nicht.«

»Aber was du da sagst, bedeutet nichts anderes, als daß alles vorbei ist! Kein Atomkrieg! Keine Angst! Keine ansteckende Paranoia mehr!«

»Das stimmt einerseits, andererseits auch wieder nicht. Es bedeutet das Ende von Angst und Paranoia, ja. Aber das Spiel ist noch nicht vorbei. Wer sind sie wirklich?

Eine uralte Priesterkaste, die von den Lumaniern abstammt? Wohlmeinende Außerirdische, die zu klug sind, selbst hierher zu kommen und sich überfallen, beschimpfen oder ermorden zu lassen? Oder Männer, die so unvorstellbar reich sind, daß sie ihre Tresore, ihre schönen Frauen, Luxusjachten und andere Spielzeuge satt haben und sich einen Spaß daraus machen, eine Spezies aufzuziehen? Wo sind S.I.E.? Leben sie wirklich als ›Insider‹ in einer hohlen Erde? Und wie? Wie sehen ihre Gesetze aus, ihre Sitten, ihre Moral? Ich möchte rauskriegen, was S.I.E. über Medizin, Wissenschaft und tausend andere Dinge wissen! O ja, ich werde sie jagen, mit allen Mitteln!«
Candy stieß einen entzückten Pfiff aus und lachte. Sie deutete auf den riesigen feurigen Ball, der sich langsam über den Gipfeln der Berge erhob. »Wenn das kein Omen ist: Die Nacht wird zum Tag!«